Das Buch

Die Geschichte beginnt, als die zufällig anwesende Reporterin Meghan Collins in einer Notfallambulanz eine Sterbende sieht, die ihr auf geradezu unheimliche Weise ähnlich sieht ...

Das fremde Gesicht heißt der neue Psychothriller von Mary Higgins Clark, in dem die Meisterin der Spannung trickreich und virtuos unsichtbare Schlingen um ihre sympathische Heldin zieht. Unversehens gerät die gemütliche Welt, aus der die junge New Yorker Journalistin stammt, in Aufruhr. Meghans geliebter Vater soll bei einem Massenunfall auf einer Brücke umgekommen sein, doch die Leiche wurde nie gefunden. Ungewißheit quält die Familie – genau wie die allmähliche Entdeckung, daß der gute Daddy ein Doppelleben geführt haben muß. Eine Reihe merkwürdiger Begebenheiten weist darauf hin, daß er noch am Leben ist. Auf der Suche nach dem Schicksal ihres Vaters kommt Meghan, die nur durch Verwechslung einem Mordanschlag entkommen ist, einem schrecklichen Geheimnis auf die Spur.

In atemberaubender Weise überstürzen sich die Ereignisse in diesem Roman, der eine hochaktuelle Thematik – Mißbrauch von Invitro-Befruchtungen und Leihmutterschaft – mit aufreizendem Nervenkitzel und schockierender Spannung verbindet.

Die Autorin

Mary Higgins Clark, Jahrgang 1928, fing erst spät, mit 46 Jahren, zu schreiben an. »Ganz nebenbei« studierte Mary Higgins Clark Philosophie an der New Yorker Fordham University und wurde Präsidentin der Mystery Writers of America. Mit ihren letzten Romanen eroberte sie die ersten Plätze der US-Bestsellerlisten, und heute ist Mary Higgins Clark eine der meistgelesenen Autorinnen Amerikas.

MARY HIGGINS CLARK

DAS
FREMDE GESICHT

Roman

Aus dem Englischen
von Regina Hilbertz

WILHELM HEYNE VERLAG
MÜNCHEN

HEYNE ALLGEMEINE REIHE
Nr. 01/12005

Titel der Originalausgabe
I´LL BE SEENG YOU
erschienen bei Simon & Schuster, New York

Umwelthinweis:
Dieses Buch wurde auf
chlor- und säurefreiem Papier gedruckt.

Für mein neuestes Enkelkind
Jerome Warren Derenzo
»Scoochie«
mit Liebe und Freude

Im Schimpfe wurzelnd widerstand sein Ruhm,
Und fälschlich wahr hielt ihn treulose Treu!

ALFRED LORD TENNYSON,
KÖNIGSIDYLLEN

TEIL I

1

Meghan Collins stand etwas abseits von dem Pulk der anderen Journalisten in der Notaufnahme des Roosevelt Hospital in Manhattan. Minuten zuvor war ein ehemaliger Senator der Vereinigten Staaten auf der Central Park West überfallen und sofort hier eingeliefert worden. Die Medienleute drängten sich in Erwartung einer Nachricht zu seinem Zustand.

Meghan ließ ihre schwere Tasche auf den Boden gleiten. Das drahtlose Mikrofon, das Funktelefon und die Notizblöcke führten dazu, daß ihr der Tragriemen in die Schulter schnitt. Sie lehnte sich an die Wand und schloß für eine kurze Ruhepause die Augen. All die Reporter waren müde. Seit dem frühen Nachmittag waren sie im Gericht gewesen und hatten auf das Urteil in einem Unterschlagungsprozeß gewartet. Um neun Uhr, als sie gerade abziehen wollten, kam der Anruf, sie sollten über den Überfall berichten. Jetzt war es bald elf. Der frische Oktobertag war einer verhangenen Nacht gewichen, die einen unwillkommenen frühen Winter verhieß.

Es herrschte reger Betrieb in dem Krankenhaus. Junge Eltern mit einem blutenden Kleinkind auf den Armen wurden am Anmeldeschalter vorbei durch die Tür zum Untersuchungsbereich gewiesen. Leidtragende eines Autounfalls, mit Prellungen und sichtbar mitgenommen, trösteten einander, während sie auf ihre medizinische Versorgung warteten.

Draußen verstärkte das unablässige Aufheulen ankommender und abfahrender Krankenwagen die vertraute Kakophonie des New Yorker Verkehrs.

Eine Hand berührte Meghan am Arm. »Na, wie geht's denn so, Frau Anwältin?«

Es war Jack Murphy von Channel 5. Seine Frau hatte mit Meghan an der New York University Jura studiert. Meghan Collins, Doktor der Rechte, hatte ein halbes Jahr bei einer Kanzlei an der Park Avenue gearbeitet, dann gekündigt und bei dem Rundfunksender WPCD eine Stelle als Nachrichtenreporterin bekommen. Sie war jetzt seit drei Jahren dort, und im letzten Monat hatte PCD Channel 3, der angeschlossene Fernsehsender, sie regelmäßig ausgeliehen.

»Soweit ganz gut, denke ich«, entgegnete ihm Meghan. Ihr Piepser meldete sich.

»Komm bald mal zu uns zum Essen«, sagte Jack. »Ist schon so lange her.« Er ging wieder zu seinem Kameramann, während sie nach ihrer Tasche griff, um das Funktelefon herauszuholen.

Der Anruf kam von Ken Simon in der Nachrichtenzentrale von WPCD. »Meg, der Ambulanz-Spezialempfänger hat gerade einen Krankenwagen aufgespürt, der zum Roosevelt fährt. Opfer mit Stichwunden, Ecke Sechsundfünfzigste Straße und Zehnte. Kümmer' dich drum.«

Der ominöse Ieee-Oooah-Ton eines sich nähernden Rettungswagens fiel mit dem Stakkato-Getrappel hastender Füße zusammen. Das Traumatologie-Team war auf dem Weg zum Eingang der Notaufnahme. Meg stellte das Telefon ab, steckte es in ihre Tasche und folgte der leeren Krankentrage, die zu der halbkreisförmigen Auffahrt geschoben wurde.

Die Ambulanz kam quietschend zum Stehen. Erfahrene Hände halfen eilends, das Opfer auf die Bahre zu legen. Eine Sauerstoffmaske wurde über das Gesicht der Frau gestülpt. Das Tuch, das ihren schlanken Körper bedeckte, war voller Blut.

Wirres haselnußbraunes Haar betonte noch die bläuliche Blässe ihres Halses.

Meg rannte zur Fahrertür. »Irgendwelche Zeugen?« fragte sie rasch.

»Hat sich niemand gemeldet.« Das Gesicht des Fahrers war von Erschöpfung gezeichnet, seine Stimme sachlich. »Da ist ein Durchgang zwischen zwei dieser alten Mietshäuser bei der Zehnten. Ist wohl einer von hinten gekommen, hat sie da reingestoßen und auf sie eingestochen. Ist wahrscheinlich blitzschnell passiert.«

»Wie schlimm ist sie dran?«

»Könnte nicht schlimmer sein.«

»Irgendein Hinweis, wer sie ist?«

»Nichts. Sie ist beraubt worden. Wahrscheinlich irgend so ein Fixer, der was zum Drücken gebraucht hat.«

Die Bahre wurde hineingerollt. Meghan huschte zurück und hinterher in die Notaufnahme.

Einer der Reporter schnauzte: »Der Arzt des Senators gibt jetzt 'ne Stellungnahme ab.«

Die Medienhorde flutete durch den Raum, um den Schalter zu belagern. Meghan wußte nicht, welche Eingebung sie bei der Bahre verharren ließ. Sie sah, wie der Arzt, der eine Infusion anlegen wollte, die Sauerstoffmaske entfernte und die Augenlider des Opfers aufschob.

»Sie ist tot«, sagte er.

Meghan warf einen Blick über die Schulter einer Krankenschwester und starrte in die blicklosen Augen der toten jungen Frau.

Sie rang nach Luft, als sie diese Augen in sich aufnahm, die breite Stirn, die gewölbten Brauen, die hohen Wangenknochen, die gerade Nase, die vollen Lippen.

Es war, als schaute sie in einen Spiegel.

Sie betrachtete ihr eigenes Gesicht.

2

Meghan nahm ein Taxi zu ihrem Apartment in Battery Park City, ganz unten an der Spitze von Manhattan. Die Fahrt war teuer, aber es war spät, und sie war sehr müde. Bis sie nach Hause kam, vertiefte sich der betäubende Schock vom Anblick der Toten noch, anstatt nachzulassen. Man hatte das Opfer in die Brust gestochen, wohl vier oder fünf Stunden, bevor sie gefunden wurde. Sie hatte Jeans an, eine abgesteppte Jeansjacke, Sportschuhe und Socken. Raub war vermutlich das Motiv gewesen. Ihre Haut war braungebrannt. Schmale Streifen hellerer Haut an ihrem Handgelenk und mehreren Fingern ließen vermuten, daß Ringe und eine Uhr fehlten. Ihre Taschen waren leer, und man hatte keine Handtasche gefunden.

Meghan machte das Licht am Eingang an und blickte quer durch das Zimmer. Von ihren Fenstern aus konnte sie Ellis Island und die Freiheitsstatue sehen. Sie konnte den Vergnügungsschiffen folgen, wie sie zu ihren Anlegeplätzen auf dem Hudson gelotst wurden. Sie liebte das Geschäftszentrum von New York, die Enge der Straßen, die majestätische Wucht des World Trade Center, die Betriebsamkeit des Finanzbezirks.

Die Wohnung war ein geräumiges Einzimmerapartment mit einer Schlafnische und einer Küchenzeile. Meghan hatte es mit ausrangierten Gegenständen ihrer Mutter ausstaffiert, in der Absicht, später einmal eine größere Wohnung zu beziehen und sich nach und nach neu einzurichten. In den drei Jahren, seit sie für WPCD arbeitete, war es nicht dazu gekommen.

Sie warf ihren Mantel über einen Stuhl, ging ins Bad und zog sich Pyjama und Morgenrock an. Die Wohnung war angenehm warm, doch sie fröstelte, als sei sie krank. Ihr wurde bewußt, daß sie es vermied, in den Spiegel über ihrem Frisiertisch zu schauen. Schließlich drehte sie sich um und musterte sich, während sie nach der Reinigungscreme griff.

Ihr Gesicht war kalkweiß, die Augen stierten ihr entgegen. Ihre Hand zitterte, als sie sich das Haar löste, so daß es ihr um den Nacken fiel. Fassungslos und wie erstarrt versuchte sie, Unterschiede zwischen sich und der Toten herauszufinden. Sie wußte noch, daß das Gesicht des Opfers etwas voller gewesen war, die Form der Augen eher rund als oval, das Kinn kleiner. Aber der Hautton und die Haarfarbe und die offenen – nunmehr blicklosen – Augen waren fast genauso wie bei ihr.

Sie wußte, wo das Opfer jetzt war: im Leichenschauhaus der Gerichtsmedizin, für Fotos und Fingerabdrücke. Und man würde die Zähne registrieren.

Und dann die Obduktion.

Meghan merkte, daß sie zitterte. Sie eilte zu der Kochnische, öffnete den Kühlschrank und holte die Milchtüte heraus. Heißer Kakao. Vielleicht würde das helfen.

Sie hockte sich auf die Couch und schlang die Arme um die Knie, die dampfende Tasse vor sich. Das Telefon klingelte. Es war vermutlich ihre Mutter, weshalb sie hoffte, ihre Stimme wirke gefaßt, als sie den Hörer abnahm.

»Meg, hoffentlich hast du noch nicht geschlafen.«

»Nein, bin grad' nach Haus gekommen. Wie geht's denn, Mom?«

»Ach, es geht schon. Die Versicherungsleute haben sich heute gemeldet. Sie kommen morgen nachmittag wieder vorbei. Ich hoffe bei Gott, daß sie nicht wieder wegen dem Kredit zu fragen anfangen, den Dad auf seine Policen aufgenommen hat. Die scheinen einfach nicht zu kapieren, daß ich keine Ahnung hab', was er mit dem Geld gemacht hat.«

Ende Januar war Meghans Vater auf der Heimfahrt nach Connecticut vom Flughafen Newark aus unterwegs gewesen. Es hatte den ganzen Tag geschneit und gehagelt. Um zwanzig nach sieben rief Edwin Collins vom Wagen aus einen Arbeitskollegen an, Victor Orsini, um einen Termin für den nächsten Morgen zu vereinbaren. Er teilte Orsini mit, er sei auf der Zufahrt zur Tappan Zee Bridge.

Möglicherweise nur wenige Sekunden später geriet auf der Brücke ein Tanklaster außer Kontrolle und krachte in einen Sattelschlepper, wodurch es zu einer Folge von Explosionen und einem Feuerball kam, der sieben oder acht Kraftfahrzeuge erfaßte. Der Sattelschlepper schleuderte gegen die Leitplanke der Brücke und riß ein gähnendes Loch hinein, bevor er in das strudelnde, eisige Wasser des Hudson stürzte. Der Tankwagen folgte nach und riß die übrigen, in lauter Teile auseinanderfliegenden Fahrzeuge mit sich.

Ein schwerverletzter Augenzeuge, dem es gelungen war, dem Tankwagen auszuweichen, sagte aus, eine dunkelblaue Limousine sei vor ihm zur Seite gewirbelt und durch den zerborstenen Stahl verschwunden. Edwin Collins hatte einen dunkelblauen Cadillac gefahren.

Es war die schlimmste Katastrophe in der Geschichte der Brücke. Acht Menschenleben waren zu beklagen. Megs sechzigjähriger Vater kam an jenem Abend nicht nach Hause. Man ging davon aus, daß er in der Explosion umgekommen war. Die New Yorker Verkehrsbehörden suchten noch immer nach Wrackteilen und menschlichen Überresten, doch bis jetzt, fast neun Monate später, war noch immer keine Spur von ihm oder seinem Wagen gesichtet worden.

Man hatte eine Gedenkmesse eine Woche nach dem Unglück abgehalten, doch da kein Totenschein ausgestellt worden war, lag eine Sperre auf dem gesamten gemeinsamen Vermögen von Edwin und Catherine Collins, und seine hohen Lebensversicherungen waren nicht ausgezahlt worden.

Schlimm genug für Mom, dieser schreckliche Kummer, auch ohne den Ärger, den ihr diese Leute machen, dachte Meg. »Ich komm' morgen nachmittag raus, Mom. Wenn sie sich weiter so anstellen, müssen wir sie vielleicht verklagen.«

Sie überlegte kurz, entschied dann aber, daß ihre Mutter jetzt am allerwenigsten die Nachricht vertragen konnte, daß eine Frau, die Meghan zum Verwechseln ähnlich sah, erstochen worden war. Statt dessen erzählte Meg von dem Gerichtsverfahren, über das sie an diesem Tag berichtet hatte.

Lange Zeit lag Meghan unruhig im Bett und döste vor sich hin. Endlich schlief sie richtig ein.

Ein hoher Quietschton rüttelte sie wach. Das Faxgerät fing an zu jammern. Sie schaute auf die Uhr: Es war Viertel nach vier. Was in aller Welt ...? dachte sie. Sie knipste das Licht an, zog sich auf einen Ellbogen hoch und beobachtete, wie das Papier langsam aus der Maschine glitt. Sie sprang aus dem Bett, rannte durch den Raum und griff nach der Botschaft.

Sie lautete: VERSEHEN. ANNIE WAR EIN VERSEHEN.

3

Tom Weicker, der zweiundfünfzigjährige Nachrichtenchef von PCD Channel 3, hatte sich Meghan Collins immer häufiger von der Hörfunk-Abteilung ausgeliehen. Er war dabei, einen weiteren Reporter für das Live-Nachrichtenteam nach sorgfältiger Überlegung auszuwählen, und hatte die Kandidaten abwechselnd ausprobiert, aber nun stand seine Entscheidung fest: Meghan Collins.

Er war zu dem Schluß gekommen, daß sie sich gut präsentierte, von einem Moment auf den anderen improvisieren konnte und selbst einer weniger wichtigen Nachricht stets ein Gefühl von Unmittelbarkeit und Dringlichkeit verlieh. Ihre juristische Ausbildung war ein echtes Plus bei Gerichtsverfahren. Sie sah verdammt gut aus und strahlte natürliche Wärme aus. Sie mochte Menschen und konnte mit ihnen umgehen.

Am Freitag morgen ließ Weicker Meghan zu sich kommen. Als sie an die offene Tür zu seinem Büro klopfte, winkte er sie herein. Meghan trug eine hervorragend sitzende Jacke in Tönen von Blaßblau und Rostbraun. Ein Rock aus der gleichen feinen Wolle reichte bis zu ihren Stiefeln hinunter. Klasse, dachte Weicker, genau richtig für den Job.

Meghan betrachtete Weickers Miene und versuchte, seine Gedanken zu erraten. Er hatte ein schmales, scharf geschnittenes Gesicht und trug eine randlose Brille. Dies und sein schon schütteres Haar ließen ihn älter erscheinen, als er tatsächlich war, und eher wie einen Bankkassierer denn wie ein Medienenergiebündel. Dieser Eindruck war jedoch schnell verflogen, sobald er zu sprechen anfing. Meghan mochte Tom, wußte aber, daß er seinen Spitznamen »Tödlicher Weicker« nicht umsonst erhalten hatte. Als er begann, sie vom Rundfunksender auszuleihen, hatte er deutlich gemacht, es sei zwar eine schlimme, scheußliche Sache, daß ihr Vater sein Leben in dem Brückenunglück verloren habe, aber er brauche ihre Zusicherung, daß dies ihre Arbeitsleistung nicht beeinträchtigen werde. Es hatte sie nicht beeinträchtigt, und nun vernahm Meghan, wie ihr die Stelle angeboten wurde, die sie sich so sehr wünschte.

Als unwillkürliche Reaktion durchfuhr sie sofort der Gedanke: Ich kann's nicht abwarten, das Dad zu erzählen!

Dreißig Stockwerke weiter unten, in der Tiefgarage des PCD-Gebäudes, durchsuchte Bernie Heffernan, der Garagenwächter, in Tom Weickers Wagen das Handschuhfach. Dank einer genetischen Ironie waren Bernies Gesichtszüge dazu angetan, ihm den Ausdruck eines unbeschwerten Gemüts zu verleihen. Seine Wangen waren voll, sein Kinn und Mund klein, seine Augen groß und arglos, seine Haare voll und wuschelig, sein Körperbau war kräftig, wenn auch etwas rundlich. Mit seinen fünfunddreißig Jahren vermittelte er einem Beobachter den Eindruck, er sei ein Mensch, der einem einen platten Reifen wechseln würde, obwohl er gerade seinen besten Anzug anhatte.

Er wohnte noch bei seiner Mutter in dem schäbigen Haus in Jackson Heights, Queens, wo er geboren worden war. Von dort weg gewesen war er nur zu jenen düsteren, alptraumhaften Zeiten seiner Inhaftierung. Am Tag nach seinem zwölften Geburtstag wurde er zum ersten von einem Dutzend Malen in eine Besserungsanstalt für Jugendliche eingewiesen. Mit Anfang Zwanzig hatte er drei Jahre in einer psychiatrischen Anstalt verbracht. Vier Jahre lag es zurück, daß er zu zehn Monaten auf Riker's Island verurteilt worden war. Das war, nachdem die Polizei ihn dabei erwischt hatte, wie er sich im Wagen einer Studentin versteckt hielt. Man hatte ihn wieder und wieder verwarnt, er solle sich von ihr fernhalten. Komisch, dachte Bernie – er konnte sich jetzt nicht einmal mehr daran erinnern, wie sie aussah. Nicht an sie, und auch nicht an all die anderen. Und sie waren ihm alle einmal so wichtig gewesen.

Bernie wollte nie mehr ins Gefängnis. Die anderen Häftlinge machten ihm angst. Zweimal hatten sie ihn zusammengeschlagen. Er hatte seiner Mama geschworen, er würde sich nie mehr im Gebüsch verstecken und in Fenster hineinschauen oder einer Frau folgen und sie zu küssen versuchen. Er schaffte es auch schon sehr gut, sein Temperament zu zügeln. Den Psychiater hatte er nicht ausstehen können, der Mama ständig warnte, eines Tages werde dieses tückische Temperament Bernie noch in Schwierigkeiten bringen, die keiner mehr gutmachen konnte. Bernie wußte, daß sich niemand mehr um ihn Sorgen machen mußte.

Sein Vater war abgehauen, als er noch ein Baby war. Seine verbitterte Mutter verließ das Haus nicht mehr, und Bernie mußte daheim ihr endloses Wiederaufwärmen all der Ungerechtigkeiten ertragen, die ihr das Leben während ihrer dreiundsiebzig Jahre zugefügt habe, und was er ihr doch alles schuldig sei.

Nun ja, was immer er ihr »schuldete«, Bernie gelang es jedenfalls, den größten Teil seines Geldes in elektronischer Ausrüstung anzulegen. Er hatte ein Radio, das den Polizeifunk einfing, ein anderes Spezialradio, das Programme aus der ganzen Welt empfangen konnte, einen Apparat, der die Stimme veränderte.

Abends sah er pflichtschuldig zusammen mit seiner Mutter fern. Nachdem sie jedoch um zehn Uhr zu Bett gegangen war, schaltete Bernie den Fernseher ab, eilte in den Keller hinunter, machte die Radioapparate an und begann, die Moderatoren von Talk-Shows anzurufen. Zu diesem Zweck dachte er sich Namen und Lebensgeschichten aus. So rief er etwa einen rechtslastigen Showmaster an und beschwor liberale Werte, dann einen liberalen Moderator und erging sich in Lobeshymnen über die extreme Rechte. In seiner Anruf-Persönlichkeit liebte er Auseinandersetzungen, Konfrontationen, den Austausch von Beleidigungen.

Ohne das Wissen seiner Mutter hatte er auch einen Fernsehapparat mit einem Ein-Meter-Bildschirm und einen Videorecorder im Keller und sah sich oft Filme an, die er aus Porno-Läden mit nach Hause gebracht hatte.

Der Polizeiempfänger regte zu weiteren Einfällen an. Er begann, Telefonbücher durchzugehen und Nummern zu umkringeln, die bei weiblichen Namen angegeben waren. Mitten in der Nacht wählte er dann eine jener Nummern und erklärte, er rufe von einem Funktelefon direkt beim Haus der Frau an und werde jetzt einbrechen. Dann flüsterte er, vielleicht komme er nur eben auf einen Sprung herein, oder vielleicht bringe er sie um. Anschließend pflegte Bernie grinsend dazusitzen und im Polizeifunk mitzuhören, wie ein Streifenwagen eilends zu der Adresse geschickt wurde. Es war fast so gut, wie an Fenstern zu spionieren oder Frauen zu verfolgen, und er brauchte sich nie Sorgen zu machen, daß sich plötzlich die Scheinwerfer eines Polizeiwagens auf ihn richten würden oder ein Bulle mit einer Flüstertüte brüllen würde: »Keine Bewegung!«

Der Wagen, der Tom Weicker gehörte, war eine wahre Goldgrube an Informationen für Bernie. Weicker hatte ein elektronisches Adressenverzeichnis in seinem Handschuhfach. Darin hatte er die Namen, Adressen und Nummern der wichtigsten Mitarbeiter des Senders gespeichert. Die großen Tiere, dachte Bernie, als er die Telefonnummern auf sein eigenes elektronisches Register übertrug. Er hatte sogar Weickers Frau eines Abends zu Hause erreicht. Sie hatte zu kreischen angefangen, als er ihr erzählte, er sei am Hintereingang und im Begriff, hereinzukommen.

Bei der Erinnerung an ihr Entsetzen hatte er noch stundenlang danach gekichert.

Was ihm aber inzwischen zu schaffen machte, war die Tatsache, daß er zum ersten Mal seit seiner Entlassung aus Riker's Island das bedrückende Gefühl hatte, nicht in der Lage zu sein, sich jemanden aus dem Kopf zu schlagen. Dieser Jemand war eine Reporterin. Sie war so hübsch, daß er beim Aufhalten der Wagentür dagegen ankämpfen mußte, sie anzufassen.

Ihr Name war Meghan Collins.

4

Irgendwie brachte es Meghan fertig, Weickers Angebot gelassen zu akzeptieren. Die Kollegen witzelten darüber, wenn man sich zu sehr »Ach, wie toll«-erfreut über eine Beförderung zeige, würde Tom Weicker noch ins Grübeln geraten, ob er die richtige Wahl getroffen habe. Er wollte ehrgeizige Leute, die nicht zu bremsen waren und die fanden, jede Anerkennung, die man ihnen zollte, sei längst überfällig.

Bemüht, möglichst sachlich zu wirken, zeigte sie ihm die Fax-Botschaft. Während er sie las, hob er die Augenbrauen. »Was soll das heißen?« fragte er. »Was ist das für ein ›Versehen‹? Wer ist Annie?«

»Ich weiß nicht. Tom, ich war im Roosevelt Hospital, als das Opfer des Messerstechers gestern nacht eingeliefert wurde. Ist sie inzwischen identifiziert worden?«

»Noch nicht. Was ist mit ihr?«

»Ich glaube, Sie sollten etwas wissen«, sagte Meghan widerstrebend. »Sie sieht aus wie ich.«

»Sie sieht Ihnen ähnlich?«

»Sie könnte fast meine Doppelgängerin sein.«

Toms Augen zogen sich zusammen. »Wollen Sie damit sagen, daß dieses Fax etwas mit dem Tod dieser Frau zu tun hat?«

»Es ist wahrscheinlich bloß ein Zufall, aber ich dachte, ich sollte Sie's wenigstens sehen lassen.«

»Das ist auch gut so. Lassen Sie's mir da. Ich finde heraus, wer in diesem Fall die Ermittlungen leitet, und lasse ihn einen Blick drauf werfen.«

Für Meghan war es eine ausgesprochene Erleichterung, die Daten für ihre nächsten Berichte in der Nachrichten-redaktion abzuholen.

Es war ein relativ zahmer Tag. Eine Pressekonferenz im Amt des Bürgermeisters, wo er seine Entscheidung für den neuen Polizeichef bekanntgab, ein verdächtiges Feuer, das ein Miets-haus im Stadtteil Washington Heights in Schutt und Asche gelegt hatte. Am Spätnachmittag sprach Meghan mit dem Büro des Gerichtsmediziners. Eine Zeichnung und eine Beschreibung der toten jungen Frau waren von der Vermiß-tenstelle ausgegeben worden. Ihre Fingerabdrücke waren nach Washington unterwegs zum Vergleich mit den Akten der Regierung und des Bundeskriminalamts. Sie war an einer einzigen tiefen Stichwunde in der Brust gestorben. Die inne-ren Blutungen waren langsam, aber massiv gewesen. Arme wie Beine hatten einige Jahre früher Brüche erlitten. Falls innerhalb von dreißig Tagen niemand Anspruch darauf erhob, würde man ihre Leiche auf dem Armenfriedhof in einem numerierten Grab beisetzen. Eine weitere »Jane Doe« – ein anonymes Opfer aus den Polizeiakten.

Um sechs Uhr abends machte Meghan gerade Schluß mit der Arbeit. Wie stets seit dem Verschwinden ihres Vaters wollte sie das Wochenende bei ihrer Mutter verbringen. Für Sonntag nachmittag war ihr ein Bericht über eine Veranstal-tung in der Manning Clinic zugeteilt worden, einem Institut für künstliche Fortpflanzung, das vierzig Minuten von ihrem Zuhause in Newtown entfernt lag. Die Klinik hielt ihr jährliches Treffen der Kinder ab, die aus den künstlichen Befruchtungen, die man dort ausführte, hervorgegangen waren.

Der für die Zuteilung zuständige Redakteur fing sie am Fahrstuhl ab. »Steve ist Ihr Kameramann am Sonntag bei der Manning Clinic. Ich hab' ihm gesagt, er soll Sie dort um drei treffen.«

»Okay.«

Die Woche über benützte Meghan einen Wagen des Senders. Heute morgen war sie mit ihrem eigenen Auto gekommen. Der Lift kam ruckend auf Höhe der Tiefgarage zum Stillstand. Sie lächelte, als Bernie sie entdeckte und sich sofort im Dauerlauf zur unteren Parkebene in Bewegung setzte. Er fuhr mit ihrem weißen Mustang vor und hielt ihr die Fahrertür auf.

»Gibt's was Neues von Ihrem Dad?« fragte er teilnahmsvoll.

»Nein, aber danke für die Frage.«

Er beugte sich vor, so daß sein Gesicht ihrem ganz nahe kam. »Meine Mutter und ich beten für ihn.«

Was für ein netter Kerl! dachte Meghan, während sie den Wagen die Rampe hinauf zur Ausfahrt steuerte.

5

Catherines Haar sah stets so aus, als wäre sie gerade mit der Hand durchgefahren. Es war ein kurzer, lockiger Schopf, jetzt aschblond getönt, der den frischen Reiz ihres herzförmigen Gesichts noch hervorhob. Gelegentlich bemerkte Catherine Meghan gegenüber, wie gut es sei, daß sie das energische Kinn ihres Vaters geerbt habe. Ansonsten sähe sie jetzt mit ihren dreiundfünfzig Jahren wie ein dahinwelkendes Engelspüppchen aus, ein Eindruck, der durch ihre Körpergröße noch verstärkt würde. Kaum einen Meter fünfzig groß, nannte sie sich selbst den Hauszwerg.

Meghans Großvater Patrick Kelly war mit neunzehn Jahren aus Irland in die Vereinigten Staaten gekommen, »mit den

Kleidern auf meinem Buckel und einmal Unterwäsche extra unter meinem Arm aufgerollt«, wie es in seiner Geschichte hieß. Nachdem er tagsüber in der Küche eines Hotels an der Fifth Avenue als Tellerwäscher und nachts mit der Putzkolonne eines Bestattungsunternehmens gearbeitet hatte, war er zu dem Schluß gekommen, es gebe zwar eine Menge Dinge, worauf die Leute verzichten könnten, doch niemand könne das Essen oder das Sterben aufgeben. Da es erfreulicher war, die Leute beim Essen als im Sarg mit darübergestreuten Nelken vor sich zu sehen, entschied sich Patrick Kelly, all seine Energien im Gaststättengewerbe einzusetzen.

Fünfundzwanzig Jahre später baute er in Newtown, Connecticut, den Gasthof seiner Träume und taufte ihn Drumdoe nach dem Dorf seiner Geburt. Er hatte zehn Gästezimmer und ein hervorragendes Restaurant, das die Menschen aus einem Umkreis von achtzig Kilometern anlockte. Pat vollendete den Traum mit der Renovierung eines bezaubernden Farmhauses auf dem Nachbargrundstück als Familiensitz. Dann erwählte er sich eine Braut, zeugte Catherine und führte seine Gaststätte bis zu seinem Tod im Alter von achtundachtzig Jahren.

Seine Tochter und seine Enkelin waren buchstäblich in dem Gasthaus großgezogen worden. Catherine führte es jetzt mit der gleichen Hingabe, die Patrick ihr eingeflößt hatte, und ihre Arbeit dort half ihr, mit dem Tod ihres Mannes besser fertig zu werden.

In den neun Monaten jedoch seit der Tragödie auf der Brücke war es ihr unmöglich gewesen, nicht daran zu glauben, daß eines Tages die Tür aufgehen und Ed fröhlich rufen würde: »Wo sind denn meine Mädchen?« Gelegentlich ertappte sie sich noch immer dabei, wie sie horchte, ob nicht die Stimme ihres Mannes erklang.

Zusätzlich zu all dem Schrecken und Kummer war jetzt auch ihre finanzielle Situation zu einem akuten Problem geworden. Zwei Jahre zuvor hatte Catherine das Gasthaus für sechs Monate geschlossen, darauf eine Hypothek aufgenommen und eine grundlegende Renovierung und Neugestaltung durchgeführt.

Der Zeitpunkt dafür hätte sich nicht als ungünstiger erweisen können. Die Wiedereröffnung fiel mit der allgemeinen Rezession zusammen. Die Hypothekenzahlungen waren vom gegenwärtigen Gewinn nicht abgedeckt, und die vierteljährlichen Steuern waren bald fällig. Auf ihrem Privatkonto waren nur noch ein paar tausend Dollar.

Noch Wochen nach dem Unglück hatte Catherine sich für den Anruf gewappnet, der ihr mitteilen würde, die Leiche ihres Mannes sei aus dem Fluß geborgen worden. Jetzt betete sie darum, der Anruf möge kommen und die Unsicherheit beenden.

Es war ein so überwältigendes Gefühl von Unvollständigkeit. Catherine mußte oft daran denken, daß Menschen ohne Verständnis für Leichenbegängnisse nicht begriffen, daß diese Rituale für das Gemüt nötig waren. Sie wollte in der Lage sein, Eds Grab zu besuchen. Pat, ihr Vater, hatte des öfteren von einer »anständigen christlichen Beerdigung« gesprochen. Sie und Meg machten gern ihre Witze darüber. Wenn Pat den Namen eines Freundes von früher in den Todesanzeigen entdeckte, dann frotzelte sie oder Meg: »Du liebe Güte, er hat doch hoffentlich eine anständige christliche Beerdigung gekriegt.«

Sie machten keine Witze mehr darüber.

Am Freitag nachmittag war Catherine im Haus und machte sich fertig, um für die Abendessenszeit zur Gaststätte hinüberzugehen. *TGIF*, wie es heißt, *Thank God it's Friday*, das kann man wohl sagen, dachte sie – wie gut, daß es Freitag ist. Freitag hieß, daß Meg bald zum Wochenende daheim sein würde.

Die Leute von der Versicherung mußten jeden Moment kommen. Wenn sie mir wenigstens eine Teilzahlung geben, bis die Taucher von der Behörde Wrackteile des Wagens finden, überlegte Catherine, als sie sich eine Schmucknadel an das Revers ihrer Jacke mit dem Hundezahnmuster steckte. Ich brauche das Geld. Sie versuchen bloß, sich aus der Verdoppelung der Entschädigungssumme bei Tod durch Unfall herauszuwinden, aber ich bin bereit, darauf zu verzichten, bis sie den Beweis haben, von dem sie ständig reden.

Doch als die zwei ernst blickenden Versicherungsangestellten eintrafen, war es nicht, um die Zahlung in Gang zu setzen. »Mrs. Collins«, erklärte der ältere der beiden, »ich hoffe, Sie verstehen unsere Position. Wir haben Verständnis für Sie und sind uns im klaren über die mißliche Lage, in der Sie sich befinden. Das Problem ist, daß wir die Auszahlung auf die Police Ihres Mannes nicht ohne einen Totenschein bewilligen können, und der wird offenbar nicht ausgestellt.«

Catherine starrte ihn an. »Sie meinen, er wird nicht ausgestellt, solange kein absoluter Beweis für seinen Tod vorliegt? Aber was ist, wenn seine Leiche flußabwärts bis in den Atlantik getragen worden ist?«

Die Männer sahen beide verlegen aus. Der jüngere antwortete ihr. »Mrs. Collins, die New Yorker Verkehrsbehörde, in ihrer Eigenschaft als Eignerin und Betreiberin der Tappan Zee Bridge, hat in einem umfassenden Einsatz alles darangesetzt, sowohl die Opfer wie die Wrackteile aus dem Fluß zu bergen. Zugegeben, die Explosionen haben dazu geführt, daß die Fahrzeuge zerfetzt wurden. Trotzdem lösen sich schwere Teile wie Getriebe und Motoren nicht einfach auf. Außer dem Sattelschlepper und dem Tanklaster sind sechs Fahrzeuge über die Seitenplanke gegangen, oder sieben, wenn wir den Wagen Ihres Mannes mitrechnen würden. Von allen anderen sind Teile aufgefunden worden. All die anderen Leichen sind ebenfalls geborgen worden. Da ist nicht einmal ein Rad oder Reifen, eine Tür oder ein Motorenteil eines Cadillac im Flußbett unter der Unglücksstelle.«

»Sie wollen also sagen …« Es fiel Catherine schwer, die Worte zu formulieren.

»Wir wollen damit sagen, daß der umfassende Bericht über das Unglück, den die Behörde demnächst zur Veröffentlichung freigibt, kategorisch feststellt, daß Edwin Collins bei dem Brückenunglück an jenem Abend nicht zu Tode gekommen sein kann. Die Experten meinen, er mag zwar durchaus in der Nähe der Brücke gewesen sein, aber keiner glaubt, daß Edwin Collins eins der Opfer war. Wir glauben, daß er entkam, als die anderen Fahrzeuge in den Unfall verwickelt wurden, und dieses günstige Zusammentreffen dazu ausnutzte, um sein schon geplantes Verschwinden in die Tat umzusetzen. Wir denken, daß er der Meinung war, er könnte Sie und Ihre Tochter mit der Versicherung versorgen und sich dann dem neuen Leben zuwenden, das er auf die eine oder andere Weise bereits ins Auge gefaßt hatte.«

6

Mac, wie Dr. Jeremy MacIntyre von seinen Freunden genannt wurde, wohnte mit seinem siebenjährigen Sohn Kyle ganz in der Nähe der Familie Collins.

Während seiner College-Jahre an der Yale University hatte Mac den Sommer über als Kellner im Drumdoe Inn gearbeitet. Während jener Sommermonate hatte er eine dauerhafte Vorliebe für die Gegend entwickelt und beschlossen, sich dort eines Tages niederzulassen.

Als er heranwuchs, hatte Mac die Beobachtung gemacht, daß er der Typ in der Menge war, den die Mädchen nicht beachteten. Durchschnittliche Größe, durchschnittliches Gewicht, durchschnittliches Aussehen. Es war eine einigermaßen zutreffende Beschreibung, doch in Wirklichkeit wurde Mac sich selbst nicht gerecht. Beim zweiten Hinschauen fanden Frauen sehr wohl etwas Herausforderndes an dem spöttischen Ausdruck seiner braunen Augen, eine attraktive Jungenhaftigkeit an dem sandfarbenen Haar, das immer vom Wind zerzaust schien, eine wohltuende Verläßlichkeit in der souveränen Haltung, mit der er sie auf die Tanzfläche führte oder sie an einem frostigen Abend mit der Hand am Ellenbogen nahm.

Mac hatte schon immer gewußt, daß er eines Tages Arzt sein würde. Als er dann sein Medizinstudium an der New York University aufnahm, war er mehr und mehr der Überzeugung, die Zukunft der Medizin liege in der Genetik. Inzwischen sechsunddreißig, arbeitete er bei LifeCode, einem Institut für genetische Forschung in Westport, an die fünfzig Autominuten südöstlich von Newtown gelegen.

Es war die Stelle, die er wollte, und sie fügte sich gut in sein Leben als geschiedener, alleinerziehender Vater ein. Mit siebenundzwanzig hatte Mac geheiratet. Die Ehe dauerte eineinhalb Jahre und brachte Kyle hervor. Dann kam Mac eines Tages vom Labor nach Hause und fand einen Babysitter und eine Nachricht vor. Sie lautete: »Mac, das hier ist nichts für mich. Ich bin eine lausige Ehefrau und eine lausige Mutter. Wir wissen beide, daß es nicht funktionieren kann. Ich muß einfach die Chance zu einer Karriere haben. Kümmer' dich gut um Kyle. Tschüs, Ginger.«

Ginger hatte sich seither ganz gut gemacht. Sie sang in Lokalen in Vegas und auf Vergnügungsschiffen. Sie hatte ein paar Schallplatten produziert, und die letzte war in die Hitlisten gelangt. Sie schickte Kyle teure Geschenke zu seinem Geburtstag und zu Weihnachten. Die Geschenke waren ausnahmslos zu kompliziert oder zu babyhaft. Sie hatte Kyle nur dreimal in den sieben Jahren gesehen, seit sie sich aus dem Staub gemacht hatte.

Trotz der Tatsache, daß es fast eine Erleichterung bedeutet hatte, hegte Mac noch immer einen Rest von Bitterkeit über Gingers Fahnenflucht. Eine Scheidung war nie Teil der Zukunft gewesen, die er sich ausgemalt hatte, und er fühlte sich noch immer unwohl dabei. Er wußte, daß sein Sohn eine Mutter vermißte, und so gab er sich besondere Mühe und setzte all seinen Stolz daran, ein guter, aufmerksamer Vater zu sein. Freitag abends gingen Mac und Kyle häufig ins Drumdoe Inn zum Essen. Sie aßen in der kleinen, legeren Grillstube, wo das spezielle Freitagsmenü individuell zubereitete Pizzas, Fisch und Pommes frites bot.

Catherine war abends immer im Gasthof. In jungen Jahren war Meg auch ständig dort zu finden gewesen. Als sie zehn und Mac ein Aushilfskellner von neunzehn war, hatte sie ihm ernst erklärt, daß es Spaß mache, zu Hause zu essen. »Daddy und ich machen es manchmal, wenn er da ist.«

Seit ihr Vater verschwunden war, verbrachte Meg praktisch jedes Wochenende zu Hause und aß mit ihrer Mutter in der Gaststätte zu Abend. An diesem Freitag abend jedoch war weder Catherine noch Meg zu sehen.

Mac gestand sich ein, daß er enttäuscht war; Kyle hingegen, der sich immer ganz besonders auf Meg freute, gab sich ungerührt. »Dann ist sie halt nicht da. Toll.«

»Toll« war Kyles neues Wort für alles. Er gebrauchte es, wenn er begeistert war, abgestoßen oder scheinbar erhaben. Heute abend war sich Mac nicht ganz sicher, welche Empfindung er da heraushörte. Aber hör mal, sagte er sich, laß dem Jungen doch Freiraum. Wenn ihm tatsächlich irgend etwas zusetzt, dann kommt es schon früher oder später ans Tageslicht, und mit Meghan kann es bestimmt nichts zu tun haben.

Kyle aß schweigend den Rest seiner Pizza auf. Er war sauer auf Meghan. Sie tat immer so, als sei sie wirklich interessiert an dem Zeug, das er machte, aber am Mittwoch nachmittag, als er draußen war und gerade seinem Hund Jake beigebracht hatte, auf den Hinterbeinen zu stehen und bitte-bitte zu machen, war Meghan an ihm vorbeigefahren, ohne ihn zu beachten. Sie war auch ganz langsam gefahren, und er hatte zu ihr hinübergeschrien, sie solle anhalten. Er wußte, daß sie ihn gesehen hatte, weil sie direkt zu ihm hingeschaut hatte. Dann aber hatte sie Gas gegeben und war weggefahren, ohne sich auch nur die Zeit zu nehmen, Jakes Trick anzuschauen. Toll.

Er würde seinem Vater nichts davon erzählen. Dad sagte dann bestimmt, daß Meghan nicht gut drauf war, weil Mr. Collins schon lange nicht mehr heimgekommen war und vielleicht zu den Leuten gehörte, die mit dem Auto von der Brücke in den Fluß gefallen waren. Er würde erklären, daß die Leute manchmal, wenn sie an etwas denken, einfach direkt an Leuten vorbeigehen und sie nicht einmal sehen. Aber Meg *hatte* Kyle am Mittwoch gesehen und hatte es nicht mal für nötig gehalten, ihm zuzuwinken.

Toll, dachte er. Wirklich toll.

7

Als Meghan zu Hause ankam, fand sie ihre Mutter im dämm-
rigen Wohnzimmer vor, wo sie dasaß, die Hände im Schoß
gefaltet. »Mom, bist du okay?« fragte sie besorgt. »Es ist schon
fast halb acht. Gehst du nicht zum Drumdoe?« Sie knipste das
Licht an und entdeckte Catherines verquollenes, tränenverschmiertes Gesicht. Sie sank in die Knie und packte die Hände
ihrer Mutter. »Mein Gott, haben sie ihn gefunden? Ist es das?«

»Nein, Meggie, das ist es nicht.« Immer wieder stockend
berichtete Catherine Collins von dem Besuch der Versicherungsleute.

Dad doch nicht, dachte Meghan. Er könnte, er würde Mutter so etwas nicht antun. Ihr nicht. Da mußte etwas nicht stimmen. »Das ist das Verrückteste, was ich je gehört hab'«, sagte
sie energisch.

»Das hab' ich ihnen auch gesagt. Aber Meg, warum hat sich
Dad dann so viel auf seine Versicherung ausgeliehen? Das
verfolgt mich. Und selbst wenn er es investiert hat, weiß ich
nicht, wo. Ohne einen Totenschein sind mir die Hände gebunden. Ich kann nicht mit den Kosten Schritt halten. Phillip
schickt bisher Dads Monatseinkommen von der Firma, aber
das ist nicht fair ihm gegenüber. Das meiste Geld, was Dad
noch an Provision zustand, ist schon lange eingegangen. Ich
weiß, daß ich von Natur aus eher zurückhaltend bin, aber als
ich den Gasthof renoviert hab', war ich's wahrhaftig nicht. Ich
hab' wirklich übertrieben. Jetzt muß ich Drumdoe vielleicht
verkaufen.«

Der Gasthof. Es war Freitag abend. Ihre Mutter hätte jetzt
eigentlich dort sein sollen, ganz in ihrem Element, während
sie die Gäste begrüßte, ein Auge auf die Kellner und Gehilfen,
auf die Tischgedecke hatte, die Gerichte in der Küche
abschmeckte. Ganz automatisch überprüfte sie stets jedes
Detail wieder und wieder.

»Dad hat dir das nicht angetan«, stellte Meg kategorisch
fest. »Das weiß ich einfach.«

Catherine Collins brach in heftiges, trockenes Schluchzen
aus. »Vielleicht hat Dad ja das Brückenunglück als Gelegen- ·

heit genützt, um von mir wegzukommen. Aber warum, Meg? Ich hab' ihn so geliebt.«

Meghan legte die Arme um ihre Mutter. »Hör mal«, sagte sie resolut, »du hast zu Anfang recht gehabt. Dad würde dir das nie antun, und egal wie, wir werden das auch beweisen.«

8

Die Personalberatungsfirma Collins and Carter Executive Search lag in Danbury, Connecticut. Edwin Collins hatte die Firma mit achtundzwanzig gegründet, nachdem er fünf Jahre lang bei einer der im Wirtschaftsmagazin *Fortune* aufgeführten Spitzenfirmen mit Hauptsitz in New York gearbeitet hatte. In der Zeit dort war ihm klargeworden, daß die Arbeit innerhalb einer Konzernstruktur nichts für ihn war.

Nach seiner Eheschließung mit Catherine Kelly hatte er sein Büro nach Danbury verlegt. Sie wollten in Connecticut leben, und die geographische Lage von Edwins Firma war nicht entscheidend, da er einen Großteil seiner Zeit landesweit unterwegs war, um Klienten aufzusuchen.

Etwa zwölf Jahre vor seinem Verschwinden hatte Collins Phillip Carter in sein Geschäft aufgenommen.

Carter, Absolvent der Wirtschaftshochschule Wharton mit der zusätzlichen Qualifikation einer juristischen Ausbildung, war ursprünglich ein Kunde von Edwin gewesen, der ihn mehrfach erfolgreich in Positionen plaziert hatte, zuletzt, bevor sie sich zusammentaten, bei einem internationalen Unternehmen in Maryland.

Wenn Collins jene Kundenfirma aufsuchte, pflegten er und Carter sich zum Essen oder auf einen Drink zu treffen. Im Lauf der Jahre entwickelte sich eine geschäftlich orientierte Freundschaft.

Anfang der achtziger Jahre verließ Phillip Carter schließlich nach einer schwierigen, für eine Midlife-Krise typischen Scheidung seine Stellung in Maryland, um sich Collins als Partner und Teilhaber anzuschließen.

Sie waren in vielerlei Hinsicht Gegensätze. Collins war groß, gutaussehend im klassischen Sinn, makellos gekleidet und hatte einen unaufdringlichen Humor, während Carter derb und herzhaft war, mit anziehend unregelmäßigen Gesichtszügen und vollem, angegrautem Haar. Seine Kleidung war teuer, wirkte aber nie ganz richtig abgestimmt. Seine Krawatte saß oft lose am Knoten. Er war ein Mann nach Männergeschmack, der eine Trinkrunde mit seinen Geschichten zu Lachsalven hinreißen konnte, ein Mann auch, der gern ein Auge auf die Damen warf.

Die Partnerschaft hatte funktioniert. Lange Zeit wohnte Phillip Carter in Manhattan und pendelte gegen den Strom nach Danbury, wenn er nicht für die Firma auf Reisen war. Sein Name erschien häufig in den Gesellschaftsspalten der New Yorker Zeitungen im Zusammenhang von Galadiners oder Wohltätigkeitsveranstaltungen, die er in Begleitung verschiedener Frauen besucht hatte. Im Lauf der Zeit kaufte er sich dann ein kleines Haus in Brookfield, zehn Minuten vom Büro entfernt, und hielt sich immer häufiger dort auf.

Jetzt, im Alter von dreiundfünfzig Jahren, war Phillip Carter eine vertraute Gestalt im Umkreis von Danbury.

Er arbeitete regelmäßig noch mehrere Stunden an seinem Schreibtisch, nachdem alle anderen schon weg waren, weil der frühe Abend eine günstige Zeit war, all die Kundenfirmen und Jobkandidaten zu kontaktieren, die im mittleren Westen und an der Westküste angesiedelt waren. Seit dem Abend der Brückenkatastrophe verließ Phillip selten vor acht Uhr das Büro.

Als Meghan an diesem Abend um fünf vor acht anrief, griff er gerade nach seinem Mantel. »Ich hab' schon befürchtet, daß es dazu kommen würde«, sagte er, nachdem sie ihm von dem Besuch der Versicherungsleute erzählte. »Kannst du morgen gegen Mittag vorbeischauen?«

Nachdem er aufgelegt hatte, saß er lange Zeit an seinem Schreibtisch. Dann nahm er den Hörer wieder und rief seinen Wirtschaftsprüfer an. »Ich glaube, es ist besser, wenn wir jetzt sofort die Bücher durchgehen«, sagte er ruhig.

9

Als Meghan am Samstag um zwei Uhr in den Büroräumen der Collins and Carter Executive Search eintraf, stieß sie auf drei Männer, die mit Rechnern an dem langen Tisch arbeiteten, auf dem normalerweise Zeitschriften und Pflanzen plaziert waren. Sie benötigte nicht erst Phillip Carters Erklärung zu der Erkenntnis, daß es Revisoren waren. Auf seinen Vorschlag hin gingen sie beide in das private Büro ihres Vaters.

Sie hatte eine schlaflose Nacht hinter sich, ihr Kopf ein Schlachtfeld der Fragen, der Zweifel und der Verweigerung. Phillip schloß die Tür und wies auf einen der beiden Stühle vor dem Schreibtisch. Er nahm den anderen, ein Zeichen von Feingefühl, das sie zu schätzen wußte. Es hätte ihr weh getan, ihn hinter dem Schreibtisch ihres Vaters zu sehen.

Sie wußte, daß Phillip aufrichtig zu ihr sein würde. Sie fragte: »Phillip, hältst du es im entferntesten für möglich, daß mein Vater noch lebt und absichtlich verschwunden ist?«

Die kurze Pause, bevor er sprach, genügte als Antwort. »Du hältst es tatsächlich für möglich?« hakte sie nach.

»Meg, ich lebe lange genug, um zu wissen, daß alles und jedes möglich ist. Ehrlich gesagt, die Ermittlungsbeamten von der Behörde und die Versicherungsleute haben sich hier schon ziemlich lange herumgetrieben und ganz schön direkte Fragen gestellt. Ein paarmal hätte ich sie am liebsten rausgeschmissen. Wie alle andern auch hatte ich erwartet, daß man Eds Wagen, oder Wrackteile davon, finden würde. Es ist möglich, daß ein großer Teil davon von der Strömung flußabwärts getragen worden oder im Flußbett steckengeblieben ist, aber es ist keine große Hilfe, daß man keine einzige Spur von dem Auto gefunden hat. Also, um dir zu antworten, ja, es ist möglich. Und nein, ich kann mir nicht vorstellen, daß dein Vater zu so einem Streich imstande ist.«

Es war, was sie zu hören erwartet hatte, aber es machte die Situation nicht leichter. Als sie noch ganz klein gewesen war, hatte Meghan einmal versucht, ein angebranntes Stück Brot mit einer Gabel aus dem Toaster zu entfernen. Sie fühlte sich jetzt, als spüre sie von neuem den heftigen Schmerz, wie ihr der elektrische Schlag durch den Körper fuhr.

»Und natürlich ist es keine große Hilfe, daß Dad ein paar Wochen, bevor er verschwunden ist, den Barwert auf seine Versicherungen abgehoben hat.«

»Nein, wirklich nicht. Du sollst wissen, daß ich die Buchprüfung deiner Mutter zuliebe mache. Wenn diese Sache an die Öffentlichkeit gelangt, und verlaß dich drauf, das tut sie bestimmt, möchte ich ein beglaubigtes Papier vorweisen können, daß unsere Bücher vollkommen in Ordnung sind. So eine Angelegenheit setzt alle möglichen Gerüchte in Gang, wie du dir vorstellen kannst.«

Meghan senkte den Kopf. Sie hatte Jeans und eine dazu passende Jacke angezogen. Ihr fiel auf, daß sie genauso gekleidet war wie die Tote, als sie ins Roosevelt Hospital eingeliefert wurde. Sie verdrängte den Gedanken. »War mein Vater ein Spieler? Würde das vielleicht erklären, warum er so dringend Bargeld brauchte?«

Carter schüttelte den Kopf. »Dein Vater war kein Spieler, und mit solchen Leuten kenn' ich mich aus, Meg.« Er zog eine Grimasse. »Meg, ich wollte, ich wüßte eine Antwort darauf, aber ich weiß keine. Nichts an Eds Geschäfts- oder Privatleben hat mich annehmen lassen, er könnte auf die Idee kommen, zu verschwinden. Andererseits ist der Mangel an Beweisstücken von dem Unfall zwangsläufig verdächtig, zumindest für Außenstehende.«

Meghan betrachtete den Schreibtisch mit dem Chefsessel dahinter. Sie konnte sich ihren Vater ausmalen, wie er dort saß, sich zurücklehnte, mit funkelnden Augen, die Hände verschränkt, während die Finger nach oben wiesen, in »Eds Heiligen- und Märtyrerpose«, wie ihre Mutter es nannte.

Sie konnte sich selbst sehen, wie sie als Kind ins Büro rannte. Ihr Vater hatte stets Süßigkeiten für sie parat, klebrige Schokoladenstäbchen, Marshmallows, knusprige Erdnußköstlichkeiten. Ihre Mutter hatte versucht, solche Dinge von ihr fernzuhalten. »Ed«, protestierte sie dann, »gib ihr nicht so einen Mist. Du machst ihre Zähne kaputt.«

»Süßes für die Süßen, Catherine.«

Vaters Liebling. Immer. Von ihren Eltern war er für den Spaß zuständig. Mutter war es, die Meghan dazu anhielt, Klavier zu üben und ihr Bett zu machen. Mutter war es, die protestierte, als sie die Stellung in der Kanzlei aufgab. »Um Himmels willen, Meg«, hatte sie flehentlich auf sie eingeredet, »gib der Sache doch mehr als sechs Monate; vergeude nicht deine Ausbildung!«

Daddy hatte es verstanden. »Laß sie in Ruhe, Liebes«, hatte er entschieden gesagt, »Meg weiß schon, was sie tut.«

Einmal, als sie klein war, hatte Meghan ihren Vater gefragt, warum er denn so viel verreise.

»Ach, Meg«, hatte er geseufzt. »Wie wünschte ich doch, es wär' nicht notwendig. Vielleicht bin ich dazu geboren, ein fahrender Musikant zu sein.«

Weil er so häufig weg war, versuchte er es immer gutzumachen, wenn er wieder heimkam. So schlug er etwa vor, anstatt zum Drumdoe Inn zu gehen, könnte er für sie beide zu Hause ein Essen zusammenzaubern. »Meghan Anne«, sagte er dann zu ihr, »du bist meine Verabredung.«

Dieses Büro hatte die Aura ihres Vaters, dachte Meghan. Der schöne Kirschbaumschreibtisch, den er in einem Laden der Heilsarmee aufgetrieben und selbst abgezogen und wieder hergerichtet hatte. Der Tisch dahinter mit Bildern von ihr und ihrer Mutter. Die Löwenkopf-Buchstützen mit den Lederbänden dazwischen.

Seit neun Monaten schon trauerte sie um ihn als Toten. Sie fragte sich, ob ihre Trauer um ihn in diesem Augenblick noch größer sei. Falls die Versicherungsleute recht hatten, war er zu einem Fremden geworden.

Meghan schaute Phillip Carter in die Augen. »Die haben unrecht«, sagte sie laut. »Ich glaube, daß mein Vater tot ist. Ich glaube, daß man noch Wrackteile von seinem Wagen findet.« Sie sah sich um. »Aber um dir gegenüber fair zu sein: Wir haben kein Recht, dieses Büro weiter zu belegen. Ich komme nächste Woche rüber und packe seine persönliche Habe zusammen.«

»Wir kümmern uns schon drum, Meg.«

»Nein. Bitte. Hier kann ich die Sachen besser aussortieren. Mutter ist schon schlecht genug dran, ohne mitansehen zu müssen, wie ich's zu Hause mach'.«

Phillip Carter nickte. »Du hast recht, Meg. Ich mach' mir auch Sorgen um Catherine.«

»Deshalb trau' ich mich ja nicht, ihr zu erzählen, was neulich abends passiert ist.«

Sie bemerkte die zunehmende Besorgnis auf seinem Gesicht, während sie ihm von dem Mordopfer berichtete, das ihr ähnlich sah, und von dem Fax, das mitten in der Nacht eintraf.

»Meg, das ist abstrus«, sagte er. »Hoffentlich bleibt dein Chef bei der Polizei am Ball. Wir können nicht zulassen, daß dir etwas zustößt.«

Als Victor Orsini seinen Schlüssel in der Eingangstür zum Büro Collins and Carter herumdrehte, stellte er überrascht fest, daß sie nicht abgeschlossen war. Samstag nachmittag konnte er normalerweise davon ausgehen, daß er das Büro für sich alleine hatte. Er war von einer Reihe von Terminen in Colorado zurückgekehrt und wollte die Post und Mitteilungen durchgehen.

Einunddreißig Jahre alt, mit dauerhafter Sonnenbräune, muskulösen Armen und Schultern und einem schlanken, durchtrainierten Körper, sah er aus wie ein Mann, der sich viel im Freien aufhält. Sein pechschwarzes Haar und seine ausgeprägten Gesichtszüge verwiesen auf seine italienische Herkunft. Seine leuchtend blauen Augen gingen auf seine englische Großmutter zurück. Orsini war jetzt seit knapp sieben Jahren für Collins und Carter tätig. Er hatte eigentlich nicht vorgehabt, so lange zu bleiben, ja im Grunde war es schon immer seine Absicht, diese Stelle als Sprungbrett zu einem größeren Unternehmen zu nutzen.

Seine Brauen hoben sich, als er die Tür aufstieß und die Buchprüfer sah. Auf betont sachliche Weise teilte ihm der leitende Mann mit, Phillip Carter und Meghan Collins hielten sich in Edwin Collins' Privatbüro auf. Dann weihte er Victor zögernd in die Theorie der Versicherungsleute ein, Collins sei absichtlich verschwunden.

»Das ist verrückt.«Victor schritt durch die Empfangshalle und klopfte an die geschlossene Tür.

Carter machte auf. »Ach, Victor, schön, Sie zu sehen. Wir haben Sie heute gar nicht erwartet.«

Meghan wandte sich ihm zur Begrüßung zu. Orsini merkte, daß sie mit den Tränen kämpfte. Er suchte nach geeigneten Trostworten, aber es fiel ihm nichts ein. Die mit der Untersuchung des Falls betrauten Beamten hatten ihn zu dem Telefongespräch befragt, das Ed Collins direkt vor dem Unglück mit ihm führte. »Ja«, hatte er bei der Gelegenheit festgestellt, »Edwin hat gesagt, daß er kurz vor der Brücke ist. Ja, ich weiß es genau – er hat nicht gesagt, daß er von ihr kommt. Denken Sie, ich höre nicht gut? Ja, er wollte mich am nächsten Morgen sprechen. Daran war nichts Außergewöhnliches. Ed hat ständig sein Autotelefon benützt.«

Plötzlich fragte sich Victor, wie lange es wohl dauern würde, bis jemand es für merkwürdig hielt, daß es allein seine Aussage war, die Ed Collins an dem damaligen Abend auf die Auffahrt zur Tappan Zee Bridge plazierte. Es fiel ihm nicht schwer, auf die Sorge in Meghans Miene mit gleicher Betroffenheit zu reagieren, während er die Hand schüttelte, die sie ihm entgegenhielt.

10

Am Sonntag nachmittag traf sich Meg um drei Uhr mit Steve, dem Kameramann von PCD, auf dem Parkplatz der Manning Clinic.

Die Klinik lag an einem Hügel drei Kilometer von der Route 7 im Landkreis Kent entfernt, eine Dreiviertelstunde Fahrt nach Norden vom Haus ihrer Familie aus. Das Gebäude war 1890 als Heim eines gewieften Geschäftsmannes erbaut worden, dessen Frau so klug war, ihren ehrgeizigen Gatten davon abzuhalten, eine protzige Zurschaustellung seines rasanten Aufstiegs zum Inhaber eines Handelsimperiums zu inszenieren. Sie überzeugte ihn davon, daß statt des von ihm geplanten Pseudopalastes ein Herrensitz im englischen Stil besser zu der Schönheit der Landschaft paßte.

»Fertig für die Kinderstunde?« fragte Meghan den Kameramann, als sie auf das Haus zutrotteten.

»Die Giants sind im Fernsehen, und wir müssen uns mit den Zwergen abgeben«, nörgelte Steve.

Innerhalb der Villa diente das weitläufige Foyer als Empfangsraum. Die mit Eichenholz verkleideten Wände trugen gerahmte Bilder der Kinder, die ihre Existenz dem Genius moderner Wissenschaft verdankten. Weiter hinten hatte die Halle die Atmosphäre eines behaglichen Zimmers, mit Möbelgruppen, die zu vertraulichen Gesprächen einluden oder für informelle Vorträge umgestellt werden konnten.

Broschüren mit den Berichten dankbarer Eltern waren über die Tische verstreut. »Wir haben uns so sehr ein Kind gewünscht. Unser Leben war unvollständig. Und dann machten wir einen Termin bei der Manning Clinic ...« – »Wenn ich zur Geburt eines Babys zu einer Freundin ging, hatte ich Mühe, nicht zu heulen. Jemand hat mir den Vorschlag gemacht, ich sollte mich über künstliche Befruchtung informieren, und fünfzehn Monate später wurde James geboren ...« – »Mein vierzigster Geburtstag stand bevor, und ich wußte, daß es bald zu spät sein würde ...«

Jedes Jahr erhielten die Kinder, die als Resultat der Invitro-Befruchtung in der Manning Clinic geboren worden waren, die Einladung, mit ihren Eltern zum alljährlichen Treffen am dritten Sonntag im Oktober dorthin zurückzukehren. Meghan erfuhr, daß man dieses Jahr dreihundert Einladungen verschickt hatte und es Zusagen von über zweihundert der kleinen Adressaten gab. Es war eine große, geräuschvolle und festliche Party.

In einem der kleineren Gesprächszimmer kam Meghan zu einem Interview mit Dr. George Manning zusammen, dem silberhaarigen siebzigjährigen Direktor der Klinik, und bat ihn, die Retortenbefruchtung zu erläutern.

»In allereinfachster Form gesagt«, erklärte er, »ist In-vitro-Befruchtung eine Methode, mit der eine Frau, die normalerweise nicht schwanger werden kann, manchmal in der Lage ist, das Baby – oder auch die Babys – zu bekommen, das sie sich so verzweifelt wünscht. Nach Überprüfung des Verlaufs ihrer Mensis beginnt ihre Behandlung. Sie erhält Fruchtbarkeitspräparate, damit ihre Eierstöcke zur Abgabe einer Fülle von Follikeln stimuliert werden, die dann aufgefangen werden.

Der Partner der Frau wird aufgefordert, eine Spermaprobe abzugeben, zur Insemination, also Befruchtung der Eier, die in den Follikeln im Labor enthalten sind. Am nächsten Tag prüft ein Embryologe, ob und welche Eier befruchtet worden sind. Ist ein Erfolg zu sehen, so setzt ein Arzt eins oder mehrere der befruchteten Eier, die man jetzt als Embryos bezeichnet, in die Gebärmutter der Frau ein. Falls erwünscht, werden die übrigen Embryos durch Kältebehandlung für eine spätere Einpflanzung konserviert, also tiefgekühlt.

Nach fünfzehn Tagen wird Blut für einen ersten Schwangerschaftstest abgenommen.« Der Arzt deutete zu der großen Halle hinüber. »Und wie Sie an der Menge der Leute sehen können, die wir heute hierhaben, erweisen sich viele dieser Tests als positiv.«

»Das seh' ich wirklich«, pflichtete ihm Meg bei. »Doktor Manning, wie ist das Verhältnis von Erfolg zu Fehlschlag?«

»Noch immer nicht so hoch, wie wir's gerne hätten, aber mit ständigem Aufwärtstrend«, stellte er feierlich fest.

»Vielen Dank, Herr Doktor.«

Mit Steve im Schlepptau bat Meghan mehrere Mütter in Interviews darum, etwas aus ihrer persönlichen Erfahrung mit künstlicher Befruchtung mitzuteilen.

Eine von ihnen, die sich mit ihren drei attraktiven Sprößlingen vorstellte, berichtete: »Sie haben vierzehn Eier befruchtet und drei verpflanzt. Eins davon führte zur Schwangerschaft, und da ist er also.« Sie lächelte auf ihren älteren Sohn herab. »Chris ist jetzt sieben. Die anderen Embryos wurden kältebehandelt, mit anderen Worten: eingefroren. Ich bin vor fünf Jahren wieder hergekommen, und Todd ist das Ergebnis. Dann hab' ich's letztes Jahr nochmals versucht, und Jill ist drei

Monate alt. Einige der Embryos haben das Auftauen nicht überlebt, aber ich habe noch zwei tiefgekühlte Embryos im Labor. Falls ich je für ein weiteres Kind die Zeit finden sollte«, fügte sie lachend hinzu, als der Vierjährige plötzlich davonschoß.

»Haben wir jetzt genug, Meghan?« fragte Steve. »Ich würde gern noch das letzte Viertel vom Spiel der Giants mitkriegen.«

»Laß mich noch mit einer Mitarbeiterin hier reden. Ich hab' die Frau beobachtet. Sie scheint jeden beim Namen zu kennen.«

Meg ging zu der Frau hinüber und warf einen Blick auf ihr Namensschildchen. »Dürfte ich Sie für einen Moment sprechen, Frau Dr. Petrovic?«

»Aber sicher.« Frau Petrovics Stimme hatte einen angenehmen Tonfall, mit einem leichten Akzent. Sie war von durchschnittlicher Größe, mit braunen Augen und vornehmen Gesichtszügen. Sie erschien eher höflich als freundlich. Und doch hatte sie, wie Meg bemerkte, eine Traube von Kindern um sich geschart.

»Wie lange sind Sie schon an der Klinik, Frau Dr. Petrovic?«

»Im März werden es sieben Jahre. Ich bin die Embryologin, die das Labor unter sich hat.«

»Könnten Sie uns etwas dazu sagen, was Sie diesen Kindern gegenüber fühlen?«

»Ich fühle, daß jedes von ihnen ein Wunder ist.«

»Danke, Frau Dr. Petrovic.«

»Wir haben genug im Kasten«, sagte Meg zu Steve nach der Befragung von Mrs. Petrovic. »Ich will aber noch eine Einstellung von dem Gruppenfoto. Sie versammeln sich gleich alle dafür.«

Das alljährliche Foto wurde draußen auf dem Rasen vor der Villa aufgenommen. Es gab das übliche Durcheinander, das damit einhergeht, Kinder vom Krabbelalter bis zu neun Jahren in Reih und Glied zu bekommen, in der letzten Reihe die Mütter mit Säuglingen auf dem Arm, flankiert vom Klinikpersonal.

Es war ein wunderbarer Altweibersommertag, und als Steve die Kamera auf die Gruppe einstellte, kam Meg der flüchtige Gedanke, daß jedes einzelne der Kinder gut gekleidet und zufrieden aussah. Warum auch nicht? dachte sie. Sie waren alle ausgesprochene Wunschkinder.

Ein Dreijähriger rannte von der vordersten Reihe zu seiner schwangeren Mutter, die nicht weit von Meghan stand. Goldblond, mit blauen Augen und einem süßen, scheuen Lächeln, warf er seine Arme um die Knie seiner Mutter.

»Mach mal 'ne Aufnahme davon«, forderte Meghan Steve auf.

»Er ist hinreißend.« Steve richtete die Kamera auf den Kleinen, während seine Mutter ihm gut zuredete, zu den anderen Kindern zurückzukehren.

»Ich bin direkt hier, Jonathan«, beruhigte sie ihn, als sie ihn wieder in die Reihe eingliederte. »Du kannst mich sehen. Ich versprech' dir, ich gehe nicht weg.« Sie kehrte dorthin zurück, wo sie vorher gestanden hatte.

Meghan ging zu ihr hinüber. »Würden Sie mir vielleicht ein paar Fragen beantworten?« sagte sie und hielt das Mikrofon hoch.

»Gerne.«

»Sagen Sie uns bitte, wie Sie heißen und wie alt Ihr kleiner Junge ist?«

»Ich heiße Dina Anderson, und Jonathan ist fast drei.«

»Ist das Baby, das Sie erwarten, auch ein Resultat künstlicher Befruchtung?«

»Ja, genaugenommen ist er Jonathans eineiiger Zwilling.«

»Eineiiger Zwilling?!« Meghan wußte, daß man ihr die Überraschung anhören konnte.

»Ich weiß, es klingt unmöglich«, sagte Dina Anderson gutgelaunt, »aber genauso ist es. Es kommt äußerst selten vor, aber ein Embryo kann sich im Labor genauso teilen, wie er das im Mutterleib tun würde. Als wir erfuhren, daß sich eins der befruchteten Eier geteilt hatte, beschlossen mein Mann und ich, daß ich versuchen würde, jeden Zwilling einzeln zur Welt zu bringen. Wir hatten das Gefühl, für sich alleine würde jeder der beiden eine bessere Überlebenschance in meinem Schoß haben, und außerdem ist es praktisch so. Ich hab' einen anspruchsvollen Job, und ich hätte wirklich nicht gern zwei Säuglinge bei einem Kindermädchen zurücklassen wollen.«

Der Fotograf der Klinik hatte mittlerweile seine Bilder geknipst. Einen Moment später schrie er: »Okay, Kinder, danke!« Die Kinder liefen auseinander, und Jonathan kam zu seiner Mutter gerannt. Dina Anderson fing ihren Sohn in ihren Armen auf. »Ich kann mir mein Leben nicht ohne ihn vorstellen«, sagte sie. »Und in ungefähr zehn Tagen bekommen wir Ryan.«

Was für ein gutes Thema von allgemein menschlichem Interesse das abgeben würde, dachte Meghan. »Mrs. Anderson«, sagte sie eindringlich, »wenn Sie einverstanden sind, möchte ich gern meinen Chef darauf ansprechen, einen Dokumentarbericht über Ihre Zwillinge zu machen.«

11

Auf der Rückfahrt nach Newtown benützte Meghan das Autotelefon, um ihre Mutter anzurufen. Ihre Bestürzung, als sich der Anrufbeantworter meldete, wich der Erleichterung, als sie den Gasthof anwählte und erfuhr, Mrs. Collins sei im Speisesaal. »Richten Sie ihr bitte aus, daß ich auf dem Weg bin«, sagte sie zu der Empfangsdame, »und sie dann dort treffe.«

Während der nächsten Viertelstunde fuhr Meghan wie mit automatischer Steuerung. Sie war ganz aufgeregt über die Möglichkeit des Sonderberichts, den sie Weicker vorschlagen wollte.

Und sie konnte sich dabei von Mac ein wenig beraten lassen. Er war ein Experte in Genetik. Er konnte ihr mit seinem Fachwissen zur Seite stehen und ihr Lesestoff geben, mit dem sie sich besser über das ganze Spektrum der Fortpflanzungsmedizin kundig machen konnte, einschließlich der statistischen Daten über Erfolgs- und Mißerfolgsraten. Als der Verkehr zum Stillstand kam, nahm sie ihr Autotelefon und wählte seine Nummer.

Kyle meldete sich. Meghan machte ein erstauntes Gesicht, weil sich sein Tonfall änderte, als er merkte, wer anrief. Was hat der bloß? wunderte sie sich, als er ihre Begrüßung bewußt ignorierte und den Hörer seinem Vater weiterreichte.

»Hallo, Meghan. Was kann ich für dich tun?« Wie immer versetzte ihr das Erklingen von Macs Stimme einen vertrauten stechenden Schmerz. Sie hatte ihn zu ihrem besten Freund erklärt, als sie zehn war, schwärmte für ihn, als sie zwölf war, und hatte sich in ihn verliebt, als sie sechzehn war. Drei Jahre später heiratete er Ginger. Sie war zu der Hochzeit gegangen, und es war einer der schwersten Tage in ihrem Leben. Mac war damals völlig verrückt nach Ginger, und Meg hatte den Verdacht, daß er selbst jetzt, nach sieben Jahren, käme Ginger zur Tür hereinspaziert und stellte ihren Koffer ab, sie immer noch nehmen würde. Meg erlaubte sich nie das Eingeständnis, daß sie es – egal, wie sehr sie sich auch bemühte – nie geschafft hatte, Mac nicht mehr zu lieben.

»Ich könnte die Hilfe eines Profis gebrauchen, Mac.« Während ihr Wagen an der blockierten Spur vorbeifuhr und schneller wurde, erläuterte sie den Besuch in der Klinik und den Bericht, an dem sie arbeitete. »Und ich brauch' die Information ziemlich eilig, damit ich die ganze Sache meinem Chef verklickern kann.«

»Ich kann's dir sofort geben. Kyle und ich wollen gerade zum Drumdoe rüber. Ich bring's mit. Willst du mit uns essen?«

»Das paßt mir gut. Bis dann.« Sie unterbrach die Verbindung.

Es war fast sieben, als sie die Außenbezirke des Orts erreichte. Es wurde merklich kühler, und der laue Nachmittagswind hatte sich in frische Böen verwandelt. Das Scheinwerferlicht erfaßte die Bäume, die noch voller Laub standen und sich jetzt ruhelos hin und her wiegten und Schatten auf die Straße warfen. In diesem Augenblick riefen sie ihr das dunkle, wirbelnde Wasser des Hudson ins Gedächtnis.

Konzentriere dich gefälligst darauf, wie du Weicker die Idee für eine Sondersendung über die Manning Clinic beibringst, fuhr sie sich wütend an.

Phillip Carter saß im Drumdoe Inn, an einem Fenstertisch mit drei Gedecken. Er winkte Meghan zu sich herüber. »Catherine ist in der Küche und macht dem Koch die Hölle heiß«, ließ er sie wissen. »Die Leute da drüben« – er nickte zu einem Tisch in der Nähe – »wollten ihr Steak blutig. Deine Mutter hat gesagt, was sie gekriegt haben, könnte genausogut als Eishockey-Puck durchgehen. In Wirklichkeit war's halb durch.«

Meghan ließ sich in einen Stuhl fallen und lächelte. »Das Beste, was ihr passieren könnte, wäre, wenn der Koch kündigen würde. Dann müßte sie in die Küche zurück. Es würde sie ablenken.« Sie langte über den Tisch und berührte Carters Hand. »Danke, daß du gekommen bist.«

»Ich hoffe, du hast noch nicht gegessen. Ich hab' Catherine zu dem Versprechen bewegen können, mir Gesellschaft zu leisten.«

»Das ist großartig, aber wie wär's, wenn ich zum Kaffee dazukomme? Mac und Kyle müssen jeden Moment kommen, und ich bin mit ihnen verabredet. Ich muß nämlich Macs Hirn anzapfen.«

Beim Essen hielt Kyle weiterhin Abstand zu Meghan. Schließlich hob sie mit einem fragenden Blick zu Mac die Augenbrauen, doch er murmelte nur achselzuckend: »Frag nicht mich!«

Mac riet ihr zur Vorsicht bei dem Bericht, den sie vorhatte. »Du hast recht. Es gibt eine Menge Fehlschläge, und es ist eine sehr kostspielige Prozedur.«

Meg betrachtete Mac und seinen Sohn über den Tisch hinweg. Sie waren sich so ähnlich. Sie mußte daran denken, wie ihr Vater ihr bei Macs Hochzeit die Hand gedrückt hatte. Er hatte verstanden. Er hatte sie immer verstanden.

Als sie zum Aufbruch bereit waren, sagte sie: »Ich setze mich noch ein paar Minuten zu Mutter und Phillip.« Sie legte einen Arm um Kyle. »Man sieht sich, Kumpel.«

Er wich zurück.

»Also, hör mal«, sagte Meghan. »Was soll das eigentlich?«

Zu ihrer Verblüffung sah sie Tränen in seinen Augen aufsteigen. »Ich hab' gedacht, wir wären Freunde.« Er wandte sich abrupt ab und rannte zur Tür.

»Das krieg' ich schon aus ihm raus«, versprach Mac, während er davoneilte, um seinen Sohn einzuholen.

Im nahegelegenen Bridgewater hielt Dina Anderson um sieben Uhr Jonathan auf dem Schoß und nippte dabei an ihrem Rest Kaffee, während sie ihrem Mann von der Party in der Manning Clinic erzählte. »Wir werden vielleicht noch berühmt«, erklärte sie. »Meghan Collins, diese Reporterin von Channel 3, will die Erlaubnis von ihrem Boß einholen, im Krankenhaus dabeizusein, wenn das Baby zur Welt kommt, und die ersten Bilder von Jonathan mit seinem funkelnagelneuen Bruder einzufangen. Wenn ihr Boß einverstanden ist, möchte sie von Zeit zu Zeit neue Aufnahmen machen, um zu sehen, wie die beiden miteinander umgehen.«

Donald Anderson sah skeptisch aus. »Schatz, ich weiß nicht, ob wir so eine Publicity brauchen.«

»Ach, komm schon. Es könnte doch Spaß machen. Und ich stimme mit Meghan überein, wenn nur mehr Leute, die ein Kind wollen, über die verschiedenen Möglichkeiten Bescheid wüßten, dann würden sie begreifen, daß Retortenbefruchtung eine echte Alternative ist. Dieser kleine Kerl war wirklich all die Kosten und Mühen wert.«

»Dieser kleine Kerl läßt seinen Kopf in deinen Kaffee hängen.« Anderson stand auf, ging um den Tisch herum und nahm seinen Sohn aus den Armen seiner Frau hoch. »Schlafenszeit fürs Schäfchen«, verkündete er und fügte dann hinzu: »Wenn du's machen willst, soll's mir recht sein. Es wär' wahrscheinlich lustig, Profi-Aufnahmen von den Kindern zu haben.«

Dina schaute liebevoll zu, wie ihr blonder Mann mit seinen blauen Augen ihr ebenso blondes Kind zur Treppe trug. Sie hatte alle Babybilder von Jonathan bereit. Es würde so ein Vergnügen sein, sie mit Ryans Bildern zu vergleichen. Sie hatte noch einen weiteren tiefgekühlten Embryo in der Klinik. In zwei Jahren versuchen wir's mit einem weiteren Kind, und das sieht dann vielleicht mir ähnlich, dachte sie mit einem Blick durchs Zimmer hinüber zu dem Spiegel über der Anrichte. Sie prüfte ihr Aussehen, ihre olivfarbene Haut, die braunen Augen, das kohlschwarze Haar. »Das wäre auch nicht gerade übel«, murmelte sie vor sich hin.

Im Drumdoe Inn saß Meghan noch bei einer zweiten Tasse Kaffee mit ihrer Mutter und Phillip zusammen und hörte zu, wie er das Verschwinden ihres Vaters sachlich erörterte.

»Daß Edwin sich so einen Batzen auf seine Versicherung ausgeliehen hat, ohne dir etwas davon zu sagen, spielt den Versicherungsleuten direkt in die Hände. Wie sie dir gesagt haben, nehmen sie es als Zeichen, daß er seine Gründe hatte, Bargeld anzuhäufen. Genauso wie sie seine private Versicherung nicht auszahlen, so hat man mir mitgeteilt, werden sie auch die Partnerschaftsversicherung nicht zahlen, die dir als Entschädigung für seinen Anteil als Seniorchef der Firma zustehen würde.«

»Was bedeutet«, sagte Catherine Collins ruhig, »daß ich, weil ich nicht beweisen kann, daß mein Mann tot ist, möglicherweise alles verliere. Phillip, stehen Edwin noch Honorare für frühere Leistungen zu?«

Seine Antwort war schlicht. »Nein.«

»Wie steht's dieses Jahr mit dem Headhunting-Geschäft?«

»Nicht gut.«

»Du hast uns fünfundvierzigtausend Dollar vorgestreckt, während wir darauf gewartet haben, daß Eds Leiche gefunden wird.«

Er machte plötzlich ein strenges Gesicht. »Catherine, das mach' ich gerne. Ich wünschte bloß, ich könnte mehr zahlen. Wenn wir Beweise für Eds Tod haben, kannst du's mir aus der Geschäftsversicherung zurückzahlen.«

Sie legte eine Hand auf seine. »Das kann ich nicht zulassen, Phillip. Der alte Pat würde sich im Grab umdrehen, wenn er wüßte, daß ich von geliehenem Geld lebe. Falls wir nicht irgendeinen Beweis finden, daß Edwin doch bei dem Unglück umgekommen ist, werde ich, so wie die Lage ist, das Lokal verlieren, das mein Vater in lebenslanger Arbeit aufgebaut

hat, und mein Zuhause muß ich dann ebenfalls verkaufen.«
Sie schaute Meghan an. »Gott sei Dank hab' ich dich, Meggie.«
In diesem Augenblick beschloß Meg, nicht wie geplant nach
New York zurückzufahren, sondern über Nacht dazubleiben.

Als sie und ihre Mutter wieder nach Hause kamen, sprachen
sie in stillschweigendem Einvernehmen nicht mehr über den
Mann, der ihr Ehemann und Vater gewesen war. Sie schauten
sich statt dessen die Zehn-Uhr-Nachrichten an, machten sich
anschließend fürs Bett fertig. Meghan klopfte an die Tür zum
Schlafzimmer ihrer Mutter, um gute Nacht zu sagen. Ihr
wurde klar, daß sie es nicht mehr als das Schlafzimmer ihrer
Eltern ansah. Als sie die Tür öffnete, sah sie mit einem
schmerzlichen Stich, daß ihre Mutter ihr Kopfkissen in die
Mitte des Betts gerückt hatte. Meghan wußte, daß dies ein
sicheres Zeichen dafür war, daß Edwin Collins, falls er noch
lebte, in diesem Haus nicht mehr willkommen war.

12

Bernie Heffernan verbrachte den Sonntag abend mit seiner
Mutter beim Fernsehen in dem armseligen Wohnzimmer
ihres bungalowartigen Hauses in Jackson Heights, Queens. Er
schaute wesentlich lieber in dem Kommunikationszentrum
fern, das er sich in dem roh verputzten Kellerraum geschaffen
hatte, blieb aber stets oben, bis seine Mutter um zehn schlafen
ging. Seit ihrem Sturz zehn Jahre zuvor ging sie nie mehr in
die Nähe der wackeligen Kellertreppe.

Meghans Bericht über die Manning Clinic wurde in den
Sechs-Uhr-Nachrichten ausgestrahlt. Bernie starrte gebannt
auf den Bildschirm, mit Schweißperlen auf der Stirn. Wäre er
jetzt unten gewesen, hätte er Meghan auf seinem Videorecorder aufnehmen können.

»Bernard!« Mamas scharfe Stimme drang in seine Träume-
reien ein.

Er setzte ein Lächeln auf. »Tut mir leid, Mama.«

Ihre Augen waren hinter der randlosen Bifokalbrille ver-
größert. »Ich hab' dich gefragt, ob sie je den Vater von der
Frau gefunden haben.«

Er hatte ein einziges Mal Meghans Vater Mama gegen-
über erwähnt und es seither immer bereut. Er tätschelte die
Hand seiner Mutter. »Ich hab' ihr gesagt, daß wir für sie beten,
Mama.«

Er mochte es nicht, wie ihn Mama anschaute. »Du denkst
doch nicht etwa über diese Frau nach, oder, Bernard?«

»Nein, Mama. Natürlich nicht, Mama.«

Nachdem seine Mutter zu Bett gegangen war, lief Bernie in
den Keller hinunter. Er fühlte sich müde und entmutigt. Es gab
nur einen Weg, wie er sich Erleichterung verschaffen konnte.

Er machte sich sofort an seine Anrufe. Erst diesen religiösen
Sender in Atlanta. Mit Hilfe seines Apparats zur Veränderung
der Stimme warf er dem Prediger Beleidigungen an den Kopf,
bis die Leitung unterbrochen wurde. Dann wählte er eine
Talk-Show in Massachusetts an und berichtete dem Moderator, er habe mitgehört, wie ein Mordkomplott gegen ihn
geschmiedet wurde.

Um elf begann er, Frauen anzurufen, deren Namen er im
Telefonbuch markiert hatte. Eine nach der anderen warnte er,
er sei drauf und dran, bei ihr einzubrechen. Vom Klang ihrer
Stimmen konnte er sich ausmalen, wie sie aussahen. Jung und
hübsch. Alt. Unansehnlich. Dünn. Dick. In seiner Vorstellung
schuf er sich jedesmal ein Gesicht und fügte die Details mit
jedem weiteren Wort, das sie sagten, nach und nach hinzu.

Außer heute abend. Heute abend hatten sie alle dasselbe
Gesicht.

Heute abend sahen sie alle wie Meghan Collins aus.

13

Als Meghan Montag morgen um halb sieben nach unten ging,
traf sie ihre Mutter schon in der Küche an. Der Duft von Kaffee erfüllte den Raum, Saft stand in Gläsern bereit, und Brot

steckte im Toaster. Meghans Protest, daß ihre Mutter nicht so früh hätte aufstehen sollen, erstarb ihr auf den Lippen. Die tiefen Schatten um Catherine Collins' Augen herum ließen keinen Zweifel daran, daß sie kaum geschlafen hatte.

Genau wie ich, dachte Meghan, während sie nach der Kaffeekanne griff. »Mutter, ich hab' gründlich nachgedacht«, sagte sie. Bedachtsam wählte sie ihre Worte, als sie fortfuhr. »Ich kann mir keinen einzigen Grund vorstellen, warum Dad sich dazu entschließen würde, zu verschwinden. Nehmen wir an, da wäre eine andere Frau. Das könnte sicherlich vorkommen, aber wenn es so wäre, hätte Dad dich um eine Scheidung bitten können. Du wärst natürlich total unglücklich gewesen, und ich wär' ganz schön zornig geworden, aber letzten Endes sind wir beide Realisten, und Dad wußte das. Die Versicherungen nageln alles an der Tatsache fest, daß sie weder seine Leiche noch das Auto gefunden haben und daß er auf seine eigenen Policen Geld aufgenommen hat. Aber es waren *seine* Policen, und wie du ja gesagt hast, wollte er vielleicht irgendeine Art von Investition machen, von der er wußte, daß du nicht damit einverstanden gewesen wärst. Ist doch möglich.«

»Alles ist möglich«, sagte Catherine Collins ruhig, »einschließlich der Tatsache, daß ich nicht weiß, was ich tun soll.«

»Aber ich weiß es. Wir werden eine Klage einreichen und die Auszahlung dieser Policen verlangen, inklusive der doppelten Entschädigung bei Tod durch Unfall. Wir legen doch nicht die Hände in den Schoß und lassen uns von diesen Leuten weismachen, daß Dad dir das angetan hat.«

Um sieben Uhr saßen sich Mac und Kyle an ihrem Küchentisch gegenüber. Kyle hatte sich, als er zu Bett ging, noch immer geweigert, über seine kühle Art Meg gegenüber zu sprechen, doch jetzt am Morgen war seine Stimmung verändert. »Ich hab' nachgedacht«, begann er.

Mac lächelte. »Das ist schon ein guter Anfang.«

»Nein, wirklich. Weißt du noch, wie Meg gestern abend von dem Fall da erzählt hat, wegen dem sie am Mittwoch den ganzen Tag im Gericht war?«

»Ja.«

»Dann kann sie Mittwoch nachmittag gar nicht hier gewesen sein.«

»Nein, war sie auch nicht.«

»Dann hab' ich sie nicht am Haus vorbeifahren sehen.«

Mac blickte in die ernsten Augen seines Sohns. »Nein, Mittwoch nachmittag kannst du sie nicht gesehen haben. Da bin ich mir sicher.«

»Dann war's wahrscheinlich einfach 'ne Frau, die ganz ähnlich wie sie ausgesehen hat.« Kyles erleichtertes Lächeln legte zwei Zahnlücken frei. Er blickte zu Jake hinunter, der unter dem Tisch ausgestreckt lag. »Also, bis Meg Jake wieder zu sehen kriegt, wenn sie nächstes Wochenende heimkommt, kann er schon *perfekt* bitte-bitte sagen.«

Als sein Name erklang, sprang Jake auf und hob seine Vorderpfoten.

»Ich finde, der kann jetzt schon perfekt betteln«, kommentierte Mac trocken.

Meghan fuhr direkt zum Garageneingang des PCD-Gebäudes an der Sechsundfünfzigsten Straße West. Bernie hielt ihr genau in dem Moment, als sie die automatische Schaltung auf Parken stellte, die Fahrertür auf. »Hallo, Miss Collins.« Sein strahlendes Lächeln und die warme Stimme entlockten auch ihren Lippen ein Lächeln. »Meine Mutter und ich haben Sie in dieser Klinik gesehen, ich meine, wir haben gestern abend die Nachrichten gesehen, wo Sie drin waren. Hat Ihnen bestimmt Spaß gemacht, bei all den Kindern zu sein.« Seine Hand kam ihr entgegen, um ihr aus dem Wagen zu helfen.

»Sie waren ungeheuer niedlich, Bernie«, stimmte Meghan zu.

»Meine Mutter hat gesagt, daß es schon irgendwie komisch ist – Sie wissen, was ich meine –, wenn man so wie diese Leute Kinder kriegt. Ich bin nicht so für all diese verrückten wissenschaftlichen Spinnereien.«

Errungenschaften, nicht Spinnereien, dachte Meghan. »Ich weiß, was Sie meinen«, sagte sie. »Es kommt einem wirklich 'n bißchen wie aus der ›Schönen Neuen Welt‹ vor.«

Bernie starrte sie verständnislos an.

»Bis später.« Sie ging in Richtung Aufzug, ihre Ledermappe unter dem Arm.

Bernie sah ihr nach, stieg dann ins Auto und fuhr es in die tiefergelegene Ebene der Garage. Mit Absicht stellte er es in einer dunklen Ecke an der Wand ganz hinten ab. Während der Mittagspause suchten sich all die Typen hier einen Wagen zum Ausruhen aus, um zu essen, Zeitung zu lesen oder zu dösen. Als einzige Regel des Managements galt es zu beachten, daß man die Sitzpolster nicht mit Ketchup verschmierte. Seit einmal so ein Kiffer die Lederarmstütze in einem Mercedes verbrannt hatte, durfte niemand mehr rauchen, nicht einmal in Autos mit Aschenbechern voller Kippen. Die Hauptsache war, daß es keiner irgendwie komisch fand, wenn man es sich immer im selben Wagen oder in denselben paar Wagen bequem machte. Bernie fühlte sich richtig glücklich, wenn er in Meghans Mustang saß. Das Auto hatte einen Hauch des Parfüms an sich, das sie immer benutzte.

Meghans Schreibtisch lag in der »Arena«, dem Großraumbüro auf der 29. Etage. Rasch las sie die Jobzuteilungsliste. Um elf Uhr sollte sie bei der Vorverhandlung eines wegen Insider-Geschäften angeklagten Börsenmaklers sein.

Ihr Telefon klingelte. Es war Tom Weicker. »Meg, können Sie sofort rüberkommen?«

Zwei Männer waren in Weickers Privatbüro. Meghan erkannte einen von ihnen, Jamal Nader, einen schwarzen Kriminalbeamten mit einer angenehm leisen Stimme, dem sie schon wiederholt bei Gericht über den Weg gelaufen war. Sie begrüßten sich herzlich. Weicker stellte den anderen Mann als Lieutenant Story vor.

»Lieutenant Story ermittelt in dem Mordfall, über den Sie neulich abends berichtet haben. Ich habe ihm das Fax gegeben, das Sie erhalten hatten.«

Nader schüttelte den Kopf. »Das tote Mädchen sieht wirklich genau wie Sie aus, Meghan.«

»Weiß man schon, wer sie ist?« fragte Meghan.

»Nein.« Nader zögerte. »Aber sie scheint Sie gekannt zu haben.«

»Mich gekannt?« Meghan starrte ihn an. »Wie kommen Sie denn darauf?«

»Als die Leute sie am Donnerstag abend ins Leichenschauhaus gebracht haben, haben sie ihre Kleider durchsucht und nichts gefunden. Dann wurde alles zur Bezirksstaatsanwaltschaft geschickt, zur Aufbewahrung als Beweismittel. Einer von unseren Leuten hat sich die Sachen noch mal angesehen. Er fand einen Zettel, den man von einem Notizblock vom Drumdoe Inn abgerissen hatte. Ihr Name und Ihre Durchwahlnummer von WPCD waren draufgeschrieben.«

»Mein Name!«

Lieutenant Story griff in seine Jackentasche. Das Stück Papier steckte in einer Plastikfolie. Er hielt es hoch. »Ihr Vorname und die Nummer.«

Meghan und die beiden Kriminalbeamten standen an Tom Weickers Schreibtisch. Meghan griff nach der Schreibtischplatte, während sie auf die deutlichen Buchstaben starrte, auf die schräggestellten Ziffern. Sie spürte, wie ihre Lippen trocken wurden.

»Miss Collins, erkennen Sie diese Handschrift?« fragte Story in scharfem Ton.

Sie nickte. »Ja.«

»Wer …?«

Sie wandte den Kopf ab, da sie den vertrauten Schriftzug nicht mehr sehen wollte. »Mein Vater hat das geschrieben«, flüsterte sie.

14

Am Montag morgen traf Phillip Carter um acht Uhr im Büro ein. Wie gewöhnlich war er als erster zur Stelle. Der Mitarbeiterstab war klein und bestand aus Jackie, seiner fünfzigjährigen Sekretärin, Mutter von Teenagern, dann Milly, der großmütterlichen Teilzeitbuchhalterin, und schließlich Victor Orsini.

Carter hatte seinen eigenen Computer gleich neben seinem Schreibtisch. Dort hatte er Dateien gespeichert, zu denen nur er Zugang hatte, Dateien mit seinen privaten Daten. Seine Freunde amüsierten sich über seinen Hang, zu Grundstücksversteigerungen zu gehen, aber sie hätten sich über die Menge an Grundbesitz auf dem Land gewundert, die er im Lauf der Jahre im stillen angesammelt hatte. Zu seinem Leidwesen war ein großer Teil des Landes, das er billig erworben hatte, bei seiner Scheidung verlorengegangen. Den Boden, den er zu fürstlichen Preisen kaufte, schaffte er sich nach der Scheidung an.

Als er den Schlüssel in den Computer steckte, ging ihm durch den Kopf, daß es Jackie und Milly nicht an Gesprächsstoff für die Mittagspause mangeln würde, wenn sie erfuhren, daß der bisher als sicher geltende Tod von Edwin Collins angefochten wurde.

Sein ihm eigenes Bedürfnis nach Privatsphäre rebellierte bei der Vorstellung, er könnte je zum Thema einer der eifrigen Tuscheleien von Jackie und Milly werden, während sie ihre Salate aßen, die seinem Eindruck nach zumeist aus Alfalfasprossen bestanden.

Die Sache mit Eds Büro machte ihm Sorgen. Bisher schien es eine Sache des Anstands, es bis zur offiziellen Erklärung seines Todes so zu belassen, wie es war, aber jetzt war auch nichts dagegen einzuwenden, daß Meghan erklärt hatte, sie wolle die persönliche Habe ihres Vaters zusammenpacken. So oder so würde Edwin Collins es nie mehr benützen.

Carter runzelte die Stirn. Victor Orsini. Er konnte sich einfach nicht mit dem Mann anfreunden. Orsini war schon immer Ed nähergestanden, aber er machte seine Arbeit verdammt gut, und sein Fachwissen auf dem Gebiet der medizinischen Technologie war heutzutage absolut unerläßlich, und jetzt, da Ed nicht mehr da war, von besonderem Wert. Er hatte den größten Teil dieses Geschäftssektors betreut.

Carter wußte, daß es nicht zu vermeiden war, Orsini Eds Büro zu geben, sobald Meghan mit dem Ausräumen fertig war. Victors gegenwärtiges Büro war viel zu eng und hatte ein einziges kleines Fenster.

Ja, vorläufig brauchte er den Mann, ob er ihn nun mochte oder nicht.

Nichtsdestoweniger warnte Phillips Intuition ihn, daß Victor Orsinis Naturell einen undurchschaubaren Aspekt hatte, den man nie außer acht lassen sollte.

Lieutenant Story gestattete, daß eine Kopie des in Plastik eingeschweißten Zettels für Meghan gemacht wurde. »Vor wie langer Zeit haben Sie diese Telefonnummer beim Rundfunk zugeteilt bekommen?« fragte er sie.

»Mitte Januar.«

»Wann haben Sie Ihren Vater zum letztenmal gesehen?«

»Am vierzehnten Januar. Er ging gerade auf eine Geschäftsreise nach Kalifornien.«

»Was für eine Art Geschäft?«

Meghans Zunge fühlte sich geschwollen an, ihre Finger waren klamm, als sie die Fotokopie in der Hand hielt, auf der sich ihr Name so merkwürdig deutlich von dem weißen Hintergrund abhob. Sie berichtete ihm von der Firma Collins and Carter Executive Search. Ohne jeden Zweifel hatte Detective Jamal Nader bereits Story informiert, daß ihr Vater vermißt war.

»Hatte Ihr Vater diese Nummer in seinem Besitz, als er abreiste?«

»Muß er wohl. Ich hab' nach dem Vierzehnten nie mehr mit ihm gesprochen und ihn auch nicht wiedergesehen. Er sollte am Achtundzwanzigsten zurück sein.«

»Und er ist bei dem Unfall auf der Tappan Zee Bridge an dem Abend damals ums Leben gekommen.«

»Er hat seinen Geschäftspartner Victor Orsini angerufen, als er gerade auf die Brücke zufuhr. Der Unfall ist weniger als eine Minute nach ihrem Telefongespräch passiert. Irgendwer hat ausgesagt, er hätte gesehen, wie ein dunkler Cadillac in den Tanklaster geschleudert wurde und über die Brücke ging.« Es war sinnlos zu verheimlichen, was dieser Mann mit einem Telefonanruf in Erfahrung bringen konnte. »Ich muß Ihnen mitteilen, daß die Versicherungsgesellschaften sich jetzt weigern, seine Policen auszuzahlen, mit dem Argument, daß von allen anderen Fahrzeugen wenigstens Bruchstücke gefunden worden sind, vom Wagen meines Vaters dagegen keine Spur. Die Taucher von den Behörden behaupten, wenn der Wagen wirklich an dieser Stelle in den Fluß gestürzt wäre, hätten sie ihn finden müssen.« Meghans Kinn richtete sich auf. »Meine Mutter strengt einen Prozeß an, damit die Versicherung ausbezahlt wird.«

Sie konnte den Zweifel in den Augen aller drei Männer sehen. Für ihre eigenen Ohren – und mit diesem Stück Papier in der Hand – klang sie wie eine jener unglücklichen Zeuginnen und Zeugen, die sie aus Gerichtsverfahren kannte, Leute, die selbst angesichts des unwiderlegbaren Beweises, daß sie sich täuschen oder aber lügen, verbissen bei ihrer Aussage bleiben.

Story räusperte sich. »Miss Collins, die junge Frau, die Donnerstag abend ermordet wurde, sieht Ihnen auffallend ähnlich und hatte einen Zettel bei sich, auf dem Ihr Name und Ihre Telefonnummer in der Handschrift Ihres Vaters geschrieben standen. Haben Sie irgendeine Erklärung?«

Meghan versteifte ihr Rückgrat. »Ich habe keine Ahnung, warum diese junge Frau dieses Stück Papier bei sich hatte. Ich habe keine Ahnung, wie sie dazu gekommen ist. Sie hat mir wirklich sehr ähnlich gesehen. Als einziges kann ich mir denken, daß mein Vater ihr womöglich begegnet ist und eine Bemerkung über die Ähnlichkeit gemacht und zu ihr gesagt hat: ›Wenn Sie mal nach New York kommen, sollten Sie unbedingt meine Tochter kennenlernen.‹ Menschen ähneln sich manchmal einfach. Das ist eine Binsenweisheit. Mein Vater war in einer Branche tätig, wo er viele Leute getroffen hat; so wie ich ihn kenne, würde er genau so einen Kommentar von sich geben. Über eines aber bin ich mir sicher: Wenn mein Vater noch lebte, hätte er sich nicht absichtlich davongemacht und meine Mutter in finanzieller Bedrängnis zurückgelassen.«

Sie wandte sich Tom zu. »Ich bin für die Baxter-Anhörung eingeteilt. Ich denke, ich muß jetzt los.«

»Sind Sie okay?« fragte Tom. Sein Verhalten ließ keinerlei Mitleid verspüren.

»Mir geht's bestens«, sagte Meghan ruhig. Sie blickte weder Story noch Nader an.

Nader war es, der sich äußerte. »Meghan, wir stehen in Kontakt mit dem FBI. Falls eine Frau als vermißt gemeldet wurde, auf die die Beschreibung des Opfers von Donnerstag abend paßt, dann wissen wir es bald. Vielleicht sind ja eine Menge Antworten miteinander verknüpft.«

15

Helene Petrovic liebte ihre Arbeit als Embryologin mit der Aufsicht über das Labor der Manning Clinic. Mit siebenundzwanzig Jahren verwitwet, war sie von Rumänien in die Vereinigten Staaten ausgewandert, hatte dankbar die Großmütigkeit einer Freundin der Familie angenommen, als Kosmetikerin für sie gearbeitet und begonnen, zur Abendschule zu gehen.

Mit achtundvierzig war sie eine schlanke, gutaussehende Frau mit Augen, die nie lächelten. Wochentags wohnte Helene in einem möblierten Apartment in New Milford, Connecticut, etwa acht Kilometer von der Klinik entfernt. Die Wochenenden verbrachte sie in Lawrenceville, New Jersey, in dem behaglichen Haus im Kolonialstil, das ihr gehörte. Das Arbeitszimmer dort neben ihrem Schlafzimmer hing voller Bilder der Kinder, denen sie zu ihrer Existenz verholfen hatte.

Helene sah sich als Chef-Kinderärztin einer Säuglingsstation in der Entbindungsabteilung eines guten Krankenhauses an. Der Unterschied war, daß die Embryos in ihrer Obhut verletzlicher waren als das zerbrechlichste Frühgeborene. Sie trug ihre Verantwortung mit leidenschaftlichem Ernst.

Wenn Helene die winzigen Glasgefäße im Labor betrachtete, malte sie sich gern mit Hinblick auf die Eltern wie manchmal auch Geschwister, die sie ja kannte, die Kinder aus, die eines Tages geboren werden mochten. Sie liebte sie alle, aber es gab ein Kind, das sie am allerliebsten hatte, den wunderschönen Blondschopf, dessen süßes Lächeln sie an ihren Mann erinnerte, den sie als junge Frau verloren hatte.

Die Anhörung des Börsenmaklers Baxter zu der Beschuldigung widerrechtlicher Insider-Geschäfte fand im Gericht an der Centre Street statt. Von zwei Anwälten flankiert, erklärte sich der erstklassig gekleidete Angeklagte für nicht schuldig, wobei seine Stimme die Autorität von Börsenverhandlungen reflektierte. Steve war wieder Megs Kameramann. »Was für ein gerissener Schwindler. Da wär' ich beinah lieber wieder bei den Zwergen in Connecticut.«

»Ich hab' eine Aktennotiz gemacht und für Tom hingelegt – ich will 'ne Sondersendung über die Klinik dort machen. Heute nachmittag werd' ich versuchen, ihn dafür zu erwärmen«, sagte Meghan.

Steve zwinkerte. »Sollte ich je Kinder haben, dann hoffentlich auf die altmodische Tour, wenn du weißt, was ich meine.«

Sie lächelte kurz. »Ich weiß, was du meinst.«

Um vier Uhr war Meghan wieder in Toms Büro. »Meghan, noch einmal von vorne. Sie meinen, diese Frau steht kurz vor der Geburt des eineiigen Zwillingsbruders ihres dreijährigen Sohns?«

»Genau das meine ich. Solch eine Art aufgeteilter Geburt hat man schon in England gemacht, aber hier ist es ein Novum. Außerdem ist die Mutter in diesem Fall ziemlich interessant. Dina Anderson ist eine stellvertretende Bankdirektorin, sehr attraktiv und eloquent und ganz offensichtlich eine großartige Mutter. Und der Dreijährige ist zum Verlieben.

Dazu kommt die Tatsache, daß so viele Untersuchungen gezeigt haben, daß eineiige Zwillinge, selbst wenn sie von Geburt an getrennt sind, mit den gleichen Vorlieben aufwachsen. Ganz schön gespenstisch manchmal. Sie heiraten etwa Leute mit demselben Namen, geben ihren Kindern dieselben Namen, gestalten ihre Häuser in denselben Farben, tragen die gleiche Frisur, wählen die gleiche Art Kleider. Es wäre interessant herauszufinden, wie sich das Verhältnis ändern würde, wenn der eine Zwilling wesentlich älter als der andere ist.«

»Überlegen Sie mal«, schloß sie. »Das Wunder des ersten Retortenbabys ist erst fünfzehn Jahre her, und jetzt gibt es schon Tausende von ihnen. Jeden Tag gibt es neue Errungenschaften bei den Methoden der künstlichen Fortpflanzung. Ich finde, laufende Berichte über die neuen Methoden – und spätere Aktualisierungen zu den Anderson-Zwillingen – könnten wirklich toll sein.«

Sie sprach mit Feuereifer, redete sich selbst warm. Tom Weicker ließ sich nicht leicht herumbekommen.

»Wie sicher ist sich Mrs. Anderson, daß sie den eineiigen Zwilling bekommt?«

»Absolut sicher. Die tiefgekühlten Embryos sind in individuellen Röhrchen, die mit dem Namen der Mutter, ihrer Sozialversicherungsnummer und ihrem Geburtsdatum versehen sind. Und jedes Röhrchen bekommt seine eigene Nummer. Nachdem Jonathans Embryo verpflanzt worden war, hatten die Andersons noch zwei Embryos, seinen eineiigen Zwilling und noch einen weiteren. Das Röhrchen mit seinem eineiigen Zwilling hatte ein besonderes Etikett.«

Tom stand von seinem Schreibtisch auf und streckte sich. Er hatte sein Jackett abgelegt, die Krawatte gelockert und den Kragenknopf aufgemacht. Das hatte zur Wirkung, daß seine ansonsten unnahbare Erscheinung etwas gemildert wurde.

Er ging zu dem Fenster hinüber, starrte auf das Gewühl des Verkehrs auf der Sechsundfünfzigsten Straße West hinunter, drehte sich dann abrupt um. »Es hat mir gefallen, was Sie gestern mit dem Manning-Treffen gemacht haben. Die Zuschauerreaktionen waren positiv. Gehen Sie's an!«

Er ließ es sie wirklich machen! Meghan nickte und hielt sich dabei vor Augen, daß Begeisterung nicht angebracht war.

Tom kehrte zu seinem Schreibtisch zurück. »Meghan, schauen Sie sich das an. Es ist eine Skizze von der Frau, die am Donnerstag abend erstochen worden ist.« Er reichte sie ihr.

Obwohl sie das Opfer gesehen hatte, wurde Meghans Mund trocken, als sie die Zeichnung musterte. Sie las die Angaben dazu: »Weiße Abstammung, dunkelbraune Haare, blaugrüne Augen, 1,65 m, schlank gebaut, 54 kg, 24-28 Jahre alt.« Zwei Zentimeter größer, und die Beschreibung würde auf sie selbst zutreffen.

»Wenn dieses ›Versehen‹-Fax dazu paßt und bedeutet, daß man es eigentlich auf Sie abgesehen hatte, ist es ziemlich klar, warum dieses Mädchen tot ist«, sagte Weicker. »Sie war genau hier in der Nachbarschaft, und die Ähnlichkeit mit Ihnen ist unheimlich.«

»Ich versteh' es einfach nicht. Genausowenig verstehe ich, wie sie an den Zettel mit der Schrift meines Vaters geraten ist.«

»Ich hab' noch mal mit Lieutenant Story gesprochen. Wir sind übereingekommen, daß es besser wäre, Sie von den Nachrichten abzuziehen, bis der Mörder gefunden ist, nur für den Fall, daß irgendein Verrückter hinter Ihnen her ist.«

»Aber, Tom –« protestierte sie. Er ließ sie nicht zu Wort kommen.

»Meghan, konzentrieren Sie sich auf diese Sondersendung. Daraus könnte eine verdammt gute Story von allgemeinem Interesse werden. Wenn es klappt, machen wir dann später Kurzberichte über diese Bengel. Vorläufig aber bleiben Sie von den täglichen Nachrichten weg. Halten Sie mich auf dem laufenden«, sagte er kurz angebunden, während er sich hinsetzte und eine Schreibtischschublade herauszog, womit sie eindeutig entlassen war.

16

Montag nachmittag war in der Manning Clinic nach der Aufregung des Wochenendtreffens wieder Ruhe eingekehrt. Alle Spuren der festlichen Veranstaltung waren verschwunden, und der Empfangsraum hatte seine gewohnte ruhige Eleganz wiedergewonnen.

Ein Paar gegen Ende Dreißig blätterte in Erwartung seines ersten Besuchstermins in Zeitschriften. Die Sprechstundenhilfe, Marge Walters, betrachtete die beiden voller Anteilnahme. Sie hatte keine Probleme damit gehabt, drei Kinder in den ersten drei Jahren ihrer Ehe zu bekommen. An der gegenüberliegenden Seite des Raums hielt eine offensichtlich nervöse Frau in den Zwanzigern die Hand ihres Mannes fest. Marge wußte, daß die junge Frau einen Termin zur Einpflanzung von Embryos in ihre Gebärmutter hatte. Zwölf ihrer Eier waren im Labor befruchtet worden. Drei würde man in der Hoffnung einsetzen, daß eines davon zu einer Schwangerschaft führen würde. Manchmal entwickelten sich mehrere Embryos weiter und ergaben Mehrfachgeburten.

»Das wäre ein Segen und nicht ein Problem«, hatte die junge Frau Marge gegenüber versichert, als sie sich anmeldete. Die übrigen neun Embryos waren dann tiefgekühlt worden. Falls es diesmal nicht zu einer Schwangerschaft kam, würde die junge Frau wiederkehren und einige jener Embryos eingesetzt bekommen.

Dr. Manning hatte seine Mitarbeiter unerwartet zur Mittagszeit zusammengerufen. In Gedanken strich sich Marge mit den Fingern durch ihr kurzes blondes Haar. Dr. Manning hatte sie alle darüber informiert, PCD Channel 3 werde eine Fernsehsondersendung über die Klinik bringen und dabei auch die bevorstehende Geburt von Jonathan Andersons eineiigem Zwillingsbruder einbeziehen. Er bat, man möge Meghan Collins in jeder Weise unterstützen, dabei aber natürlich die Privatsphäre der Klienten respektieren. Nur mit Patienten, die sich schriftlich einverstanden erklärten, würde es Interviews geben.

Marge hoffte auf die Chance, in der Sendung dabeizusein. Ihre Jungs würden das ganz super finden.

Rechts von ihrem Pult ging es zu den Sprechzimmern der leitenden Mitarbeiter. Die Tür, die dorthin führte, ging auf, und eine der neuen Sekretärinnen kam mit energischem Schritt heraus. Sie hielt gerade lange genug bei Marges Pult inne, um ihr zuzuflüstern: »Da ist was im Busch. Frau Dr. Petrovic ist grade aus Dr. Mannings Zimmer rausgekommen. Sie ist völlig aufgelöst, und als ich rein bin, sah er aus, als ob er gleich einen Herzanfall kriegt.«

»Was glauben Sie denn, was da los ist?« fragte Marge.

»Ich weiß nicht, aber sie räumt ihren Schreibtisch aus. Ob sie wohl gekündigt hat – oder gefeuert worden ist?«

»Das kann ich mir nicht vorstellen, daß sie freiwillig hier weggeht«, sagte Marge ungläubig. »Das Laboratorium ist ihr ganzes Leben.«

Als Meghan am Montag abend ihr Auto holte, hatte Bernie gesagt: »Bis morgen, Meghan.«

Sie hatte ihn dann informiert, daß sie für eine Weile nicht im Sender sein würde, da sie einen Sonderauftrag in Connecticut hätte. Bernie das mitzuteilen war einfach gewesen, aber auf der Heimfahrt quälte sie sich mit der Frage, wie sie ihrer Mutter beibringen sollte, daß sie vom Nachrichtenteam ausgeschlossen war, nachdem sie die Stelle gerade erst bekommen hatte.

Sie mußte es einfach so darlegen, daß der Fernsehsender den Sonderbericht wegen der in Kürze bevorstehenden Geburt des Anderson-Babys schnell fertig haben wollte. Mom geht es schon schlecht genug ohne die zusätzliche Sorge, daß ich möglicherweise als Mordopfer ausersehen war, dachte Meghan, und sie wäre am Boden zerstört, wenn sie etwas von dem Zettel mit Dads Handschrift wüßte.

Sie fuhr von der Interstate 84 auf die Landstraße Route 7 ab. Einige Bäume hatten noch Laub, doch die leuchtenden Farben von Mitte Oktober waren verblichen. Der Herbst war immer ihre liebste Jahreszeit gewesen, überlegte sie. Aber nicht dieses Jahr.

Ein Teil ihres Gehirns, der juristische Teil, der Bereich, der Gefühle und Beweislage voneinander trennte, pochte darauf, daß sie anfing, sämtliche Gründe zu erörtern, weshalb das Stück Papier mit ihrem Namen und ihrer Telefonnummer in die Tasche der Toten geraten sein mochte. Es ist nicht illoyal, alle Möglichkeiten zu untersuchen, ermahnte sie sich hartnäckig. Ein guter Anwalt für die Verteidigung muß den Fall immer auch mit den Augen des Anklägers betrachten.

Ihre Mutter war all die Unterlagen in dem Wandsafe zu Hause durchgegangen. Sie wußte jedoch, daß ihre Mutter nicht den Schreibtischinhalt im Arbeitszimmer ihres Vaters untersucht hatte. Es war an der Zeit, das zu tun.

Sie hoffte, daß sie in der Nachrichtenabteilung alles zufriedenstellend geregelt hatte. Bevor sie ging, hatte Meg eine Liste ihrer laufenden Projekte für Bill Evans zusammengestellt, der bei PCD in Chicago eine vergleichbare Aufgabe wahrnahm und jetzt im Nachrichtenteam für sie einspringen würde, solange in dem Mordfall ermittelt wurde.

Ihr Treffen mit Dr. Manning war für den nächsten Tag um elf Uhr vereinbart. Sie wollte ihn fragen, ob sie an einer Einführungssitzung zur Aufklärung und Beratung teilnehmen könnte, als wäre sie eine neue Patientin. Während einer schlaflosen Nacht war ihr noch etwas anderes eingefallen. Es würde der Sache einen besonderen Anstrich geben, ein paar Szenen aufzunehmen, wie Jonathan seiner Mutter half, sich auf das neue Baby vorzubereiten. Sie fragte sich, ob die Andersons wohl eigene Videoaufnahmen von Jonathan als Neugeborenem besaßen.

Als sie daheim ankam, war das Haus leer. Das konnte nur bedeuten, daß ihre Mutter im Gasthof war. Gut, dachte Meghan. Dort ist sie am besten aufgehoben. Meg schleppte den Faxapparat hinein, den sie ihr beim Sender geliehen hatten. Sie würde ihn an den zweiten Telefonanschluß im Arbeitszimmer ihres Vaters anschließen. Dann werde ich wenigstens nicht von verrückten Mitteilungen mitten in der Nacht aufgeweckt, dachte sie, als sie die Tür zumachte und abschloß und einige Lichter gegen die rasch hereinbrechende Dunkelheit anzuknipsen begann.

Meghan seufzte, ohne sich dessen bewußt zu sein, während sie durch das Haus wanderte. Es war ihr seit langem ans Herz gewachsen. Die Räume waren nicht groß. Ihre Mutter beschwerte sich besonders gern darüber, daß alte Bauernhäuser von außen stets größer aussahen, als sie es tatsächlich waren. »Dieses Haus ist eine optische Täuschung«, klagte sie dann. In Meghans Augen jedoch hatte die Intimität der Räume einen ganz eigenen Charme. Sie mochte das Gefühl des leicht unebenen Bodens mit den breiten Dielen, den Anblick der offenen Kamine und Flügeltüren und der eingebauten Eckschränke im Eßzimmer. In ihren Augen bildeten sie den idealen Hintergrund für die antiken Ahornmöbel mit ihrer wunderbar warmen Patina, die tiefen bequemen Polster, die farbenfrohen handgeknüpften Teppiche.

Dad war so häufig weg, dachte sie, während sie die Tür zu seinem Arbeitszimmer öffnete, einem Raum, den sie und ihre Mutter seit dem Abend des Brückenunglücks mieden. Aber man wußte immer, daß er wiederkam, und mit ihm gab es so viel Spaß.

Sie knipste die Schreibtischlampe an und setzte sich in den Drehstuhl. Sein Zimmer war das kleinste im Erdgeschoß. Der Kamin war von Bücherregalen umgeben. Der Lieblingssessel ihres Vaters, kastanienbraunes Leder mit einem dazu passenden Polsterschemel, hatte auf der einen Seite eine Stehlampe und auf der anderen einen runden Chippendale-Tisch.

Auf dem Tisch wie auf dem Kaminsims standen Familienbilder gruppiert: das Hochzeitsporträt ihrer Mutter und ihres Vaters; Meghan als Baby; sie alle zu dritt, als sie heranwuchs; der alte Pat mit stolzgeschwellter Brust vor dem Drumdoe Inn. Zeugnis einer glücklichen Familie, dachte Meghan mit einem Blick von der einen zu einer weiteren Gruppe eingerahmter Schnappschüsse.

Sie nahm das Bild von Aurelia, der Mutter ihres Vaters, in die Hand. In den frühen Dreißigern aufgenommen, als sie vierundzwanzig war, zeigte es deutlich, daß sie eine schöne Frau gewesen war. Volles gewelltes Haar, große, ausdrucksvolle Augen, ovales Gesicht, schlanker Hals, Zobelfelle über ihrem Kostüm. Ihr Ausdruck war von der verträumten, gestellten Art, wie sie die Fotografen jener Tage bevorzugten. »Ich hatte die hübscheste Mutter in Pennsylvania«, sagte ihr Vater gern, um hinzuzufügen, »und jetzt habe ich die hübscheste Tochter in Connecticut. Du siehst aus wie sie.« Seine Mutter war gestorben, als er noch ein Baby war.

Meghan konnte sich nicht daran erinnern, je ein Bild von Richard Collins zu Gesicht bekommen zu haben. »Wir haben uns nie vertragen«, hatte ihr Vater sie knapp beschieden. »Je weniger ich ihn gesehen hab', um so besser.«

Das Telefon klingelte. Es war Virginia Murphy, die rechte Hand ihrer Mutter im Gasthof. »Catherine hat mich gebeten, nachzufragen, ob du da bist und ob du zum Essen rüberkommen willst.«

»Wie geht's ihr, Virginia?« fragte Meghan.

»Ihr geht's immer gut, wenn sie hier ist, und heute abend haben wir eine Menge Reservierungen. Mr. Carter kommt um sieben. Er möchte mit deiner Mutter zusammen essen.«

Hmm, dachte Meghan. Sie hatte schon lange den Verdacht, daß Phillip Carter allmählich eine gewisse Schwäche für Catherine Collins entwickelte. »Sagst du Mom bitte, daß ich morgen in Kent ein Interview habe und noch eine Menge dafür recherchieren muß? Ich mach' mir hier was zurecht.«

Als sie auflegte, holte sie resolut ihre Geschäftsmappe hervor und zog all die Zeitungs- und Zeitschriftenartikel über In-vitro-Befruchtung heraus, die ihr jemand vom Archiv im Sender zusammengestellt hatte. Sie runzelte die Stirn, als sie auf mehrere Fälle stieß, wo eine Klinik verklagt wurde, weil Tests ergaben, daß der Ehemann der Frau nicht der biologische Vater des Kindes war. »Ein ziemlich schlimmer Fehler, wenn einem so was unterläuft«, bemerkte sie laut und beschloß, daß dies ein Gesichtspunkt war, der bei einem Abschnitt der Sendung erwähnt werden sollte.

Um acht Uhr machte sie sich ein Sandwich und eine Kanne Tee und nahm beides mit ins Arbeitszimmer hinüber. Sie aß, während sie versuchte, das Informationsmaterial in sich aufzunehmen, das Mac ihr gegeben hatte. Es war, so befand sie, ein Intensivkurs über die Prozeduren künstlicher Fortpflanzung.

Das Klicken im Schloß kurz nach zehn bedeutete, daß ihre Mutter daheim war. Sie rief: »Grüß dich, ich bin hier drüben.«

Catherine Collins kam ins Zimmer geeilt. »Meggie, bist du in Ordnung?«

»Ja, klar. Wieso?«

»Gerade eben, als ich die Auffahrt raufkam, hatte ich plötzlich ein ganz komisches Gefühl deinetwegen, daß irgendwas nicht stimmte – fast wie eine Vorahnung.«

Meghan zwang sich zu einem amüsierten Grinsen, stand schnell auf und umarmte ihre Mutter. »Da *hat* auch was nicht gestimmt«, erklärte sie. »Ich hab' versucht, mir die Geheimnisse der DNS anzueignen, und glaub mir, es ist verdammt schwer. Jetzt weiß ich, warum Schwester Elizabeth behauptet hat, ich hätte keine Begabung für Naturwissenschaften.«

Sie war erleichtert, die Anspannung aus dem Gesicht ihrer Mutter weichen zu sehen.

Helene Petrovic schluckte nervös, als sie um Mitternacht den letzten ihrer Koffer packte. Sie ließ nur ihre Toilettenartikel und das, was sie am nächsten Morgen anziehen würde, draußen. Sie konnte es nicht abwarten, all das hinter sich zu lassen. Sie war in letzter Zeit so schreckhaft. Die Belastung war einfach zu groß geworden, entschied sie. Es war an der Zeit, Schluß damit zu machen.

Sie hob den Koffer vom Bett hoch und stellte ihn zu dem übrigen Gepäck. Von der Eingangshalle her drang das schwache Klicken einer Drehung im Schloß zu ihr vor. Sie schlug sich mit der Hand auf den Mund, um einen Schrei abzudämpfen. Er sollte doch heute abend nicht kommen. Sie wandte sich um, um ihm ins Gesicht zu sehen.

»Helene?« Sein Tonfall war höflich. »Wolltest du dich denn gar nicht verabschieden?«

»Ich … ich wollte dir schreiben.«

»Das wird jetzt nicht mehr nötig sein.«

Mit der rechten Hand langte er in seine Tasche. Sie sah Metall aufblitzen. Dann griff er nach einem der Kissen vom Bett und hielt es vor sich hin. Helene blieb keine Zeit für einen Fluchtversuch. Brennender Schmerz explodierte in ihrem Kopf. Die Zukunft, die sie so sorgfältig vorbereitet hatte, verschwand mit ihr in die Finsternis.

Um vier Uhr früh riß das Klingeln des Telefons Meghan aus dem Schlaf. Sie tastete nach dem Hörer.

Eine kaum vernehmbare, heisere Stimme flüsterte: »Meg.«

»Wer ist das?« Sie hörte es klicken und wußte, daß ihre Mutter den Nebenapparat abnahm.

»Es ist Daddy, Meg. Ich steck' in Schwierigkeiten. Ich hab' was Furchtbares getan.«

Ein unterdrücktes Aufstöhnen ließ Meg den Hörer aufknallen und zum Zimmer ihrer Mutter hinüberstürzen. Catherine Collins war auf das Kissen gesunken, aschfahl ihr Gesicht, die Augen geschlossen. Meg packte sie an den Armen. »Mom, das ist irgendein kranker, verrückter Idiot«, sagte sie eindringlich. »Mom!«

Ihre Mutter hatte das Bewußtsein verloren.

17

Um halb acht am Dienstag morgen sah Mac seinem Sohn zu, wie er auf den Schulbus sprang. Dann stieg er in seinen Wagen, um nach Westport zu fahren. Ein frostiger Wind lag in der Luft, und Macs Brille beschlug. Er nahm sie ab, säuberte sie rasch und wünschte sich unwillkürlich, einer der Glücklichen mit Kontaktlinsen zu sein, deren lächelnde Mienen ihm von Werbepostern herunter Vorhaltungen machten, wann immer er seine Brille in Ordnung bringen ließ oder eine neue kaufte.

Als er um die Straßenbiegung fuhr, stellte er zu seinem Erstaunen fest, daß Megs weißer Mustang gerade in ihre Auffahrt einscherte. Er hupte kurz, und sie bremste ab.

Er fuhr neben sie. Gleichzeitig ließen sie beide die Scheiben herunter. Sein fröhliches »Was treibst du denn da?« erstarb ihm auf den Lippen, als er sich Meghan genau anschaute. Ihr Gesicht war angespannt und blaß, ihr Haar zerzaust, und ein gestreiftes Pyjama-Oberteil war zwischen den Aufschlägen ihres Regenmantels sichtbar. »Meg, was ist passiert?« fragte er nachdrücklich.

»Meine Mutter ist im Krankenhaus«, entgegnete sie mit tonloser Stimme.

Ein Auto näherte sich von hinten. »Fahr zu«, sagte er. »Ich fahr' dir nach.«

In der Einfahrt beeilte er sich, Meg die Fahrertür aufzuhalten. Sie erschien ganz benommen. Wie schlimm steht es um Catherine? dachte er voller Sorge. Auf der Eingangsveranda nahm er Meg die Hausschlüssel aus der Hand. »Komm, laß mich mal machen.«

Drinnen in der Vorhalle legte er ihr die Hände auf die Schultern. »Erzähl's mir.«

»Sie haben zuerst gedacht, sie hätte einen Herzanfall gehabt. Zum Glück haben sie sich getäuscht, aber es besteht die Möglichkeit, daß sie auf einen zusteuert. Sie bekommt Medikamente, um dagegen vorzubeugen. Sie muß mindestens eine Woche im Krankenhaus bleiben. Die haben gefragt – hör gut zu –, ob sie irgendwelchen Streß gehabt habe?« Ein verunsichertes Auflachen schlug in unterdrücktes Schluchzen um. Sie schluckte und wich zurück. »Mir geht's gut, Mac. Die Tests haben so weit keinen Herzschaden festgestellt. Sie ist erschöpft, todunglücklich und hat Sorgen. Was sie braucht, sind Ruhe und ein paar Beruhigungsmittel.«

»Das finde ich auch. Würde dir auch nicht schaden. Komm. Du könntest eine Tasse Kaffee gebrauchen.«

Sie folgte ihm in die Küche. »Ich mach' ihn.«

»Setz dich hin. Willst du nicht den Mantel ausziehen?«

»Ich friere immer noch.« Sie versuchte zu lächeln. »Wie kannst du nur an so einem Tag ohne Mantel rausgehen?«

Mac blickte auf sein graues Tweed-Jackett herab. »Bei meinem Mantel ist ein Knopf lose. Ich kann mein Nähzeug nicht finden.«

Als der Kaffee fertig war, schenkte er für jeden von ihnen eine Tasse ein und setzte sich ihr gegenüber an den Tisch. »Wo Catherine im Krankenhaus liegt, wirst du vermutlich eine Weile über Nacht hierbleiben.«

»Das hatte ich sowieso vor.« Ruhig erzählte sie ihm all das, was vorgefallen war: von dem Opfer, das ihr ähnlich sah, der Notiz, die man bei der Frau in der Tasche gefunden hatte, dem nächtlichen Fax. »Und deshalb«, erklärte sie, »will der Sender, daß ich vorläufig aus der Schußlinie bleibe, und mein Chef hat mir das Projekt mit der Manning Clinic zugewiesen. Und dann hat heute ganz in der Frühe das Telefon geklingelt, und …« Sie berichtete ihm von dem Anruf und dem Zusammenbruch ihrer Mutter.

Mac hoffte, daß seiner Miene nicht der Schock anzumerken war, den er empfand. Zugegeben, Sonntag abend beim Essen war Kyle dabeigewesen. Sie wollte vielleicht in seiner Anwesenheit nichts sagen. Aber trotzdem – Meg hatte nicht einmal eine Andeutung gemacht, daß sie weniger als drei Tage zuvor eine ermordete Frau gesehen hatte, die möglicherweise an ihrer Stelle gestorben war. Genausowenig hatte sie Mac über die Entscheidung der Versicherungsleute informiert.

Seit sie zehn Jahre alt und er in seinem zweiten College-Jahr war und begann, den Sommer über im Gasthof zu arbeiten, hatte sie ihm alle ihre Geheimnisse anvertraut, angefangen damit, wie sehr sie ihren Vater vermißte, wenn er weg war, bis dahin, wie sehr sie es haßte, Klavier zu üben.

Die anderthalb Jahre von Macs Ehe waren die einzige Zeit, in der er die Collins' nicht regelmäßig sah. Seit der Scheidung lebte er jetzt hier, inzwischen fast sieben Jahre, und war der Meinung, er und Meg seien wieder auf ihrer Basis von großem Bruder und kleiner Schwester. Wenn er sich da nicht täuschte, dachte er.

Meghan schwieg jetzt, in ihre eigenen Gedanken versunken; eindeutig erhoffte sie weder, noch erwartete sie Hilfe oder Rat von ihm. Kyles Bemerkung fiel ihm wieder ein: *Ich hab' gedacht, wir wären Freunde.* Die Frau, die Kyle mittwochs am Haus hatte vorbeifahren sehen, diejenige, die er für Meghan gehalten hatte: Konnte es sein, daß sie die Frau war, die einen Tag später starb?

Mac beschloß auf der Stelle, Meghan gegenüber nichts zu erwähnen, bevor er am Abend Kyle darüber befragen und sich die Sache durch den Kopf gehen lassen konnte. Aber etwas anderes mußte er sie jetzt fragen. »Meg, verzeih mir, aber besteht auch nur die geringste Chance, daß es dein Vater war, der heute früh angerufen hat?«

»Nein. Nein. Ich würde seine Stimme erkennen. Meine Mutter genauso. Was wir da gehört haben, klang unwirklich, nicht so schlimm wie eine Computerstimme, aber nicht normal.«

»Er hat gesagt, er steckt in Schwierigkeiten.«

»Ja.«

»Und der Notizzettel in der Tasche des Mordopfers hatte seine Handschrift?«

»Ja.«

»Hat dein Vater je irgendwen namens Annie erwähnt?«

Meghan starrte Mac an.

Annie! Sie konnte ihren Vater hören, wie er sie frotzelnd rief: *Meg … Meggie … Meghan Anne … Annie …*

Entsetzt dachte sie: *Annie* war immer sein Kosename für mich.

18

Am Dienstag morgen konnte Frances Grolier von den Vorderfenstern ihres Hauses in Scottsdale, Arizona, aus sehen, wie der erste Lichtschimmer die McDowell Mountains zu umreißen begann, ein Licht, von dem sie wußte, daß es stark und strahlend werden und ständig die auf jenen Felsmassen reflektierten Schattierungen, Töne und Farben ändern würde.

Sie wandte sich um und ging durch den langen Raum zu den Hinterfenstern. Das Haus lag an der Grenze zu dem weitläufigen Reservat der Pima-Indianer und bot einen Blick auf die Wüste in ihrem Urzustand, öde und offen, vom Camelback Mountain gesäumt; Wüste und Berg leuchteten jetzt geheimnisvoll in dem schattenhaften rosafarbenen Glühen, das den Sonnenaufgang ankündigte.

Mit sechsundfünfzig Jahren war es Frances irgendwie gelungen, etwas Ausgefallenes an ihrem Wesen zu bewahren, das gut zu ihrem schmalen Gesicht, der kräftigen Fülle braungrauer Haare und den großen faszinierenden Augen paßte. Sie machte sich nie die Mühe, die tiefen Falten um Augen und Mund mit Make-up abzumildern. Groß und rank, fühlte sie sich in langen Hosen und einem losen Kittel am wohlsten.

Sie vermied es, persönlich ins Rampenlicht zu geraten, aber ihr Werk als Bildhauerin war in Kunstkreisen bekannt, insbesondere wegen ihrer unnachahmlichen Fähigkeit, Gesichter zu formen. Die Feinfühligkeit, mit der sie verborgenen Eigenheiten Ausdruck verlieh, war das Kennzeichen ihrer Begabung.

Vor langer Zeit hatte sie einen Entschluß gefaßt und sich daran gehalten, ohne es je zu bereuen. Ihr Lebensstil war ihr gerade recht. Doch jetzt …

Sie hätte nicht voraussetzen sollen, daß Annie es verstehen würde. Sie hätte Wort halten und ihr nichts sagen sollen. Annie hatte mit weit aufgerissenen, schockierten Augen der gequälten Erklärung zugehört. Dann war sie durchs Zimmer gelaufen und hatte absichtlich das Gestell mit der Bronzebüste umgeworfen.

Auf Frances' entsetzten Schrei hin war Annie aus dem Haus gestürmt, in ihr Auto gesprungen und weggefahren. An jenem Abend hatte Frances versucht, ihre Tochter in ihrer Wohnung in San Diego anzurufen. Der Anrufbeantworter war angestellt. Jeden Tag der letzten Woche hatte sie angerufen und immer nur den Apparat erreicht. Es würde Annie nur zu ähnlich sehen, auf unbegrenzte Zeit zu verschwinden. Im Jahr zuvor war sie, nachdem sie ihre Verlobung mit Greg aufgelöst hatte, nach Australien geflogen und dort sechs Monate lang mit dem Rucksack unterwegs gewesen.

Mit Fingern, die unfähig schienen, den Signalen ihres Gehirns zu gehorchen, nahm Frances wieder die Ausbesserungsarbeit an der Büste auf, die sie von Annies Vater modelliert hatte.

Von dem Moment an, als sie Dr. Mannings Sprechzimmer um zwei Uhr am Dienstag nachmittag betrat, konnte Meghan den Unterschied in seiner Haltung spüren. Am Sonntag, bei ihrem Fernsehbericht über die Zusammenkunft, war er mitteilsam und voller Initiative gewesen, stolz, die Kinder und die Klinik vorzuführen. Gestern am Telefon, als sie den Termin ausmachte, war er verhalten begeistert gewesen. Heute sah man ihm seine siebzig Jahre wirklich an. Die gesunde rosa Gesichtsfarbe, die sie zuvor bemerkt hatte, war nun einer grauen Blässe gewichen. Die Hand, die er ihr hinstreckte, zitterte ein wenig.

Heute morgen hatte Mac, bevor er nach Westport aufbrach, darauf bestanden, daß sie im Krankenhaus anrief und sich nach ihrer Mutter erkundigte. Man teilte ihr mit, Mrs. Collins schlafe gerade, ihr Blutdruck habe sich zufriedenstellend gebessert und liege jetzt im oberen Normalbereich.

Mac. Was hatte sie in seinen Augen gesehen, als er sich verabschiedete? Er hatte ihre Wange mit dem üblichen leichten Kuß gestreift, aber seine Augen vermittelten eine andere Botschaft. Mitleid? Sie wollte keins.

Sie hatte sich ein paar Stunden hingelegt und wenn auch nicht geschlafen, so doch wenigstens gedöst, um das bleierne Gefühl auf ihren Augen und die Benommenheit etwas abzustreifen. Dann hatte sie sich geduscht, lang und heiß geduscht, wodurch der Schmerz in ihrem Schulterbereich ein wenig nachließ. Sie hatte ein dunkelgrünes Kostüm mit einer taillierten Jacke und einem dreiviertellangen Rock angezogen. Sie wollte so gut wie möglich aussehen. Ihr war aufgefallen, wie gut die Erwachsenen bei dem Treffen in der Manning Clinic gekleidet waren, doch dann hatte sie sich überlegt, daß Leute, die sich einen Betrag von irgendwo zwischen zehn- und zwanzigtausend Dollar für den Versuch, ein Kind zu bekommen, leisten konnten, über ansehnliche Einkommen verfügen mußten.

In der Kanzlei an der Park Avenue, wo sie ursprünglich eine juristische Laufbahn eingeschlagen hatte, galt die Regel, daß legere Kleidung nicht zulässig war. Als Funk- und jetzt Fernsehreporterin hatte Meghan die Beobachtung gemacht, daß Interviewpartner unwillkürlich mitteilsamer waren, wenn sie sich mit dem Fragesteller in gewisser Weise identifizieren konnten. Sie wollte, daß Dr. Manning mit ihr instinktiv wie mit einer angehenden Klientin umgehen und sprechen würde. Als sie jetzt vor ihm stand und ihn musterte, wurde ihr bewußt, daß er sie ansah wie ein überführter Verbrecher den Richter bei der Urteilsverkündung. Furcht war die Empfindung, die von ihm ausging. Doch weshalb sollte Dr. Manning sich vor ihr fürchten?

»Ich kann Ihnen gar nicht sagen, wie sehr ich mich darauf freue, diese Sondersendung zu machen«, erklärte sie, während sie ihm gegenüber am Schreibtisch Platz nahm. »Ich –«

Er unterbrach sie. »Miss Collins, ich fürchte, wir können an keinerlei Fernsehberichten mitwirken. Meine Mitarbeiter und ich hatten eine Besprechung, und der allgemeine Eindruck war, daß viele unserer Klienten sich äußerst unwohl fühlen würden, wenn sie hier auf Fernsehkameras stießen.«

»Aber am Sonntag wollten Sie uns doch gerne haben.«

»Die Leute, die am Sonntag hier waren, haben Kinder. Die Frauen, die zum erstenmal herkommen oder auch bisher erfolglos versucht haben, schwanger zu werden, sind häufig nervös und niedergedrückt. Künstliche Fortpflanzung ist eine höchst private Angelegenheit.« Sein Tonfall war bestimmt, aber seine Augen verrieten seine Beunruhigung. Weshalb nur? fragte sie sich.

»Als wir miteinander telefoniert haben«, sagte sie, »kamen wir überein, daß wir keine Leute zu einem Interview bitten oder irgendwie vor die Kamera kriegen würden, die nicht wirklich gern bereit sind, über ihre Erfahrungen mit der Klinik zu reden.«

»Miss Collins, die Antwort ist nein, und jetzt, fürchte ich, muß ich zu einem Termin.« Er erhob sich.

Meghan hatte keine andere Wahl, als ebenfalls aufzustehen. »Was ist passiert, Doktor Manning?« fragte sie ruhig. »Sie müssen doch wissen, daß ich merke, daß diese plötzliche Änderung mit sehr viel mehr zu tun hat als dieser reichlich späten Sorge um Ihre Patienten.«

Er antwortete nicht. Meghan verließ sein Sprechzimmer und ging den Gang hinunter zur Empfangshalle. Sie lächelte die Sprechstundenhilfe freundlich an und überflog das Namensschild auf dem Pult. »Mrs. Walters, ich hab' eine Freundin, die sich sehr für jedes Informationsmaterial interessiert, was ich ihr über die Klinik geben kann.«

Marge Walters sah verblüfft aus. »Dann hat Dr. Manning wohl vergessen, Ihnen all das Zeug zu geben, was er seine Sekretärin für Sie zusammenstellen ließ. Ich ruf' sie eben an. Dann bringt sie's her.«

»Das wäre nett«, sagte Meghan. »Dr. Manning war bereit, bei dem Bericht mitzumachen, den ich vorhabe.«

»Natürlich. Die Leute hier sind ganz begeistert. Es ist Reklame für die Klinik. Lassen Sie mich Jane anrufen.«

Meghan hoffte inständig, daß Dr. Manning seiner Sekretärin nichts von seiner Entscheidung gesagt hatte, jede Beteiligung an der geplanten Sondersendung zu verweigern. Dann schlug vor ihren Augen Marge Walters' Gesichtsausdruck von einem Lächeln in ein erstauntes Stirnrunzeln um. Als sie den Hörer auflegte, war ihr offenes und freundliches Verhalten verflogen. »Miss Collins, ich nehme an, Sie wissen, daß ich Dr. Mannings Sekretärin nicht um die Unterlagen hätte bitten sollen.«

»Ich bitte nur um all das Material, das auch eine neue Klientin anfordern würde.«

»Da wenden Sie sich lieber an Dr. Manning.« Sie zögerte. »Ich möchte nicht unhöflich sein, Miss Collins, aber ich arbeite hier. Ich mache, was man mir sagt.«

Es lag auf der Hand, daß von ihr keine Hilfe zu erwarten war. Meghan wollte schon gehen, hielt dann inne. »Können Sie mir mal eines sagen? Gab es seitens der Angestellten eine Menge Bedenken wegen des Projekts? Ich meine, waren es alle oder nur ein paar, die bei der Konferenz dagegen waren?«

Sie sah deutlich, wie die andere Frau mit sich kämpfte. Marge Walters konnte vor Neugier kaum an sich halten. Die Neugier behielt die Oberhand. »Miss Collins«, flüsterte sie, »gestern mittag wurde die Belegschaft zusammengerufen, und alle haben bei der Nachricht applaudiert, daß Sie eine Sondersendung machen. Wir haben Witze darüber gemacht, wer wohl mit aufs Bild kommt. Ich kann mir nicht vorstellen, was Dr. Manning dazu gebracht hat, seine Meinung zu ändern.«

19

Mac empfand seine Arbeit in dem Forschungsinstitut LifeCode, wo er auf genetische Therapie spezialisiert war, als erfüllend, befriedigend und rundherum fesselnd.

Nachdem er Meghan verlassen hatte, fuhr er zum Labor und machte sich sofort an die Arbeit. Doch im Verlauf des Tages gestand er sich ein, daß es ihm schwerfiel, sich zu konzentrieren. Ein dumpfes Gefühl, daß etwas nicht stimmte, schien sein Hirn lahmzulegen und seinen ganzen Körper zu durchdringen, so daß sich seine Finger, die ganz selbstverständlich mit den empfindlichsten Geräten umgehen konnten, schwerfällig und ungeschickt anfühlten. Er machte an seinem Schreibtisch Mittagspause, und während er aß, versuchte er die deutlich spürbare Furcht zu analysieren, die ihn im Griff hatte.

Er rief im Krankenhaus an und erhielt den Bescheid, Mrs. Collins sei von der Intensivstation auf die Kardiologie verlegt worden. Sie schlafe, und es würden keine Anrufe durchgestellt.

Was nichts anderes als gute Nachrichten bedeutet, dachte Mac. Die Kardiologie war vermutlich nur eine Vorsichtsmaßnahme. Er hatte das sichere Gefühl, Catherine würde ganz gesund werden und von der erzwungenen Ruhe profitieren.

Seine Sorge um Meghan war es, was dieses betäubende Unbehagen verursachte. Wer bedrohte sie? Selbst wenn das Unglaubliche stimmte und Ed Collins noch lebte, ging die Gefahr ganz sicher nicht von ihm aus.

Nein, seine Beunruhigung ging allein auf das Mordopfer zurück, das wie Meghan aussah. Als er dann die unberührte Hälfte seines Sandwichs weggeworfen und den Rest seines kalten Kaffees ausgetrunken hatte, wußte Mac, daß er keine Ruhe finden würde, bis er zum Leichenschauhaus in New York gegangen war, um sich die Leiche jener Frau anzuschauen.

Abends auf seinem Heimweg machte Mac im Krankenhaus eine Stippvisite bei Catherine, die zweifellos Beruhigungsmittel bekommen hatte. Ihre Sprechweise war deutlich langsamer als ihr sonst so lebendiger Tonfall. »Ist das nicht ein Quatsch, Mac?« fragte sie.

Er zog einen Stuhl heran. »Selbst wackere Töchter der Grünen Insel dürfen gelegentlich mal eine Pause einlegen, Catherine.«

Ihr Lächeln war eine Bestätigung. »Wahrscheinlich hab' ich eine Zeitlang ein bißchen viel von mir verlangt. Du weißt Bescheid, nehm' ich an.«

»Ja.«

»Meggie ist gerade weg. Sie geht zum Gasthof rüber. Mac, dieser neue Koch, den ich eingestellt hab'! Ich schwöre dir, der hat seine Ausbildung in 'ner Imbißbude gemacht. Ich muß ihn loswerden.« Ihre Miene wurde düster. »Das heißt, wenn ich einen Weg finde, wie ich am Drumdoe festhalten kann.«

»Ich glaube, es ist besser, wenn du diese Art Sorgen eine Weile beiseite schiebst.«

Sie seufzte. »Ich weiß. Es ist bloß, daß ich gegen einen schlechten Koch was *tun* kann. *Nichts tun* kann ich gegen Versicherungstypen, die nicht zahlen wollen, und Idioten, die mitten in der Nacht anrufen. Meg hat gesagt, so ein mieser Anruf sei einfach typisch für unsre Zeit, aber es ist so widerwärtig, so zum Wahnsinnigwerden. Sie schüttelt's einfach ab, aber du kannst dir vorstellen, warum ich Angst hab'.«

»Hab Vertrauen zu Meg.« Mac kam sich ganz verlogen vor bei seinem Versuch, beruhigend zu wirken. Einige Minuten später stand er auf, um zu gehen. Er küßte Catherine auf die Stirn. In ihrem Lächeln lag ein Anflug von Kampfgeist. »Ich hab' eine großartige Idee. Wenn ich den Koch rausschmeiße, schick' ich ihn hierher. Verglichen mit dem, was ich zum Abendessen gekriegt hab', ist er der reinste Escoffier.«

Marie Dileo, die Haushälterin, die täglich kam, war beim Tischdecken, als Mac heimkehrte, und Kyle machte auf dem Boden ausgestreckt seine Hausaufgaben. Mac zog Kyle zu sich auf das Sofa heran. »Sag mal, Freund, ich will das wissen. Wie genau hast du die Frau neulich zu sehen gekriegt, die du für Meg gehalten hast?«

»Ziemlich genau«, antwortete Kyle. »Meg war heute nachmittag hier.«

»Ach, wirklich?«

»Ja. Sie wollte wissen, warum ich sauer auf sie war.«

»Und hast du's ihr gesagt?«

»Ah-hmm.«

»Was hat sie gemeint?«

»Ach bloß, daß sie Mittwoch nachmittag im Gericht war und daß manchmal, wenn Leute im Fernsehen sind, andre Leute gern sehen wollen, wo sie wohnen. Solches Zeug. Genau wie du hat sie gefragt, wie gut ich die Dame da zu sehen gekriegt hab'. Und ich hab' ihr gesagt, daß die Dame sehr, sehr langsam gefahren ist. Deshalb bin ich ja auch zur Straße hingelaufen und hab' nach ihr gerufen, als ich sie gesehen hab'. Und sie hat das Auto angehalten und mich angeschaut und das Fenster runtergemacht, und dann ist sie einfach weggefahren.«

»Das hast du mir alles gar nicht erzählt.«

»Ich hab' gesagt, daß sie mich gesehen hat und dann schnell weggefahren ist.«

»Du hast nicht gesagt, daß sie angehalten und das Fenster runtergekurbelt hat, mein Lieber.«

»Ah-hmm. Ich hab' *gedacht*, daß sie Meg ist. Aber ihre Haare waren länger. Das hab' ich Meg auch gesagt. Weißt du, es ging ihr so um die Schultern. Wie das Bild von Mommy.«

Ginger hatte Kyle eines ihrer jüngsten Pressebilder geschickt, ein Porträtfoto: mit ihren blonden Haaren um die Schultern verweht, mit geöffneten Lippen, die perfekte Zähne preisgaben, und großen, sinnlichen Augen. In die Ecke hatte sie geschrieben: »Für meinen kleinen Liebling Kyle, in Liebe und mit Küssen, Mommy.« Ein Pressefoto, hatte Mac voller Abscheu gedacht. Wäre er zu Hause gewesen, als es ankam, hätte Kyle es nie zu sehen bekommen.

Nachdem sie bei Kyle hereingeschaut, ihre Mutter besucht und im Gasthof nach dem Rechten gesehen hatte, war Meghan um halb acht nach Hause gekommen. Virginia hatte darauf bestanden, ihr eine Portion Essen mitzugeben, Hühnerfrikassee, Salat und die warmen salzigen Brötchen, die Meghan so gern hatte. »Du bist genauso schlimm wie deine Mutter«, hatte Virginia sich ereifert. »Du vergißt noch zu essen.«

Hätte ich wahrscheinlich auch, dachte Meghan, während sie sich schnell auszog und den alten Pyjama und einen Morgenrock überstreifte. Die Sachen stammten noch aus ihrer College-Zeit und waren nach wie vor ihre Lieblingsklamotten für einen frühen, ruhigen Abend zum Lesen oder Fernsehen.

In der Küche nippte sie an einem Glas Wein und knabberte an dem Salzbrötchen, während der Mikrowellenherd das Geflügelgericht im Nu erhitzte.

Als es fertig war, trug sie es auf einem Tablett ins Arbeitszimmer und machte es sich im Drehsessel ihres Vaters bequem. Am nächsten Tag würde sie anfangen, sich mit der Geschichte der Manning Clinic auseinanderzusetzen. Die Rechercheure beim Fernsehsender konnten rasch alles Hintergrundmaterial liefern, das es darüber gab. Und über Dr. Manning, dachte sie. Ich wüßte gern, ob *der* nicht irgendwelche Leichen im Keller hat, sagte sie sich.

Heute abend jedoch hatte sie ein anderes Projekt im Sinn. Sie mußte unbedingt jede Spur von einem Hinweis herausfinden, der womöglich einen Zusammenhang zwischen ihrem Vater und der Toten herstellte, die ihr ähnlich sah, der Frau, die vielleicht Annie hieß.

Ein Verdacht hatte sich in ihr Bewußtsein eingeschlichen, ein so unglaublicher Verdacht, daß sie sich noch nicht dazu bringen konnte, ihn ernsthaft zu erwägen. Sie wußte lediglich, daß es absolut entscheidend war, sofort sämtliche persönlichen Unterlagen ihres Vaters durchzugehen.

Wie nicht anders zu erwarten, waren die Schubladen im Schreibtisch wohlgeordnet. Edwin Collins war von Natur aus akkurat gewesen. Schreibpapier, Umschläge und Briefmarken waren in der Seitenschublade mit den Zwischenfächern exakt sortiert. Sein Übersichtskalender hatte Eintragungen für Januar und Anfang Februar. Danach waren nur langfristige Termine festgehalten. Der Geburtstag ihrer Mutter. Ihr Geburtstag. Die Frühjahrspartie mit dem Golfklub. Eine Kreuzfahrt, die ihre Eltern unternehmen wollten zur Feier ihres dreißigsten Hochzeitstags im Juni.

Warum würde jemand, der sein Verschwinden vorbereitet, auf Monate im voraus wichtige Ereignisse in seinem Kalender markieren? überlegte sie. Es ergab keinen Sinn.

Die Tage, an denen er im Januar verreist war oder im Februar zu verreisen gedachte, waren einfach mit dem Namen einer Stadt versehen. Sie wußte, daß die Einzelheiten jener Reisen in dem Terminkalender gestanden haben mußten, den er bei sich trug.

Die Schublade ganz unten rechts war abgeschlossen. Meghan suchte vergeblich nach dem Schlüssel, zögerte dann. Am nächsten Tag konnte sie vielleicht den Schlüsseldienst bestellen, aber sie wollte nicht abwarten. Sie ging in die Küche, fand den Werkzeugkasten und kam mit einer Stahlfeile zurück. Wie erhofft, war das Schloß alt und leicht aufzubrechen.

In dieser Schublade waren mit Gummibändern gebündelte Briefumschläge gestapelt. Meghan nahm den obersten Stapel heraus und schaute ihn durch. Alle außer dem ersten Kuvert trugen dieselbe Handschrift.

Dieser Umschlag enthielt nur einen Zeitungsausschnitt aus dem *Philadelphia Bulletin*. Unter dem Bild einer gutaussehenden Frau lautete der kurze Nachruf:

Aurelia Crowley Collins, 75, zeit ihres Lebens Einwohnerin von Philadelphia, starb am 9. Dezember im St. Paul's Hospital an Herzversagen.

Aurelia Crowley! Meghan rang nach Luft, als sie das Bild betrachtete. Die weit auseinanderstehenden Augen, das wellige Haar um das ovale Gesicht herum. Es war dieselbe Frau, nur älter geworden, deren Bildnis einen guten Meter entfernt deutlich sichtbar auf dem Tisch plaziert war. *Ihre Großmutter*.

Das Datum auf dem Ausschnitt lag zwei Jahre zurück. Ihre Großmutter hatte noch bis vor zwei Jahren gelebt! Meghan blätterte durch die übrigen Umschläge, die sie vor sich hatte. Sie kamen alle aus Philadelphia. Der letzte war zweieinhalb Jahre zuvor abgestempelt worden.

Sie las einen Brief, dann einen weiteren, und noch einen. Fassungslos ging sie auch die übrigen Briefbündel durch. In beliebiger Reihenfolge las sie immer weiter. Das früheste Schreiben datierte dreißig Jahre zurück. Alle Briefe liefen auf die gleiche Bitte hinaus.

Lieber Edwin,
ich hatte gehofft, ich würde vielleicht diesmal zu Weihnachten etwas von Dir hören. Ich bete darum, daß es Dir und Deiner Familie gutgeht. Wie liebend gern würde ich doch meine Enkelin sehen. Vielleicht wirst Du es eines Tages zulassen, daß dies geschieht.
                    In Liebe,
                    Mutter

Lieber Edwin,
es heißt, wir sollen immer nach vorne schauen. Doch wenn man älter wird, ist es viel leichter, zurückzu-

schauen und die Fehler der Vergangenheit bitter zu
bereuen. Ist es denn nicht möglich, daß wir miteinander
reden, wenigstens am Telefon? Es würde mich so glücklich machen.

In Liebe,
Mutter

Nach einer Weile konnte Meg es nicht ertragen, weiterzule-
sen, aber das abgenutzte Aussehen der Briefe zeigte deutlich,
daß ihr Vater sich wieder und wieder in sie vertieft haben
mußte.

Dad, du warst so gutherzig, dachte sie. Warum hast du
allen erzählt, deine Mutter sei tot? Was hat sie dir angetan,
was so unverzeihlich war? Warum hast du diese Briefe aufgehoben, wenn du dich nie mit ihr versöhnen wolltest?

Sie nahm das Kuvert in die Hand, das die Todesnachricht
enthalten hatte. Es war kein Name angegeben, aber die hinten
aufgedruckte Adresse war eine Straße in Chestnut Hill. Sie
wußte, daß Chestnut Hill eines der exklusivsten Wohngebiete
in Philadelphia war.

Wer war der Absender? Wichtiger noch: Was für ein Mann
war ihr Vater in Wirklichkeit gewesen?

20

In Helene Petrovics bezauberndem, im Kolonialstil erbauten
Haus in Lawrenceville, New Jersey, war ihre Nichte Stephanie
schlecht gelaunt und voller Sorge. Das Baby war in wenigen
Wochen fällig, und sie hatte Rückenschmerzen. Sie war ständig müde. Als Überraschung hatte sie sich die Mühe gemacht,
ein warmes Mittagessen für Helene vorzubereiten, die gesagt
hatte, sie habe vor, bis mittags daheim zu sein.

Um halb zwei hatte Stephanie versucht, ihre Tante anzurufen, aber im Apartment in Connecticut meldete sich niemand.
Jetzt, um sechs Uhr, war Helene noch immer nicht eingetrof-
fen. Ob irgend etwas nicht in Ordnung war? Vielleicht hatten

sich noch in letzter Minute ein paar Sachen ergeben, die erledigt werden mußten, und Helene lebte schon so lange allein, daß sie es nicht gewohnt war, jemand anders von ihren Unternehmungen in Kenntnis zu setzen.

Stephanie war bestürzt gewesen, als Helene ihr am Tag zuvor telefonisch mitteilte, sie habe gekündigt, mit sofortiger Wirkung. »Ich brauche Erholung, und ich mache mir Sorgen, daß du so viel allein bist«, war Helenes Begründung gewesen.

Tatsächlich aber war Stephanie sehr gerne allein. Sie hatte nie den Luxus gekannt, so lange im Bett liegenbleiben zu können, bis sie beschloß, Kaffee zu machen und die Zeitung zu holen, die in aller Herrgottsfrühe ausgeliefert worden war. An wahrhaft faulen Tagen schaute sie sich dann, noch immer im Bett, die Vormittagsprogramme im Fernsehen an.

Sie war zwanzig, sah jedoch älter aus. Während sie heranwuchs, hatte sie davon geträumt, einmal wie die jüngere Schwester ihres Vaters zu sein, Helene, die zwanzig Jahre zuvor nach dem Tod ihres Mannes in die Vereinigten Staaten gegangen war.

Jetzt war dieselbe Helene ihr Rettungsanker, ihre Zukunft in einer Welt, die nicht mehr existierte, wie sie ihr vertraut gewesen war.

Die blutige, kurze Revolution in Rumänien hatte ihre Eltern das Leben gekostet und ihr Heim zerstört. Stephanie war zu Nachbarn gezogen, deren winziges Haus keinen Platz für einen weiteren Bewohner bot.

Im Laufe der Jahre hatte Helene von Zeit zu Zeit etwas Geld und ein Geschenkpaket zu Weihnachten geschickt. Völlig verzweifelt hatte Stephanie sie schriftlich um Hilfe angefleht.

Einige Wochen später war sie an Bord eines Flugzeugs in die Vereinigten Staaten.

Helene war so gut zu ihr. Bloß wollte Stephanie nun einmal brennend gern in Manhattan wohnen, sich eine Stelle in einem Schönheitssalon besorgen und in eine Abendschule für Kosmetik gehen. Ihr Englisch war schon jetzt ausgezeichnet, obwohl sie bei ihrer Ankunft ein Jahr zuvor erst ein paar Brocken gekonnt hatte.

Fast war es soweit. Sie hatte sich mit Helene Einzimmer-apartments in New York angeschaut. Sie fanden eins in Greenwich Village, das im Januar frei sein würde, und Helene hatte versprochen, gemeinsam mit ihr für die Einrichtung Besorgungen zu machen.

Das Haus hier stand zum Verkauf. Helene hatte immer gesagt, sie werde weder ihre Stellung noch ihre Wohnung in Connecticut aufgeben, bevor es verkauft war. Was hatte dazu geführt, daß sie nun so plötzlich ihre Meinung geändert hatte? überlegte Stephanie.

Sie schob sich das hellbraune Haar aus der breiten Stirn. Sie war wieder hungrig und konnte ja schon mal essen. Sobald Helene kam, konnte sie das Abendessen jederzeit für sie auf-wärmen.

Um acht Uhr, als sie über eine Wiederholungssendung aus der Serie *Golden Girls* lächelte, läutete es am Hausein-gang.

Ihr Seufzer war ebenso erleichtert wie irritiert. Helene hatte wahrscheinlich die Arme voller Päckchen und wollte nicht nach ihrem Schlüssel kramen. Sie blickte noch einmal auf den Bildschirm. Die Sendung ging gerade zu Ende. Wenn sie schon so spät kam, hätte Helene dann nicht noch eine Minute warten können? dachte sie, während sie sich vom Sofa hoch-wuchtete.

Ihr Willkommenslächeln schwand dahin, als ihr ein großge-wachsener Polizist mit einem jungenhaften Gesicht gegen-überstand. Ungläubig erfuhr sie, daß Helene Petrovic in Connecticut erschossen worden war.

Bevor Trauer und Schock überhandnahmen, war Stepha-nies einziger klarer Gedanke, sich verzweifelt zu fragen: *Was soll aus mir werden?* Vor einer Woche erst hatte Helene von ihrer Absicht gesprochen, ihr Testament zu ändern, das ihren gesamten Besitz der Forschungsstiftung der Manning Clinic vermachte. Jetzt war es zu spät.

21

Dienstag abend um acht Uhr hatte der Betrieb in der Garage fast völlig nachgelassen. Bernie, der häufig Überstunden machte, hatte einen Zwölf-Stunden-Tag eingelegt, und es war Zeit, heimzugehen.

Die Überstunden machten ihm nichts aus. Die Entlohnung war gut und das Trinkgeld ebenfalls. In all diesen Jahren hatte das Extrageld seine elektronische Ausrüstung ermöglicht.

Heute abend war er beunruhigt, als er zum Büro ging, um sich abzumelden. Er hatte nicht mitbekommen, daß der oberste Boß in der Nähe war, als er heute während der Mittagspause wieder in Tom Weickers Wagen saß und rasch das Handschuhfach nach Dingen von Interesse durchsuchte. Als er dann aufschaute, sah er den Boß durch die Windschutzscheibe starren. Der Boß war einfach ohne ein Wort weggegangen. Das war sogar noch schlimmer. Hätte er ihn angeschnauzt, wäre die Luft wenigstens wieder klar gewesen.

Bernie betätigte die Stechuhr. Der Abendmanager saß in seinem Büro und rief ihn zu sich. Sein Gesicht versprach nichts Gutes. »Bernie, räum deinen Spind aus.« Er hatte ein Kuvert in der Hand. »Das ist ausreichend für Gehalt, Urlaubsanspruch und Krankentage und zwei Wochen Abfindung.«

»Aber …« Bernies Protest erstarb ihm auf den Lippen, als der Manager die Hand erhob.

»Hör zu, Bernie, du weißt genausogut wie ich, daß wir Beschwerden gekriegt haben, weil Geld und Privateigentum aus den Wagen verschwunden sind, die hier in der Garage geparkt werden.«

»Ich hab' nie was geklaut.«

»Du hattest, verdammt noch mal, kein Recht, Weickers Handschuhfach zu durchsuchen. Du hast es hinter dir.«

Als er nach Hause kam, noch immer wütend und aufgebracht, sah Bernie, daß seine Mutter ein gefrorenes Makkaroni-Käse-Gericht für den Mikrowellenherd hergerichtet hatte. »Es war ein schrecklicher Tag«, beklagte sie sich, während sie die Verpackung aufmachte. »Die Gören von da unten

an der Straße haben vor dem Haus rumgelärmt. Ich hab'
gesagt, sie sollen den Mund halten, und da haben sie mich 'ne
alte Kuh genannt. Weißt du, was ich gemacht hab'?« Sie wartete nicht auf eine Antwort. »Ich hab' die Polizei gerufen und
mich beschwert. Und dann ist einer von denen hergekommen
und war unverschämt zu mir.«

Bernie packte sie am Arm. »Du hast die Cops hierhergeholt,
Mama? Sind sie nach unten gegangen?«

»Wieso sollten sie nach unten gehen?«

»Mama, ich will keine Cops hier drin, grundsätzlich.«

»Bernie, ich bin seit Jahren nicht mehr unten gewesen. Du
hältst doch alles sauber da unten, sag mal? Ich will nicht, daß
Staub aufsteigt. Meine Nebenhöhlen sind furchtbar.«

»Es ist sauber, Mama.«

»Das hoffe ich auch. Du bist kein ordentlicher Mensch.
Genau wie dein Vater.« Sie schlug die Tür des Mikrowellen-
herds zu. »Du hast mir am Arm weh getan. Du hast hart zuge-
packt. Mach das nicht noch mal.«

»Mach' ich nicht, Mama. Tut mir leid, Mama.«

Am folgenden Morgen verließ Bernie das Haus wie immer
zur Arbeit. Er wollte nicht, daß seine Mutter etwas von dem
Rausschmiß erfuhr. Heute jedoch machte er sich zu einer
Autowaschanlage auf, die ein paar Straßen weiter weg lag. Er
zahlte für das volle Programm: Staubsaugen, Kofferraum-
Reinigung, Politur des Armaturenbretts, Waschen, Wachsen.
Als der acht Jahre alte Chevy herauskam, war er noch immer
schäbig, aber respektabel, und der dunkelgrüne Lack war
wieder zum Vorschein gekommen.

Er wusch seinen Wagen nie außer bei den seltenen Anlässen
im Jahr, wenn seine Mutter verkündete, sie habe vor, am folgenden Sonntag in die Kirche zu gehen. Selbstverständlich
wäre es anders, wenn er Meghan zu einer Fahrt mitnähme.
Für sie würde er ihn wirklich auf Hochglanz bringen.

Bernie wußte, was er tun würde. Er hatte die ganze Nacht
darüber nachgedacht. Vielleicht gab es ja einen Grund, weshalb er seinen Job in der Garage verloren hatte. Vielleicht
gehörte alles zu einem größeren Plan. Seit Wochen schon

reichte es nicht aus, Meghan nur während der paar Minuten zu sehen, wenn sie ihren Mustang oder einen Wagen von Channel 3 abstellte oder abholte.

Er wollte in ihrer Nähe sein, um Videos von ihr zu machen, die er dann nachts auf seinem Recorder abspielen konnte.

Heute würde er in der Siebenundvierzigsten Straße eine Videokamera kaufen.

Aber er brauchte Geld. Niemand war ein besserer Chauffeur, also konnte er es damit verdienen, seinen Wagen als inoffizielles Taxi zu nutzen. Das würde ihm auch eine Menge Freiheit geben. Die Freiheit, nach Connecticut zu fahren, wo Meghan Collins wohnte, wenn sie nicht in New York war.

Er mußte sich in acht nehmen, daß er nicht auffiel.

»Man nennt es eine Zwangsvorstellung, Bernie«, hatte der Psychofritze auf Riker's Island erklärt, als Bernie dringend erfahren wollte, was denn mit ihm nicht stimmte. »Ich glaube, wir haben Ihnen geholfen, aber wenn Sie wieder dieses Gefühl überkommt, möchte ich, daß Sie mit mir reden. Es bedeutet, daß Sie dann vielleicht Medikamente brauchen.«

Bernie wußte, daß er keine Hilfe brauchte. Alles, was er brauchte, war, in der Nähe von Meghan Collins zu sein.

22

Helene Petrovics Leiche lag den ganzen Dienstag über in dem Schlafzimmer, wo sie gestorben war. Mit ihren Nachbarn nie besonders vertraut, hatte sie sich bereits von den wenigen verabschiedet, mit denen sie gelegentlich ein paar Worte wechselte, und ihr Wagen war in der Garage, die zu ihrem Apartment gehörte, außer Sicht.

Erst als die Wohnungsbesitzerin am Spätnachmittag vorbeischaute, fand sie die Tote am Fuß des Bettes liegen.

Der Tod einer unauffälligen Embryologin in New Milford, Connecticut, wurde in verschiedenen Nachrichtensendungen der New Yorker Fernsehstationen erwähnt. Es gab nicht viel zu berichten. Nichts deutete auf einen Einbruch hin, ebensowenig auf sexuelle Gewalt. Das Portemonnaie des Opfers mit zweihundert Dollar darin war in dem Zimmer, daher wurde ein Raubmord ausgeschlossen. Eine Nachbarin von der anderen Straßenseite steuerte die Information bei, daß sie einen Besucher bei Helene Petrovic beobachtet habe, einen Mann, der immer spät am Abend gekommen sei. Sie habe ihn nie genau zu sehen bekommen, wisse aber, daß er groß war. Ihrer Meinung nach war es wohl ein Freund, weil er seinen Wagen immer in der freien Hälfte von Mrs. Petrovics Garage geparkt habe. Sie sei sich sicher, daß er noch nachts weggefahren sein mußte, weil sie ihn nie am Morgen gesehen habe. Wie oft sie ihn gesehen habe? Vielleicht fünf- oder sechsmal. Das Auto? Eine ziemlich neue dunkle Limousine.

Nach der Entdeckung der Notiz über den Tod ihrer Großmutter hatte Meghan im Krankenhaus angerufen und die Auskunft erhalten, ihre Mutter schlafe und sei in befriedigender Verfassung. Todmüde hatte sie den Arzneischrank nach einer Schlaftablette durchstöbert, war dann zu Bett gegangen und hatte durchgeschlafen, bis ihr Wecker sie um halb sieben in der Frühe wachklingelte.

Ein sofortiger Anruf im Krankenhaus ergab die beruhigende Nachricht, ihre Mutter habe eine erholsame Nacht verbracht und ihre Werte seien normal.

Meghan las die *Times* zum Kaffee und war schockiert, in dem Connecticut-Teil über den Tod von Dr. Helene Petrovic zu lesen. Da war auch ein Bild der Frau. Der Ausdruck ihrer Augen darauf war ebenso traurig wie geheimnisvoll. Ich habe doch in der Klinik mit ihr gesprochen, dachte Meghan. Sie hatte das Labor mit den tiefgekühlten Embryos unter sich. Wer hat nur diese stille, intelligente Frau ermordet? fragte sich Meghan. Ein anderer Gedanke kam ihr in den Sinn. Laut der Zeitungsnotiz hatte Dr. Petrovic ihre Stelle gekündigt und geplant, am folgenden Morgen von Connecticut wegzuziehen. Hatte ihr Entschluß wohl etwas mit Dr. Mannings Weigerung zu tun, an der Sondersendung mitzumachen?

Es war zu früh, um Tom Weicker anzurufen, aber es war vermutlich nicht zu spät, um Mac zu erwischen, bevor er zur

Arbeit fuhr. Meghan wußte, daß es noch etwas gab, was sie in Angriff nehmen mußte, und sie konnte es genausogut gleich tun.

Macs Hallo klang gehetzt.

»Mac, entschuldige bitte. Ich weiß, es ist eine schlechte Zeit zum Anrufen, aber ich muß mit dir reden«, sagte Meghan.

»Grüß dich, Meg! Klar. Warte nur einen Moment.«

Er hatte offenbar die Hand auf die Gesprächsmuschel gelegt. Sie hörte ein gedämpftes, aber verärgertes Rufen: »Kyle, du hast deine Hausaufgaben auf dem Eßtisch liegenlassen.«

Als er wieder an der Leitung war, erklärte er: »Wir haben jeden Morgen dasselbe Theater. Ich sag' ihm, er soll seine Hausaufgaben abends in die Schultasche tun. Er macht es nicht. Am Morgen jammert er dann, daß er sie nicht findet.«

»Warum steckst *du* sie ihm denn nicht abends in die Schultasche?«

»Das wäre pädagogisch unklug.« Sein Tonfall änderte sich. »Meg, wie geht's deiner Mutter?«

»Gut. Ich glaube wirklich, sie ist okay. Sie ist eine starke Frau.«

»Wie du.«

»Ich bin nicht so stark.«

»Zu stark für meinen Geschmack, wenn man bedenkt, daß du mir das mit der erstochenen Frau nicht erzählt hast. Aber das ist ein Thema, von dem wir lieber ein andermal reden.«

»Mac, könntest du für drei Minuten auf deinem Weg hier vorbeischauen?«

»Natürlich. Sobald Ihro Majestät im Bus ist.«

Meghan wußte, daß ihr nur zwanzig Minuten zum Duschen und Anziehen blieben, bis Mac kam. Sie bürstete sich gerade die Haare, als es an der Tür klingelte. »Trink doch schnell 'ne Tasse Kaffee«, sagte sie. »Was ich dich gleich fragen will, ist nicht so einfach.«

War es erst vierundzwanzig Stunden her, seit sie sich an diesem Tisch gegenübergesessen hatten? überlegte sie. Es schien so viel länger her zu sein. Doch gestern war sie fast in einem Schockzustand gewesen. Heute, in dem Bewußtsein, daß ihrer Mutter mit fast völliger Gewißheit nichts fehlte, war sie fähig, sich mit jeder auch noch so harten Wahrheit, die ans Tageslicht kommen mochte, auseinanderzusetzen und abzufinden.

»Mac«, begann sie, »du bist ein DNS-Spezialist.«

»Ja.«

»Die Frau, die am Donnerstag abend erstochen worden ist, die, die mir so ähnlich sieht?«

»Ja.«

»Wenn man ihre DNS mit meiner vergleicht, könnte man eine Verwandtschaft abklären?«

Mac hob die Augenbrauen und betrachtete die Tasse in seiner Hand. »Meg, also das funktioniert so. Mit DNS-Untersuchungen können wir definitiv herausbekommen, ob zwei Menschen von derselben Mutter stammen. Es ist kompliziert, und ich kann dir im Labor zeigen, wie's gemacht wird. Mit etwa neunundneunzig Prozent Wahrscheinlichkeit können wir feststellen, ob zwei Leute denselben Vater hatten. Es ist nicht so absolut sicher wie die Mutter-Kind-Konstellation, aber wir können einen sehr deutlichen Hinweis darauf erhalten, ob wir es mit Halbgeschwistern zu tun haben oder nicht.«

»Kann man diese Analyse auch bei mir und der Toten machen?«

»Ja.«

»Es scheint dich gar nicht zu überraschen, daß ich mich danach erkundige, Mac.«

Er stellte die Kaffeetasse ab und schaute ihr direkt ins Gesicht. »Meg, ich hatte mir schon vorgenommen, heute nachmittag zum Leichenschauhaus zu gehen und mir diese junge Tote anzuschauen. Sie haben ein DNS-Labor in der gerichtsmedizinischen Abteilung. Ich hatte vor, sicherzustellen, daß sie eine Blutprobe von ihr aufheben, bevor man sie zum Armenfriedhof abholt.«

Meg biß sich auf die Lippen. »Dann denkst du ja ganz ähnlich wie ich.« Sie blinzelte, um die überdeutliche Erinnerung an das Gesicht der Toten auszulöschen. »Ich muß heute zu Phillip hinüber und im Krankenhaus vorbeischauen«, fuhr sie fort. »Ich treff' dich dann in der Gerichtsmedizin. Wann paßt es dir denn?«

Sie verabredeten sich für etwa zwei Uhr. Beim Wegfahren ging Mac der Gedanke durch den Kopf, daß es ihm zu keinem Zeitpunkt paßte, auf das tote Gesicht einer Frau herunterzuschauen, die Meghan Collins ähnlich sah.

23

Phillip Carter hörte die Nachricht mit den Einzelheiten von Dr. Helene Petrovics Tod auf seinem Weg zum Büro. Er nahm sich vor, Victor Orsini sofort auf die offene Stelle anzusetzen, die durch den Todesfall in der Manning Clinic entstanden war. Schließlich war die Frau durch Collins und Carter von der Klinik eingestellt worden. Diese Positionen wurden gut bezahlt, und es würde wieder ein gutes Honorar abwerfen, wenn Collins and Carter mit der Suche nach einer Ersatzkraft beauftragt wurde.

Er traf um Viertel vor neun im Büro ein und entdeckte Meghans Wagen in einer der Parkbuchten in der Nähe des Gebäudeeingangs. Sie hatte offensichtlich auf ihn gewartet, denn sie stieg aus dem Auto, als er einparkte.

»Meg, was für eine nette Überraschung!« Er legte einen Arm um sie. »Aber, um Himmels willen, du hast doch einen Schlüssel. Warum bist du nicht hineingegangen?«

Meg lächelte kurz. »Ich bin erst seit einer Minute da.« Außerdem, dachte sie, würde ich mir wie ein Eindringling vorkommen, wenn ich einfach hineinginge.

»Catherine geht's gut, hoffe ich?« fragte er.

»Sie macht sich wirklich.«

»Gott sei Dank«, sagte er herzhaft.

Die kleine Empfangshalle wirkte einladend mit ihrem in leuchtenden Farben bezogenen Sofa und Sessel, dem runden Couchtisch und den getäfelten Wänden. Meghan ergriff wieder einmal ein Gefühl abgrundtiefer Traurigkeit, als sie durch den Raum eilte. Diesmal gingen sie in Phillips Büro. Er schien zu spüren, daß sie nicht wieder das Büro ihres Vaters benutzen wollte.

Er half ihr aus dem Mantel. »Kaffee?«

»Nein, danke. Ich hab' schon drei Tassen getrunken.«

Er ließ sich hinter seinem Schreibtisch nieder. »Und ich versuche, weniger Kaffee zu trinken, also warte ich ab. Meg, du siehst ganz schön bekümmert aus.«

»Bin ich auch.« Meghan befeuchtete sich die Lippen. »Phillip, ich bekomme allmählich das Gefühl, daß ich meinen Vater überhaupt nicht gekannt hab'.«

»In welcher Hinsicht?«

Sie berichtete ihm von den Briefen und der Todesnachricht, die sie in dem verschlossenen Schubfach gefunden hatte, beobachtete dann, wie Phillips Miene sich von Besorgtheit zu Ungläubigkeit wandelte.

»Meg, ich weiß nicht, was ich dir sagen soll«, meinte er, als sie zu Ende erzählt hatte. »Ich kenne deinen Vater seit vielen Jahren. Soweit ich zurückdenken kann, ging ich davon aus, daß seine Mutter starb, als er klein war, sein Vater wieder geheiratet hat und er eine lausige Kindheit bei seinem Vater und seiner Stiefmutter hatte. Als mein Vater im Sterben lag, sagte dein Dad etwas, was ich nie vergessen werde. Er hat gesagt: ›Ich beneide dich darum, um deine Eltern trauern zu können.‹«

»Dann hast du's also auch nie gewußt?«

»Nein, natürlich nicht.«

»Aber was ich meine – warum mußte er denn lügen deswegen?« fragte Meg mit erhobener Stimme. Sie verschränkte die Hände ineinander und biß sich auf die Lippen. »Ich meine, warum konnte er meiner Mutter nicht die Wahrheit sagen? Was konnte es ihm denn bringen, sie zu täuschen?«

»Denk mal drüber nach, Meg. Er traf deine Mutter, erzählte ihr von seiner Familie, so wie er es allen erzählt hat. Als sie sich dann füreinander zu interessieren begannen, wäre es ziemlich schwierig gewesen, zuzugeben, daß er sie angelogen hatte. Und kannst du dir die Reaktion deines Großvaters vorstellen, wenn er erfahren hätte, daß dein Vater – aus welchem Grund auch immer – von seiner eigenen Mutter nichts wissen wollte?«

»Ja, das leuchtet mir ein. Aber Pop ist schon so lange tot. Warum konnte er denn nicht…?« Ihre Stimme verlor sich.

»Meg, wenn du einmal mit einer Lüge lebst, wird es mit jedem einzelnen Tag, der vergeht, schwerer, die Situation zu klären.«

Meghan hörte im Vorzimmer Stimmen erklingen. Sie erhob sich. »Bleibt das unter uns, bitte?«

»Selbstverständlich.«

Er stand ebenfalls auf. »Was wirst du jetzt machen?«

»Sobald ich sicher bin, daß Mutter in Ordnung ist, gehe ich zu der Adresse in Chestnut Hill, die auf dem Kuvert mit der Todesnachricht stand. Vielleicht bekomme ich ja dort ein paar Antworten.«

»Wie läuft's mit dem Sonderbericht über die Manning Clinic?«

»Gar nicht. Sie wimmeln mich ab. Ich muß eine andere Einrichtung zur künstlichen Befruchtung finden. Aber warte mal. Du oder Dad – ihr habt doch jemand bei der Manning Clinic plaziert, stimmt's?«

»Dein Dad war damit befaßt. Genaugenommen ist es die arme Frau, die gestern erschossen worden ist.«

»Frau Dr. Petrovic? Ich hab' sie letzte Woche getroffen.«

Die Sprechanlage schnarrte. Phillip Carter nahm den Telefonhörer ab. »Wer? In Ordnung, ich übernehme.«

»Ein Reporter von der *New York Post*«, erklärte er Meghan. »Keine Ahnung, was die von mir wollen.«

Meghan sah, wie sich Phillip Carters Gesicht verdüsterte. »Das ist absolut ausgeschlossen.« Seine Stimme war ganz rauh vor Empörung. »Ich … ich gebe keinen Kommentar ab, solange ich nicht selbst mit Dr. Iovino im New York Hospital gesprochen habe.«

Er legte den Hörer auf und wandte sich Meghan zu. »Meg, dieser Reporter hat wegen Helene Petrovic Erkundigungen eingezogen. Sie haben noch nie was von ihr im New York Hospital gehört. Ihre Zeugnisse waren gefälscht, und wir sind dafür verantwortlich, daß sie den Job im Manning-Labor bekommen hat.«

»Aber habt ihr denn nicht ihre Referenzen überprüft, bevor ihr sie an die Klinik weitervermittelt habt?«

Schon während sie die Frage aussprach, wußte Meghan die Antwort, sie konnte sie in Phillips Miene sehen. Ihr Vater hatte sich um Helene Petrovics Unterlagen gekümmert. Es wäre seine Aufgabe gewesen, die Angaben in ihrem Lebenslauf zu verifizieren.

24

Trotz größter Anstrengungen seitens der gesamten Belegschaft der Manning Clinic ließ sich die Anspannung nicht verbergen, die in der Luft lag. Mehrere neue Klienten beobachteten mit Unbehagen, wie ein Lieferwagen mit einem Fernsehsignet von CBS auf den Seiten in den Parkplatz einbog und eine Reporterin und ein Kameramann zum Eingang eilten.

Marge Walters zeigte sich von ihrer besten Empfangsdamenseite und blieb der Reporterin gegenüber standhaft. »Dr. Manning lehnt jedes Interview ab, bis er den Anschuldigungen nachgegangen ist«, erklärte sie. Sie vermochte nicht den Kameramann zu bremsen, der den Raum und die Anwesenden aufzunehmen begann.

Mehrere Klientinnen erhoben sich. Marge eilte zu ihnen hinüber. »Dies ist alles ein Mißverständnis«, beschwor sie die Leute und merkte plötzlich, daß sie aufgenommen wurde.

. Eine Frau, die Hände abwehrend vor dem Gesicht, geriet außer sich vor Zorn. »Das ist eine Unverschämtheit! Es ist schon unangenehm genug, zu solch einer Prozedur greifen zu müssen, damit man ein Kind bekommt, ohne auch noch in den Elf-Uhr-Nachrichten zu erscheinen.« Sie rannte aus dem Raum.

Eine andere sagte: »Mrs. Walters, ich gehe auch. Sie streichen besser meinen Termin.«

»Ich verstehe.« Marge zwang sich zu einem entgegenkommenden Lächeln. »Wann soll ich Sie wieder eintragen?«

»Ich muß erst in meinem Terminkalender nachschauen. Ich rufe an.«

Marge blickte hinter der Frau her. Die ruft nicht an, dachte sie. Mit Schrecken bemerkte sie, daß Mrs. Kaplan, eine Klientin, die zum zweitenmal in der Klinik war, auf die Reporterin zuging.

»Worum geht es hier eigentlich?« verlangte sie zu wissen.

»Worum es hier geht ist, daß die Person, die seit sechs Jahren das Labor der Manning Clinic unter sich hatte, offenbar keine Ärztin war. In der Tat scheint ihre einzige Ausbildung die als Kosmetikerin gewesen zu sein.«

»O Gott. Meine Schwester hat hier vor zwei Jahren eine künstliche Befruchtung gehabt. Besteht denn die Möglichkeit, daß sie gar nicht ihren eigenen Embryo bekommen hat?« Mrs. Kaplan preßte ihre Hände zusammen.

Gott sei mit uns, dachte Marge. Das ist das Ende dieser Klinik. Sie war bestürzt und tief traurig gewesen, als sie in den Morgennachrichten von Dr. Helene Petrovics Tod erfuhr. Aber erst, als sie vor einer Stunde zur Arbeit kam, hatte sie das Gerücht mitbekommen, mit den Papieren der Petrovic stimme irgend etwas nicht. Als sie jetzt aber die drastische Aussage der Reporterin hörte und die Reaktion von Mrs. Kaplan wahrnahm, kam ihr das Ausmaß der möglichen Konsequenzen zu Bewußtsein.

Helene Petrovic war für die tiefgekühlten Embryos verantwortlich gewesen. Dutzende und Aberdutzende von Reagenzgläsern, nicht größer als ein halber Zeigefinger, und in jedem einzelnen ein potentiell lebensfähiger Mensch. Man brauchte nur ein einziges unkorrekt zu etikettieren, und womöglich wurde der falsche Embryo in den Leib einer Frau eingesetzt, die damit zu einer Leihmutter und nicht zu der biologischen Mutter eines Kindes wurde.

Marge beobachtete, wie Mrs. Kaplan aus dem Raum eilte, mit der Reporterin auf den Fersen. Sie schaute aus dem Fenster. Weitere Kamerawagen kamen angefahren. Weitere

Reporter versuchten die Frau zu befragen, die soeben die Empfangshalle verlassen hatte.

Sie sah die Reporterin von PCD Channel 3 aus ihrem Wagen steigen. Meghan Collins. So hieß sie doch. Sie war es, die den Fernsehbericht hatte machen wollen, den Dr. Manning so abrupt abgesagt hatte ...

Meghan war sich nicht sicher, ob sie eigentlich hier sein sollte, insbesondere da garantiert der Name ihres Vaters im Verlauf der Nachforschungen zu Helene Petrovics professionellem Status auftauchen würde. Als sie Phillip Carters Büro verließ, hatte sich die Nachrichtenzentrale per Funk gemeldet und ihr mitgeteilt, Steve, ihr Kameramann, werde sie bei der Manning Clinic treffen. »Weicker ist einverstanden«, versicherte man ihr.

Sie hatte Weicker vorher schon zu erreichen versucht, doch er war noch nicht im Haus. Sie hatte das Gefühl, mit ihm über den möglichen Interessenkonflikt sprechen zu müssen. Vorläufig jedoch schien es leichter, den Auftrag einfach anzunehmen. Aller Wahrscheinlichkeit nach würden die Anwälte der Klinik sowieso keinerlei Interviews mit Dr. Manning zulassen.

Sie machte nicht den Versuch, es den übrigen Medienleuten gleichzutun und die davoneilenden Klientinnen mit Fragen zu bombardieren. Statt dessen hielt sie nach Steve Ausschau und signalisierte ihm, er solle ihr ins Gebäude folgen. Sie öffnete leise die Tür. Wie erhofft, war Marge Walters an ihrem Pult; sie sprach mit Nachdruck am Telefon. »Wir müssen unbedingt alle heutigen Termine absagen«, forderte sie hartnäckig. »Du mußt denen da drinnen beibringen, daß sie unbedingt irgendeine Erklärung abgeben müssen. Sonst wird die Öffentlichkeit nichts anderes zu sehen kriegen als lauter Frauen, die von hier fortstürzen.«

Als die Tür hinter Steve zufiel, blickte Mrs. Walters auf. »Ich kann nicht weiterreden«, sagte sie hastig und ließ den Hörer einrasten.

Meghan sprach erst, nachdem sie auf dem Stuhl gegenüber von Marge Walters' Tisch Platz genommen hatte. Die

Situation erforderte Taktgefühl und ein vorsichtiges Vorgehen. Sie hatte gelernt, einen Gesprächspartner in Abwehrhaltung nicht mit Fragen zu überfallen. »Das ist ein ziemlich harter Vormittag für Sie, Mrs. Walters«, sagte sie besänftigend.

Sie sah, wie sich die Empfangsdame mit der Hand über die Stirn strich. »Das kann man wohl sagen.«

Die Frau sprach mit einem gewissen Vorbehalt, aber Meghan spürte den gleichen Konflikt bei ihr heraus, den sie bereits am Vortag bemerkt hatte. Marge Walters war sich der gebotenen Diskretion bewußt, wünschte sich aber sehnlichst, mit jemandem über all das, was geschehen war, zu reden. Sie tratschte von Natur aus gern.

»Ich habe Frau Dr. Petrovic bei der Zusammenkunft kürzlich kennengelernt«, sagte Meghan. »Sie schien mir ein liebenswürdiger Mensch zu sein.«

»Das war sie auch«, pflichtete Walters bei. »Es ist kaum zu glauben, daß sie nicht für den Job qualifiziert gewesen sein soll, den sie gemacht hat. Aber ihre medizinische Anfangsausbildung war vermutlich in Rumänien. Bei all den Veränderungen in der Regierung da drüben wette ich: Die finden noch heraus, was das soll, diese Behauptung vom New York Hospital, sie hätte dort kein Praktikum gemacht. Ich wette, daß auch das ein Irrtum ist. Aber bis sie das herausfinden, ist es vielleicht zu spät. Diese schlechte Presse wird die Klinik hier ruinieren.«

»Das könnte sein«, stimmte Meghan zu. »Glauben Sie, daß ihre Kündigung etwas mit Dr. Mannings Entscheidung gestern zu tun hatte, unser Projekt abzublasen?«

Walters warf einen Blick auf die Kamera, die Steve hochhielt.

Rasch fügte Meghan hinzu: »Wenn Sie mir irgend etwas berichten können, was all diesen negativen Neuigkeiten entgegenwirkt, so würde ich es gern mit einbeziehen.«

Marge Walters kam zu einer Entscheidung. Sie vertraute Meghan Collins. »Dann lassen Sie mich Ihnen sagen, daß Helene Petrovic eine der wunderbarsten, engagiertesten Personen war, die ich je kennengelernt habe. Niemand war glücklicher als sie, wenn ein Embryo im Leib seiner Mutter erfolgreich ausgetragen wurde. Sie liebte jeden einzelnen Embryo in dem Labor hier und hat immer darauf bestanden, daß das Notaggregat regelmäßig überholt wurde, um sicherzugehen, daß die Temperatur auch bei einem Stromausfall konstant bleibt.«

Marge Walters' Augen wurden feucht. »Ich weiß noch, wie uns Dr. Manning letztes Jahr bei einer Personalversammlung erzählt hat, wie er bei dem schrecklichen Schneesturm im Dezember damals, als der ganze Strom ausfiel, zur Klinik geeilt war, um sich zu vergewissern, daß der Generator angesprungen war. Und was glauben Sie, wer eine Minute nach ihm ankam? Helene Petrovic. Und sie konnte es nicht ausstehen, bei Schnee und Eis Auto zu fahren. Sie bekam Angstzustände dabei, und trotzdem ist sie bei dem Unwetter hierhergefahren. So sehr lag ihr die Sache am Herzen.«

»Sie erzählen mir genau dasselbe, was ich bei dem Interview mit ihr gefühlt habe«, bemerkte Meghan. »Sie schien ein sehr anteilnehmender Mensch zu sein. Ich konnte das an der Art sehen, wie sie mit den Kindern bei den Fernsehaufnahmen am Sonntag umging.«

»Da war ich nicht da. Ich mußte an dem Tag zu einer Hochzeit in unserer Verwandtschaft. Können Sie jetzt die Kamera abstellen?«

»Aber ja.« Meghan nickte Steve zu.

Mrs. Walters schüttelte den Kopf. »Ich wollte eigentlich hier sein. Aber meine Kusine Dodie hat endlich ihren Freund geheiratet. Sie leben ja bloß seit acht Jahren zusammen. Sie hätten meine Tante hören sollen. Es war grade so, als wäre eine Neunzehnjährige frisch aus der Klosterschule die Braut gewesen. Ich schwöre bei Gott, daß sie Dodie noch am Abend vor der Hochzeit – was wollen wir wetten! – erzählt hat, wie eigentlich Babys entstehen.«

Marge Walters schnitt eine Grimasse, als ihr auffiel, wie ungereimt ihre Bemerkung innerhalb der Klinik hier wirkte. »Wie die meisten von ihnen entstehen, meine ich.«

»Gibt es irgendeine Chance, daß ich Dr. Manning sehen kann?« Meghan war sich klar darüber, daß, falls überhaupt, die Chance nur über diese Frau bestand.

Mrs. Walters schüttelte den Kopf. »Mal ganz unter uns: Jemand von der Staatsanwaltschaft und ein paar Ermittlungsbeamte sind jetzt bei ihm.«

Das war nicht überraschend. Zweifellos erkundigten sie sich wegen Helene Petrovics überstürztem Weggang von der Klinik und stellten Fragen nach ihrem Privatleben. »Hatte Helene irgendwelche besonders vertrauten Freunde hier?«

»Nein. Eigentlich nicht. Sie war sehr nett, aber ein bißchen förmlich – Sie wissen schon, was ich meine. Ich hab' gedacht, es kam vielleicht daher, weil sie aus Rumänien stammte. Obwohl, wenn man's bedenkt, die Gabor-Frauen sind auch von da gekommen, und die haben mehr als genug enge Freunde gefunden, besonders Zsa Zsa.«

»Ich bin mir ziemlich sicher, daß die Gabors Ungarn sind, keine Rumänen. Dann hatte Helene Petrovic also keine besonderen Freunde oder eine enge Beziehung, wovon Sie wüßten?«

»Dr. Williams kam dem vielleicht am nächsten. Er war früher der Assistent von Dr. Manning, und ich hab' mir damals gedacht, ob da nicht irgendwas lief zwischen ihm und Helene. Ich hab' sie einmal beim Abendessen zusammen gesehen, als ich mit meinem Mann ausgegangen bin, zu einem kleinen Restaurant ganz weit draußen. Sie sahen nicht gerade glücklich aus, als ich zu ihrem Tisch bin, um hallo zu sagen. Aber das war bloß ein einziges Mal vor sechs Jahren, gleich, nachdem sie hier zu arbeiten anfing. Ich muß zugeben, daß ich die beiden danach im Auge behalten hab', und sie sind nie irgendwie besonders miteinander umgegangen.«

»Ist Dr. Williams noch hier?«

»Nein. Er bekam das Angebot, eine neue Einrichtung zu eröffnen und zu leiten, und das hat er angenommen. Es ist das Franklin Center in Philadelphia. Es hat einen wunderbaren Ruf. Unter uns gesagt, Dr. Williams war Spitze als Manager. Er hat das ganze Ärzteteam hier zusammengestellt, und, glauben Sie mir, er hat phantastische Arbeit geleistet.«

»Dann war er es also, der Mrs. Petrovic eingestellt hat?«

»Eigentlich ja, aber sie heuern immer ihre Spitzenkräfte über eine von diesen Headhunter-Firmen an, die für uns die

Leute sucht und aussiebt. Aber trotzdem – Dr. Williams hat hier noch ungefähr ein halbes Jahr gearbeitet, nachdem Helene dazukam, und, glauben Sie mir, er hätte es gemerkt, wenn sie nicht kompetent erschienen wär'.«

»Ich würde gern mit ihm sprechen, Mrs. Walters.«

»Bitte sagen Sie doch Marge zu mir. Ich wünschte, Sie *würden* mit ihm reden. Er würde Ihnen bestimmt sagen, wie wundervoll Helene hier im Labor war.«

Meghan hörte die Eingangstür aufgehen. Walters blickte auf. »Noch mehr Kameras! Meghan, ich sag' jetzt lieber nichts mehr.«

Meghan erhob sich. »Sie waren mir eine große Hilfe.«

Auf der Heimfahrt legte sich Meghan zurecht, daß sie Dr. Williams gar nicht erst die Chance geben würde, sie am Telefon abzuwimmeln. Sie würde zum Franklin Center in Philadelphia fahren und dort versuchen, ihn zu treffen. Mit ein bißchen Glück würde sie ihn zu einem Interview für die Sendung über künstliche Befruchtung überreden können.

Was er wohl zu Helene Petrovic zu sagen hatte? Ob er sie auch in Schutz nehmen würde, wie Marge Walters? Oder würde er außer sich sein, daß Mrs. Petrovic es fertiggebracht hatte, ihn zu täuschen, so wie sie all ihre übrigen Kollegen getäuscht hatte?

Und was, so fragte sich Meghan, würde sie wohl an ihrem anderen Zielort in der Gegend von Philadelphia herausfinden? Dem Haus in Chestnut Hill, von wo aus jemand ihren Vater vom Tod seiner Mutter benachrichtigt hatte.

25

Victor Orsini und Phillip Carter leisteten sich nie beim Mittagessen Gesellschaft. Orsini wußte, daß Carter ihn als Edwin Collins' Schützling betrachtete. Als vor mittlerweile fast sieben Jahren die Stellung bei Collins and Carter zu besetzen war, ging es um ihn und einen weiteren Kandidaten. Ed Collins hatte sich für Orsini entschieden. Von

Anfang an war sein Verhältnis zu Carter freundlich, aber nie herzlich.

Heute dagegen, nachdem sie sich beide die überbackene Seezunge mit dem Spezialsalat bestellt hatten, nahm Orsini uneingeschränkt Anteil an Carters offensichtlicher Notlage. Reporter waren im Büro erschienen, dazu hatten ständig Medienleute angerufen, und alle wollten wissen, wie es möglich gewesen sei, daß die Firma Collins and Carter die falschen Angaben im Lebenslauf von Helene Petrovic nicht entdeckt hätte.

»Ich hab' ihnen einfach die Wahrheit gesagt«, stellte Phillip Carter fest, während er nervös auf der Tischdecke herumtrommelte. »Ed hat potentielle Kandidaten immer genauestens unter die Lupe genommen, und es war sein Fall. Es macht die Sache nur noch brenzliger, daß Ed vermißt ist und die Leute von der Polizei ganz offen erklären, sie glauben nicht, daß er bei dem Brückenunglück ums Leben gekommen ist.«

»Kann Jackie sich noch an irgendwas von dem Fall Petrovic erinnern?« fragte Orsini.

»Sie hat damals grade erst angefangen, bei uns zu arbeiten. Ihre Initialen sind auf dem Brief, aber sie weiß nichts mehr davon. Wie sollte sie auch? Es war wie üblich eine glänzende Empfehlung, die an den Lebenslauf angeheftet war. Nachdem er die Papiere in der Hand hatte, hat Dr. Manning sich mit der Petrovic getroffen und sie eingestellt.«

Orsini sagte: »Von allen Branchen, in denen man dabei ertappt werden könnte, daß man gefälschte Unterlagen abgesegnet hat, ist die medizinische Forschung so ziemlich die schlimmste.«

»Ja, das stimmt«, gab Phillip ihm recht. »Falls Helene Petrovic irgendwelche Fehler begangen hat und die Manning Clinic verklagt wird, ist es verdammt wahrscheinlich, daß die Klinik dann uns verklagt.«

»Und gewinnt?«

Carter nickte grimmig. »Und gewinnt.« Er schwieg eine Weile. »Victor, Sie haben enger mit Ed als mit mir zusammengearbeitet. Als er Sie damals abends per Autotelefon angerufen hat, sprach er doch davon, daß er Sie am nächsten Morgen sehen wollte. War das alles, was er gesagt hat?«

»Ja, das war alles. Wieso?«

»Verdammt, Victor«, sagte Phillip Carter erregt, »machen wir uns doch nichts vor! Falls Ed es geschafft hat, heil über die Brücke zu kommen, fällt Ihnen denn irgendein Hinweis aus dem Gespräch damals ein, ob er den Unfall möglicherweise ausnützen wollte, um von der Bildfläche zu verschwinden?«

»Hören Sie, Phillip, er hat gesagt, er wollte sicherstellen, daß ich am nächsten Morgen im Büro bin«, entgegnete Orsini mit einiger Schärfe. »Es war eine miserable Verbindung. Das ist alles, was ich Ihnen sagen kann.«

»Tut mir leid. Ich suche ständig nach irgendwas, was vielleicht einen Sinn ergeben würde.« Carter seufzte. »Victor, ich wollte sowieso mit Ihnen reden. Meghan räumt am Samstag Eds private Sachen aus seinem Büro aus. Ich möchte, daß Sie ab Montag das Büro übernehmen. Wir hatten nicht gerade ein großartiges Jahr, aber wir können es sicherlich in vernünftigem Rahmen neu ausstaffieren.«

»Machen Sie sich darüber jetzt keine Sorgen.«

Sie hatten sich weiter nicht viel zu sagen.

Orsini fiel auf, daß Phillip Carter keinerlei Andeutungen machte, er werde, sobald die Angelegenheit von Ed Collins' rechtlicher Lage geklärt war, Orsini eine Partnerschaft anbieten. Er wußte, daß es nie zu diesem Angebot kommen würde. Was ihn betraf, so konnte es sich nur um ein paar Wochen handeln, bis die Position an der Westküste, die er im Vorjahr fast bekommen hatte, wieder verfügbar sein würde. Der Mann, den sie dafür angestellt hatten, hatte sich nicht bewährt. Diesmal bot man Orsini mehr Gehalt, den Posten eines stellvertretenden Direktors und Aktienoptionen.

Am liebsten würde er noch heute weggehen. Alles zusammenpacken und jetzt sofort dorthin fliegen. Doch unter den gegebenen Umständen war das unmöglich. Da gab es etwas, was er finden wollte, etwas, was er im Büro überprüfen wollte, und jetzt, da er in Eds altes Büro ziehen konnte, erwies sich die Suche vielleicht als einfacher.

26

Bernie hielt bei einem Schnellrestaurant an der Route 7 außerhalb von Danbury an. Er setzte sich auf einen Barhocker an der Theke und bestellte einen Deluxe-Hamburger, Pommes frites und Kaffee. Während er mit zunehmendem Wohlbehagen kaute und schluckte, ließ er zufrieden all die Dinge Revue passieren, die er in den Stunden seit seinem Aufbruch von zu Hause erledigt hatte.

Nachdem das Auto gereinigt war, hatte er in einem Gebrauchtwarenladen im südlichen Manhattan eine Chauffeursmütze und ein dunkles Jackett gekauft. Er ging davon aus, daß ihm diese Aufmachung gegenüber all den anderen »Zigeuner«-Taxis von New York einen Vorteil verschaffen würde. Dann war er zum La-Guardia-Flughafen gefahren und hatte in der Nähe der Gepäckauslieferung gestanden, wo all die anderen Fahrer darauf warteten, Passagiere abzuholen.

Er hatte sofort Glück. So ein Typ etwa um die Dreißig kam die Rolltreppe herunter und überflog die Namensschilder, die von den Fahrern hochgehalten wurden. Da war niemand, der auf ihn wartete. Bernie konnte seine Gedanken lesen. Er hatte wahrscheinlich bei einem dieser spottbilligen Dienstleistungsbetriebe einen Fahrer bestellt und ärgerte sich jetzt schwarz. Die meisten Fahrer dieser Billigbetriebe waren Typen, die gerade erst nach New York gekommen waren und das erste halbe Jahr in ihrem Job damit verbrachten, sich zu verfahren.

Bernie war auf den Mann zugegangen, hatte sich erboten, ihn in die Innenstadt mitzunehmen, ihn vorgewarnt, daß er zwar keinen protzigen Schlitten, aber einen netten, sauberen Wagen habe, und geprahlt, er sei der beste Fahrer, der zu kriegen sei. Er nannte zwanzig Dollar als Preis für eine Fahrt zur Achtundvierzigsten Straße West. Er brachte den Mann in fünfunddreißig Minuten dorthin und erhielt zehn Dollar Trinkgeld. »Sie sind ein verteufelt guter Fahrer«, sagte der Mann, als er zahlte.

Bernie dachte voller Vergnügen an das Kompliment, während er nach einer Fritte fischte, und lächelte vor sich hin.

Wenn er weiterhin so gut verdiente, zusätzlich zu seiner Abfindung und der Urlaubsvergütung, konnte er lange durchhalten, bevor Mama herausfand, daß er seinen alten Job nicht mehr hatte. Sie rief ihn dort nie an. Sie mochte nicht telefonieren. Sie sagte, daß sie davon Kopfschmerzen bekäme.

Und da war er also, frei wie ein Vogel, niemandem Rechenschaft schuldig und auf dem Weg, sich anzuschauen, wo Meghan Collins wohnte. Er hatte sich eine Straßenkarte der Umgebung von Newtown besorgt und sie studiert. Das Haus der Familie Collins war an der Bayberry Road, und er wußte, wie er dorthin kam.

Um genau zwei Uhr fuhr er langsam an dem Haus mit den weißen Schindeln und den schwarzen Rolläden vorbei. Seine Augen wurden schmal, als er jedes Detail in sich aufnahm. Die große überdachte Veranda. Hübsch. Irgendwie elegant. Er dachte an die Leute nebenan bei ihm zu Hause in Jackson Heights, die über den größten Teil ihres winzigen Hinterhofs Beton gegossen hatten und jetzt die bucklige Fläche großspurig ihren Patio nannten.

Bernie schaute sich das Grundstück an. Da war ein riesiger Rhododendron in der linken Ecke der mit Schotter gedeckten Einfahrt, eine Trauerweide fast genau mitten auf dem Rasen. Immergrüne Pflanzen bildeten eine kräftige Hecke zur Abgrenzung des Collinsschen Besitzes vom Nachbargrundstück.

Vollauf zufrieden, drückte Bernie seinen Fuß auf das Gaspedal. Falls jemand ihn beobachtete, war er bestimmt nicht so bekloppt, hier direkt zu wenden. Er fuhr um die Kurve und trat dann voll auf die Bremse. Beinahe hätte er einen blöden Hund angefahren.

Ein Junge kam über den Rasen gestürzt. Durch die Fensterscheiben konnte Bernie ihn verzweifelt nach dem Hund rufen hören. »Jake! Jake!«

Der Hund rannte zu dem Jungen, und Bernie konnte den Wagen wieder in Gang setzen. Die Straße war so ruhig, daß er trotz der geschlossenen Wagenfenster hören konnte, wie der Junge brüllte: »Danke, Mister. Vielen Dank.«

Mac traf um halb zwei im gerichtsmedizinischen Institut an der Einunddreißigsten Straße Ost ein. Meghan war erst um zwei Uhr zu erwarten, aber er hatte angerufen und mit Dr. Kenneth Lyons, dem Chef des Labors, einen Termin ausgemacht. Er wurde in den vierten Stock geleitet, wo er in Dr. Lyons' kleinem Büro seine Verdachtsgründe darlegte.

Lyons war ein hagerer Mann von Ende Vierzig mit einem bereitwilligen Lächeln und wachen, intelligenten Augen. »Diese Frau gibt uns Rätsel auf. Sie sah bei Gott nicht wie jemand aus, der einfach verschwindet, ohne vermißt zu werden. Wir hatten sowieso vor, eine DNS-Probe von ihr zu nehmen, bevor die Leiche zum Armenfriedhof geschafft wird. Es macht keinerlei Probleme, von Miss Collins ebenfalls eine Blutprobe abzunehmen und herauszufinden, ob möglicherweise eine Verwandtschaft besteht.«

»Genau das möchte Meghan tun.«

Die Sekretärin des Arztes saß an einem Schreibtisch in der Nähe des Fensters. Das Telefon klingelte, und sie nahm ab. »Miss Collins ist unten.«

Es war mehr als das übliche ungute Gefühl, wenn einem der Anblick eines toten Körpers in der Leichenhalle bevorsteht, was Mac in Meghans Miene sah, als sie aus dem Lift heraustrat. Noch etwas anderes hatte zu dem Schmerz in ihren Augen, zu den tiefen Linien um ihre Mundwinkel beigetragen. Es schien ihm, daß sie ein Kummer erfüllte, der sich von der Trauer unterschied, mit der sie seit dem Verschwinden ihres Vaters lebte. Doch sie lächelte, als sie ihn sah, ein schnelles, erleichtertes Lächeln. Sie ist so hübsch, dachte er. Ihr kastanienbraunes Haar bildete einen Wuschelkopf, ein Werk des scharfen Nachmittagswindes. Sie trug ein schwarzweißes Tweed-Kostüm und schwarze Stiefel. Die Jacke mit einem Reißverschluß reichte bis auf die Hüfte, der enge Rock bis zu den Waden. Ein schwarzer Rollkragenpulli unterstrich noch die Blässe ihres Gesichts.

Mac stellte sie Dr. Lyons vor. »Sie können sich das Opfer unten in der Halle genauer anschauen«, sagte Lyons.

Die Leichenhalle war antiseptisch sauber. Reihenweise bedeckten Schließfächer die Wände. Stimmengemurmel war von der geschlossenen Tür eines Raumes her zu hören, der ein fast drei Meter hohes Fenster zum Durchgang hin hatte. Die Vorhänge waren vor das Fenster gezogen. Mac war sich sicher, daß eine Obduktion durchgeführt wurde.

Ein Wärter führte sie den Zwischengang entlang bis fast zum Ende. Dr. Lyons nickte dem Mann zu, und er packte den Griff eines Schubfachs.

Geräuschlos glitt die Schublade heraus. Mac starrte auf den nackten, gekühlten Körper einer jungen Frau hinunter. Eine einzelne tiefe Stichwunde war in ihrer Brust zu sehen. Schlanke Arme lagen zu ihren Seiten; die Hände waren geöffnet.

Er blickte von der schlanken Taille zu den schmalen Hüften, langen Beinen, den Füßen mit dem hohen Spann. Endlich betrachtete er das Gesicht.

Das kastanienbraune Haar war an den Schultern verfilzt, aber er konnte es sich mit der gleichen windzerzausten Spannkraft wie Meghans Haar vorstellen. Der Mund, großzügig und mit der Verheißung von Wärme; die dichten Wimpern, die sich über die geschlossenen Augen wölbten; die dunklen Brauen, die eine hohe Stirn betonten.

Mac kam es vor, als hätte ihn ein harter Schlag in den Magen getroffen. Er fühlte sich benommen, ihm war übel und schwindelig. Das hier könnte Meg sein, dachte er, *das hier war auf Meg abgezielt.*

27

Catherine berührte den Knopf neben ihrer Hand, und das Krankenhausbett richtete sich geräuschlos auf, bis sie es in einer 45-Grad-Position anhielt. Schon seit einer Stunde, nachdem das Lunchtablett entfernt worden war, versuchte sie zu schlafen, aber es war hoffnungslos. Sie ärgerte sich über sich selbst wegen ihres Verlangens, in den Schlaf zu flüchten. Es ist an der Zeit, dich dem Leben zu stellen, mein Mädchen, sagte sie sich streng.

Sie wünschte, sie hätte einen Rechner und die Konto-bücher des Gasthofs dagehabt. Sie mußte selbst herausfinden, wie lange sie durchhalten konnte, bevor sie dazu gezwungen war, das Drumdoe zu verkaufen. Die Hypothek, dachte sie – diese verfluchte Hypothek! Pop hätte nie und nimmer so viel Geld in das Gasthaus gesteckt. Not macht erfinderisch, das war seine Parole gewesen, als er noch ein Grünschnabel war. Wie oft hatte sie das nicht zu hören bekommen?

Doch als er dann seinen Gasthof hatte und sein Haus, war er ein höchst großzügiger Ehemann und Vater. Vorausge-setzt, daß man sich nicht geradezu lächerlich vergaloppierte, natürlich.

Und ich habe dieser Innenarchitektin lächerlich viel Spiel-raum eingeräumt, dachte Catherine. Aber das ist passé, und sich weiter aufzuregen hieße Wasser in den Hudson zu tragen.

Die Analogie ließ sie erschauern. Das Bild rief die grauen-haften Fotos ins Gedächtnis, auf denen Autowracks aus dem Wasser unter der Tappan Zee Bridge gehievt wurden. Sie und Meghan hatten die Fotos mit Vergrößerungsgläsern unter-sucht, mit der Befürchtung, auf eben das zu stoßen, was sie erwarteten: irgendein Bruchstück eines dunkelblauen Cadillac.

Catherine schlug die Decken zurück, stieg aus dem Bett und griff nach ihrem Morgenrock. Sie ging durch das Zimmer zu dem winzigen Bad und spritzte sich Wasser ins Gesicht, blickte dann in den Spiegel und zog eine Grimasse. Leg mal ein bißchen Kriegsbemalung auf, meine Liebe, ordnete sie an.

Zehn Minuten später war sie wieder im Bett und fühlte sich schon etwas besser. Ihre kurzen blonden Haare waren gebür-stet; Rouge auf den Wangen und Lippenstift hatten die fahle Blässe übertüncht, die sie im Spiegel gesehen hatte; eine blaue seidene Bettjacke gab ihr das Gefühl, vor möglichen Besu-chern bestehen zu können. Sie wußte, daß Meghan nachmit-tags in New York war, aber es bestand immer die Möglichkeit, daß jemand anders vorbeischauen würde.

Und es kam auch jemand. Phillip Carter klopfte leicht an die angelehnte Tür. »Catherine, kann ich reinkommen?«

»Aber sicher.«

Er beugte sich nieder und küßte sie auf die Wange. »Du siehst schon viel besser aus.«

»Ich fühle mich auch besser. Ich möchte jetzt sogar möglichst bald hier rauskommen, aber die wollen, daß ich noch ein paar Tage dableibe.«

»Gute Idee.« Er zog den einzigen bequemen Stuhl an das Bett heran und setzte sich hin.

Er trug eine legere ockerfarbene Jacke, dunkelbraune Hosen und eine braun-beige gemusterte Krawatte, bemerkte Catherine. Seine ausgesprochen männliche Erscheinung rief in ihr unwillkürlich ein schmerzliches Verlangen nach ihrem Mann wach.

Edwin hatte auffallend gut ausgesehen. Einunddreißig Jahre war es her, daß sie ihn bei einer Party nach einem Footballspiel von Harvard gegen Yale kennengelernt hatte. Sie ging damals mit einem der Spieler des Yale-Teams aus. Sie hatte Ed auf der Tanzfläche entdeckt. Das dunkle Haar, die leuchtendblauen Augen, die große, schlanke Figur.

Beim nächsten Tanz hatte Edwin sie abgeklatscht, und am Tag darauf läutete er am Eingang zum Farmhaus, ein Dutzend Rosen in der Hand. »Ich mache dir den Hof, Catherine«, hatte er verkündet.

Jetzt blinzelte Catherine, um plötzliche Tränen zu unterdrücken.

»Catherine?« Phillip hielt ihre Hand.

»Mir geht's gut«, sagte sie und zog ihre Hand zurück.

»Ich glaube, in ein paar Minuten geht es dir nicht mehr so gut. Ich wünschte nur, ich hätte mit Meg reden können, bevor ich hierhergekommen bin.«

»Sie mußte in die Stadt. Was ist denn los, Phillip?«

»Catherine, du hast vielleicht von der Frau gelesen, die in New Milford ermordet wurde.«

»Diese Ärztin. Ja. Eine schreckliche Geschichte.«

»Dann weißt du noch nicht, daß sie gar keine Ärztin war, daß ihre Zeugnisse gefälscht waren und daß unser Unternehmen sie in der Manning Clinic plaziert hat?«

Catherine setzte sich abrupt auf. »Was?«

Eine Krankenschwester kam hereingeeilt. »Mrs. Collins, da sind zwei Beamte von der New Milforder Polizei in der Vorhalle, die mit Ihnen reden müssen. Der Arzt ist schon unterwegs. Er will gleich hier sein, meinte aber, ich sollte Sie vorwarnen, daß die in ein paar Minuten hier oben sind.«

Catherine wartete, bis sie hörte, wie sich Schritte im Flur entfernten, bevor sie fragte: »Phillip, du weißt, weshalb diese Leute hier sind.«

»Ja, stimmt. Sie waren vor einer Stunde im Büro.«

»Warum? Du brauchst nicht erst auf den Arzt zu warten. Ich hab' nicht die Absicht, wieder zusammenzubrechen. Bitte, ich muß wissen, was mir bevorsteht.«

»Catherine, die Frau, die gestern abend in New Milford ermordet worden ist, war Eds Kandidatin. Ed hätte wissen müssen, daß ihre Unterlagen gefälscht waren.« Phillip Carter wandte sich ab, als wolle er dem Anblick des Schmerzes entgehen, den er ihr jetzt zufügen mußte. »Du weißt, daß die Polizeileute nicht glauben, daß Ed bei dem Brückenunglück ertrunken ist. Eine Nachbarin, die gegenüber an der Straße von Helene Petrovics Apartment wohnt, hat gesagt, daß Mrs. Petrovic regelmäßig spätabends von einem großen Mann Besuch bekam, der eine dunkle Limousine fuhr.« Er schwieg eine Weile mit finsterer Miene. »Sie hat ihn vor zwei Wochen dort gesehen. Catherine, als Meg neulich in der Nacht den Krankenwagen bestellt hat, kam doch auch ein Streifenwagen. Als du wieder zu dir gekommen bist, hast du zu dem Polizisten gesagt, daß du einen Anruf von deinem Mann erhalten hast.«

Catherine versuchte zu schlucken, vermochte es aber nicht. Ihr Mund und ihre Lippen waren ausgedörrt. Sie hatte den abwegigen Gedanken: So also fühlt es sich an, wenn man von ernsthaftem Durst gequält wird. »Ich war völlig daneben. Was ich sagen wollte, war, daß Meg einen Anruf von jemand bekommen hat, der behauptet hat, ihr Vater zu sein.«

Es klopfte an die Tür. Der Arzt sprach schon beim Eintreten. »Catherine, das hier tut mir wirklich furchtbar leid. Der Staatsanwalt besteht darauf, daß die für einen Mord in New

Milford zuständigen Ermittlungsbeamten Ihnen ein paar Fragen stellen, und ich konnte nicht mit Fug und Recht behaupten, Ihnen ginge es zu schlecht, um sie zu empfangen.«

»Mir geht es gut genug, sie zu empfangen«, sagte Catherine ruhig. Sie schaute Phillip an. »Bleibst du da?«

»Natürlich bleibe ich.« Er stand auf, als die Beamten hinter einer Schwester das Zimmer betraten.

Catherine war zunächst überrascht, denn es war eine Frau darunter, eine junge Frau etwa in Meghans Alter. Der andere war ein Mann gegen Ende Dreißig, schätzte sie. Er ergriff das Wort, entschuldigte sich für die Störung, versprach, nur wenige Minuten ihrer Zeit zu beanspruchen, und stellte sich und seine Kollegin vor. »Das ist Kriminalbeamtin Arlene Weiss. Ich bin Bob Marron.« Er kam sofort zur Sache. »Mrs. Collins, Sie sind hier im Schockzustand eingeliefert worden, weil Ihre Tochter mitten in der Nacht einen Anruf von jemandem erhielt, der behauptete, Ihr Ehemann zu sein?«

»Das war nicht mein Mann. Ich würde seine Stimme jederzeit und unter allen Umständen erkennen.«

»Mrs. Collins, es tut mir leid, Sie das fragen zu müssen, aber glauben Sie noch immer, daß Ihr Mann im Januar ums Leben gekommen ist?«

»Ich bin absolut überzeugt, daß er tot ist«, sagte sie mit Bestimmtheit.

»Wundervolle Rosen für Sie, Mrs. Collins«, zwitscherte eine Stimme, während die Tür aufgestoßen wurde. Es war eine der freiwilligen Hilfskräfte in rosafarbenen Kitteln, die bei den Zimmern Blumen abgaben, den Bücherwagen herumfuhren und älteren Patienten bei den Mahlzeiten halfen.

»Nicht jetzt«, fuhr sie Catherines Arzt an.

»Nein, ist schon in Ordnung. Tun Sie sie einfach auf den Nachttisch.« Catherine war sich bewußt, daß ihr die Unterbrechung willkommen war. Sie brauchte einen Moment, um ihre Fassung wiederzugewinnen. Um die Pause auszudehnen, griff sie nach der Karte, die das junge Mädchen von dem Schmuckband an der Vase abnahm.

Sie warf einen Blick darauf, erstarrte dann, die Augen voller Entsetzen. Während die Augen aller Anwesenden auf sie gerichtet waren, hielt sie die Karte mit zitternden Fingern hoch, krampfhaft um Fassung bemüht. »Ich wußte nicht, daß Tote Blumen schicken können«, flüsterte sie.

Sie las den Text vor. »›Meine Liebste. Glaube an mich. Ich verspreche Dir, es wird alles wieder gut werden.‹« Catherine biß sich auf die Lippen. »Drunter steht: ›Dein Dich liebender Mann Edwin.‹«

TEIL II

28

Am Mittwoch nachmittag fuhren Ermittlungsbeamte aus Connecticut nach Lawrenceville, New Jersey, um Stephanie Petrovic über ihre ermordete Tante zu befragen.

Stephanie versuchte die Bewegungen in ihrem Schoß nicht zu beachten und verschränkte die Hände ineinander, damit sie zu zittern aufhörten. Da sie in Rumänien unter dem Regime von Ceauşescu aufgewachsen war, war sie dazu erzogen, die Polizei zu fürchten, und obwohl die Männer, die im Wohnzimmer ihrer Tante saßen, sehr wohlwollend wirkten und keine Uniform trugen, hatte sie ihre Gründe, ihnen nicht zu trauen. Leute, die der Polizei vertrauten, landeten oft im Gefängnis, oder noch schlimmer.

Der Anwalt ihrer Tante, Charles Potters, war ebenfalls anwesend, ein Mann, der sie an einen Funktionär in dem Dorf erinnerte, wo sie geboren war. Auch er gab sich wohlwollend, doch sie spürte, daß sein Entgegenkommen von der unpersönlichen Art war.

Er würde seine Pflicht tun, und er hatte ihr bereits mitgeteilt, daß seine Pflicht darin bestand, Helenes Testament zu vollstrecken, wonach ihr gesamtes Vermögen an die Manning Clinic fiel.

»Sie hatte die Absicht, es zu ändern«, hatte Stephanie zu ihm gesagt. »Sie wollte sich um mich kümmern, mir helfen, damit ich zur Kosmetikschule gehen kann, und mir ein Apartment besorgen. Sie hat versprochen, daß sie mir Geld vermacht. Sie hat gesagt, daß ich wie eine Tochter für sie bin.«

»Ich verstehe. Aber da sie ihr Testament nicht geändert hat, ist alles, was ich sagen kann, daß Sie hier wohnen dürfen, bis das Haus verkauft ist. Als Treuhänder kann ich es vermutlich arrangieren, Sie als Verwalterin einzusetzen, bis der Verkauf abgeschlossen ist. Danach, fürchte ich, sind Sie juristisch gesehen auf sich selbst gestellt.«

Auf sich selbst gestellt! Stephanie wußte, falls sie nicht ein Einwanderungsvisum und einen Job auftreiben konnte, würde es unmöglich für sie sein, im Land zu bleiben.

Einer der Polizisten fragte, ob es irgendeinen Mann gebe, der mit ihrer Tante besonders befreundet gewesen sei.

»Nein. Eigentlich nicht«, antwortete sie. »Manchmal gingen wir abends auf Partys bei anderen Rumänen. Manchmal ist Helene ins Konzert gegangen. Am Samstag oder Sonntag ging sie häufig für drei oder vier Stunden weg. Sie hat mir nie gesagt, wohin.« Aber Stephanie wisse überhaupt nichts von einem Mann im Leben ihrer Tante. Sie berichtete aufs neue, wie überrascht sie gewesen sei, als Helene so plötzlich ihre Stellung aufgab. »Sie hatte eigentlich vor, mit der Arbeit aufzuhören, sobald sie ihr Haus verkauft hat. Sie wollte für eine Weile nach Frankreich ziehen.« Stephanie war sich bewußt, daß sie über die Wörter stolperte. Sie hatte solche Angst.

»Dr. Manning hatte nicht die leiseste Ahnung, daß sie erwog, die Klinik zu verlassen«, sagte der Beamte namens Hugo auf rumänisch.

Stephanie warf ihm einen kurzen Blick der Dankbarkeit zu und wechselte ebenfalls in ihre Muttersprache über. »Sie hat zu mir gesagt, daß Dr. Manning sich bestimmt schrecklich aufregen würde, und sie fürchtete sich davor, ihm die Sache beizubringen.«

»Schwebte ihr eine andere Stellung vor? Das hätte bedeutet, daß man wieder ihre Unterlagen überprüfen würde.«

»Sie hat gesagt, daß sie eine Ruhepause einlegen will.«

Hugo wandte sich an den Rechtsanwalt. »Wie war Helene Petrovics finanzielle Lage?«

Charles Potters antwortete: »Ziemlich gut, das kann ich Ihnen versichern. Frau Doktor, oder vielmehr Mrs. Petrovic, lebte sehr umsichtig und hat klug investiert. Dieses Haus war abbezahlt, und sie hatte achthunderttausend Dollar an Aktien, Wertpapieren und Bargeld.«

So viel Geld, dachte Stephanie, und jetzt würde sie keinen Heller davon bekommen. Sie rieb sich mit der Hand über die Stirn. Sie hatte Rückenschmerzen. Ihre Füße waren geschwollen. Sie war so müde. Mr. Potters unterstützte sie immerhin bei der Vorbereitung des Trauergottesdienstes. Er würde am Freitag in St. Dominic stattfinden.

Sie sah sich um. Dieser Raum war so hübsch mit seinen blauen Brokatpolstermöbeln, den polierten Tischen, seinen mit Fransen besetzten Lampen und dem hellblauen Teppich. Das ganze Haus hier war so hübsch. Sie war wirklich gern in solch einer Umgebung gewesen. Helene hatte ihr versprochen, sie könnte sich ein paar Sachen von hier für ihr Apartment in New York nehmen. Was sollte sie jetzt nur machen? Was fragte der Polizist da gerade?

»Wann erwarten Sie Ihr Baby, Stephanie?«

Tränen stürzten ihr die Wangen hinunter, als sie antwortete. »In zwei Wochen.« Dann platzte es aus ihr heraus: »Er hat gesagt, das ist mein Problem, und er ist nach Kalifornien gezogen. Der hilft mir nicht. Ich weiß nicht, wo ich ihn finden kann. Ich weiß nicht, was ich machen soll.«

29

Der neuerliche Schock, den Meghan bei dem Anblick der Toten mit ihrem Gesicht empfunden hatte, war wieder abgeflaut, als man ihr ein Reagenzglas voll Blut aus dem Arm abzapfte.

Sie wußte nicht recht, welche Reaktion sie bei Mac erwartete, als er die Leiche zu Gesicht bekam. Die einzige, die sie entdeckte, war, daß seine Lippen schmäler wurden. Sein einziger Kommentar war die Feststellung, er finde die Ähnlichkeit so verblüffend, daß er den DNS-Vergleich für absolut notwendig halte. Dr. Lyons war der gleichen Meinung.

Weder sie noch Mac hatten zu Mittag gegessen. Sie verließen die Gerichtsmedizin in getrennten Wagen und fuhren zu einem Lieblingslokal von Meg, Neary's an der Siebenundfünfzigsten Straße. Während sie nebeneinander auf einer Sitzbank in dem gemütlichen Restaurant bei einem Club-Sandwich und einer Tasse Kaffee saßen, erzählte Meghan Mac von Helene Petrovics gefälschten Papieren und der möglichen Verstrickung ihres Vaters in die Sache.

Jimmy Neary kam an ihren Tisch, um sich nach Meghans Mutter zu erkundigen. Als er erfuhr, daß Catherine im Krankenhaus war, holte er sein drahtloses Telefon, damit Meghan sie anrufen konnte.

Phillip meldete sich.

»Hallo, Phillip«, sagte Meghan. »Ich wollte nur mal hören, wie's Mom geht. Gibst du sie mir bitte?«

»Meg, sie hat einen üblen Schock bekommen.«

»Was für einen Schock?« fragte Meghan mit Nachdruck.

»Jemand hat ihr ein Dutzend Rosen geschickt. Du verstehst es gleich, wenn ich dir die Karte vorlese.«

Mac betrachtete in der Zwischenzeit die eingerahmten Abbildungen irischer Landschaften an der Wand gegenüber. Als er Meghan stöhnen hörte, drehte er sich zu ihr und sah in ihre schreckgeweiteten Augen. Catherine ist irgend etwas zugestoßen, dachte er. »Meg, was ist los?« Er nahm ihr das Telefon aus den zitternden Fingern. »Hallo …«

»Mac, ich bin froh, daß Sie da sind.«

Es war Phillip Carters Stimme, die auch jetzt noch selbstbewußt und souverän klang.

Mac legte seinen Arm um Meghan, während Carter kurz und bündig die Ereignisse der vergangenen Stunde wiedergab. »Ich bleibe noch eine Weile bei Catherine«, schloß er. »Sie war zuerst ganz schön mit den Nerven fertig, aber jetzt ist sie wieder ruhiger. Sie sagt, sie will mit Meg sprechen.«

»Meg, deine Mutter ist dran«, erklärte Mac und hielt ihr den Hörer hin. Für einen Augenblick war er sich nicht sicher, ob Meghan ihn gehört hatte, doch dann griff sie nach dem Telefon. Er sah, wie sehr sie sich darum bemühte, gefaßt zu klingen.

»Mom, geht's dir wirklich einigermaßen? … Was ich glaube? Ich glaube, das ist auch irgend so ein grausamer Scherz. Du hast ganz recht – Dad würde so etwas nie machen … Ich weiß … Ich weiß, wie hart das ist … Komm schon, natürlich hast du genug Kraft und schaffst das. Du bist doch die Tochter vom alten Pat, oder nicht?

Ich hab' in einer Stunde ein Treffen mit Mr. Weicker beim Sender. Danach komme ich direkt zum Krankenhaus … Ich liebe dich auch. Laß mich eben noch kurz mit Phillip sprechen!

Phillip, bleib bei ihr bitte, ja? Sie sollte jetzt nicht alleine sein … Dank' dir.«

Als Meghan den Hörer auflegte, rief sie aus: »Es ist das reinste Wunder, daß meine Mutter jetzt nicht wirklich einen Herzinfarkt bekommen hat, mit diesen Kriminalbeamten und ihren Fragen zu Dad und dann diesen Rosen …« Sie biß sich auf ihre zitternden Lippen.

O Meg, dachte Mac. Er hätte sie so schrecklich gern in die Arme genommen, fest an sich gezogen, ihr den Kummer von den Augen und Lippen geküßt. Statt dessen versuchte er ihr etwas von der lähmenden Furcht zu nehmen, die ihr, wie er wußte, am meisten zusetzte.

»Catherine wird keinen Herzanfall bekommen«, sagte er mit Bestimmtheit. »Diese Sorge wenigstens schlag dir aus dem Kopf. Ich meine es ernst, Meg. So, und nun – hab' ich das richtig verstanden, was Phillip sagte, daß die Polizei versucht, deinen Dad mit dem Tod dieser Petrovic in Zusammenhang zu bringen?«

»Es sieht so aus. Die kommen immer wieder auf die Nachbarin zurück, die behauptet hat, daß ein großer Mann mit einer dunklen, ziemlich neuen Limousine die Petrovic regelmäßig besucht hat. Dad war groß. Er hatte eine dunkle Limousine.«

»Das trifft auf Tausende von anderen großen Männern zu, Meg. Das ist lächerlich.«

»Das weiß ich. Mom weiß es auch. Aber die von der Polizei glauben nun mal kategorisch nicht daran, daß Dad in das Brückenunglück verwickelt war, was in ihren Augen heißt, daß er vermutlich noch lebt.

Sie wollen wissen, warum er für die gefälschten Petrovic-Papiere geradegestanden hat. Sie haben Mom gefragt, ob sie glaubt, daß er vielleicht irgendeine enge Beziehung mit der Petrovic gehabt hat.«

»Glaubst du denn, daß er noch lebt, Meg?«

»Nein, das glaube ich nicht. Aber falls er Helene Petrovic diesen Job verschafft hat und wußte, daß sie eine Betrügerin war, dann hat etwas nicht gestimmt. Außer, sie hat auch ihn irgendwie reingelegt.«

»Meg, ich kenne deinen Vater, seit ich mit dem College angefangen hab'. Wenn es einen Punkt gibt, in dem ich dich beruhigen kann, dann der, daß Edwin Collins ein wirklich herzensguter Mann ist – oder war. Was du zu Catherine gesagt hast, entspricht absolut der Wahrheit. Dieser Anruf mitten in der Nacht und ihr diese Blumen da zu schicken – das ist einfach nicht die Art deines Vaters. Das ist die Art von Leuten, die gern grausame Spielchen treiben.«

»Oder von Leuten, die nicht zurechnungsfähig sind.« Meghan richtete sich auf, als bemerke sie gerade erst Macs Arm um ihre Schultern. Ruhig zog er ihn zurück.

Er sagte: »Meg, für Blumen muß man bezahlen, bar, mit einer Kreditkarte oder per Scheck. Wie sind die Rosen bezahlt worden?«

»Ich kann mir gut vorstellen, daß die Polizei da schon am Ball ist.«

Jimmy Neary bot einen Irish Coffee an. Meghan schüttelte den Kopf. »Ich könnte gut einen gebrauchen, aber wir lassen das wohl besser für heute. Ich muß ins Büro.«

Mac machte sich auf den Rückweg zur Arbeit. Bevor sie beide in ihre Wagen stiegen, legte er ihr die Hände auf die Schultern. »Meg, eines noch. Versprich mir, daß ich dir helfen darf.«

»Ach, Mac«, seufzte sie, »ich finde, du hast für eine Weile genug von den Problemen der Collins-Familie abgekriegt. Wie lange, hat Dr. Lyons gesagt, dauert es, bis die Ergebnisse des genetischen Vergleichs da sind?«

»Vier bis sechs Wochen«, sagte Mac. »Ich ruf' dich heute abend an, Meg.«

Eine halbe Stunde später saß Meghan in Tom Weickers Büro. »Das war ein verflucht gutes Interview mit der Frau am Empfang der Manning Clinic«, sagte er zu ihr. »Niemand sonst hat auch nur etwas annähernd Vergleichbares. Aber wegen der Verbindung Ihres Vaters mit der Petrovic möchte ich nicht, daß Sie noch mal auch nur in deren Nähe kommen.«

Es war genau das, was sie schon erwartet hatte. Sie schaute ihm direkt ins Gesicht. »Das Franklin Center in Philadelphia hat einen phantastischen Ruf. Ich möchte gern dieses Institut für künstliche Befruchtung statt Manning in dem Sonderprojekt verwenden.« Sie fürchtete schon, daß er auch dies abblocken würde.

Mit Erleichterung hörte sie ihn sagen: »Ich möchte, daß das Projekt so bald wie möglich fertiggestellt wird. Alle zerreißen sich wegen dieser Petrovic den Mund über Retortenbabys. Das Timing ist bestens. Wann können Sie nach Philadelphia fahren?«

»Morgen.«

Sie kam sich nicht ganz ehrlich vor, weil sie Tom nicht wissen ließ, daß Dr. Henry Williams, der dem Franklin Center vorstand, mit Helene Petrovic in der Manning Clinic gearbeitet hatte. Doch wenn sie überhaupt eine Chance hatte, an Williams heranzukommen, dann nur als PCD-Reporterin und nicht als die Tochter des Mannes, der die fingierten Unterlagen der Petrovic eingereicht und sie wärmstens empfohlen hatte.

Bernie fuhr von Connecticut aus nach Manhattan. Der Anblick von Meghans Haus rief ihm nun all die anderen Gelegenheiten ins Gedächtnis zurück, als er einem Mädchen nach Hause gefolgt war, sich dann in ihrem Auto oder in ihrer Garage versteckt hatte oder sogar in dem Gebüsch rings um ihr Haus, nur um sie beobachten zu können. Es war, als wäre man in einer anderen Welt, wo es nur sie beide gab, auch wenn das Mädchen gar nicht wußte, daß er da war.

Ihm war klar, daß in Meghans Nähe zu sein bedeutete, höllisch aufpassen zu müssen. Newtown war eine stinkvornehme kleine Siedlung, und da hielten die Cops ständig nach fremden Wagen Ausschau, die in der Nachbarschaft herumfuhren.

Stell dir vor, du hättest diesen Hund überfahren, dachte Bernie, während er durch die Bronx auf die Willis-Avenue-Brücke zufuhr. Der Junge, dem er gehörte, hätte wahrscheinlich wie ein Irrer zu schreien angefangen. Dann wären lauter Leute angerannt gekommen, um nachzuschauen, was los ist. Irgendwer hätte dann womöglich zu fragen begonnen, was eigentlich so ein Kerl in einem illegalen Taxi hier in der Gegend zu suchen hat, in einer Sackgasse? Wenn dann jemand die Cops gerufen hätte, dann hätten sie vielleicht seinen Namen durch den Computer gejagt. Er wußte schon, wozu das führen würde.

Es gab nur eines, was er tun konnte.

Als er im Zentrum von Manhattan angelangt war, fuhr er zu dem Billigladen an der Siebenundvierzigsten Straße, wo er die meisten seiner elektronischen Geräte erwarb. Er hatte es schon lange auf eine wirklich supermoderne Videokamera dort abgesehen. Heute kaufte er sie, dazu einen Polizeifunkempfänger für seinen Wagen.

Anschließend ging er zu einem Geschäft für Künstlerbedarf und kaufte mehrere Blatt rosa Papier. Dieses Jahr war Rosa die Farbe der Presseausweise, die von der Polizei an die Medien vergeben wurden. Er hatte einen zu Hause. Ein Reporter hatte ihn in der Tiefgarage fallen lassen. An seinem Computer konnte er ihn kopieren und dann einen Ausweis herstellen, der echt aussah, außerdem würde er sich auch eine Presse-Parklizenz machen, um sie an die Windschutzscheibe zu kleben.

Es gab hier jede Menge lokale Kabelfernsehsender, um die sich kein Mensch kümmerte. Er würde einfach behaupten, er sei von einem davon. Bernie Heffernan, Nachrichtenreporter, das würde er sein.

Genau wie Meghan.

Das einzige Problem war: Er verbrauchte sein Urlaubsgeld und die Abfindung zu schnell. Er mußte dafür sorgen, daß regelmäßig Geld hereinkam. Zum Glück konnte er sich einen Fahrgast zum Kennedy Airport verschaffen und dann einen zurück in die Stadt, bevor es an der Zeit war, nach Hause zu gehen.

Beim Abendessen nieste seine Mutter wiederholt. »Bekommst du eine Erkältung, Mama«, fragte er besorgt.

»Ich bekomme keine Erkältungen. Ich habe bloß Allergien«, fuhr sie ihn an. »Hier ist bestimmt Staub im Haus.«

»Mama, du weißt, daß es hier keinen Staub gibt. Du bist eine gute Hausfrau.«

»Bernard, hältst du den Keller sauber? Ich verlass' mich auf dich. Ich traue mich nicht mehr auf diese Treppe, nach dem, was passiert ist.«

»Mama, er ist in Ordnung.«

Sie schauten zusammen die Sechs-Uhr-Nachrichten an und sahen Meghan Collins bei ihrem Interview mit der Empfangsdame in der Manning Clinic.

Völlig fasziniert von Meghans Profil beugte sich Bernie nach vorne. Seine Hände und seine Stirn wurden feucht.

Plötzlich wurde ihm die Fernbedienung aus der Hand gerissen. Seine Mutter schaltete den Fernseher aus und gab ihm gleichzeitig eine schallende Ohrfeige. »Du fängst schon wieder damit an, Bernard«, kreischte sie. »Du hast ein Auge auf dieses Mädchen geworfen. Das weiß ich. Das weiß ich einfach! Lernst du's denn überhaupt nie?«

Als Meghan im Krankenhaus eintraf, fand sie ihre Mutter in normaler Kleidung vor. »Virginia hat mir etwas zum Anziehen gebracht. Ich muß hier raus«, sagte Catherine Collins energisch. »Ich kann einfach nicht hier im Bett rumliegen und grübeln. Es regt mich zu sehr auf. Im Gasthof hab' ich wenigstens etwas zu tun.«

»Was hat der Arzt gesagt?«

»Zuerst war er natürlich dagegen, aber jetzt ist er einverstanden, oder zumindest ist er bereit, mich zu entlassen.« Ihre Stimme kam ins Stocken. »Meggie, versuch nicht, mich umzustimmen. Es ist wirklich besser, wenn ich zu Hause bin.«

Meghan umarmte sie heftig. »Hast du schon gepackt?«

»Alles bis zur Zahnbürste. Meg, noch etwas. Diese Leute von der Kripo wollen mit dir reden. Wenn wir zu Hause sind, mußt du anrufen und einen Termin mit ihnen vereinbaren.«

Das Telefon klingelte, als Meghan die Haustüre aufschloß. Sie rannte zum Apparat hinüber. Es war Dina Anderson. »Meghan. Wenn Sie noch Interesse daran haben, bei der Geburt dabeizusein, dann bereiten Sie sich schon darauf vor. Der Arzt hat mich für Montag morgen ins Danbury Medical Center bestellt, um die Wehen einzuleiten.«

»Ich werde dort sein. Ist es Ihnen recht, wenn ich Sonntag nachmittag mit einem Kameramann vorbeikomme und von Ihnen und Jonathan ein paar Aufnahmen mache, wie Sie sich auf das neue Baby vorbereiten?«

»Ist mir recht.«

Catherine Collins ging von einem Zimmer zum nächsten und machte die Lichter an. »Es tut so wohl, wieder zu Hause zu sein«, murmelte sie.

»Willst du dich hinlegen?«

»Darauf hab' ich wirklich am allerwenigsten Lust. Ich werd' mich in die Badewanne legen und schönmachen, und dann gehen wir zusammen im Gasthof essen.«

»Bist du sicher?« Meghan sah, wie sich das Kinn ihrer Mutter reckte und der Mund einen entschlossenen Zug bekam.

»Todsicher. Es wird alles noch viel schlimmer werden, bevor es wieder besser wird, Meg. Du wirst es schon sehen, wenn du mit denen von der Kripo redest. Aber ich lass' mir von keinem erzählen, daß wir uns etwa verstecken.«

»Pop hat doch immer gesagt: ›Laß dich nicht von den Scheißkerlen fertigmachen.‹ Ich ruf' jetzt mal lieber diese Leute von der Staatsanwaltschaft an.«

John Dwyer war als Vertreter der Staatsanwaltschaft dem Gericht von Danbury zugeteilt. Zu seinem Zuständigkeitsbereich gehörte auch der Ort New Milford.

Dwyer war vierzig Jahre alt und seit fünfzehn Jahren in dem Amt tätig. Während dieser Zeit hatte er manche braven Bürger, Stützen der Gemeinde, wegen Verbrechen von Betrug bis Mord ins Gefängnis geschickt. Er hatte auch drei Leute strafrechtlich verfolgt, die in der Absicht, Versicherungsgelder zu kassieren, ihren Tod vorgetäuscht hatten.

Edwin Collins' mutmaßlicher Tod in der Tragödie auf der Tappan Zee Bridge hatte in der Lokalpresse viel Anteilnahme und Beachtung gefunden. Die Familie war in der Gegend wohlbekannt, und das Drumdoe Inn war eine Institution.

Die Tatsache, daß Collins' Wagen mit an Sicherheit grenzender Wahrscheinlichkeit nicht in den Hudson gestürzt war, und seine Rolle bei der Überprüfung der gefälschten Unterlagen von Helene Petrovic hatten aus einem erschreckenden Vorstadtmord einen überregionalen Skandal gemacht. Wie Dwyer wußte, hatte das State Department of Health, die staatliche Gesundheitsbehörde, medizinische Ermittler auf die Manning Clinic angesetzt, um herauszufinden, wieviel Schaden die Petrovic in dem Labor dort angerichtet haben mochte.

Mittwoch spätnachmittags hatte Dwyer in seinem Büro eine Besprechung mit den Kriminalbeamten von New Milford, Arlene Weiss und Bob Marron. Sie hatten sich Helene Petrovics Unterlagen vom State Department in Washington verschaffen können.

Weiss faßte für ihn die Details zusammen. »Die Petrovic kam vor zwanzig Jahren in die Vereinigten Staaten, als sie siebenundzwanzig war. Ihre Bürgin hatte einen Schönheitssalon am Broadway. In ihrem Visumantrag steht unter ›Ausbildung‹, daß sie die Oberschule abgeschlossen und für eine Weile eine Kosmetikschule in Bukarest besucht hat.«

»Keine medizinische Ausbildung?« fragte Dwyer.

»Keine, die sie aufgeführt hätte«, bestätigte Weiss.

Bob Marron schaute in seinen Notizen nach. »Sie fing im Salon ihrer Freundin zu arbeiten an, blieb elf Jahre dort und belegte in den letzten beiden Jahren Abendkurse für Sekretariatsarbeit.«

Dwyer nickte.

»Dann wurde ihr eine Stelle als Sekretärin beim Dowling Center für künstliche Fortpflanzung in Trenton, New Jersey, angeboten. Damals hat sie das Haus in Lawrenceville gekauft.

Drei Jahre später plazierte Collins sie als Embryologin in der Manning Clinic.«

»Wie steht's mit Edwin Collins? Ist sein Lebenslauf in Ordnung?« fragte Dwyer.

»Ja. Er ist ein Harvard-Absolvent in Betriebswirtschaft. Nie in irgendwelchen Schwierigkeiten gesteckt. Seniorchef seiner Firma. Hat sich vor ungefähr zehn Jahren einen Waffenschein besorgt, nachdem man ihn an einer roten Ampel in Bridgeport überfallen hatte.«

Das Telefon klingelte. »Miss Collins ist am Apparat, um Mr. Marron zurückzurufen.«

»Ist das Collins' Tochter?« fragte Dwyer.

»Ja.«

»Lassen Sie sie morgen hierher kommen.«

Marron nahm den Hörer und sprach mit Meghan, warf dann einen Blick auf den Staatsanwalt. »Acht Uhr morgen früh, okay? Sie muß morgen nach Philadelphia und braucht einen frühen Termin.«

Dwyer nickte.

Nachdem Marron den Termin für Meghan bestätigt und den Hörer aufgelegt hatte, lehnte sich Dwyer in seinem Drehstuhl zurück. »Mal sehen, was wir jetzt haben. Edwin Collins ist verschwunden und wird für tot gehalten. Doch jetzt bekommt seine Frau Blumen von ihm, die, wie Sie sagen, über seine Kreditkarte abgerechnet worden sind.«

»Die Bestellung ging per Telefon im Blumengeschäft ein. Die Kreditkarte ist nie storniert worden. Andererseits ist sie bis heute nachmittag seit Januar nicht benützt worden«, berichtete Weiss.

»Hat man seit seinem Verschwinden nicht die Kontobewegungen überwacht?«

»Bis vor kurzem ging man davon aus, daß Collins ertrunken ist. Es gab keinen Grund, wegen seiner Karte Alarm auszulösen.«

Arlene Weiss überflog ihre Notizen. »Ich möchte Meghan Collins zu etwas befragen, was ihre Mutter gesagt hat. Dieser Anruf, der für Mrs. Collins' Zusammenbruch verantwortlich ist und der, wie sie schwört, ganz bestimmt nicht wie ihr Mann geklungen hat …«

»Was ist damit?«

»Sie dachte, sie hätte den Anrufer so was sagen hören wie: ›Ich stecke in furchtbaren Schwierigkeiten.‹ Was das wohl zu bedeuten hatte?«

»Wir fragen die Tochter, was sie davon hält, wenn wir morgen mit ihr reden«, erklärte Dwyer. »Ich weiß, was ich davon halte. Ist Edwin Collins noch als vermißt und vermutlich tot gemeldet?«

120

Marron und Weiss nickten gemeinsam. Staatsanwalt Dwyer erhob sich. »Wir sollten das wohl ändern. Ich sehe die Sache so. Zum einen haben wir Collins' Verbindung zu Petrovic hergestellt. Zum zweiten ist er höchstwahrscheinlich nicht bei dem Brückenunglück umgekommen. Drittens: Er hat ein paar Wochen, bevor er verschwunden ist, all das Bargeld auf seine Versicherungspolicen abgehoben. Viertens: Von seinem Wagen gibt es keine Spur, aber ein großer Mann in einer dunklen Limousine hat regelmäßig die Petrovic besucht. Fünftens: Der Anruf, die Benützung der Kreditkarte, die Blumen. Ich finde, das reicht. Schreibt eine Großfahndung nach Edwin Collins aus. Wortlaut: ›Gesucht zur Vernehmung im Mordfall Helen Petrovic.‹«

30

Kurz vor fünf Uhr erhielt Victor Orsini den Anruf, den er schon befürchtet hatte. Larry Downes, der Chef von Downes and Rosen, gab ihm zu verstehen, es sei wohl in jeder Hinsicht besser, wenn er vorerst bei Collins and Carter noch nicht kündige.

»Für wie lange, Larry?« fragte Victor ruhig.

»Ich weiß nicht«, sagte Downes ausweichend. »Dieses Theater wegen der Petrovic wird sich irgendwann wieder legen, aber an Ihnen bleibt zu viel von der schlechten Presse hängen, als daß Sie jetzt zu uns kommen sollten. Und falls sich herausstellt, daß die Petrovic irgendwelche von diesen Embryos in der Klinik durcheinandergebracht hat, so wird das einen Rattenschwanz von Schadensersatzforderungen nach sich ziehen, und Sie wissen das. Ihr Burschen habt sie dort untergebracht, und man wird euch knallhart zur Verantwortung ziehen.«

Victor protestierte. »Ich hatte gerade erst angefangen, als Helene Petrovics Bewerbung bei der Manning Clinic eingereicht wurde. Larry, Sie haben mich schon letzten Winter versetzt.«

»Tut mir leid, Victor. Aber wie die Dinge liegen, waren Sie sechs Wochen dort, bevor die Petrovic ihre Arbeit in der Klinik aufnahm. Was heißt, daß Sie da waren, als die Überprüfung ihrer Papiere hätte stattfinden sollen. Collins and Carter ist ein kleines Unternehmen. Wer wird schon glauben, daß Sie nichts von dem mitbekommen haben, was da lief?«

Orsini schluckte. Als er mit den Reportern sprach, hatte er geäußert, er habe nie etwas von Petrovic gehört, sondern gerade erst die Stellung dort bekommen, als sie für die Manning Clinic abgesegnet wurde. Sie hatten keine Lunte gerochen, daß er offensichtlich schon dort war, als ihr Fall bearbeitet wurde. Er versuchte es mit einem weiteren Argument. »Larry, ich hab' eurer Firma dieses Jahr eine Menge geholfen.«

»Ach wirklich, Victor?«

»Ihr habt bei drei unserer besten Kunden Kandidaten untergebracht.«

»Vielleicht waren unsere Kandidaten für die Positionen besser geeignet.«

»Wer hat Ihnen gesagt, daß diese Konzerne Führungspersonal suchten?«

»Tut mir leid, Victor.«

Orsini starrte auf den Hörer, als die Leitung unterbrochen wurde. Rufen Sie uns nicht an – wir rufen Sie an, dachte er. Ihm war klar, daß man ihm die Stellung bei Downes and Rosen vermutlich nie geben würde.

Milly steckte ihren Kopf in sein Büro. »Ich bin weg. War das nicht ein schrecklicher Tag heute, Mr. Orsini? Ständig diese Reporter hier und dann all diese Anrufe.« Ihre Augen funkelten vor Aufregung.

Victor sah schon vor sich, wie sie zu Hause beim Abendessen voller Wonne jede Einzelheit des Tages wiederkäuen würde. »Ist Mr. Carter wieder da?«

»Nein. Er hat angerufen, daß er noch bei Mrs. Collins im Krankenhaus bleibt und dann direkt nach Hause geht. Wissen Sie was? Ich glaube, er hat ein Auge auf sie geworfen.«

Orsini antwortete nicht.

»Also dann, Wiedersehen, Mr. Orsini.«

»Auf Wiedersehen, Milly.«

Während sich ihre Mutter ankleidete, huschte Meghan in den Arbeitsraum und nahm die Briefe und die Todesnachricht aus der Schublade im Schreibtisch ihres Vaters. Sie verbarg sie in ihrer Geschäftsmappe und hoffte inständig, daß ihre Mutter nicht die leichten Kratzer an dem Schreibtisch bemerken würde, wo sie mit der Feile beim Aufbrechen der Schublade abgerutscht war. Irgendwann würde Meghan ihr von den Briefen und dem kurzen Nachruf erzählen müssen, aber jetzt noch nicht. Vielleicht wußte sie ja nach ihrem Besuch in Philadelphia Genaueres.

Sie ging nach oben in ihr eigenes Bad, um sich Gesicht und Hände zu waschen und ihr Make-up aufzufrischen. Nach kurzem Zögern beschloß sie, Mac anzurufen. Er hatte gesagt, er werde sich melden, und sie wollte nicht, daß er auf den Gedanken kam, es gebe Probleme. Noch mehr Probleme als sowieso schon, verbesserte sie sich.

Kyle war am Apparat. »Meg!« Das war der altvertraute Kyle, voller Freude, ihre Stimme zu hören.

»Hallo, Kumpel. Wie geht's denn?«

»Sehr gut. Aber heute war's wirklich schlimm.«

»Wieso?«

»Jake wär' beinahe umgekommen. Ich hab' ihm einen Ball zugeworfen. Er kann ihn schon richtig gut fangen, aber ich hab' zu hart geworfen, und er ist auf die Straße gerollt, und Jake ist hinterher, und so ein Kerl hat ihn fast überfahren. Also ehrlich, du hättest sehen sollen, wie der sein Auto zum Stehen gebracht hat. Ich meine, zum *Stehen*. Das Auto hat *gewackelt*.«

»Ich bin froh, daß Jake okay ist, Kyle. Wirf ihm das nächstemal den Ball hinten im Garten zu. Da hast du mehr Platz.«

»Das hat Dad auch gesagt. Er grapscht nach dem Telefon, Meg. Tschüs.«

Mac war dran.

»Ich hab' nicht danach gegrapscht. Ich hab' danach gegriffen. Grüß dich, Meg. Von unserer Seite hast du schon alle Neuigkeiten gehört. Wie geht's bei dir?«

Sie berichtete ihm, ihre Mutter sei wieder zu Hause. »Morgen fahre ich nach Philadelphia wegen der Sendung, die ich zusammenstellen will.«

»Willst du dir auch diese Adresse in Chestnut Hill anschauen?«

»Ja. Mutter weiß nichts davon oder von den Briefen.«

»Von mir erfährt sie es bestimmt nicht. Wann kommst du zurück?«

»Wahrscheinlich nicht vor acht Uhr. Es sind fast vier Stunden Fahrt bis Philadelphia.«

»Meg.« Macs Ton wurde zögernd. »Ich weiß, daß du nicht willst, daß ich mich einmische, aber ich wünschte, du würdest mich helfen lassen. Ich habe manchmal das Gefühl, daß du mir ausweichst.«

»Sei doch nicht albern. Wir waren doch sonst auch immer gute Kumpel.«

»Ich weiß nicht, ob wir das noch sind. Vielleicht hab' ich irgendwas nicht mitgekriegt. Was ist eigentlich passiert?«

Was passiert ist, dachte Meghan, ist, daß ich nicht an diesen Brief, in dem ich dich vor neun Jahren angebettelt habe, Ginger nicht zu heiraten, denken kann, ohne mich vor Scham zu winden. Was passiert ist, ist, daß ich immer nur dein kleiner Kumpel sein werde und es geschafft habe, Abstand von dir zu gewinnen. Ich kann es nicht riskieren, noch einmal durch einen Jeremy-MacIntyre-Entzug zu gehen.

»Nichts ist passiert, Mac«, sagte sie leichthin. »Du bist immer noch mein Kumpel. Ich kann's nicht ändern, daß ich nicht mehr über Klavierstunden rede. Die hab' ich vor Jahren aufgegeben.«

Als sie dann später am Abend ins Zimmer ihrer Mutter ging, um das Bett aufzudecken, stellte sie die Klingel des Telefons ab. Sollte es noch weitere nächtliche Anrufe geben, würde nur sie sie hören.

31

Dr. Henry Williams, der fünfundsechzigjährige Chef des Franklin Assisted Reproduction Center in der restaurierten Altstadt von Philadelphia, war ein Mann, der wie der ideale

Lieblingsonkel aussah. Er hatte volles, halb ergrautes Haar, ein sanftes Gesicht, das selbst der nervösesten Patientin Mut einflößte. Sehr großgewachsen, hatte er eine leicht gebückte Haltung, die vermuten ließ, daß er sich aus Gewohnheit niederbeugte, um zuzuhören.

Meghan hatte ihn nach ihrem Treffen mit Tom Weicker angerufen, und er hatte bereitwillig einem Gesprächstermin zugestimmt. Jetzt saß Meghan ihm am Schreibtisch in der freundlichen Praxis gegenüber, die lauter gerahmte Bilder von Säuglingen und kleinen Kindern an den Wänden hatte.

»Sind das alles Kinder, die durch In-vitro-Befruchtung zustande gekommen sind?« fragte Meghan.

»Durch künstliche Fortpflanzung«, korrigierte Williams. »Nicht alle sind In-vitro-Geburten.«

»Ich verstehe, oder jedenfalls glaube ich, daß ich's verstehe. In vitro bedeutet, daß die Eier aus den Eierstöcken entfernt und dann im Labor mit Sperma befruchtet werden.«

»Richtig. Sie wissen, daß die Frau Hormone zur Steigerung der Empfängnisfähigkeit bekommen hat, damit ihre Eierstöcke mehrere Eier auf einmal freisetzen?«

»Ja. Das verstehe ich.«

»Es gibt noch weitere Methoden, die wir durchführen, allesamt Variationen der In-vitro-Befruchtung. Ich schlage vor, daß ich Ihnen Material mitgebe, worin sie erklärt werden. Im wesentlichen läuft es auf eine Menge gewichtiger Fachausdrücke hinaus, die im Endeffekt alle bedeuten, daß einer Frau zu der ersehnten erfolgreichen Schwangerschaft verholfen wird.«

»Wären Sie mit einem Interview vor der Kamera einverstanden und damit, daß wir einiges über die Einrichtung hier aufnehmen und mit verschiedenen Ihrer Klienten sprechen?«

»Ja. Offen gestanden sind wir stolz auf unser Unternehmen, und positive Resonanz in den Medien ist uns willkommen. Ich hätte allerdings eine Bedingung. Ich werde mit mehreren unserer Klienten Kontakt aufnehmen und sie fragen, ob sie bereit sind, mit Ihnen zu sprechen. Ich möchte nicht, daß Sie auf sie zugehen. Manche Leute ziehen es vor, ihre Verwandten

nicht wissen zu lassen, daß sie mit diesen Methoden nachge-
holfen haben.«

»Warum sollte jemand Einwände haben? Ich könnte mir
vorstellen, daß die Leute einfach froh über ein neues Baby
sind.«

»Das sind sie auch. Aber eine Frau hat erzählt, daß ihre
Schwiegermutter, nachdem sie von den besonderen Umständen der Geburt erfahren hatte, Zweifel angemeldet hat, ob das
Kind wirklich von ihrem Sohn stammt. Unsere Klientin hat
dann übrigens bei sich, ihrem Mann und dem Baby eine DNS-
Untersuchung machen lassen, um zu beweisen, daß es der
biologische Nachkomme beider Eltern ist.«

»Manche Leute benützen natürlich auch Spenderembryos.«

»Ja, wenn sie selbst einfach nicht zu einer Empfängnis gelan-
gen können. Es ist genaugenommen eine Art von Adoption.«

»Ja, vermutlich. Doktor Williams, ich weiß, das kommt ein
bißchen plötzlich, aber könnte ich am Spätnachmittag mit
einem Kameramann wiederkommen? Eine Frau in Connecticut wird in Kürze den eineiigen Zwilling ihres Sohnes zur
Welt bringen, der vor drei Jahren mittels künstlicher Befruchtung geboren worden ist. Wir machen eine Sendung mit mehreren Folgen über die Weiterentwicklung der Kinder.«

Williams Miene nahm einen Ausdruck von Besorgnis an.
»Manchmal frage ich mich, ob wir nicht zu weit gehen. Die
psychologischen Faktoren bei eineiigen Zwillingen, die zu
verschiedenen Zeitpunkten geboren werden, machen mir
wirklich zu schaffen. Übrigens – wenn der Embryo sich in
zwei Teile spaltet und einer davon kältekonserviert wird, nennen wir ihn einen Klon, nicht eineiigen Zwilling. Aber zu
Ihrer Frage, ja, ich hätte heute später am Tag Zeit.«

»Ich kann Ihnen gar nicht sagen, wie dankbar ich bin. Wir
werden zur Einführung draußen und in der Empfangshalle
ein paar Aufnahmen machen. Ich berichte dann als erstes
davon, wie das Institut entstanden ist. Das war vor ungefähr
sechs Jahren, soweit ich weiß.«

»Im September waren es sechs Jahre.«

»Anschließend konzentriere ich mich auf spezifische Fragen zur künstlichen Befruchtung und zum Einfrieren, ich

meine zur Kältekonservierung der Klons, wie im Fall von Mrs. Anderson.«

Meghan stand auf, um zu gehen. »Ich muß schnell einige Dinge arrangieren. Wäre Ihnen vier Uhr recht?«

»Das dürfte in Ordnung gehen.«

Meghan zögerte. Sie hatte davor zurückgeschreckt, Dr. Williams auf Helene Petrovic anzusprechen, bevor sie mit ihm Fühlung genommen hatte, aber jetzt konnte sie nicht länger warten.

»Dr. Williams, ich weiß nicht, ob die hiesigen Zeitungen darüber berichtet haben, aber Helene Petrovic, eine Frau, die in der Manning Clinic gearbeitet hat, ist ermordet worden, und es hat sich herausgestellt, daß ihre Zeugnisse gefälscht waren. Sie kennen sie doch und haben auch mit ihr gearbeitet, nicht wahr?«

»Ja, das stimmt.« Henry Williams schüttelte den Kopf. »Ich war Dr. Mannings Assistent und bekam daher alles mit, was in der Klinik vor sich ging und wer seine Arbeit gut machte. Helene Petrovic hat mich tatsächlich zum Narren gehalten. Sie hat das Labor dort so geführt, wie man ein Labor führen sollte. Es ist schrecklich, daß sie die Stelle mit gefälschten Unterlagen bekommen hat, aber sie schien ohne jeden Zweifel zu wissen, was sie tat.«

Meghan beschloß, es darauf ankommen zu lassen, daß dieser freundliche Mann Verständnis dafür hätte, weshalb sie sich mit diesen Antworten nicht zufriedengeben konnte. »Doktor Williams, der Firma meines Vaters und insbesondere meinem Vater selbst wirft man die Beglaubigung von Helene Petrovics Lügen vor. Verzeihen Sie, aber ich muß versuchen, mehr über sie herauszufinden. Die Dame am Empfang der Manning Clinic hat Sie und Helene Petrovic zusammen im Restaurant gesehen. Wie gut haben Sie sie gekannt?«

Henry Williams sah belustigt aus. »Sie meinen Marge Walters. Hat sie Ihnen auch erzählt, daß ich neue Angestellte der Klinik immer einmal zum Essen eingeladen habe? Zur formlosen Begrüßung …«

»Nein, das hat sie nicht. Kannten Sie Helene Petrovic schon, bevor sie zur Manning Clinic kam?«

»Nein.«

»Hatten Sie irgendwelchen Kontakt mit ihr, seit Sie dort weg sind?«

»Nein, gar keinen.«

Die Telefonanlage schnarrte. Er nahm den Hörer und lauschte. »Einen Moment bitte«, sagte er dann und wandte sich Meghan zu.

Sie wußte den Wink zu deuten. »Doktor Williams, ich werde Sie nicht länger aufhalten. Besten Dank nochmals.« Meghan langte nach ihrer Umhängetasche und ging.

Nachdem die Tür sich hinter ihr geschlossen hatte, nahm Dr. Henry Williams den Hörer wieder ans Ohr. »Stellen Sie jetzt bitte durch.«

Er murmelte etwas zur Begrüßung, hörte zu und sagte dann nervös: »Ja, natürlich bin ich allein. Sie ist gerade weg. Sie kommt um vier mit einem Kameramann wieder. Erzähl mir nicht, daß ich vorsichtig sein soll. Für wie blöd hältst du mich eigentlich?«

Er legte den Hörer auf, mit einemmal unendlich abgespannt. Nach einer Weile griff er wieder danach und wählte. »Da drüben alles unter Kontrolle?« fragte er.

Ihre schottischen Vorfahren nannten es das zweite Gesicht. Im Lauf von Generationen war diese Gabe immer wieder bei einer Frau aus dem Campbell-Clan aufgetaucht. Diesmal war es Fiona Campbell Black, die damit begnadet war. Als Hellseherin, die regelmäßig von Polizeirevieren im ganzen Land bei der Aufklärung von Verbrechen zu Hilfe gerufen wurde, und ebenso von Familien auf der verzweifelten Suche nach vermißten Angehörigen, betrachtete Fiona ihre außerordentlichen Fähigkeiten mit großem Respekt.

Sie war seit zwanzig Jahren verheiratet und lebte in Litchfield, Connecticut, einer hübschen alten Siedlung aus dem frühen siebzehnten Jahrhundert.

Am Donnerstag nachmittag kam Fionas Mann, Andrew Black, ein Anwalt mit einer Kanzlei am Ort, zum Essen nach Hause. Er traf sie im Frühstücksraum an, wo sie mit nachdenklichen Augen dasaß, die Morgenzeitung vor sich ausgebreitet, und den Kopf schräg hielt, als erwarte sie gleich eine Stimme oder irgendwelche Töne zu hören, die sie keinesfalls verpassen wollte.

Andrew Black wußte, was das zu bedeuten hatte. Er zog seinen Mantel aus, warf ihn auf einen Stuhl und erklärte: »Ich richte uns was her.«

Als er zehn Minuten später mit einem Teller Sandwiches und einer Kanne Tee wiederkam, blickte Fiona geistesabwesend auf. »Es ist passiert, als ich das hier gesehen habe.« Sie hielt die Lokalzeitung mit Edwin Collins' Foto auf der Titelseite hoch. »Sie fahnden nach diesem Mann im Zusammenhang mit dem Tod von Helene Petrovic.«

Black schenkte Tee ein. »Das hab' ich gelesen.«

»Andrew, ich möchte mich lieber raushalten, aber ich glaube, ich muß der Sache nachgehen. Ich bekomme eine Botschaft über ihn.«

»Wie deutlich ist sie?«

»Gar nicht deutlich. Ich brauche etwas zum Anfassen, was ihm gehört. Soll ich die Polizei von New Milford anrufen oder direkt zu seiner Familie gehen?«

»Ich finde es besser, wenn du dich an die Polizei wendest.«

»Ja, wahrscheinlich.« Langsam ließ Fiona ihre Fingerspitzen über die grobkörnige Abbildung von Edwin Collins' Gesicht gleiten. »So viel Böses«, murmelte sie, »so viel Tod und Bosheit umgeben ihn.«

32

Bernies erste Tour am Donnerstag morgen ging vom Kennedy Airport aus. Er parkte den Chevy und schlenderte zu der Stelle hinüber, wo die Vorortbusse Passagiere aufnahmen und abluden. Bernie studierte den Fahrplan. Ein Bus nach Westport war fällig, und eine Gruppe von Menschen wartete darauf, darunter ein Paar in den Dreißigern mit zwei kleinen Kindern und einem Haufen Gepäck. Bernie nahm an, daß er bei ihnen gute Aussichten hatte.

»Connecticut?« fragte er sie mit einem leutseligen Lächeln.

»Wir nehmen kein Taxi«, schnauzte die Frau voller Ungeduld, während sie den Zweijährigen an der Hand packte. »Billy, bleib da«, schimpfte sie. »Du kannst hier nicht rumlaufen.«

»Vierzig Dollar plus Straßengebühren«, sagte Bernie. »Ich hab' einen Fahrgast in der Gegend von Westport, also ist alles, was ich bekomme, ein Zusatzgeschäft.«

Der Mann versuchte ein ungebärdiges dreijähriges Kind im Zaum zu halten. »Einverstanden.« Er vergewisserte sich gar nicht erst mit einem Blick zu seiner Frau, ob sie auch einverstanden war.

Bernie hatte seinen Wagen wieder durch die Waschanlage laufen lassen und innen gesaugt. Er sah, wie die Geringschätzung, die der Frau anfangs vom Gesicht abzulesen war, angesichts des sauberen Wageninneren in Wohlgefallen umschlug. Er fuhr umsichtig, nie über der Geschwindigkeitsbeschränkung und ohne raschen Spurwechsel. Der Mann saß vorne neben ihm. Die Frau war mit den neben ihr angeschnallten Kindern auf dem Rücksitz. Bernie machte sich in Gedanken eine Notiz, demnächst Kindersitze zu kaufen und im Kofferraum bereitzuhalten.

Der Mann dirigierte Bernie an der Ausfahrt 17 vom Connecticut Turnpike hinunter. »Jetzt sind es nur noch knapp zweieinhalb Kilometer.« Als sie das hübsche Backsteinhaus an der Tuxedo Road erreichten, wurde Bernie mit zehn Dollar Trinkgeld belohnt.

Er fuhr zum Connecticut Turnpike zurück, nach Süden zur Ausfahrt 15 und gelangte wieder einmal auf die Route 7. Es war, als könne er nicht verhindern, daß das Auto dahin fuhr, wo Meghan wohnte.

Nimm dich in acht, sagte er sich. Selbst mit Kamera und Presseausweis konnte es Verdacht erregen, wenn er sich in ihrer Straße aufhielt.

Er beschloß, eine Tasse Kaffee zu trinken und die Sache zu überdenken. Also bog er zu dem nächsten Schnellrestaurant ein. In dem Vorraum dort zwischen dem äußeren und inneren Eingang gab es einen Zeitungsautomaten. Durch das Glas sah

Bernie die Schlagzeile: Alles über die Manning Clinic. Dort hatte Meghan doch gestern das Interview gemacht, das, was er und Mama gesehen hatten. Er suchte in seiner Hosentasche nach Kleingeld und kaufte eine Zeitung.

Beim Kaffee las er den Artikel. Die Manning Clinic lag etwa vierzig Minuten von Meghans Zuhause entfernt. Wahrscheinlich trieb sich dort eine Menge Journalisten herum, weil man das Labor überprüfte, in dem diese Frau gearbeitet hatte.

Vielleicht war Meghan ja auch dort. Sie war gestern dagewesen.

Vierzig Minuten später war Bernie auf der engen, kurvenreichen Straße, die von dem malerischen Zentrum von Kent zur Manning Clinic führte. Nachdem er von der Gaststätte aufgebrochen war, hatte er zuerst noch eine Weile im Wagen gesessen und die Straßenkarte dieser Gegend so gründlich studiert, daß er keine Schwierigkeiten hatte, den günstigsten Weg zu finden.

Genau wie er gehofft hatte, fand er eine Reihe von Medienwagen auf dem Parkplatz der Klinik vor. Er parkte ein Stück weit davon entfernt und steckte seine Parklizenz an die Windschutzscheibe. Dann musterte er den Presseausweis, den er fabriziert hatte. Höchstens ein Experte hätte entdecken können, daß der Ausweis nicht echt war. *Bernard Heffernan* stand darauf, *Channel 86, Elmira, New York*. Es war ein Lokalsender, rief er sich in Erinnerung. Falls jemand fragte, warum diese Gemeinde an der Story hier interessiert war, dann würde er erklären, sie dächten daran, eine Einrichtung wie die Manning Clinic anzulegen.

Als er seine Geschichte parat hatte, stieg Bernie zufrieden aus dem Wagen und zog seinen Anorak an. Die meisten Reporter und Kameraleute waren leger gekleidet. Er beschloß, eine dunkle Brille zu tragen, holte dann seine neue Videokamera aus dem Kofferraum. Allererste Sahne, sagte er sich stolz. Sie hatte eine Menge gekostet. Er hatte sie mit Kreditkarte gekauft. Damit die Kamera nicht so brandneu aussah, hatte er etwas Staub aus dem Keller darauf verrieben, und auf die Seite hatte er das bekannte Signet des Channel 86 aufgemalt.

Etwa ein Dutzend Reporter und Kameraleute waren in der Empfangshalle der Klinik. Sie befragten einen Mann, der sie, wie Bernie mitbekam, hinhielt. Er sagte soeben: »Ich wiederhole, die Manning Clinic ist stolz darauf, Frauen erfolgreich zu den Kindern zu verhelfen, die sie sich so leidenschaftlich wünschen. Wir sind der Meinung, daß Helene Petrovic, trotz der Angaben auf ihrem Visumantrag, möglicherweise in Rumänien eine Ausbildung als Embryologin erhielt. Keinem der Experten, die mit ihr gearbeitet haben, sind auch nur im geringsten Worte oder Handlungen ihrerseits aufgefallen, die vermuten ließen, sie habe ihren Job nicht gründlich beherrscht.«

»Und wenn ihr Fehler unterlaufen sind?« fragte eine Reporterin. »Nehmen wir mal an, sie hat diese eingefrorenen Embryos verwechselt und Frauen haben die Kinder anderer Leute zur Welt gebracht?«

»Wir werden für alle Eltern DNS-Analysen durchführen, die diese klinische Untersuchung für sich und ihr Kind wünschen. Die Ergebnisse liegen erst nach vier bis sechs Wochen vor, sind dann aber unwiderlegbar. Sollten Eltern es vorziehen, die Untersuchung in einer anderen Einrichtung machen zu lassen, so übernehmen wir die Kosten. Weder Dr. Manning noch irgendeiner der übrigen leitenden Mitarbeiter rechnet mit einem Problem auf diesem Gebiet.«

Bernie sah sich um. Meghan war nicht da. Sollte er wohl herumfragen, ob sie jemand gesehen hatte? Nein, das wäre ein Fehler. Misch dich einfach unter die anderen, ermahnte er sich. Doch wie erhofft kümmerte sich niemand um ihn. Er richtete seine Kamera auf den Burschen, der die Fragen beantwortete, und schaltete sie ein.

Als das Interview beendet war, verließ Bernie mit den übrigen Leuten das Gebäude, wobei er darauf achtete, niemandem zu nahe zu kommen. Er hatte einen PCD-Kameramann gesichtet; der stämmige Mann dagegen, der das Mikrofon hielt, war ihm unbekannt. Am Fuß der Verandastufen hielt eine Frau ihren Wagen an und stieg aus. Sie war schwanger und offensichtlich aufgeregt. Ein Reporter fragte: »Ma'am, sind Sie eine Klientin hier?«

132

Stephanie Petrovic versuchte ihr Gesicht vor den Kameras zu verbergen, während sie ausrief: »Nein. Nein. Ich bin bloß hergekommen, um sie zu bitten, daß sie das Geld meiner Tante mit mir teilen. Sie hatte alles der Klinik vermacht. Ich denke, daß vielleicht irgend jemand von hier sie getötet hat, weil sie Angst hatten, daß sie ihr Testament ändert, nachdem sie gekündigt hat. Wenn ich das beweisen könnte, würde ihr Geld dann nicht mir gehören?«

Einige Minuten saß Meghan in ihrem Wagen vor dem ansehnlichen Kalksteinhaus in Chestnut Hill, zwanzig Minuten außerhalb von Philadelphia. Die anmutigen Linien des dreistöckigen Wohnhauses wurden noch hervorgehoben durch die unterteilten Fenster, die antike Eichentür und das Schieferdach, das in dunkelgrünen Schattierungen in der Frühnachmittagssonne schimmerte.

Der Fußweg, der sich durch den weitläufigen Rasen wand, war von Azaleenreihen gesäumt, die im Frühjahr sicher, so dachte Meghan, in leuchtender Pracht blühen würden. Ein Dutzend schlanker weißer Birken waren wie Wachposten über das ganze Grundstück verstreut.

Der Name am Briefkasten lautete C. J. Graham. Hatte sie je diesen Namen aus dem Munde ihres Vaters gehört? Meghan bezweifelte es.

Sie stieg aus dem Auto und ging langsam den Weg hinauf. Sie zögerte eine Weile, läutete dann und hörte schwach im Hausinneren ein Glockenspiel erklingen. Wenig später öffnete ein Hausmädchen in Dienstkleidung die Tür.

»Ja, bitte?« Die Frage klang höflich, aber reserviert.

Meghan wurde klar, daß sie nicht wußte, nach wem sie fragen sollte. »Ich würde gern mit irgend jemand sprechen, der hier wohnt und vielleicht mit Aurelia Collins befreundet war.«

»Wer ist da, Jessie?« rief eine Männerstimme.

Hinter der Hausangestellten sah Meghan einen großen Mann mit schneeweißen Haaren auf die Tür zukommen.

»Bitten Sie die junge Dame herein, Jessie«, wies er sie an. »Es ist kalt draußen.«

Meghan trat ein. Als die Tür sich schloß, kniff der Mann die Augen zusammen. Er winkte sie näher zu sich heran. »Kommen Sie bitte. Hier unter das Licht.« Ein Lächeln erhellte sein Gesicht. »Das ist doch Annie, ja? Meine Liebe, ich bin froh, Sie wiederzusehen.«

33

Catherine Collins frühstückte mit Meghan zeitig am Morgen, bevor Meg sich zu der Unterredung mit den Ermittlungsbeamten im Gericht von Danbury und anschließend zur Fahrt nach Philadelphia auf den Weg machte. Catherine nahm sich eine zweite Tasse Kaffee mit nach oben und stellte den Fernseher in ihrem Zimmer an.

In den Lokalnachrichten erfuhr sie, daß ihr Mann offiziell nicht mehr als vermißt und vermutlich tot galt, sondern im Zusammenhang mit dem Petrovic-Mord auf der Fahndungsliste stand.

Als Meg anrief und Bescheid gab, sie habe das Gespräch mit der Kripo hinter sich gebracht und mache sich jetzt auf den Weg nach Philadelphia, fragte Catherine: »Meg, was haben sie dich denn gefragt?«

»Dieselbe Art von Fragen, die sie dir auch gestellt haben. Du weißt ja, die glauben felsenfest, daß Dad noch lebt. Bis jetzt bezichtigen sie ihn des Betrugs und Mords. Weiß Gott, was die sich noch einfallen lassen. Du hast mich doch gestern gewarnt, daß es erst noch schlimmer wird, bevor es wieder besser wird. Da hast du wahrhaftig recht gehabt.«

Irgend etwas in Megs Stimme jagte Catherine einen kühlen Schauer über den Rücken. »Meg, du verheimlichst mir doch etwas.«

»Mom, ich muß jetzt los. Wir reden heute abend miteinander, ich versprech's dir.«

»Ich will nicht, daß du irgendwas verschweigst.«

»Ich schwöre dir, ich werde nichts verschweigen.«

Der Arzt hatte Catherine dringend ans Herz gelegt, wenigstens ein paar Tage lang zu Hause zu bleiben und sich auszuruhen. Ich brauche mich nur auszuruhen und bekomme vor lauter Sorgen wirklich einen Herzanfall, dachte sie, während sie sich anzog. Lieber ging sie zum Gasthof.

Sie war nur wenige Tage weggewesen, doch sie konnte einen Unterschied feststellen. Virginia war gut, übersah aber kleine Details. Das Blumenarrangement auf dem Anmeldetresen ließ die Köpfe hängen.

»Wann sind die gebracht worden?« fragte Catherine.

»Heute morgen erst.«

»Ruf beim Blumengeschäft an und laß neue kommen!« Die Rosen, die sie im Krankenhaus erhalten hatte, waren taufrisch gewesen, erinnerte sich Catherine.

Die Tische im Speisezimmer waren für die Mittagszeit gedeckt. Catherine ging von einem zum andern und überprüfte sie, einen Hilfskellner im Schlepptau. »Hier haben wir eine Serviette zuwenig, genauso auf dem Tisch am Fenster. Dort fehlt ein Messer, und das Salzfaß da sieht schmierig aus.«

»Ja, Ma'am.«

Sie ging in die Küche. Der frühere Küchenchef hatte sich im Juli nach zwanzig Jahren zur Ruhe gesetzt. Sein Nachfolger, Clive D'Arcette, war mit beeindruckender Branchenerfahrung angetreten, obwohl er erst sechsundzwanzig Jahre alt war. Nach vier Monaten kam Catherine zu dem Schluß, daß er eine gute zweite Geige abgab, mit der Leitung einer Küche aber überfordert war. Er bereitete gerade die Lunch-Specials vor, als Catherine die Küche betrat. Sie machte ein ärgerliches Gesicht, als sie die Fettspritzer auf dem Herd bemerkte. Sie stammten eindeutig vom Abend zuvor. Der Mülleimer war nicht ausgeleert worden. Sie probierte die Sauce hollandaise. »Warum ist die salzig?« fragte sie.

»Ich würde sie nicht salzig nennen, Mrs. Collins«, sagte D'Arcette in einem Tonfall, der nicht unbedingt höflich war.

»Ich aber schon, und wohl jeder, der sie bestellt.«

»Mrs. Collins, Sie haben mich hier als Küchenchef angestellt. Wenn ich nicht der Chef sein und das Essen auf meine Art zubereiten kann, dann läuft der Laden hier nicht.«

»Sie haben es mir sehr leicht gemacht«, entgegnete Catherine. »Sie sind gefeuert.«

Sie war dabei, sich eine Schürze umzubinden, als Virginia hereingeeilt kam. »Catherine, wo will Clive denn hin? Er ist gerade an mir vorbeigestürmt.«

»Zurück zur Kochschule, hoffe ich.«

»Du sollst dich doch ausruhen.«

Catherine wandte sich ihr zu. »Virginia, es ist eine Erlösung für mich, hier am Herd zu stehen, solange ich den Gasthof noch halten kann. Also, welche Tagesgerichte hat Escoffier für heute eingeplant?«

Sie servierten dreiundvierzig Lunchportionen sowie Sandwiches in der Bar. Es herrschte guter Betrieb. Als die Bestellungen weniger wurden, konnte Catherine in das Speisezimmer gehen. Mit ihrer langen weißen Schürze schritt sie von Tisch zu Tisch und hielt sich jedesmal eine Weile auf. Sie konnte die Fragen in den Augen der Gesichter sehen, die sie mit einem warmen Lächeln begrüßten.

Ich werfe den Leuten nicht vor, daß sie neugierig sind, bei all dem, was sie hören, dachte sie. Ich wäre es auch. Aber das sind meine Freunde. Das ist mein Gasthof, und egal, welche Wahrheit zum Vorschein kommt, Meg und ich haben hier unseren Platz.

Catherine verbrachte den Spätnachmittag im Büro damit, die Bücher durchzugehen. Wenn die Bank bei einer Neufinanzierung mitmacht und ich meinen Schmuck verpfände oder verkaufe, stellte sie fest, dann könnte ich mindestens ein halbes Jahr länger durchhalten. Bis dahin wissen wir dann vielleicht etwas wegen der Versicherung. Sie schloß die Augen. Wenn sie bloß nicht so töricht gewesen wäre, nach Pops Tod das Haus auf ihren und Edwins Namen eintragen zu lassen …

Warum habe ich das eigentlich gemacht? fragte sie sich. Ich wollte nicht, daß Edwin das Gefühl hatte, in meinem Haus zu wohnen. Selbst als Pop noch lebte, hatte Edwin stets darauf bestanden, für die Nebenkosten und Reparaturen aufzukommen. »Ich muß das Gefühl haben, daß ich hierhergehöre«, hatte er gesagt. O Edwin! Wie hatte er sich noch genannt? Ach ja, einen »fahrenden Musikanten«. Sie hatte das immer als einen Witz angesehen. Ob er es auch als Witz gemeint hatte? Da war sie sich jetzt nicht mehr so sicher.

Sie versuchte sich an Verse aus dem alten Song von Gilbert und Sullivan zu erinnern, den er immer sang. Nur die erste Zeile und eine weitere fielen ihr wieder ein. Der Anfang hieß: »Ein fahrender Musikant bin ich, ein Ding aus lauter Lumpen.« Und die andere Zeile: »Und im Wechsel deiner Launen stimme ich fein mein Lied.«

Wehmütige Worte, wenn man sie genauer betrachtete. Weshalb hatte Edwin gemeint, daß sie auf ihn zuträfen?

Energisch wandte sich Catherine wieder dem Studium der Bilanzen zu. Das Telefon klingelte, als sie das letzte Buch schloß. Bob Marron war am Apparat, einer der Ermittlungsbeamten, die sie im Krankenhaus aufgesucht hatten. »Mrs. Collins, da Sie nicht zu Hause waren, dachte ich, ich versuch's mal im Gasthof. Es hat sich etwas ergeben. Wir fanden, wir sollten Ihnen die Information weitergeben, obwohl wir Ihnen natürlich nicht unbedingt empfehlen, daß Sie darauf eingehen.«

»Ich weiß nicht, wovon Sie reden«, sagte Catherine ohne Umschweife.

Sie hörte zu, wie Marron ihr berichtete, Fiona Black habe angerufen, eine Hellseherin, die schon des öfteren mit ihnen an Fällen vermißter Personen zusammengearbeitet habe. »Sie sagt, daß sie starke Schwingungen über Ihren Mann empfängt und gerne etwas von ihm hätte, das sie anfassen kann«, schloß Marron.

»Wollen Sie mir etwa irgendeine Quacksalberin schicken?«

»Ich weiß, was Sie jetzt denken, aber können Sie sich noch an das Talmadge-Kind erinnern, das vor drei Jahren vermißt war?«

»Ja.«

»Mrs. Black war es, die uns gesagt hat, wir sollten uns bei unserer Suche auf das Baugelände in der unmittelbaren Nähe des Rathauses konzentrieren. Sie hat dem Kind das Leben gerettet.«

»Ich verstehe.« Catherine befeuchtete die Lippen mit der Zunge. Alles ist besser, als nicht Bescheid zu wissen, sagte sie sich. Sie umklammerte den Hörer fester. »Was möchte Mrs. Black denn von Edwins Sachen haben? Kleider? Einen Ring?«

»Sie ist gerade hier. Sie würde gerne zu Ihnen hinüberkommen und etwas aussuchen, falls das möglich ist. Ich könnte in einer halben Stunde mit ihr bei Ihnen sein.«

Catherine überlegte, ob sie lieber auf Meg warten sollte, bevor sie sich mit dieser Frau traf. Dann hörte sie sich sagen: »Halbe Stunde ist mir recht. Ich mache mich jetzt auf den Heimweg.«

Meghan hatte das Gefühl, die Zeit sei stehengeblieben, als sie sich in der Eingangshalle dem gepflegten Mann gegenübersah, der offenbar glaubte, sie seien sich schon einmal begegnet. Mit Lippen, die wie betäubt waren, formte sie mühsam die Worte: »Ich heiße nicht Annie. Ich heiße Meghan. Meghan Collins.«

Graham betrachtete sie aus der Nähe. »Sie sind doch Edwins Tochter, oder?«

»Ja, das stimmt.«

»Bitte, kommen Sie mit.« Er nahm sie am Arm und führte sie durch die Tür zum Arbeitsraum, der rechts vom Foyer lag. »Hier verbringe ich die meiste Zeit«, sagte er, während er sie zum Sofa geleitete und sich selbst in einem hohen Ohrensessel niederließ. »Seit meine Frau tot ist, kommt mir das Haus hier schrecklich groß vor.«

Meghan merkte, daß Graham sah, in welchem Zustand sie sich befand, und versuchte, die Situation zu entschärfen. Sie sah sich jedoch außerstande, ihre Fragen diplomatisch zu formulieren.

Sie öffnete ihre Brieftasche und holte den Umschlag mit der Todesnachricht heraus. »Haben Sie das meinem Vater geschickt?« fragte sie.

»Ja, das stammt von mir. Er hat es nicht bestätigt, aber das hatte ich auch gar nicht erwartet. Es tat mir so leid, als ich im Januar das von dem Unfall gelesen habe.«

»Woher kennen Sie meinen Vater?« fragte Meghan.

»Verzeihung«, entschuldigte er sich. »Ich glaube, ich habe mich gar nicht vorgestellt. Ich bin Cyrus Graham. Der Stiefbruder Ihres Vaters.«

Sein Stiefbruder! Ich hatte nie eine Ahnung, daß es diesen Mann gibt, dachte Meghan.

»Sie haben mich vorhin ›Annie‹ genannt«, sagte sie. »Wieso?«

Er antwortete ihr mit einer Frage. »Haben Sie eine Schwester, Meghan?«

»Nein.«

»Und Sie können sich nicht daran erinnern, daß Sie mich mit Ihrem Vater und Ihrer Mutter vor etwa zehn Jahren in Arizona getroffen haben?«

»Ich war nie dort.«

»Dann bin ich völlig durcheinander«, entgegnete Graham.

»Wann und wo genau in Arizona sollen wir uns denn getroffen haben?« fragte Meghan mit Nachdruck.

»Lassen Sie mich mal nachdenken. Es war im April, vor ungefähr elf Jahren. Ich war in Scottsdale. Meine Frau hatte eine Woche bei der Elizabeth-Arden-Kur verbracht, und ich wollte sie am nächsten Morgen abholen. Am Abend zuvor habe ich mich im Hotel Safari in Scottsdale einquartiert. Ich kam gerade aus dem Speisesaal, als ich Edwin entdeckte. Er saß mit einer Frau zusammen, die wohl Anfang Vierzig war, und mit einem Mädchen, das genauso aussah wie Sie.« Graham musterte Meghan. »Wenn ich's mir überlege – ihr seht beide Edwins Mutter ähnlich.«

»Meiner Großmutter.«

»Ja.« Jetzt sah er besorgt aus. »Meghan, ich fürchte, das setzt Ihnen zu.«

»Es ist äußerst wichtig, daß ich so viel wie möglich über die Leute erfahre, die damals am Abend mit meinem Vater zusammen waren.«

»Nun gut. Es war nur eine kurze Begegnung, aber da es nach Jahren das erste Wiedersehen überhaupt mit Edwin war, hat es sich mir eingeprägt.«

»Wann haben Sie ihn denn zum letzten Mal davor gesehen?«

»Nicht mehr, seitdem er aufs College ging. Aber obwohl dreißig Jahre vergangen waren, habe ich ihn auf der Stelle erkannt. Ich ging zu dem Tisch hinüber und wurde sehr frostig empfangen. Er stellte mich seiner Frau und Tochter als jemanden vor, den er aus seiner Jugend in Philadelphia kannte. Ich habe den Wink verstanden und bin sofort gegangen. Ich wußte von Aurelia, daß er mit seiner Familie in Connecticut lebte, und nahm einfach an, daß sie in Arizona Urlaub gemacht haben.«

»Hat er die Frau, mit der er zusammen war, als seine Frau vorgestellt?«

»Ich glaube schon. Da bin ich mir nicht sicher. Er hat vielleicht so was gesagt wie: ›Frances und Annie, das ist Cyrus Graham.‹«

»Sie wissen genau, daß das Mädchen *Annie* hieß?«

»Ja, bestimmt. Und ich weiß, daß die Frau Frances hieß.«

»Wie alt war Annie damals?«

»Ungefähr sechzehn, würde ich meinen.«

Meghan überlegte, daß sie dann inzwischen etwa sechsundzwanzig sein müßte.

Sie fröstelte. Und sie liegt an meiner Stelle im Leichenschauhaus, dachte sie.

Ihr wurde bewußt, daß Graham sie betrachtete.

»Ich glaube, wir könnten eine Tasse Tee gebrauchen«, sagte er. »Haben Sie zu Mittag gegessen?«

»Bitte keine Umstände.«

»Ich würde mich freuen, wenn Sie mir Gesellschaft leisten. Ich sag' Jessie, sie soll uns etwas herrichten.«

Als er den Raum verließ, faltete Meghan ihre Hände auf den Knien. Ihre Beine fühlten sich schwach und wackelig an, so als würden sie ihr den Dienst versagen, falls sie aufstünde. *Annie*, dachte sie. Ganz deutlich fiel ihr plötzlich ein, wie sie einst mit ihrem Vater über Namen diskutiert hatte.

»Wieso bist du eigentlich auf Meghan Anne für mich gekommen?«

»Meine zwei liebsten Namen auf der ganzen Welt sind Meghan und Annie. Und so bist du zu Meghan Anne geworden.«

Du bist also doch dazu gekommen, deine zwei Lieblingsnamen zu verwenden, Dad, dachte Meghan bitter. Als Cyrus Graham, gefolgt von dem Hausmädchen mit einem Lunchtablett, zurückkehrte, nahm Meghan eine Tasse Tee und ein Häppchen an.

»Ich kann gar nicht sagen, wie schockiert ich bin«, erklärte sie und war froh, daß sie sich wenigstens gelassen anhörte. »Jetzt erzählen Sie mir etwas über *ihn*. Mein Vater kommt mir plötzlich wie ein Fremder vor.«

Es war keine schöne Geschichte. Richard Collins, ihr Großvater, hatte die siebzehnjährige Aurelia Crowley geheiratet, als sie schwanger wurde. »Er hielt es für eine Sache des Anstands«, sagte Graham. »Er war viel älter und ließ sich fast im Handumdrehen wieder von ihr scheiden, aber er hat sie und das Kleine ziemlich großzügig unterstützt. Ein Jahr später, als ich vierzehn war, haben Richard und meine Mutter geheiratet. Mein eigener Vater war tot. Das hier war das Heim der Familie Graham. Richard Collins ist mit eingezogen, und es war eine gute Ehe. Er und meine Mutter waren ziemlich steife, freudlose Menschen, und wie es so schön heißt, waren sie füreinander wie geschaffen.«

»Und mein Vater wurde von seiner Mutter großgezogen?«

»Bis er drei Jahre alt war, denn zu dieser Zeit verliebte sich Aurelia Hals über Kopf in jemanden aus Kalifornien, der sich kein Kind aufbürden lassen wollte. Eines Morgens kam sie hier an und setzte Edwin mit seinen Koffern und Spielsachen ab. Meine Mutter war außer sich. Richard war sogar noch wütender, und der kleine Edwin war völlig verstört. Er hat seine Mutter angebetet.«

»Sie hat ihn an eine Familie weggegeben, die ihn gar nicht wollte?« fragte Meghan fassungslos.

»Ja. Mutter und Richard haben ihn aus Pflichtgefühl aufgenommen, aber bestimmt nicht, weil sie Lust dazu hatten. Ich muß schon sagen, er war ein schwieriger kleiner Junge. Ich weiß noch, wie er jeden Tag am Fenster stand und sich die Nase plattgedrückt hat, weil er überzeugt war, daß seine Mutter wiederkommen würde.«

»Und ist sie wiedergekommen?«

»Ja. Ein Jahr später. Die große Liebe war vorüber, und sie kehrte zurück und nahm Edwin wieder bei sich auf. Er war überglücklich, und meine Eltern waren es ebenso.«

»Und dann …«

»Als er acht war, traf Aurelia jemand anders, und das Szenarium hat sich wiederholt.«

»O Gott!« sagte Meghan.

»Diesmal war Edwin wirklich unerträglich. Er dachte offenbar, wenn er sich möglichst schlecht benahm, würden sie einen Weg finden, ihn zu seiner Mutter zurückzuschicken. Es war ein interessanter Morgen hier bei uns, als er den Gartenschlauch in den Tank des neuen Wagens meiner Mutter gesteckt hatte.«

»Haben sie ihn heimgeschickt?«

»Aurelia war wieder von Philadelphia weggezogen. Er wurde ins Internat gesteckt und dann im Sommer ins Ferienlager. Ich war weg im College und dann zum Jurastudium und hab' ihn nur gelegentlich gesehen. Einmal allerdings hab' ich ihn im Internat besucht und mit Erstaunen festgestellt, daß er bei seinen Schulkameraden sehr beliebt war. Sogar damals schon erzählte er den Leuten, seine Mutter sei tot.«

»Hat er sie je wiedergesehen?«

»Sie kam nach Philadelphia zurück, als er sechzehn war. Diesmal ist sie dageblieben. Sie war endlich reifer geworden und hat sich eine Stelle in einer Anwaltskanzlei besorgt. Soweit ich weiß, hat sie versucht, Edwin zu sehen, aber es war zu spät. Er wollte nichts mehr mit ihr zu tun haben. Der Schmerz saß zu tief. Im Lauf der Jahre hat sie von Zeit zu Zeit Kontakt mit mir aufgenommen, um zu fragen, ob ich je etwas von Edwin gehört hätte. Ein Freund hatte mir einen Zeitungsausschnitt über seine Hochzeit mit deiner Mutter geschickt. Da standen der Name und die Adresse seiner Firma drauf. Ich hab' Aurelia den Ausschnitt gegeben. Soviel ich von ihr weiß, hat sie ihm jedes Jahr um seinen Geburtstag herum und zu Weihnachten geschrieben, erhielt aber nie eine Antwort. In einem unserer Gespräche hab' ich ihr von der Begegnung in Scottsdale erzählt. Vielleicht hatte ich kein Recht, ihm die Todesnachricht zu schicken.«

»Er war ein wunderbarer Vater für mich und ein wunderbarer Ehemann für meine Mutter«, sagte Meghan. Sie versuchte die Tränen wegzublinzeln, die ihr in die Augen stiegen. »Er war beruflich sehr viel unterwegs. Ich kann einfach nicht glauben, daß er ein zweites Leben geführt haben soll, eine andere Frau, die er womöglich als seine Frau bezeichnete, vielleicht eine andere Tochter, die er bestimmt auch geliebt hat. Aber allmählich glaube ich, daß es stimmen muß. Wie sonst kann man sich Annie und Frances erklären? Wie kann irgend jemand von meiner Mutter und mir erwarten, daß wir diese Täuschung verzeihen?«

Es war eine Frage, die sie sich selbst stellte, nicht Cyrus Graham, doch er antwortete darauf. »Meghan, drehen Sie sich um.« Er deutete auf die Fenster hinter dem Sofa. »Das mittlere Fenster dort ist das, an dem ein kleiner Junge jeden Nachmittag Wache stand und nach seiner Mutter Ausschau hielt. So im Stich gelassen zu werden bleibt nicht ohne Auswirkung auf die Seele eines Kindes.«

34

Um vier Uhr rief Mac Catherine zu Hause an, um sich zu erkundigen, wie es ihr ging. Als sich niemand meldete, versuchte er es im Gasthof. Gerade als man ihn in der Zentrale zu ihrem Büro durchstellen wollte, ertönte die Sprechanlage auf seinem Schreibtisch. »Nein, ist schon gut«, sagte er schnell. »Ich versuch's später noch mal.«

In der folgenden Stunde gab es viel zu tun, und er kam nicht mehr dazu, sie anzurufen. Er war gerade im Randbezirk von Newtown, als er sie vom Auto aus zu Hause anrief. »Ich hab' gedacht, wenn du da bist, komme ich für ein paar Minuten vorbei, Catherine«, sagte er.

»Ich könnte gut etwas moralische Unterstützung gebrauchen, Mac.« Catherine setzte ihn rasch über die Hellseherin ins Bild und daß sie und der Polizeibeamte schon unterwegs seien.

»Ich bin in fünf Minuten da.« Mac legte den Hörer auf und runzelte die Stirn. Er glaubte nicht an Spiritismus. Wer weiß, was Meg heute über Edwin in Chestnut Hill zu hören bekommt, dachte er. Catherine ist so ziemlich am Ende ihrer Kräfte, und sie können keinen Scharlatan – egal welchen Geschlechts – gebrauchen, der ihnen noch mehr Ärger macht.

Er bog in die Einfahrt der Familie Collins ein, als gerade ein Mann und eine Frau vor dem Haus aus einem Wagen stiegen. Der Ermittler und das Medium, dachte Mac.

Er holte die beiden auf der Veranda ein. Bob Marron stellte erst sich selbst und dann Mrs. Fiona Black vor, wobei er lediglich sagte, sie hoffe, zum Auffinden von Edwin Collins beitragen zu können.

Mac war auf eine Darbietung von Hokuspokus und einstudierter Schwindelei gefaßt. Statt dessen ertappte er sich dabei, wie er widerstrebend die beherrschte und ausgeglichene Frau bewunderte, die Catherine mit warmer Anteilnahme begrüßte. »Sie haben eine schlimme Zeit durchgemacht«, sagte sie. »Ich weiß nicht, ob ich Ihnen helfen kann, aber ich weiß, daß ich es versuchen muß.«

Catherines Gesicht wirkte angegriffen, aber Mac sah, wie ein Schimmer Hoffnung darin aufkam. »Ich bin überzeugt, daß mein Mann tot ist«, sagte sie zu Fiona Black. »Ich weiß, daß die Polizei anderer Meinung ist. Es wäre um so vieles leichter, wenn es irgendeinen Weg gäbe, Klarheit zu erlangen, irgendeinen Weg, es zu beweisen, es ein für allemal herauszufinden.«

»Vielleicht gibt es ihn ja.« Fiona Black umschloß Catherines Hände mit ihren eigenen. Sie ging langsam und mit aufmerksamem Blick in das Wohnzimmer. Catherine stand neben Mac und Kommissar Marron und beobachtete sie.

Sie wandte sich an Catherine. »Mrs. Collins, haben Sie noch die Kleider und persönlichen Dinge ihres Mannes hier?«

»Ja. Kommen Sie mit nach oben«, entgegnete sie und ging voran.

Mac spürte, wie sein Herz schneller schlug, als sie ihr folgten. Da war etwas an Fiona Black. Sie war keine Hochstaplerin.

Catherine führte sie zum Schlafzimmer. Auf der Frisierkommode stand ein Doppelrahmen. Ein Bild zeigte Meghan. Das andere Catherine und Edwin in Festkleidung. Letztes Silvester im Gasthof, dachte Mac. Es war eine rauschende Nacht gewesen.

Fiona Black betrachtete das Bild und sagte anschließend: »Wo ist sein Kleiderschrank?«

Catherine öffnete die Tür zu einem begehbaren Schrank. Mac erinnerte sich, daß sie und Edwin vor Jahren die Wand zu dem kleinen Nachbarschlafzimmer aufgerissen und sich zwei Garderobenräume geschaffen hatten. Dieser hier war der von Edwin. Reihenweise Jacketts, lange Hosen und Anzüge. Vom Boden bis zur Decke Fächer mit Sporthemden und Pullovern. Ein Schuhgestell. Catherine sah sich in der Garderobe um. »Edwin hatte einen wunderbaren Geschmack, was Kleidung betrifft. Für meinen Vater mußte ich immer die Krawatten aussuchen«, sagte sie. Es war, als riefe sie sich selbst die Dinge ins Gedächtnis zurück.

Fiona Black betrat den Schrank, berührte dann hier ein Revers, dort ein Schulterstück. »Haben Sie Lieblingsmanschettenknöpfe oder einen Ring von ihm?«

Catherine öffnete eine Kommodenschublade. »Das war der Ehering, den ich ihm gegeben habe. Er hat ihn eines Tages verlegt. Wir dachten, er wäre verloren. Edwin war so unglücklich darüber, daß ich ihm einen neuen gab, und dann hab' ich den hier wiedergefunden, dort, wo er hinter die Kommode gefallen war. Der war ein bißchen eng inzwischen, also hat er den neuen anbehalten.«

Fiona Black nahm den schmalen Goldring entgegen. »Darf ich ihn für ein paar Tage behalten? Ich verspreche, daß ich ihn nicht verliere.«

Catherine zögerte und sagte dann: »Wenn Sie glauben, daß es was nützt.«

Der Kameramann von dem PCD-Sender in Philadelphia traf sich mit Meghan um Viertel vor vier vor dem Franklin Center. »Tut mir leid, daß das so ein Schnellschuß ist«, entschuldigte sie sich.

Der schlaksige Kameramann, der sich als Len vorstellte, zuckte mit den Achseln. »Wir sind dran gewöhnt.«

Meghan war froh, daß es nötig war, sich auf das Interview zu konzentrieren. Die Stunde, die sie mit Cyrus Graham, dem Stiefbruder ihres Vaters, verbracht hatte, war so schmerzlich gewesen, daß sie alle Gedanken daran beiseite schieben mußte, bis sie es Stück für Stück akzeptieren konnte. Sie hatte ihrer Mutter versprochen, nichts vor ihr zu verbergen. Es würde schwierig werden, aber sie war entschlossen, das Versprechen zu halten. Heute abend würden sie sich damit auseinandersetzen.

Sie sagte: »Len, zum Auftakt hätte ich gern eine Totale der Straße hier. Dieses Kopfsteinpflaster ist ganz anders, als sich die Leute Philadelphia vorstellen.«

»Sie hätten das erst mal vor der Renovierung sehen sollen«, sagte Len, während er die Kamera laufen ließ.

Innen im Center begrüßte sie die Dame am Empfang. Drei Frauen saßen im Wartezimmer. Sie sahen alle sehr gepflegt und gut hergerichtet aus. Meghan war sich sicher, daß sie die Klientinnen waren, die Dr. Williams auf die Interviews angesprochen hatte.

Sie hatte recht. Die Empfangsdame stellte sie den Damen vor. Eine war schwanger. Vor der Kamera erklärte sie, daß dies ihr drittes Kind sein werde, das durch künstliche Befruchtung entstanden sei. Die anderen beiden hatten jeweils ein Kind und planten, eine weitere Schwangerschaft mit ihren kältekonservierten Embryos in die Wege zu leiten.

»Ich habe acht eingefrorene Embryos«, sagte eine der beiden mit einem glücklichen Lächeln ins Kameraobjektiv. »Sie werden drei davon einsetzen, in der Hoffnung, daß einer sich entwickelt. Falls nicht, warte ich ein paar Monate, dann lasse ich die übrigen auftauen und versuche es noch mal.«

»Wenn Sie sofort Erfolg damit haben, eine Schwangerschaft herbeizuführen, kommen Sie dann nächstes Jahr wieder?« fragte Meghan.

»O nein. Mein Mann und ich möchten nur zwei Kinder.«

»Aber Sie haben dann noch immer tiefgekühlte Embryos im Labor hier in Aufbewahrung, oder?«

Die Frau pflichtete ihr bei. »Ja, das schon«, sagte sie. »Wir zahlen dann dafür, daß sie weiter aufbewahrt werden. Wer weiß? Ich bin erst achtundzwanzig. Vielleicht überlege ich's mir doch noch anders. In ein paar Jahren könnte ich dann wieder herkommen, und es ist schön zu wissen, daß ich noch Embryos für mich bereitstehen habe.«

»Vorausgesetzt, daß sie überhaupt die Auftauprozedur überstehen?« fragte Meghan.

»Ja, natürlich.«

Als nächstes gingen sie in das Sprechzimmer von Dr. Williams. Meg setzte sich für das Interview ihm gegenüber. »Doktor Williams, nochmals vielen Dank, daß wir kommen durften«, sagte sie. »Zum Einstieg möchte ich Sie gern bitten, die In-vitro-Befruchtung so einfach zu erläutern, wie Sie es vorhin für mich getan haben. Wenn Sie uns dann noch erlauben, uns im Labor umzusehen, und uns zeigen, wie kältekonservierte Embryos aufbewahrt werden, dann werden wir Ihre Zeit nicht länger in Anspruch nehmen.«

Dr. Williams war ein ausgezeichneter Interviewpartner. Bewundernswert bündig erklärte er die Gründe, weshalb Frauen möglicherweise nicht zu einer natürlichen Empfängnis gelangten, und die Prozedur der künstlichen Befruchtung. »Die Patientin erhält ›Fruchtbarkeitspillen‹, also Hormone zur Stimulierung der Eiproduktion; die Eier werden aus ihren Eierstöcken entnommen; im Labor werden sie befruchtet, und das erwünschte Resultat dabei ist, daß wir lebensfähige Embryos bekommen. Embryos im Frühstadium werden in den Mutterleib verpflanzt, normalerweise zwei oder drei auf einmal, in der Hoffnung, daß wenigstens einer davon zu einer erfolgreichen Schwangerschaft führt. Die übrigen werden für den potentiellen späteren Gebrauch kältekonserviert, oder wie der Laie sagt: tiefgefroren.«

»Doktor Williams, in wenigen Tagen werden wir, sobald es geboren ist, ein Baby sehen, dessen eineiiger Zwilling vor drei Jahren zur Welt kam«, sagte Meghan. »Würden Sie unseren Zuschauern bitte erklären, wie es möglich ist, daß eineiige Zwillinge mit einem Unterschied von drei Jahren geboren werden?«

»Es ist möglich, wenn auch sehr selten, daß der Embryo sich in der Petrischale in zwei Teile teilt, genauso wie er das im Mutterleib tun könnte. In diesem Fall beschloß die Mutter offensichtlich, sich den einen Embryo sofort einsetzen zu lassen, den anderen aber für späteren Gebrauch per Kältekonservierung aufzuheben. Zum Glück waren trotz der geringen Wahrscheinlichkeit beide Prozeduren erfolgreich.«

Bevor sie die Praxis von Dr. Williams verließen, machte Len einen Kameraschwenk über die Wand mit den Bildern der Kinder, die dank der Methoden des Instituts zur Welt gekommen waren. Anschließend nahmen sie das Labor auf, unter besonderer Beachtung der Behälter zur langfristigen Lagerung, worin die tiefgekühlten Embryos, in flüssigem Stickstoff eingetaucht, ruhten.

Es war fast halb sechs, als Meghan feststellte: »Okay, das war's. Vielen Dank an alle. Doktor Williams, ich bin wirklich dankbar.«

»Ich auch«, versicherte er ihr. »Ich kann Ihnen garantieren, daß diese Art von Publicity viele Anfragen von kinderlosen Paaren nach sich ziehen wird.«

Draußen verstaute Len seine Kamera im Lieferwagen und begleitete Meghan zu ihrem Auto. »Geht einem irgendwie unter die Haut, finden Sie nicht?« fragte er. »Ich meine, ich habe drei Kinder und finde die Vorstellung fürchterlich, sie hätten ihr Leben wie diese Embryos in einem Kühlschrank begonnen.«

»Auf der anderen Seite bedeuten diese Embryos Existenzen, die ohne diesen Vorgang überhaupt keine Lebenschance gehabt hätten«, meinte Meghan.

Als sie sich auf die lange Fahrt nach Connecticut zurück begab, wurde ihr klar, daß das problemlose, angenehme Interview mit Dr. Williams eine Erholung gewesen war.

Jetzt waren ihre Gedanken wieder bei dem Augenblick angelangt, als Cyrus Graham sie als Annie begrüßt hatte. Jedes Wort, das er gesagt hatte, als sie beieinander saßen, hörte sie von neuem - als liefe in ihrem Kopf eine Bandaufnahme des Gesprächs.

Am Abend desselben Tages, kurz nach acht Uhr, rief Fiona Black Bob Marron an. »Edwin Collins ist tot«, sagte sie ruhig. »Er ist seit vielen Monaten tot. Sein Körper liegt unter Wasser.«

35

Es war halb zehn, als Meghan am Donnerstag abend zu Hause ankam und erleichtert feststellte, daß Mac zusammen mit ihrer Mutter wartete. Auf seinen fragenden Blick hin nickte sie. Es war eine Geste, die ihrer Mutter nicht verborgen blieb.

»Meg, worum geht's?«

Meg bemerkte, daß ein Duft von Zwiebelsuppe im Raum hing. »Ist noch etwas davon übrig?« Sie wedelte mit der Hand in Richtung Küche.

»Du hast noch nichts zu Abend gegessen? Mac, schenke ihr doch ein Glas Wein ein, während ich etwas aufwärme.«

»Nur Suppe, bitte, Mom.«

Als Catherine aus dem Zimmer war, kam Mac auf sie zu. »Wie schlimm war's?« fragte er leise.

Sie wandte sich ab, da sie nicht wollte, daß er die Tränen der Niedergeschlagenheit mitbekam, die sich bemerkbar zu machen drohten. »Ziemlich schlimm.«

»Meg, wenn du lieber allein mit deiner Mutter redest, dann verschwinde ich. Ich dachte nur, sie könnte Gesellschaft gebrauchen, und Mrs. Dileo war bereit, bei Kyle zu bleiben.«

»Das war lieb von dir, Mac, aber du hättest bei Kyle bleiben sollen. Er freut sich immer so darauf, wenn du heimkommst. Kleine Kinder sollte man nicht enttäuschen. Laß ihn ja nie im Stich.«

Sie hatte das Gefühl, Unsinn zu faseln.

Mac umfing ihr Gesicht mit den Händen und drehte es zu sich.

»Meggie, was ist los?«

Meg drückte sich die Handknöchel gegen die Lippen. Sie durfte nicht zusammenklappen. »Es ist bloß …«

Sie vermochte nicht weiterzureden. Sie spürte, wie Mac sie umarmte. O Gott, sich einfach gehenzulassen, von ihm gehalten zu werden. Der Brief. Neun Jahre war es her, daß er mit dem Brief, den sie geschrieben hatte, zu ihr gekommen war, dem Brief mit der flehentlichen Bitte, er möge doch Ginger nicht heiraten …

»Ich glaube, es wär' dir lieber, wenn ich das nicht aufhebe«, hatte er damals gesagt. Auch damals hatte er sie in die Arme genommen, erinnerte sie sich. »Meg, eines Tages verliebst du dich. Was du für mich empfindest, ist etwas anderes. Jeder fühlt sich so, wenn der beste Freund oder die beste Freundin heiratet. Da ist immer die Angst, daß jetzt alles anders wird. Das wird bei uns beiden nicht passieren. Wir bleiben immer Kumpel.«

Die Erinnerung war so frisch wie ein Guß kalten Wassers. Meg richtete sich auf und wich einen Schritt zurück. »Ich bin schon okay, ich bin bloß müde und hungrig.« Sie hörte die Schritte ihrer Mutter und wartete ab, bis sie wieder im Zimmer war. »Ich habe ein paar ziemlich unangenehme Neuigkeiten für dich, Mom.«

»Ich glaube, ich lass' euch beide jetzt lieber allein, damit ihr euch aussprechen könnt«, sagte Mac.

Catherine aber hielt ihn auf. »Mac, du gehörst zur Familie. Ich möchte, daß du dableibst.«

Sie setzten sich an den Küchentisch. Es kam Meghan so vor, als könne sie die Anwesenheit ihres Vaters spüren. Er war es gewesen, der stets noch spät das Abendessen zubereitete, wenn früher im Gasthof reger Betrieb herrschte und ihre Mutter nicht dazu gekommen war, etwas zu essen. Er war ein perfekter Schauspieler, wenn er sich das Gehabe eines Oberkellners im Umgang mit einem nörgelnden Gast zu eigen machte. »Dieser Tisch ist nicht ganz zu Ihrer Zufriedenheit? Die Sitzbank vielleicht? Selbstverständlich. Es zieht? Aber es ist kein Fenster offen. Der Gasthof ist luftdicht versiegelt. Möglicherweise ist es die Luft, die zwischen ihren Ohren weht, Madame.«

Während sie an ihrem Wein nippte und die dampfende Suppe, so appetitlich sie war, stehenließ, bis sie den beiden über die Begegnung in Chestnut Hill berichten konnte, sprach Meghan über ihren Vater. Absichtlich erzählte sie zuerst von seiner Kindheit, von Cyrus Grahams Überzeugung, der Grund für Edwins Abwendung von seiner Mutter liege darin, daß er das Risiko, sie könne ihn wiederum im Stich lassen, nicht ertragen konnte.

Meghan beobachtete die Miene ihrer Mutter und sah die Reaktion, auf die sie gehofft hatte, Mitleid für den kleinen Jungen, den niemand wollte, für den Mann, der nicht das Wagnis eingehen konnte, womöglich zum drittenmal verletzt zu werden.

Doch dann war es notwendig, sie über die Begegnung von Cyrus Graham und Edwin Collins in Scottsdale aufzuklären.

»Er hat eine andere Frau als seine Ehefrau vorgestellt?« Die Stimme ihrer Mutter verriet keinen Ausdruck.

»Mom, ich weiß es nicht. Graham wußte, daß Dad verheiratet war und eine Tochter hatte. Er nahm an, daß Dad mit seiner Frau und Tochter dort war. Dad hat so was Ähnliches gesagt wie: ›Frances und Annie, das ist Cyrus Graham.‹ Mom, hatte Dad irgendwelche anderen Verwandten, von denen du was weißt? Könnte es sein, daß wir in Arizona Kusinen oder Vettern haben?«

»Herrgott noch mal, Meg, wenn ich schon in all den Jahren nicht gewußt habe, daß deine Großmutter noch lebte, wie sollte ich da etwas von Kusinen wissen?« Catherine Collins biß sich auf die Lippen. »Entschuldige.« Ihr Gesichtsausdruck änderte sich. »Wie du sagst, hat der Stiefbruder deines Vaters gedacht, daß du Annie bist. Hast du ihr so ähnlich gesehen?«

»Ja.« Meg blickte flehentlich auf Mac.

Er begriff, worum sie bat. »Meg«, sagte er, »ich glaube, es gibt keinen Grund, weshalb du deiner Mutter nicht sagen solltest, warum wir gestern nach New York gefahren sind.«

»Nein, das stimmt. Mom, da gibt es noch etwas, was du wissen mußt ...« Sie schaute ihre Mutter unverwandt an, während sie ihr berichtete, was sie verheimlichen zu können gehofft hatte.

Als sie fertig war, saß ihre Mutter da und starrte an ihr vorbei, als versuche sie zu begreifen, was sie soeben gehört hatte.

Endlich sagte sie mit fester, aber nahezu monotoner Stimme: »Ein Mädchen ist erstochen worden, das wie du ausgesehen hat, Meg? Sie hatte einen Zettel vom Drumdoe Inn dabei, mit deinem Namen und deiner Büronummer in Dads Handschrift? Und Stunden, nachdem sie tot war, hast du ein Fax gekriegt mit den Worten: ›Versehen. Annie war ein Versehen.‹?«

Catherines Augen wurden starr und angstvoll.

»Du hast eine DNS-Analyse machen lassen, damit sie mit ihrer verglichen wird, weil du dachtest, du könntest mit dem Mädchen verwandt sein.«

»Ich hab's gemacht, weil ich versuche, Antworten zu bekommen.«

»Ich bin froh, daß ich diese Fiona heute abend getroffen hab'«, brach es aus Catherine hervor. »Meg, wahrscheinlich findest du das nicht gut, aber heute nachmittag hat Bob Marron von der New Milforder Polizei angerufen …«

Meg lauschte dem Bericht ihrer Mutter über den Besuch von Fiona Black. Es ist bizarr, dachte sie, aber auch nicht bizarrer als alles andere, was in den letzten Monaten passiert ist.

Um halb elf erhob sich Mac, um zu gehen. »Wenn ich euch einen Rat geben darf, dann schlag' ich vor, daß ihr beide schlafen geht«, sagte er.

Mrs. Dileo, Macs Haushälterin, saß vor dem Fernseher, als Mac nach Hause kam. »Kyle war so enttäuscht, daß Sie nicht heimgekommen sind, bevor er eingeschlafen ist«, sagte sie. »Nun gut, ich geh' dann.«

Mac wartete, bis ihr Wagen losfuhr, dann schaltete er die Außenbeleuchtung aus und verschloß die Haustür. Er ging hinein, um nach Kyle zu sehen. Sein kleiner Sohn lag wie ein Fötus zusammengekauert da, das Kissen unter dem Kopf zusammengeknautscht.

Mac verstaute die Decken besser um ihn herum, beugte sich nieder und küßte ihn von oben auf den Kopf. Kyle schien völlig in Ordnung zu sein, ein ziemlich normaler Junge, doch jetzt fragte sich Mac, ob er irgendwelche Signale übersah, die

Kyle aussenden mochte. Die meisten anderen Kinder von sieben Jahren wuchsen mit einer Mutter auf. Mac wußte nicht genau, ob die jetzt so überwältigend in ihm aufsteigende Zärtlichkeit seinem Sohn galt oder dem kleinen Jungen, der Edwin Collins fünfzig Jahre früher in Philadelphia gewesen war. Oder aber Catherine und Meghan, die mit Sicherheit die Opfer der unglücklichen Kindheit ihres Mannes und Vaters waren.

Meghan und Catherine sahen Stephanie Petrovics erregte Stellungnahme vor der Manning Clinic in den Elf-Uhr-Nachrichten. Meg hörte, wie der Moderator berichtete, Stephanie Petrovic habe im Haus ihrer Tante in New Jersey gewohnt. »Die Leiche wird nach Rumänien überführt; die Gedenkmesse wird mittags in der rumänischen Kirche St. Dominic's in Trenton stattfinden«, schloß er.

»Ich gehe zu der Messe hin«, teilte Meghan ihrer Mutter mit. »Ich möchte mit dem Mädchen reden.«

Am Freitag morgen um acht Uhr erhielt Bob Marron zu Hause einen Anruf. Ein illegal geparktes Auto, ein dunkelblauer Cadillac, hatte in Battery Park City am Südende von Manhattan, und zwar vor dem Gebäude, wo Meghan Collins' Apartment lag, einen Strafzettel bekommen. Der Wagen war auf Edwin Collins angemeldet und schien derselbe Wagen zu sein, den er an dem Abend fuhr, als er verschwand.

Während Marron die Nummer von Staatsanwalt John Dwyer wählte, sagte er zu seiner Frau: »Die Hellseherin hat diesmal wirklich danebengehauen.«

Fünfzehn Minuten später informierte Marron Meghan, daß der Wagen ihres Vaters aufgetaucht sei. Er fragte, ob sie und Mrs. Collins zum Amtszimmer von John Dwyer kommen könnten. Er wolle sie beide gemeinsam so bald wie möglich sprechen.

36

Früh am Freitag morgen schaute sich Bernie abermals das Interview an, das er in der Manning Clinic aufgenommen hatte. Er hielt die Kamera nicht ruhig genug, stellte er fest. Das Bild war verwackelt. Das nächstemal würde er besser achtgeben.

»Bernard!« Seine Mutter schrie vom oberen Treppenabsatz aus nach ihm. Widerwillig stellte er das Gerät ab.

»Ich bin sofort da, Mama.«

»Dein Frühstück wird kalt.« Seine Mutter war in ihren Flanellmorgenrock eingehüllt. Er war so oft gewaschen worden, daß der Kragen, die Ärmel und das Hinterteil ganz verschlissen waren. Bernie hatte ihr gesagt, daß sie ihn zu oft wusch, aber Mama antwortete, sie sei schließlich ein sauberer Mensch, in ihrem Haus könne man vom Boden essen.

Heute morgen war Mama schlecht gelaunt. »Ich hab' letzte Nacht ständig niesen müssen«, bedeutete sie ihm, während sie Haferflockenbrei vom Topf aus dem Herd austeilte. »Ich glaube, ich habe eben gerochen, daß Staub vom Keller raufkommt. Du wischst doch den Boden da unten, sag mal?«

»Ja, mach' ich, Mama.«

»Ich wünschte, du würdest die Kellertreppe richten, damit ich hinunter und selber nachschauen kann.«

Bernie wußte, seine Mutter würde nie das Risiko mit der Treppe eingehen. Eine der Stufen war kaputt, und das Geländer war wackelig.

»Mama, die Treppe da ist gefährlich. Denk dran, was mit deiner Hüfte passiert ist – und jetzt, mit deiner Arthritis in den Knien, mußt du wirklich vorsichtig sein.«

»Glaub' bloß nicht, daß ich so was noch mal riskiere«, fuhr sie ihn an. »Aber sorg dafür, daß immer gewischt ist. Ich weiß sowieso nicht, warum du da unten soviel Zeit verbringst.«

»Doch, weißt du schon, Mama. Ich brauche nicht viel Schlaf, und wenn ich den Fernseher im Wohnzimmer anhab', dann hält es dich vom Schlafen ab.« Mama hatte ja keine Ahnung von all den elektronischen Geräten, die er hatte, und sie würde es auch nie erfahren.

»Ich hab' letzte Nacht nicht viel geschlafen. Meine Allergien mal wieder.«

»Tut mir leid, Mama.« Bernie aß den lauwarmen Brei auf. »Ich bin spät dran.« Er griff nach seiner Jacke.

Sie folgte ihm zur Tür. Als er aus dem Haus ging, rief sie ihm nach: »Ich bin froh, daß dein Wagen ausnahmsweise anständig aussieht.«

Nach Bob Marrons Anruf duschte sich Meghan hastig, zog sich an und ging in die Küche. Ihre Mutter war schon dabei, das Frühstück vorzubereiten.

Catherines bemüht fröhliches »Guten Morgen, Meg« erstarrte ihr auf den Lippen, als sie Meghans Gesicht sah. »Ist was?« fragte sie. »Dann hab' ich also doch das Telefon vorhin gehört, als ich in der Dusche war, oder?«

Meg nahm beide Hände ihrer Mutter in ihre eigenen. »Mom, schau mich an. Ich bin jetzt absolut ehrlich zu dir. Ich hab' monatelang geglaubt, daß Dad damals auf der Brücke umgekommen ist. All das, was in dieser vergangenen Woche passiert ist, zwingt mich dazu, als Anwältin und Reporterin zu denken. Alle Möglichkeiten in Betracht zu ziehen, jede einzelne sorgfältig abzuwägen. Ich hab' versucht, mir wirklich zu überlegen, ob er noch leben und in ernsthaften Schwierigkeiten sein könnte. Aber ich weiß … ich bin mir sicher … daß das, was in diesen letzten paar Tagen vorgefallen ist, etwas war, was Dad uns niemals antun würde. Dieser Anruf, die Blumen … und jetzt …« Sie verstummte.

»Und jetzt was, Meg?«

»Dads Auto ist in der Stadt gefunden worden, im Parkverbot vor meinem Apartmenthaus.«

»Heilige Mutter Gottes!« Catherines Gesicht wurde aschfahl.

»Mom, jemand anders hat es dahin gestellt. Ich weiß nicht, weshalb, aber es steckt irgendein Grund hinter all dem. Der Staatsanwalt will uns sehen. Er und seine Polizeibeamten werden uns einzureden versuchen, daß Dad lebt. Sie haben ihn nicht gekannt. Wir schon. Was immer sonst in seinem Leben schiefgelaufen sein mag, er würde nicht solche Blumen schicken oder sein Auto dort stehenlassen, wo man es ganz bestimmt findet. Er wüßte, wie uns das zusetzen würde. Bei dieser Besprechung lassen wir uns nicht beirren, sondern verteidigen ihn.«

Sie hatten beide keine Lust zu essen. Sie nahmen sich dampfende Tassen Kaffee mit zum Wagen hinaus. Während Meghan rückwärts aus der Garage fuhr, sagte sie so sachlich wie möglich: »Es mag ja verboten sein, mit einer Hand zu fahren, aber Kaffee hilft wirklich.«

»Das kommt, weil uns beiden so kalt ist, innen wie außen. Schau mal, Meg. Der erste Pulverschnee liegt auf dem Rasen. Das wird noch ein langer Winter. Ich hab' den Winter immer geliebt. Dein Vater hat ihn gehaßt. Das war einer der Gründe, weshalb ihm die vielen Reisen nichts ausgemacht haben. In Arizona ist es doch das ganze Jahr über warm, oder?«

Als sie am Drumdoe Inn vorbeikamen, sagte Meghan: »Mom, schau da hinüber. Wenn wir zurück sind, setz' ich dich am Gasthof ab. Du kümmerst dich um die Arbeit, und ich fange an, nach Antworten zu suchen. Versprich mir, daß du nichts über das sagst, was Cyrus Graham mir gestern erzählt hat. Vergiß nicht, er hat nur angenommen, daß die Frau und das Mädchen, mit denen Dad vor zehn Jahren zusammen war, du und ich waren. Dad hat sie nur mit ihren Vornamen vorgestellt, Frances und Annie. Aber bis wir selbst mehr herausfinden, laß uns dem Staatsanwalt nicht noch einen weiteren Anlaß liefern, Dads Ruf zu zerstören.«

Meghan und Catherine wurden sofort in John Dwyers Büro geführt. Er wartete dort mit den Ermittlungsbeamten Bob Marron und Arlene Weiss. Meghan setzte sich auf den Stuhl neben ihrer Mutter und bedeckte deren Hand schützend mit ihrer eigenen.

Es wurde rasch offenkundig, was man erwartete. Alle drei, der Staatsanwalt wie die Beamten, waren überzeugt, daß Edwin Collins noch lebte und mit seiner Frau und Tochter Kontakt aufnehmen wollte. »Der Anruf, die Blumen, jetzt sein Auto«, erklärte Dwyer. »Mrs. Collins, Ihnen war bekannt, daß Ihr Mann einen Waffenschein besaß?«

»Ja, sicher. Er hat ihn sich vor etwa zehn Jahren besorgt.«

»Wo bewahrte er die Pistole auf?«

»Weggesperrt im Büro oder zu Hause.«

»Wann haben Sie sie zum letztenmal gesehen?«

»Soweit ich mich erinnern kann, seit Jahren nicht mehr.«

Meghan warf dazwischen: »Warum fragen Sie nach der Pistole meines Vaters? Ist sie im Auto gefunden worden?«

»Ja, so ist es«, sagte John Dwyer ruhig.

»Das wäre nicht außergewöhnlich«, sagte Catherine schnell. »Er wollte sie für den Wagen haben. Er hatte ein schreckliches Erlebnis in Bridgeport vor zehn Jahren, als man ihn an einer roten Ampel überfallen hat.«

Dwyer wandte sich an Meghan. »Sie waren den ganzen Tag über in Philadelphia, Miss Collins. Es ist möglich, daß Ihr Vater über Ihre Unternehmungen unterrichtet ist und wußte, daß Sie aus Connecticut weggefahren sind. Er könnte angenommen haben, daß Sie in Ihrer Wohnung anzutreffen seien. Ich muß Sie beide nachdrücklich dazu auffordern, daß Sie, falls Mr. Collins mit Ihnen Verbindung aufnimmt, darauf bestehen, daß er hierherkommt und mit uns spricht. Auf lange Sicht wäre das sehr viel besser für ihn.«

»Mein Mann wird nicht Verbindung mit uns aufnehmen«, sagte Catherine resolut. »Mr. Dwyer, haben nicht ein paar Leute damals auf der Brücke versucht, aus ihrem Auto rauszukommen?«

»Ja, ich glaube schon.«

»Wurde nicht eine Frau, die ihr Auto verließ, von einem der anderen Fahrzeuge angefahren, und ist sie nicht mit knapper Not davor bewahrt geblieben, über den Brückenrand geschleift zu werden?«

»Ja.«

»Dann überlegen Sie mal! Mein Mann kann doch sein Auto verlassen haben und dann dem Blutbad zum Opfer gefallen sein. Jemand anders kann den Wagen weggefahren haben.«

Meghan sah Gereiztheit vermischt mit Mitleid in der Miene des Staatsanwalts.

Catherine Collins bemerkte es ebenfalls. Sie erhob sich. »Wie lange braucht Mrs. Black normalerweise, bis sie zu

einem Schluß über eine vermißte Person kommt?« fragte
sie.

Dwyer wechselte Blicke mit seinen Ermittlungskollegen.
»Sie hat schon Bescheid gegeben«, antwortete er widerstrebend. »Sie glaubt, daß Ihr Mann seit langem tot ist, daß er
unter Wasser liegt.«

Catherine schloß die Augen und schwankte. Unwillkürlich
griff Meghan nach dem Arm ihrer Mutter, aus Sorge, sie
würde ohnmächtig werden.

Catherine zitterte am ganzen Körper. Doch als sie die
Augen wieder aufschlug, sagte sie mit kräftiger Stimme: »Ich
habe nie für möglich gehalten, daß mich solch eine Botschaft
trösten könnte, aber hier an diesem Ort und wenn man Ihnen
so zuhört, *finde* ich Trost darin.«

Die Medien waren sich bei der Beurteilung von Stephanie
Petrovics erregten Aussagen vor der Kamera einig; es han-
delte sich offenbar um eine enttäuschte potentielle Erbin. Ihre
Beschuldigung, die Manning Clinic habe möglicherweise ein
Komplott gegen das Leben ihrer Tante geschmiedet, wurde
als frivol abgetan. Die Klinik war im Besitz einer privaten
Gruppe von Investoren und wurde von Dr. Manning geleitet,
dessen Glaubwürdigkeit über jeden Zweifel erhaben war. Er
weigerte sich noch immer, mit der Presse zu sprechen, aber
ganz eindeutig hatte er keinerlei persönliche Vorteile von
Helene Petrovics Vermächtnis an die Embryonalforschung
der Klinik zu erwarten. Nach ihrem Gefühlsausbruch hatte
man Stephanie ins Sprechzimmer eines der leitenden Klinik-
ärzte gebracht, der später zu keinem Kommentar über das
Gespräch bereit war.

Helenes Anwalt, Charles Potters, war entsetzt, als er von
der Episode erfuhr. Am Freitag morgen vor der Gedenkmesse
kam er zum Haus und ließ Stephanie mit schlecht verhohle-
ner Empörung wissen, was er davon hielt. »Ganz gleich, was
man noch über ihre Vergangenheit herausfindet, Ihre Tante
hat sich ganz der Arbeit an der Klinik hingegeben. Daß Sie so
eine schreckliche Szene gemacht haben, wäre furchtbar für sie
gewesen.«

Als er sah, wie unglücklich die junge Frau aussah, lenkte er ein. »Ich weiß, Sie haben Schlimmes durchgemacht«, sagte er zu ihr. »Nach der Messe haben Sie Gelegenheit, sich auszuruhen. Ich dachte, daß ein paar von Helenes Bekannten von St. Dominic's Ihnen Gesellschaft leisten wollten.«

»Ich hab' sie weggeschickt«, entgegnete Stephanie. »Ich kenne sie kaum, und es geht mir besser, wenn ich alleine bin.«

Nachdem der Anwalt gegangen war, arrangierte sie Kissen auf dem Sofa und legte sich hin. Ihr schwerfälliger Körper machte es schwierig, bequem zu liegen. Ihr Rücken tat jetzt die ganze Zeit weh. Sie fühlte sich so allein. Aber sie wollte nicht diese alten Frauen um sich haben, die sie bloß anstarren und über sie klatschen würden.

Sie war dankbar, daß Helene ausdrückliche Anweisungen hinterlassen hatte, im Falle ihres Todes keine Totenwache zu veranstalten, vielmehr ihre Leiche nach Rumänien zu überführen und im Grab ihres Mannes beizusetzen.

Sie döste ein und wurde vom Läuten des Telefons geweckt. Wer ist das schon wieder? dachte sie mißmutig. Eine angenehme Frauenstimme ertönte. »Miss Petrovic?«

»Ja.«

»Ich bin Meghan Collins von PCD Channel 3. Ich war nicht in der Manning Clinic, als Sie gestern dort waren, aber ich habe Ihr Statement in den Elf-Uhr-Nachrichten mitbekommen.«

»Darüber will ich nicht reden. Der Anwalt meiner Tante ist sehr böse auf mich.«

»Ich wünschte, Sie würden mit mir reden. Ich kann Ihnen vielleicht helfen.«

»Wie wollen Sie mir helfen? Wie kann mir überhaupt jemand helfen?«

»Da gibt es schon Wege. Ich rufe vom Auto aus an. Ich fahre jetzt zu dem Gottesdienst. Darf ich Sie danach zum Lunch einladen?«

Sie klingt so freundlich, dachte Stephanie, und ich brauche einen Freund. »Ich will nicht wieder ins Fernsehen kommen.«

»Ich bitte Sie nicht um Fernsehaufnahmen. Ich bitte Sie, mit mir zu reden.«

Stephanie zögerte. Wenn der Gottesdienst vorbei ist, dachte sie, will ich nicht mit Mr. Potters zusammen sein und genausowenig mit diesen alten Frauen von der Rumänischen Gesellschaft. Die tratschen doch alle nur über mich. »Ich komme mit zum Lunch«, sagte sie.

Meghan setzte ihre Mutter am Gasthof ab und fuhr dann, so schnell sie es wagte, nach Trenton.

Unterwegs machte sie einen weiteren Anruf, um Tom Weicker mitzuteilen, daß man den Wagen ihres Vaters gefunden hatte.

»Weiß sonst irgend jemand davon?« fragte er rasch.

»Bisher nicht. Sie versuchen es unter Verschluß zu halten. Aber wir wissen beide, daß es doch irgendwie an die Öffentlichkeit dringen wird.« Sie bemühte sich um einen beiläufigen Tonfall. »Channel 3 kann ja wenigstens den direkten Draht haben.«

»Die Sache wird zu einer Sensationsgeschichte, Meg.«

»Das weiß ich.«

»Wir bringen es sofort.«

»Deswegen geb' ich's Ihnen ja auch.«

»Meg, es tut mir leid.«

»Lassen Sie nur. Es gibt bestimmt eine vernünftige Erklärung für das alles.«

»Wann ist Mrs. Andersons Baby fällig?«

»Sie haben sie für Montag im Krankenhaus eingewiesen. Sie ist einverstanden, daß ich am Sonntag nachmittag zu ihr nach Hause komme und sie und Jonathan dabei aufnehme, wie die beiden das Zimmer fürs Baby herrichten. Sie hat Säuglingsbilder von Jonathan, die wir benutzen können. Nach der Geburt vergleichen wir dann Schnappschüsse der beiden Neugeborenen.«

»Bleiben Sie am Ball, jedenfalls vorläufig.«

»Danke, Tom«, sagte sie, »und danke für die Unterstützung.«

Phillip Carter verbrachte einen Großteil des Freitagnachmittags damit, Fragen zu Edwin Collins über sich ergehen zu lassen. Mit immer weniger Geduld beantwortete er Fragen, die immer bohrender wurden. »Nein, wir hatten noch nie einen Fall, bei dem gefälschte Zeugnisse zur Sprache gekommen wären. Unser Ruf war tadellos.«

Arlene Weiss erkundigte sich nach dem Wagen. »Als man ihn in New York aufgefunden hat, stand der Kilometerzähler auf dreiundvierzigtausend, Mr. Carter. Dem Servicebuch nach war der Wagen im letzten Oktober überholt worden, also vor etwas über einem Jahr. Damals hatte er gut dreiunddreißigtausend Kilometer drauf. Wieviel ist Mr. Collins durchschnittlich im Monat gefahren?«

»Ich würde sagen, das hing völlig von seiner Terminplanung ab. Wir haben Geschäftswagen und wechseln sie alle drei Jahre aus. Um die Inspektion kümmern wir uns selber. Ich nehm's ziemlich genau dabei. Edwin war eher ein bißchen nachlässig.«

»Lassen Sie es mich so formulieren«, sagte Bob Marron, »Mr. Collins ist seit Januar verschwunden. Vom Oktober letzten Jahres bis zum Januar, kann er da an die zehntausend Kilometer zurückgelegt haben?«

»Weiß ich nicht. Ich kann Ihnen seine Termine für diese Monate geben und versuchen, anhand der Spesenabrechnungen rauszukriegen, zu welchen er vermutlich mit dem Auto gefahren ist.«

»Wir müssen versuchen abzuschätzen, wieviel das Auto seit Januar gefahren ist«, erklärte Marron. »Wir möchten auch die Autotelefonrechnung für Januar sehen.«

»Ich gehe davon aus, daß Sie den Zeitpunkt seines Telefonats mit Victor Orsini überprüfen wollen. Die Versicherungsgesellschaft hat sich das schon angeschaut. Der Anruf fand weniger als eine Minute vor dem Unglück auf der Tappan Zee Bridge statt.«

Sie fragten nach der Finanzlage von Collins and Carter. »Unsere Bücher sind in Ordnung. Sie sind gründlich überprüft worden. In den letzten paar Jahren haben wir Geschäftseinbußen durch die Rezession gehabt, wie viele andere Unternehmen auch. Die Art von Firmen, mit denen wir arbeiten, haben Stellen abgebaut, nicht neu besetzt. Ich sehe jedoch keinen Grund dafür, weshalb Edwin einen Kredit von mehreren hunderttausend Dollar auf seine Lebensversicherung hätte aufnehmen sollen.«

»Ihre Firma müßte doch eine Provision von der Manning Clinic für die Vermittlung von Petrovic erhalten haben?«

»Selbstverständlich.«

»Hat Collins diese Provision eingesteckt?«

»Nein, die Buchprüfer haben sie gefunden.«

»Und niemand hat Helene Petrovics Namen auf der Zahlungsanweisung von sechstausend Dollar in Frage gestellt, als sie reinkam?«

»Die Kopie der Manning-Kundenkarte in unseren Akten war manipuliert worden. Da steht: ›Zweite Rate für die Vermittlung von Dr. Henry Williams‹. Es war keine zweite Rate fällig.«

»Dann hat Collins sie also eindeutig nicht deshalb plaziert, damit er die Firma um sechstausend Dollar betrügen konnte.«

»Ich würde sagen, das ist doch klar.«

Als sie endlich gingen, versuchte Phillip Carter erfolglos, sich auf die Arbeit auf seinem Schreibtisch zu konzentrieren. Er hörte, wie das Telefon im Vorzimmer läutete. Jackie meldete sich über die Sprechanlage. Ein Reporter von einem Supermarkt-Klatschblatt sei am Apparat. Phillip lehnte barsch den Anruf ab, wobei ihm bewußt wurde, daß während des ganzen Tages nur Medienleute am Telefon gewesen waren. Collins and Carter hatte von keinem einzigen Kunden etwas gehört.

37

Meghan betrat um halb eins leise die Kirche St. Dominic's, mitten in der spärlich besuchten Messe für Helene Petrovic. Den Wünschen der Verstorbenen gemäß war es eine schlichte Zeremonie ohne Blumen oder Musik.

Ein Häufchen Nachbarn aus Lawrenceville war über den Raum verstreut, ebenso wie einige ältere Frauen von der

Rumänischen Gesellschaft. Stephanie saß neben dem Anwalt, und als sie die Kirche verließen, stellte sich Meghan vor. Die junge Frau schien erfreut, sie zu sehen.

»Lassen Sie mich eben den Leuten hier auf Wiedersehen sagen«, sagte sie, »und dann komme ich.«

Meghan sah, wie höflich Beileidswünsche zum Ausdruck gebracht wurden. Bei keinem der Anwesenden konnte sie echte Anzeichen von Trauer feststellen. Sie ging zu zwei Frauen hinüber, die gerade aus der Kirche gekommen waren. »Kannten Sie Helene Petrovic gut?« fragte sie.

»So gut wie alle hier«, erwiderte die eine der beiden zuvorkommend. »Ein paar von uns gehen öfter zusammen ins Konzert. Helene ist manchmal mitgekommen. Sie war ein Mitglied der Rumänischen Gesellschaft und wurde über all unsere Unternehmungen auf dem laufenden gehalten. Manchmal ist sie vorbeigekommen.«

»Aber nicht gerade häufig.«

»Nein.«

»Hatte sie irgendwelche wirklich engen Freunde?«

Die andere Frau schüttelte den Kopf. »Helene blieb für sich.«

»Wie stand's mit Männern? Ich bin Helene Petrovic begegnet. Sie war eine sehr attraktive Frau.«

Sie schüttelten beide den Kopf. »Falls sie irgendwelche Verehrer hatte, so hat sie nie einen Ton davon gesagt.«

Meghan bemerkte, daß Stephanie sich von dem letzten Trauergast verabschiedete. Als sie zu ihr hinüberging, hörte sie den Anwalt sagen: »Ich wünschte wirklich, Sie würden nicht mit dieser Reporterin sprechen. Ich würde Sie gerne nach Hause bringen oder zum Essen einladen.«

»Ich komm' schon zurecht.«

Meghan nahm die junge Frau am Arm, als sie gemeinsam die letzten Stufen hinunterschritten. »Ganz schön steil hier.«

»Und ich bin jetzt so unbeholfen. Ich stehe mir ständig selber im Weg.«

»Sie kennen sich hier besser aus«, sagte Meghan, als sie ins Auto stiegen. »Wohin würden Sie gerne mit mir zum Essen gehen?«

»Würde es Ihnen etwas ausmachen, wenn wir zum Haus zurückgehen? Die Leute haben so viel Essen dagelassen, und ich bin schrecklich müde.«

»Aber natürlich.«

Als sie im Haus ankamen, bestand Meghan darauf, daß sich Stephanie ausruhte, während sie selbst etwas zu essen machte. »Ziehen Sie die Schuhe aus und legen Sie die Füße auf der Couch hoch«, sagte sie energisch. »Wir haben zu Hause einen Gasthof, und ich bin dort in der Küche großgeworden. Ich bin es gewohnt, Essen herzurichten.«

Während sie Suppe aufwärmte und kaltes Hühnchen und Salat auf einem Teller arrangierte, betrachtete Meghan die Einrichtung. Die Küche hatte einen für französische Landhäuser typischen Dekor. Die gekachelten Wände und der Terrakottaboden waren zweifellos extra angefertigt worden. Die Küchengeräte waren erster Güte. Der runde Eichentisch und die Stühle waren Antiquitäten. Hier hatte man ganz offensichtlich viel Liebe – und Geld – hineingesteckt.

Sie aßen im Eßzimmer. Auch hier waren die gepolsterten Stühle um den schweren Tisch herum eindeutig kostspielig. Der Tisch glänzte von der Patina teurer alter Möbel. Wo das Geld dafür nur herstammte? fragte sich Meghan. Helene hatte als Kosmetikerin gearbeitet, bis sie die Sekretärinnenstelle in der Klinik in Trenton bekam, und von dort war sie dann zur Manning Clinic gegangen.

Meghan brauchte keine Fragen zu stellen. Stephanie war mehr als bereit, ihre Probleme zu erörtern. »Die verkaufen das Haus hier. All das Geld vom Verkauf und achthunderttausend Dollar kriegt die Klinik. Aber das ist so unfair. Meine Tante hat versprochen, daß sie ihr Testament ändert. Ich bin ihre einzige Verwandte. Deshalb hat sie mich ja auch herüberkommen lassen.«

»Was ist mit dem Vater des Babys?« fragte Meghan. »Man kann ihn dazu bringen, Ihnen zu helfen.«

»Er ist weggezogen.«

»Man kann ihn aufspüren. Hier bei uns in den Staaten gibt es Gesetze zum Schutz von Kindern. Wie heißt er denn?«

Stephanie zögerte. »Ich will nichts mit ihm zu tun haben.«

»Sie haben ein Recht darauf, unterstützt zu werden.«

»Ich geb' das Baby zur Adoption frei. Es ist die einzige Möglichkeit.«

»Es ist vielleicht nicht die einzige Möglichkeit. Wie heißt er, und wo haben Sie ihn kennengelernt?«

»Ich … ich hab' ihn bei einer dieser rumänischen Gesellschaften in New York getroffen. Er heißt Jan. Helene hatte damals Kopfweh und ist früher gegangen. Er hat mir angeboten, mich heimzufahren.« Sie senkte den Kopf. »Ich rede nicht gern davon, wie blöde ich war.«

»Sind Sie öfter mit ihm ausgegangen?«

»Ein paarmal.«

»Und das mit dem Baby haben Sie ihm gesagt?«

»Er hat mich angerufen, daß er nach Kalifornien geht. Da hab' ich's ihm dann gesagt. Er hat behauptet, das sei mein Problem.«

»Wann war das?«

»Im März.«

»Was hat er für einen Beruf?«

»Er ist … Mechaniker. Bitte, Miss Collins, ich will wirklich nichts mit ihm zu tun haben. Wollen denn nicht viele Leute Babys haben?«

»Ja, das schon. Aber das habe ich doch gemeint, als ich sagte, ich könnte Ihnen vielleicht helfen. Wenn wir Jan finden, muß er das Baby unterhalten und Ihnen wenigstens so lange helfen, bis Sie einen Job kriegen.«

»Bitte lassen Sie ihn in Ruhe. Ich habe Angst vor ihm. Er war so wütend.«

»Wütend, weil Sie ihm gesagt haben, daß er der Vater Ihres Kindes ist?«

»Hören Sie doch auf, mich nach ihm zu fragen!« Stephanie schob ihren Stuhl vom Tisch weg. »Sie haben gesagt, Sie wollten mir helfen. Gut, dann finden Sie Leute, die das Baby nehmen und mir etwas Geld geben.«

Meghan sagte reumütig: »Entschuldigung, Stephanie. Ich bin bestimmt nicht hierhergekommen, um Sie aufzuregen. Wie wär's mit einer Tasse Tee. Ich räum' später ab.«

Im Wohnzimmer stopfte sie ein zusätzliches Kissen hinter Stephanies Rücken und zog einen Fußschemel für ihre Füße heran.

Stephanie lächelte zur Entschuldigung. »Sie sind sehr nett. Ich war grob vorhin. Das liegt einfach daran, daß so viel so schnell passiert ist.«

»Stephanie, was Sie jetzt brauchen, ist jemand, der für Sie bei der Einwanderungsbehörde bürgt, bis Sie einen Job haben. Ihre Tante muß doch *einen* Freund oder *eine* Freundin gehabt haben, der Ihnen helfen könnte.«

»Sie meinen, wenn einer ihrer Freunde für mich bürgt, könnte ich vielleicht hierbleiben.«

»Ja. Gibt es denn niemanden, der Ihrer Tante eine Gefälligkeit schuldig ist?«

Stephanies Miene hellte sich auf. »Oh, doch, da gibt es vielleicht wirklich jemand. Danke, Meghan.«

»Wer ist es denn?« fragte Meghan schnell.

»Ich täusche mich vielleicht«, erwiderte Stephanie, plötzlich nervös. »Ich muß mir's überlegen.«

Sie war nicht bereit, mehr von sich zu geben.

Es war zwei Uhr. Bernie hatte vormittags ein paar Fahrten vom Flughafen La Guardia aus ergattert und dann einen Fahrgast vom Kennedy Airport nach Bronxville chauffiert.

Er hatte nicht die Absicht, heute nachmittag nach Connecticut zu fahren. Doch als er von der Cross County hinunterfuhr, ertappte er sich dabei, daß er nach Norden abbog. Er mußte einfach wieder nach Newtown zurück.

In der Einfahrt zu Meghans Haus stand kein Auto. Er ließ den Wagen um die Straßenbiegung in die Sackgasse rollen, wendete dann. Der Junge mit dem Hund war nirgends zu sehen. Das war gut so. Er wollte unbemerkt bleiben.

Er fuhr wieder an Meghans Haus vorbei. Er durfte sich dort nicht aufhalten.

Er fuhr am Drumdoe Inn vorbei. Warte mal, überlegte er. Das ist doch der Schuppen, der ihrer Mutter gehört. Das hatte er am Tag zuvor in der Zeitung gelesen. Im Handumdrehen hatte er gewendet und war auf den Parkplatz gefahren. Da muß es doch eine Bar geben, dachte er. Vielleicht kann ich ein Bier trinken und sogar ein Sandwich bestellen.

Und wenn Meghan da war? Er würde ihr dieselbe Geschichte erzählen, die er auch sonst verwendete, nämlich, daß er für einen Lokalsender in Elmira arbeitete. Es gab keinen Grund, weshalb sie ihm nicht glauben sollte.

Die Eingangshalle im Gasthaus war von mittlerer Größe und hatte getäfelte Wände und einen blau-rot karierten Teppichboden. Es war niemand am Empfang. Rechts konnte er ein paar Leute im Speisezimmer sehen und junge Kellner beim Tischabräumen. Na ja, die Lunchzeit war so gut wie vorbei, dachte er. Die Bar lag links von ihm. Er konnte sehen, daß niemand drin war, außer dem Barkeeper. Er ging hinein, setzte sich auf einen Barhocker, bestellte ein Bier und fragte nach der Karte.

Nachdem er sich für einen Hamburger entschieden hatte, begann er sich mit dem Barkeeper zu unterhalten. »Ist gemütlich hier.«

»Ja, wirklich«, bestätigte der Barkeeper.

Der Typ hatte ein Namensschildchen, auf dem »Joe« stand; seinem Aussehen nach mußte er um die Fünfzig sein. Die Lokalzeitung lag im Hintergrund. Bernie wies darauf.

»Ich hab' die Zeitung von gestern gelesen. Sieht so aus, als ob die Familie, der das hier gehört, ganz schöne Probleme hat.«

»Weiß Gott«, stimmte Joe zu. »Wirklich eine Schande. Mrs. Collins ist die netteste Frau, die man sich vorstellen kann, und ihre Tochter Meg ist echt ein Schatz.«

Zwei Männer kamen herein und setzten sich ans Ende der Bar. Joe bediente sie und blieb bei ihnen stehen, um mit ihnen zu plaudern. Bernie sah sich um, während er seinen Hamburger und das Bier verputzte. Die Hinterfenster gingen auf den Parkplatz hinaus. Dahinter lag ein Waldgebiet, das sich bis hinter das Haus der Collins erstreckte.

Bernie hatte eine gute Idee. Wenn er abends hierherfuhr, dann konnte er sein Auto bei den übrigen Wagen der Abendgäste auf dem Parkplatz abstellen und sich in den Wald schleichen. Vielleicht konnte er von dort aus Meghan in ihrem Haus aufnehmen. Er hatte ein Zoomobjektiv. Das müßte ganz leicht sein.

Bevor er ging, fragte er Joe, ob sie eine Parkaufsicht hätten.

»Bloß Freitag und Samstag abends«, antwortete Joe.

Bernie nickte. Er beschloß, am Sonntag abend wiederzukommen.

Meghan verließ Stephanie Petrovic um zwei Uhr. An der Tür sagte sie: »Ich bleibe mit Ihnen in Verbindung, und ich möchte Bescheid wissen, wenn Sie ins Krankenhaus gehen. Es ist hart, das erste Kind zu kriegen, ohne jemanden, der einem nahesteht.«

»Ich hab' auch allmählich Angst davor«, gab Stephanie zu. »Meine Mutter hatte es schwer, als ich geboren wurde. Ich will einfach, daß es vorbei ist.«

Der Anblick des bekümmerten jungen Gesichts ließ Meghan nicht los. Warum war Stephanie so hartnäckig gegen jeden Versuch, vom Vater Unterstützung für das Kind zu bekommen? Wenn sie natürlich fest dazu entschlossen war, das Baby zur Adoption freizugeben, dann erübrigte sich die Frage wohl.

Es gab noch etwas anderes, was Meghan erledigen wollte, bevor sie heimfuhr. Trenton lag nicht weit von Lawrenceville entfernt, und Helene Petrovic hatte dort als Sekretärin im Dowling Center gearbeitet, einem Institut für künstliche Fortpflanzung. Vielleicht erinnerte sich dort noch jemand an die Frau, obwohl sie vor sechs Jahren von dort weg und zur Manning Clinic gegangen war. Meghan wollte unbedingt mehr über sie herausfinden.

Das Dowling Assisted Reproduction Center war in einem kleinen Nebengebäude des Valley Memorial Hospital untergebracht. Im Empfangsraum standen nur ein Schreibtisch und ein Stuhl. Ganz offensichtlich ließ sich diese Einrichtung nicht mit der Manning Clinic vergleichen.

Meghan zeigte ihren PCD-Ausweis nicht vor. Sie war nicht als Reporterin hier. Als sie der Sprechstundenhilfe erklärte, sie wolle gern mit jemandem über Helene Petrovic sprechen, änderte sich die Miene der Frau. »Wir haben nichts mehr zu dieser Angelegenheit zu sagen. Mrs. Petrovic hat hier drei Jahre lang als Sekretärin gearbeitet. Sie hatte nichts mit irgendwelchen medizinischen Abläufen zu tun.«

»Das glaube ich Ihnen«, sagte Meghan. »Aber man macht meinen Vater dafür verantwortlich, daß sie die Position in der Manning Clinic bekam. Ich muß mit jemandem reden, der sie gut gekannt hat. Ich muß herausfinden, ob die Firma meines Vaters je ein Empfehlungsschreiben angefordert hat.«

Die Frau schien zu zögern.

»Bitte«, sagte Meghan leise.

»Ich schau mal nach, ob die Direktorin Zeit hat.«

Die Direktorin war eine attraktive grauhaarige Frau von etwa fünfzig. Als Meghan in ihr Büro geleitet wurde, stellte sie sich als Dr. Keating vor. »Ich bin ein Dr. phil., keine Ärztin«, sagte sie flott. »Ich habe mit der geschäftlichen Seite des Instituts zu tun.«

Sie hatte Helene Petrovics Akte in ihrem Schubfach. »Die Staatsanwaltschaft von Connecticut hat vor zwei Tagen eine Kopie davon angefordert«, erklärte sie.

»Macht es Ihnen etwas aus, wenn ich mir Notizen mache?« fragte Meghan.

»Nicht im geringsten.«

Die Akte enthielt Informationen, wie sie in den Zeitungen gestanden hatten. In ihrem Bewerbungsschreiben für das Dowling Center war Helene Petrovic bei der Wahrheit geblieben. Sie hatte sich um eine Sekretariatsstelle bemüht und dazu ihre Arbeitserfahrung als Kosmetikerin und ihren kürzlich erworbenen Abschluß an der Woods Secretarial School in New York angeführt.

»Ihre Angaben erwiesen sich als richtig«, sagte Dr. Keating. »Sie machte einen guten Eindruck und hatte eine angenehme Art. Ich habe sie eingestellt und war während der drei Jahre, die sie hier war, sehr zufrieden mit ihr.«

»Hat sie Ihnen gesagt, als sie wegging, daß sie zur Manning Clinic geht?«

»Nein. Sie gab an, sie wolle wieder eine Stelle als Kosmetikerin in New York annehmen. Sie hat gesagt, eine Freundin sei dabei, einen neuen Salon zu eröffnen. Deshalb fanden wir es auch nicht merkwürdig, daß wir nie um ein Empfehlungsschreiben gebeten wurden.«

»Dann hatten Sie nichts mit Collins and Carter Executive Search zu tun?«

»Nein, in keiner Weise.«

»Frau Dr. Keating, Mrs. Petrovic hat es fertiggebracht, die medizinische Belegschaft in der Manning Clinic an der Nase herumzuführen. Woher, glauben Sie, hatte sie die Kenntnisse über den richtigen Umgang mit kältekonservierten Embryos?«

Dr. Keating machte ein nachdenkliches Gesicht. »Wie ich den Ermittlern aus Connecticut gesagt habe, war Helene von Medizin fasziniert und insbesondere von der Art, wie sie hier praktiziert wird, den Methoden der künstlichen Fortpflanzung. Sie las gern die medizinischen Bücher, wenn es nicht so viel Arbeit gab, und ist häufig ins Labor gegangen und hat sich angeschaut, was dort vor sich ging. Ich sollte wohl hinzufügen, daß sie das Labor nie hätte allein betreten dürfen. Um es genau zu sagen, lassen wir nie weniger als mindestens zwei qualifizierte Mitarbeiter gleichzeitig dort hinein. Es ist eine Art Sicherheitssystem. Ich finde, es sollte in jeder Einrichtung dieser Art vorgeschrieben sein.«

»Dann glauben Sie also, daß sie sich ihre medizinischen Kenntnisse durch Beobachtung und Lektüre erworben hat?«

»Es ist kaum vorstellbar, daß jemand, der keine Gelegenheit zu praktischer Arbeit unter Anleitung hatte, selbst Experten zu täuschen fähig wäre, aber es ist die einzige Erklärung, die ich habe.«

»Frau Dr. Keating, ich bekomme ständig zu hören, daß Helene Petrovic sehr nett war, einen guten Ruf hatte, aber eine Einzelgängerin war. Traf das auch hier zu?«

»Würde ich wohl sagen. Soweit ich weiß, hatte sie nie privaten Umgang mit den anderen Sekretärinnen oder jemandem aus der Belegschaft hier.«

»Keine Männer in ihrem Leben?«

170

»Ich weiß es nicht ganz sicher, aber ich hab' immer vermutet, daß sie mit jemandem aus dem Krankenhaus etwas hatte. Es kam mehrmals vor, daß eines der Mädchen das Telefon für sie annahm, als sie vom Schreibtisch weg war. Sie fingen an sie aufzuziehen, wer denn ihr Dr. Kildare sei. Offenbar hieß es, sie solle eine Durchwahl im Krankenhaus anrufen.«

»Sie wüßten nicht zufällig, welche Nummer?«

»Das ist jetzt über sechs Jahre her.«

»Ja, natürlich.« Meghan stand auf. »Frau Dr. Keating, Sie waren so entgegenkommend. Darf ich Ihnen meine Telefonnummer geben, nur falls Ihnen irgend etwas einfällt, was mir vielleicht weiterhelfen könnte?«

Dr. Keating streckte ihre Hand aus. »Mir sind die Umstände bekannt, Miss Collins. Ich würde Ihnen wirklich gerne helfen.«

Als sie in ihren Wagen stieg, warf Meghan einen Blick auf den beeindruckenden Bau des Valley Memorial Hospital. Zehn Etagen hoch, halb so lang wie ein Cityblock, Hunderte von Fenstern, aus denen jetzt am Spätnachmittag Lichter zu schimmern begannen.

War es möglich, daß hinter einem dieser Fenster ein Arzt steckte, der Helene Petrovic geholfen hatte, ihr gefährliches Täuschungsmanöver zu perfektionieren?

Meghan schwenkte gerade auf die Route 7 ein, als die Fünf-Uhr-Nachrichten kamen. Sie lauschte dem Bericht des WPCD-Radiosenders: »Von Staatsanwalt John Dwyer haben wir die Bestätigung, daß das Fahrzeug, das Edwin Collins am Abend der Katastrophe auf der Tappan Zee Bridge im vergangenen Januar fuhr, vor der Wohnung seiner Tochter in Manhattan aufgefunden wurde. Ballistischen Untersuchungen zufolge war Collins' Pistole, die im Auto gefunden wurde, die Mordwaffe, durch die Helene Petrovic starb; sie war die Laborangestellte, deren gefälschte Zeugnisse er in der Manning Clinic eingereicht haben soll. Soeben wurde Haftbefehl gegen Edwin Collins wegen Mordverdacht erlassen.«

38

Dr. Manning verließ Freitag nachmittag um fünf Uhr die Klinik. Drei neue Patientinnen hatten ihre Termine abgesagt, und etwa fünf oder sechs besorgte Mütter und Väter hatten angerufen und sich nach DNS-Untersuchungen erkundigt, um sich zu vergewissern, daß ihre Kinder auch wirklich von ihnen abstammten. Dr. Manning wußte, daß ein einziger nachgewiesener Fall von Verwechslung genügen würde, jede Frau zu alarmieren, die dank der Behandlung in der Klinik ein Kind bekommen hatte. Er hatte genug gute Gründe, den nächsten paar Tagen mit Bangen entgegenzusehen.

Niedergeschlagen fuhr er die dreizehn Kilometer zu sich nach Hause in South Kent. Es war solch ein Jammer, so ein verdammter Jammer, dachte er. Zehn Jahre harter Arbeit und landesweites Ansehen praktisch über Nacht zuschanden. Vor weniger als einer Woche noch hatte er das jährliche Wiedersehenstreffen gefeiert und sich auf seinen Ruhestand gefreut. An seinem siebzigsten Geburtstag im vergangenen Januar hatte er angekündigt, daß er nur noch ein Jahr auf seinem Posten bleiben werde.

Am meisten ärgerte ihn die Erinnerung daran, daß Edwin Collins damals, nachdem er einen Bericht über die Geburtstagsfeier und seine Ruhestandsabsichten gelesen hatte, angerufen und sich erkundigt hatte, ob Collins and Carter der Manning Clinic erneut zu Diensten sein dürfe!

Freitag abend, als Dina Anderson ihren dreijährigen Sohn zu Bett brachte, umarmte sie ihn heftig. »Jonathan, ich glaube dein Zwillingsbruder wartet nicht bis Montag, um zur Welt zu kommen«, sagte sie zu ihm.

»Wie steht's jetzt, Schatz?« fragte ihr Mann, als sie die Treppe herunterkam.

»Alle fünf Minuten.«

»Ich ruf' lieber den Arzt an.«

»Jonathan und ich vor der Kamera, wie wir Ryans Zimmer herrichten, das können wir damit wohl vergessen.« Sie zuckte zusammen. »Sag lieber meiner Mutter, sie soll gleich herüberkommen, und sag dem Arzt, daß ich auf dem Weg ins Krankenhaus bin.«

Eine halbe Stunde später wurde Dina Anderson im Danbury Medical Center untersucht. »Halten Sie das für möglich, aber jetzt haben die Wehen aufgehört?« sagte sie widerwillig.

»Wir behalten Sie hier«, teilte ihr der Gynäkologe mit. »Wenn in der Nacht nichts in Gang kommt, machen wir morgen früh einen Tropf zur Einleitung der Wehen. Sie können jetzt eigentlich nach Hause gehen, Don.«

Dina zog das Gesicht ihres Mannes für einen Kuß zu sich herab. «Schau nicht so besorgt, Daddy. Ach, und du rufst doch Meghan Collins an und sagst ihr, daß Ryan wahrscheinlich schon morgen ankommt. Sie möchte dabeisein und ihn aufnehmen, sobald er in der Säuglingsstation ist. Vergiß nicht die Bilder von Jonathan mitzubringen, von kurz nach seiner Geburt. Sie will sie mit dem Baby zeigen, damit jeder sehen kann, daß sie genau gleich aussehen. Und gib Dr. Manning Bescheid. Er ist so lieb. Er hat sich heute erkundigt, wie's mir geht.«

Am nächsten Morgen waren Meghan und ihr Kameramann Steve in der Eingangshalle des Krankenhauses und warteten auf die Nachricht von Ryans Geburt. Donald Anderson hatte ihnen Fotos von Jonathan als Neugeborenem gegeben. Sobald das Baby in der Säuglingsstation war, durften sie den Kleinen aufnehmen. Jonathan würde mit Dinas Mutter in die Klinik kommen, und so hatten sie dann Gelegenheit, die gesamte Familie kurz vor die Linse zu bekommen.

Mit Reporteraugen verfolgte Meghan den Betrieb in der Halle. Eine junge Mutter wurde mit ihrem Säugling im Arm von einer Schwester zum Ausgang gefahren. Ihr Mann folgte, im Kampf mit Koffern und Blumengebinden. An einem der Sträuße baumelte ein Ballon mit der Aufschrift: »Es ist ein Mädchen!«

Ein erschöpft wirkendes Paar trat aus dem Aufzug, an den Händen ein vierjähriges Kind mit einem Arm in Gips und einem Verband um den Kopf. Eine Schwangere durchschritt die Halle und ging durch eine Tür, auf der *Aufnahme* stand.

Beim Anblick dieser Familien fühlte sich Meghan an Kyle erinnert. Was für eine Mutter brachte es nur fertig, ein sechs Monate altes Baby im Stich zu lassen?

Der Kameramann musterte die Bilder von Jonathan. »Ich nehm' dann denselben Winkel«, sagte er. »Schon irgendwie komisch, wenn man genau zu wissen glaubt, wie das Baby aussehen wird.«

»Sieh mal«, sagte Meghan. »Da kommt Dr. Manning eben herein. Ich frage mich, ob er wegen der Andersons da ist.«

Weiter oben im Entbindungsraum zauberte lautes Geschrei ein Lächeln auf die Gesichter der Ärzte, Schwestern und der Andersons. Blaß und erschöpft, blickte Dina Anderson zu ihrem Mann auf und sah den Schock in seiner Miene. Aufgeregt schob sie sich auf einen Ellbogen hoch. »Ist er okay?« rief sie. »Ich will ihn sehen.«

»Er ist völlig in Ordnung«, erwiderte der Arzt und hielt den kreischenden Säugling mit dem Büschel leuchtendroten Haares hoch.

»Das ist nicht Jonathans Zwillingsbruder!« schrie Dina. »Wessen Baby hab' ich da ausgetragen?«

39

»Immer regnet's am Samstag«, meckerte Kyle, während er ein Programm nach dem anderen am Fernsehapparat ausprobierte. Er saß im Schneidersitz auf dem Teppich, Jake neben sich.

Mac war in die Morgenzeitung versunken. »Nicht immer«, sagte er geistesabwesend. Er warf einen Blick auf seine Uhr. Es war beinahe zwölf. »Mach mal Channel 3 an. Ich will die Nachrichten sehen.«

»Okay.« Kyle drückte auf die Fernbedienung. »Guck mal, da ist Meg!«

Mac ließ die Zeitung fallen. »Mach lauter.«

174

»Du sagst immer, ich soll's leiser machen.«

»Kyle!«

»Okay. Okay.«

Meg stand in der Eingangshalle eines Krankenhauses. »Der Fall der Manning Clinic hat eine erschreckende neue Wendung genommen. Nach dem Mord an Helene Petrovic und der Enthüllung ihrer gefälschten Zeugnisse ist die Sorge wach geworden, daß die verstorbene Mrs. Petrovic ernsthafte Fehler im Umgang mit den kältekonservierten Embryos begangen haben könnte. Vor einer Stunde wurde hier im Danbury Medical Center ein Kind geboren, das nach allgemeiner Erwartung der Klon seines dreijährigen Bruders sein sollte.«

Mac und Kyle sahen zu, wie der Bildausschnitt größer wurde.

»Hier neben mir ist Dr. Allan Neitzer, der Gynäkologe, der soeben Dina Anderson von einem Sohn entbunden hat. Dr. Neitzer, können Sie uns etwas zu dem Baby sagen?«

»Der Säugling ist ein gesunder, prächtiger Junge von siebeneinviertel Pfund.«

»Aber er ist nicht der eineiige Zwillingsbruder des dreijährigen Anderson-Sohns?«

»Nein, das ist er nicht.«

»Ist er das biologische Kind von Dina Anderson?«

»Das können nur DNS-Analysen bestimmen.«

»Wie lange wird das dauern?«

»Vier bis sechs Wochen.«

»Wie reagieren die Andersons darauf?«

»Sehr bestürzt. Sehr besorgt.«

»Dr. Manning war hier. Er ging nach oben, bevor wir mit ihm sprechen konnten. Hat er die Andersons getroffen?«

»Dazu kann ich nichts sagen.«

»Vielen Dank, Dr. Neitzer.« Meghan wandte sich der Kamera direkt zu. »Wir sind hier, um die weitere Entwicklung dieser Geschichte zu verfolgen. Zurück zu Ihnen ins Studio, Mike.«

»Mach's aus, Kyle.«

Kyle drückte auf die Fernbedienung, und der Bildschirm wurde leer.

»Was bedeutet das?«

Das bedeutet große Probleme, dachte Mac. Wie viele weitere Irrtümer hatte Helene Petrovic in der Manning Clinic begangen? Welcher Art sie auch waren, man würde zweifellos Edwin Collins ganz genauso dafür verantwortlich machen. »Das ist ziemlich kompliziert, Kyle.«

»Stimmt mit Meg irgendwas nicht?«

Mac betrachtete das Gesicht seines Sohnes. Das sandfarbene Haar, das seinem eigenen so ähnelte und nie an Ort und Stelle blieb, fiel ihm in die Stirn. Die braunen Augen, die er von Ginger geerbt hatte, hatten ihr übliches fröhliches Funkeln verloren. Von der Augenfarbe abgesehen, war Kyle ein waschechter MacIntyre. Wie mußte es wohl sein, wenn man seinem Sohn ins Gesicht sah und sich klarmachte, daß er einem vielleicht gar nicht gehörte?

Er legte einen Arm um Kyle. »In letzter Zeit hat Meg es schwer gehabt. Deswegen sieht sie bekümmert aus.«

»Außer dir und Jake ist sie mein bester Kumpel«, sagte Kyle ernst.

Bei der Erwähnung seines Namens schlug Jake mit dem Schwanz.

Mac lächelte resigniert. »Meg wird bestimmt geschmeichelt sein, wenn sie das hört.« Nicht zum erstenmal in den letzten paar Tagen stellte er sich die Frage, ob er durch seine idiotische Blindheit für seine eigenen Gefühle Meg gegenüber in ihren Augen für immer in den Rang eines guten Freundes und Kameraden verbannt war.

Meghan und der Kameramann saßen in der Lobby des Danbury Medical Center. Steve schien zu wissen, daß Meg nicht nach Reden zumute war. Weder Donald Anderson noch Dr. Manning war heruntergekommen.

»Schau mal da, Meg«, sagte Steve plötzlich, »ist das nicht der andere Anderson-Sohn?«

»Ja, stimmt. Das da neben ihm muß seine Großmutter sein.«

Sie sprangen beide auf, folgten ihnen durch die Halle und holten sie am Aufzug ein. Meg stellte das Mikrophon an. Steve fuhr die Kamera ab.

»Könnten Sie vielleicht einen Moment mit uns sprechen?«, fragte Meghan die Frau. »Sind Sie nicht Dina Andersons Mutter und Jonathans Großmutter?«

»Ja, das ist richtig.« Ihre wohlmodulierte Stimme klang gepeinigt. Silberfarbenes Haar umgab ein beunruhigtes Gesicht.

Ihr Gesichtsausdruck verriet Meghan, daß die Frau über die Lage informiert war.

»Haben Sie seit der Geburt des Babys schon mit Ihrer Tochter oder Ihrem Schwiegersohn geredet?«

»Mein Schwiegersohn hat mich angerufen. Bitte! Wir wollen jetzt nach oben. Meine Tochter braucht mich.« Sie trat in den Lift, wobei sie die Hand des kleinen Jungen fest umklammert hielt.

Meghan versuchte nicht, sie aufzuhalten.

Jonathan trug eine blaue Jacke, die dem Blau seiner Augen entsprach. Seine Wangen setzten einen rosigen Akzent auf seiner hellen Gesichtshaut. Seine Kapuze war unten, und Regentropfen saßen wie Perlen auf seinem weißblonden Haar, das im Stil von Buster Brown gekämmt war. Er lächelte und winkte. »Bye-bye«, rief er, während sich die Tür des Aufzugs zu schließen begann.

»Das ist vielleicht ein hübscher Junge«, bemerkte Steve.

»Er ist wunderschön«, pflichtete Meghan bei.

Sie kehrten zu ihren Sitzplätzen zurück. »Glaubst du, daß Manning ein Statement abgibt?« fragte Steve.

»Wenn ich Dr. Manning wäre, würde ich mit meinen Anwälten reden.« Und die Firma Collins and Carter wird auch ihre Anwälte nötig haben, dachte sie.

Meghans Piepser meldete sich. Sie zog ihr Mobiltelefon hervor, rief in der Nachrichtenredaktion an und erfuhr, Tom Weicker wolle mit ihr sprechen. »Wenn Tom am Samstag im Büro ist, dann ist etwas los«, murmelte sie.

Es war etwas los. Weicker kam sofort zur Sache. »Meg, Dennis Cimini ist auf dem Weg, Sie abzulösen. Er hat einen Hubschrauber genommen, sollte also bald da sein.«

Sie war nicht überrascht. Aus der Sondersendung über eineiige, im Abstand von drei Jahren geborene Zwillinge war eine viel größere Geschichte geworden. Sie war jetzt mit dem Skandal um die Manning Clinic und mit der Ermordung Helene Petrovics verquickt.

»Ist gut, Tom.« Sie spürte, daß das nicht alles war.

»Meg, Sie haben die Behörden von Connecticut über die Tote, die Ihnen ähnlich sieht, informiert, und über die Tatsache, daß sie eine Notiz mit der Handschrift Ihres Vaters in der Tasche hatte.«

»Ich fand, daß ich's ihnen sagen mußte. Ich war überzeugt, daß sich die New Yorker Polizei deshalb eh früher oder später mit Ihnen in Verbindung setzen würde.«

»Da war irgendwo eine undichte Stelle. Sie haben auch herausgefunden, daß Sie wegen einer DNS-Untersuchung zum Leichenschauhaus gegangen sind. Wir müssen die Sache sofort bringen. Die anderen Sender haben's auch.«

»Ich verstehe, Tom.«

»Meg, bis auf weiteres sind Sie beurlaubt. Mit Gehaltsfortzahlung natürlich.«

»Ist gut.«

»Tut mir leid, Meg.«

»Ich weiß schon. Danke.« Sie unterbrach die Verbindung. Dennis Cimini kam gerade durch die Drehtür in die Halle herein. »Das ist es dann wohl. Man sieht sich, Steve.« Sie hoffte, daß er ihr die bittere Enttäuschung nicht ansehen konnte.

40

Demnächst sollte eine Auktion von Landbesitz, der nahe der Grenze zu Rhode Island lag, stattfinden. Phillip Carter hatte die Absicht, sich die Sache anzuschauen.

Er brauchte einen Tag ohne Büro und die unzähligen Probleme der vergangenen Woche. Permanent waren die Medien im Haus. Die Ermittlungsbeamten gingen ein und aus. Der Moderator einer Talkshow hatte ihn doch tatsächlich aufgefordert, an einer Sendung über Leute, die vermißt waren, teilzunehmen.

Victor Orsini hatte nicht danebengegriffen mit seiner Bemerkung, daß jedes Wort, das über Helene Petrovics betrügerische Unterlagen gesprochen oder gedruckt wurde, einen weiteren Nagel im Sarg von Collins and Carter bedeutete.

Samstags kurz vor zwölf war Carter an seiner Haustür, als das Telefon klingelte. Er war sich unschlüssig, ob er rangehen wollte, nahm dann aber den Hörer ab. Es war Orsini.

»Phillip, ich hatte gerade den Fernseher an. Jetzt ist der Teufel los. Der erste erwiesene Fehler von Helene Petrovic in der Manning Clinic ist gerade geboren worden.«

»Was soll denn das heißen?«

Orsini erläuterte die Sache. Phillip lief es beim Zuhören kalt den Rücken hinunter.

»Das ist erst der Anfang«, sagte Orsini. »Wie hoch ist die Firma versichert, um das abzudecken?«

»So eine hohe Versicherung gibt's in der ganzen Welt nicht, um das zu decken«, erklärte Carter ruhig, während er auflegte.

Da glaubt man, man hätte alles unter Kontrolle, dachte er, aber es haut nie hin. Panik war kein Gefühl, das ihm vertraut war, doch mit einemmal brachen die Ereignisse immer bedrohlicher über ihn herein.

Im nächsten Augenblick mußte er an Catherine und Meghan denken. Eine geruhsame Fahrt aufs Land kam jetzt nicht mehr in Frage. Er würde Meg und Catherine später anrufen. Vielleicht konnte er mit ihnen zusammen zu Abend essen. Er wollte wissen, was sie machten, was ihnen durch den Kopf ging.

Als Meg um halb zwei nach Hause kam, hatte Catherine das Mittagessen bereitstehen. Sie hatte die Nachrichtensendung über den Stand der Dinge im Krankenhaus gesehen.

»Das war vermutlich mein letzter Bericht für Channel 3«, stellte Meg ruhig fest.

Zu sehr mit ihren Gedanken beschäftigt, um zu sprechen, aßen die beiden Frauen für eine Weile wortlos. Dann sagte

Meg: »Mom, so schlecht du selber dran bist, kannst du dir vorstellen, wie sich die Frauen fühlen, die in der Manning Clinic eine künstliche Befruchtung hatten? Nach dieser Verwechslung im Fall der Andersons wird es jetzt keine einzige unter ihnen geben, die nicht daran zweifelt, ob sie ihren eigenen Embryo eingesetzt bekam. Und was passiert dann, wenn ein Fehler zurückverfolgt werden kann und eine biologische und eine Leihmutter beide auf dasselbe Kind Anspruch erheben?«

»Ich kann mir lebhaft vorstellen, wie das wäre.«

Catherine Collins griff quer über den Tisch nach Megs Hand. »Meggie, ich lebe jetzt schon seit neun Monaten in einem solchen Wechselbad der Gefühle, daß ich nicht mehr weiß, wo vorne und hinten ist.«

»Mom, ich weiß, was das alles für dich heißt.«

»Hör mal her. Ich hab' keine Ahnung, wie das alles noch enden soll, aber eines weiß ich bestimmt. *Ich darf dich nicht verlieren!* Wenn jemand dieses arme Mädchen verwechselt und an deiner Stelle getötet hat, kann sie mir nur von ganzem Herzen leid tun, während ich Gott auf den Knien dafür danke, daß du es bist, die lebt.«

Sie sprangen beide auf, als es an der Haustür läutete.

»Ich geh' schon«, sagte Meg.

Es war ein eingeschriebenes Päckchen für Catherine. Sie riß es auf. Eine Karte und ein kleines Kästchen waren darin. Sie las die Mitteilung laut vor: »Liebe Mrs. Collins, ich schicke Ihnen den Ehering Ihres Mannes zurück. Ich habe selten eine solche Gewißheit verspürt wie in dem Moment, als ich Kommissar Bob Marron mitteilte, daß Edwin Collins vor vielen Monaten gestorben ist.

Meine Gedanken und Gebete begleiten Sie.

Fiona Campbell Black.«

Meghan bemerkte, daß sie froh war, anzusehen, wie Tränen etwas von dem Schmerz wegspülten, der sich in das Gesicht ihrer Mutter eingegraben hatte.

Catherine nahm den schmalen Goldring aus dem Kästchen und umschloß ihn mit ihrer Hand.

41

Spät am Nachmittag im Danbury Medical Center döste eine mit Medikamenten beruhigte Dina Anderson im Bett, den schlafenden Jonathan neben sich. Ihr Mann und ihre Mutter saßen still an ihrer Seite. Der Gynäkologe, Dr. Neitzer, kam zur Tür und winkte Don zu sich.

Er trat in den Gang hinaus. »Ein Ergebnis?«

Der Arzt nickte. »Ein gutes, hoffe ich doch. Nachdem wir die Blutgruppe von Ihnen, Ihrer Frau, Jonathan und dem Baby überprüft haben, stellen wir fest, daß der Kleine durchaus Ihr biologisches Kind sein könnte. Sie sind A-positiv, Ihre Frau ist 0-negativ, das Baby ist 0-positiv.«

»Jonathan ist A-positiv.«

»Genau, denn das ist die andere Blutgruppe, die bei einem Kind von Eltern, die A-positiv und 0-negativ sind, möglich ist.«

»Ich weiß nicht recht, was ich denken soll«, sagte Don. »Dinas Mutter schwört darauf, daß der Kleine wie ihr eigener Bruder aussieht, als er geboren wurde. In dem Zweig der Familie gibt es rote Haare.«

»Die DNS-Untersuchung wird absolut sicher klären, ob das Baby nun Ihr biologisches Kind ist oder nicht, aber das dauert mindestens vier Wochen.«

»Und was machen wir in der Zwischenzeit?« fragte Don erregt. »Uns daran gewöhnen, es liebgewinnen und dann vielleicht herausfinden, daß wir es jemand anders von der Manning Clinic geben müssen? Oder sollen wir es etwa in der Säuglingsstation liegenlassen, bis wir wissen, ob es nun unseres ist oder nicht?«

»Es ist für kein Baby in den ersten Lebenswochen gut, auf der Station zu bleiben«, antwortete Dr. Neitzer. »Selbst unsere schwerkranken Säuglinge werden so weit wie möglich von ihren Müttern und Vätern versorgt. Und Dr. Manning sagt –«

»Was Dr. Manning sagt, ist mir piepegal!« unterbrach ihn Don. »Alles, was ich je zu hören bekam, seit der Embryo sich vor fast vier Jahren geteilt hat, war, daß sich der Embryo von

Jonathans Zwillingsbruder in einem eigens markierten Reagenzglas befand.«

»Don, wo bist du?« rief eine schwache Stimme.

Anderson und Dr. Neitzer gingen in das Krankenzimmer zurück. Dina und Jonathan waren beide wach. Sie sagte: »Jonathan will seinen Bruder sehen.«

»Schatz, ich weiß nicht recht …«

Dinas Mutter stand auf und blickte voller Hoffnung auf ihre Tochter.

»Ich schon. Ich gebe Jonathan recht. Ich hab' dieses Baby neun Monate lang getragen. In den ersten drei hatte ich Blutungen und eine Todesangst, ich könnte es verlieren. Als ich es zum erstenmal spüren konnte, war ich so glücklich, daß ich geheult hab'. Ich liebe Kaffee und konnte keinen einzigen Schluck trinken, weil dieser Kleine keinen Kaffee mag. Er hat mich dermaßen geboxt, daß ich seit drei Monaten nicht mehr anständig schlafen konnte. Ob er nun mein biologisches Kind ist oder nicht, ich hab' ihn mir weiß Gott verdient und ich will ihn.«

»Schatz, Dr. Neitzer hat gesagt, daß die Blutproben dafür sprechen, daß es wahrscheinlich unser Kind ist.«

»Das ist gut. Also sorg jetzt bitte dafür, daß mir jemand mein Baby bringt.«

Um halb drei betrat Dr. Manning, von seinem Anwalt und einem Vertreter des Krankenhauses begleitet, den Versammlungsraum der Klinik.

Der Bevollmächtigte des Krankenhauses sprach in einem Ton, der keinen Widerspruch duldete: »Dr. Manning wird eine vorbereitete Erklärung abgeben. Er wird keine Fragen beantworten. Danach bitte ich Sie alle, das Haus zu verlassen. Die Andersons werden sich in keiner Weise äußern, genausowenig werden sie Aufnahmen zulassen.«

Dr. Mannings silberweißes Haar war zerzaust, und sein gütiges Gesicht wirkte angegriffen, als er sich die Brille aufsetzte und mit heiserer Stimme zu lesen begann.

»Ich kann nur um Entschuldigung bitten wegen des Kummers, den die Familie Anderson erleiden muß. Ich bin fest überzeugt, daß Mrs. Anderson heute ihr eigenes biologisches Kind zur Welt gebracht hat. Sie hatte zwei kältekonservierte Embryos im Labor unserer Klinik. Der eine war der eineiige Zwilling ihres Sohnes Jonathan; der andere ein genetisch unterschiedlicher Nachkomme.

Letzten Montag gestand mir Helene Petrovic, daß sie einen Sturz im Labor gehabt hatte, als sie gerade mit den Petrischalen beschäftigt war, in denen die beiden Embryos waren. Sie rutschte aus und fiel hin. Sie schlug mit der Hand an eines der Laborgefäße und kippte es um, bevor die Embryos in die Reagenzgläser übertragen wurden. Sie war der Überzeugung, daß die erhalten gebliebene Petrischale den eineiigen Zwilling enthielt, und gab ihn in das speziell etikettierte Reagenzglas. Der andere Embryo war nicht zu retten.«

Dr. Manning nahm seine Brille ab und schaute auf.

»Wenn Helene Petrovic die Wahrheit gesagt hat, und ich habe keinen Anlaß, daran zu zweifeln, dann, ich wiederhole es, hat Dina Anderson heute ihren biologischen Sohn geboren.«

Er wurde mit Fragen überschüttet.

»Warum hat die Petrovic Ihnen damals nicht gleich Bescheid gesagt?«

»Warum haben Sie die Andersons nicht sofort gewarnt?«

»Wie viele weitere Fehler, glauben Sie, hat sie begangen?«

Dr. Manning ignorierte alle und ging unsicheren Schritts aus dem Raum.

Victor Orsini rief Phillip Carter nach der Nachrichtensendung am Samstag abend an. »Sie denken wohl besser daran, Anwälte mit der Vertretung der Firma zu beauftragen«, sagte er zu Carter.

Carter wollte gerade zum Abendessen im Drumdoe Inn aufbrechen. »Finde ich auch. Die Sache ist zu groß, als daß Leiber sie übernehmen könnte, aber er kann wahrscheinlich jemanden empfehlen.«

Leiber war der Anwalt, mit dem die Firma einen Beratervertrag hatte.

»Phillip, wenn Sie noch nichts für den Abend vorhaben, wie wär's, wenn wir zusammen essen gingen? Um das Sprichwort abzuwandeln: Not und Not gesellt sich gern.«

»Dann hab' ich ja das Richtige vor. Ich treffe mich mit Catherine und Meg Collins.«

»Herzliche Grüße von mir. Bis Montag dann.«

Orsini legte auf und ging zum Fenster hinüber. Um Candlewood Lake herum war es friedlich heute abend. Die Lichter der Häuser am Seeufer waren heller als sonst. Einladungen zum Abendessen, dachte Orsini. Zweifellos würde sein Name dort überall fallen. Alle in der Gegend hier wußten, daß er bei Collins and Carter arbeitete. Sein Telefongespräch mit Phillip Carter hatte die Information erbracht, die er brauchte: Carter war für den Abend mit Sicherheit anderweitig beschäftigt. Jetzt konnte Victor ins Büro gehen. Er würde völlig allein sein und konnte sich ein paar Stunden lang die persönlichen Akten in Edwin Collins Büro ansehen. Ein Gedanke ließ ihm seit einiger Zeit keine Ruhe, und es war von entscheidender Bedeutung, daß er diese Akten ein letztes Mal überprüfte, bevor Meghan sie ausräumte.

Meghan, Mac und Phillip trafen sich um halb acht im Drumdoe Inn zum Abendessen. Catherine war in der Küche, wo sie seit vier Uhr beschäftigt war.

»Deine Mutter hat Mumm«, sagte Mac.

»Aber klar doch«, stimmte Meg zu. »Hast du die Abendnachrichten mitgekriegt? Ich hab' mir PCD angeschaut, und der wichtigste Beitrag hat die Verwechslung des Anderson-Babys, den Petrovic-Mordfall und meine Ähnlichkeit mit der Frau im Leichenschauhaus mit dem Haftbefehl gegen Dad kombiniert. Bestimmt haben alle Sender die Geschichte als erstes gebracht.«

»Ich weiß«, sagte Mac ruhig.

Phillip hob seine Hand in einer Geste der Hilflosigkeit. »Meg, ich würde alles tun, um dir und deiner Mutter zu helfen, wirklich alles, um irgendwie eine Erklärung dafür zu finden, warum Edwin die Petrovic zu Manning geschickt hat.«

»Es gibt eine Erklärung«, sagte Meg. »Ich glaube daran, und Mutter tut's auch, weshalb sie auch den Mut aufgebracht hat, hierherzukommen und sich die Schürze umzubinden.«

»Sie hat doch nicht etwa vor, auf Dauer die Küche zu machen?« protestierte Phillip.

»Nein. Tony, der Küchenchef, der letzten Sommer aufgehört hatte, hat heute angerufen und angeboten, zurückzukommen und für eine Weile auszuhelfen. Ich hab' ihm gesagt, daß ich das großartig finde, aber er solle sich davor hüten, das Heft in die Hand zu nehmen. Je mehr Mutter zu tun hat, um so besser für sie. Aber er ist jetzt da. Sie kann sich bestimmt bald zu uns setzen.«

Meghan fühlte, wie Macs Blick auf ihr ruhte, und schlug die Augen nieder, um dem Mitgefühl, das sie darin sah, zu entgehen. Sie hatte schon erwartet, daß heute abend jeder im Speisezimmer hier sie und ihre Mutter prüfend anschauen würde, um zu sehen, wie gut sie standhielten. Sie hatte sich absichtlich dafür entschieden, Rot zu tragen: einen dreiviertellangen Rock und einen Kaschmirpullover mit Kapuzenkragen, dazu Goldschmuck.

Sie hatte sich sorgfältig mit Rouge, Lippenstift und Augen-Make-up hergerichtet. Also, wie eine arbeitslose Reporterin sehe ich wohl nicht aus, hatte sie mit einem Blick in den Spiegel befunden, bevor sie das Haus verlassen hatte.

Das Schlimme war nur, daß Mac ganz bestimmt die Fassade durchschaute. Er würde vermuten, daß sie zusätzlich zu all dem anderen auch wahnsinnige Sorgen um ihren Job hatte.

Mac hatte Wein bestellt. Als eingeschenkt war, hob Mac ihr das Glas entgegen. »Ich soll etwas von Kyle ausrichten. Als er erfuhr, daß wir heute abend zusammen essen, hat er gesagt, ich soll dir Bescheid geben, daß er morgen abend kommt, um dich zu erschrecken.«

Meg lächelte. »Ja, klar. Morgen ist ja Halloween. Wie wird sich Kyle denn verkleiden?«

»Sehr originell. Er ist ein Geist, ein echt gespenstischer Geist, das behauptet er wenigstens. Ich nehm' ihn und ein paar andere Kinder morgen nachmittag auf die übliche Tour von Haustür zu Haustür, aber dich will er sich für morgen abend aufheben. Wenn's also bei Dunkelheit ans Fenster klopft, dann wundere dich nicht.«

»Ich schau', daß ich dann zu Hause bin. Sieh mal, da ist ja Mutter.«

Catherine behielt auf ihrem Weg durch das Speisezimmer ein Lächeln bei. Ständig hielten sie Leute auf, die von den Tischen aufsprangen, um sie zu umarmen. Als sie bei den dreien angelangt war, sagte sie: »Ich bin so froh, daß wir hergekommen sind. Es ist hundertmal besser, als zu Hause zu hocken und zu grübeln.«

»Du siehst *großartig* aus«, sagte Phillip. »Du bist wirklich ein tapferer Soldat.«

Die Bewunderung in seinen Augen blieb Meg keineswegs verborgen. Sie blickte flüchtig auf Mac. Er hatte es ebenfalls bemerkt.

Sei vorsichtig, Phillip. Rücke Mutter nicht auf die Pelle, dachte Meghan.

Sie musterte die Ringe ihrer Mutter. Die Diamanten und Smaragde, die sie trug, funkelten hell im Schein der kleinen Tischlampe. Eine Weile vorher hatte ihre Mutter ihr erzählt, daß sie beabsichtige, am Montag ihren Schmuck zu verpfänden oder zu verkaufen. Eine hohe Steuerzahlung für den Gasthof war in der folgenden Woche fällig. Catherine hatte gesagt: »Mir tut es nur deshalb leid, den Schmuck aufzugeben, weil ich wollte, daß du ihn bekommst.«

Was mich angeht, ist mir das gleich, dachte Meg jetzt, aber ...

»Meg? Weißt du schon, was du bestellst?«

»Oh, entschuldige.« Meghan lächelte reumütig und warf einen Blick auf die Speisekarte in ihrer Hand.

»Versuch doch das Filet à la Wellington«, meinte Catherine. »Es schmeckt super. Ich muß es wissen. Ich hab's vorbereitet.«

Während des Essens war Meg dankbar dafür, daß Mac und Phillip die Unterhaltung auf harmlose Themen lenkten, alles von der vorgeschlagenen Pflasterung umliegender Straßen bis zu der Fußballmeisterschaft, an der Kyle teilnahm.

Beim Cappuccino fragte Phillip Meg, was sie vorhabe. »Das mit dem Job tut mir wirklich leid«, erklärte er.

Meg zuckte mit den Achseln. »Ich bin ganz bestimmt nicht glücklich darüber, aber vielleicht wendet sich alles zum Guten. Verstehst du, ich denk' mir immer, daß eigentlich keiner wirklich etwas über Helene Petrovic weiß. Sie ist der Schlüssel zu allem. Ich bin fest entschlossen, irgendwas über sie rauszukriegen, was uns möglicherweise ein paar Antworten gibt.«

»Das wäre wirklich gut«, entgegnete Phillip. »*Ich* hätte weiß Gott auch gern ein paar Antworten.«

»Etwas anderes«, fügte Meg hinzu, »ich bin noch gar nicht dazu gekommen, Dads Büro auszuräumen. Würde es dir etwas ausmachen, wenn ich morgen reinkomme?«

»Komm, wann immer du willst, Meg. Kann ich dir helfen?«

»Nein, danke. Das geht schon.«

»Meg, ruf mich an, wenn du fertig bist«, sagte Mac. »Ich komme dann vorbei und trag' die Sachen zum Auto.«

»Morgen machst du doch mit Kyle die Halloween-Tour«, erinnerte ihn Meg. »Ich komm' schon zurecht.« Sie lächelte die beiden Männer an. »Vielen Dank, ihr beiden, daß ihr heute abend gekommen seid. Es ist gut, in solch einer Zeit Freunde zu haben.«

In Scottsdale, Arizona, seufzte am Samstag abend um neun Uhr Frances Grolier, als sie ihr Messer mit dem Birnbaumholzgriff niederlegte. Sie hatte den Auftrag, eine knapp vierzig Zentimeter hohe Bronzefigur von einem Jungen und einem Mädchen des Navajostamms als Geschenk für den Ehrengast eines Wohltätigkeitsdiners zu machen. Der Termin rückte immer näher, und Frances war höchst unzufrieden mit dem Tonmodell, an dem sie arbeitete.

Es war ihr nicht gelungen, den fragenden Ausdruck einzufangen, den sie in den sensiblen Gesichtern der Kinder wahrgenommen hatte. Die Fotos, die sie von ihnen gemacht hatte, spiegelten ihn wider, aber ihre Hände waren schlicht nicht in der Lage, ihre klare Vorstellung, wie die Skulptur werden sollte, auszuführen.

Das Problem war, daß sie sich einfach nicht auf ihre Arbeit konzentrieren konnte.

Annie. Seit fast zwei Wochen schon hatte sie nichts von ihrer Tochter gehört. All die Mitteilungen, die sie auf dem Anrufbeantworter hinterlassen hatte, waren ignoriert worden. In den letzten paar Tagen hatte sie bei Annies besten Freunden angerufen. Niemand hatte sie gesehen.

Sie konnte sonstwo sein, dachte Frances. Vielleicht hatte sie einen Auftrag für einen Reisebericht an irgendeinem abgelegenen, gottverlassenen Ort angenommen. Als freiberufliche Reisejournalistin hatte Annie keine festen Arbeitszeiten.

Ich habe sie dazu erzogen, unabhängig zu sein, sagte sich Frances. Ich habe sie dazu erzogen, frei zu sein, Wagnisse einzugehen, sich vom Leben das zu holen, was sie sich wünschte.

Habe ich ihr das beigebracht, um mein eigenes Leben zu rechtfertigen? überlegte sie. Es war ein Gedanke, der ihr in den letzten Tagen wiederholt in den Sinn gekommen war.

Es war zwecklos, sich heute abend noch länger mit der Arbeit abzumühen. Sie ging zum offenen Kamin und fügte ein paar Holzscheite aus dem Korb hinzu. Der Tag war warm und freundlich gewesen, doch jetzt war die Wüstennacht schneidend kalt.

Das Haus war so still. Vielleicht würde es nie wieder das Herzklopfen der Vorfreude auf sein baldiges Kommen geben. Als kleines Mädchen hatte Annie häufig gefragt, weshalb Daddy so viel unterwegs war.

»Er hat einen ganz wichtigen Job bei der Regierung«, erklärte ihr Frances dann.

Als Annie heranwuchs, wurde sie noch neugieriger. »Was für ein Job ist das eigentlich, Dad?«

»Ach, so eine Art Wachhund, Spatz.«

»Bist du bei der CIA?«

»Wenn das so wäre, würde ich's dir nie sagen.«

»Dann stimmt's also, ja?«

»Annie, ich arbeite für die Regierung und krieg' eine Menge freier Flugmeilen auf diese Weise.«

Mit ihren Erinnerungen beschäftigt, ging Frances in die Küche, tat Eis in ein Glas und goß einen großzügigen Schuß Scotch darauf. Nicht gerade die beste Art, Probleme zu lösen, sagte sie sich.

Sie stellte den Drink ab, ging in das Bad beim Schlafzimmer und nahm eine Dusche, wobei sie die Bröckchen getrockneten Tons abschrubbte, die immer noch an ihren Händen klebten. Sie zog sich einen grauen Seidenpyjama über und einen Morgenrock, holte den Scotch und machte es sich auf der 'Couch vor dem Kamin bequem. Dann griff sie nach der *Associated Press*-Mitteilung, die sie aus der Seite zehn der Morgenzeitung gerissen hatte, eine Zusammenfassung des Berichts, den die New Yorker Verkehrsbehörden über die Katastrophe auf der Tappan Zee Bridge veröffentlicht hatten.

Ein Teil davon lautete: »Die Zahl der Opfer, die in dem Unglück ihr Leben ließen, ist von acht auf sieben reduziert worden. Eine gründliche Suchaktion hat weder eine Spur der Leiche von Edwin R. Collins zum Vorschein gebracht, noch Bruchstücke seines Wagens.«

Jetzt marterte Frances die Frage: Kann es denn sein, daß Edwin noch lebt?

Er hatte sich am Morgen seiner Abreise über etwas Geschäftliches schrecklich aufgeregt.

Ihn hatte zunehmend die Furcht geplagt, sein Doppelleben könne entlarvt werden und seine beiden Töchter würden ihn dann verabscheuen.

Er hatte neuerdings Schmerzen im Brustkorb gehabt, die laut Diagnose auf Angstzustände zurückzuführen waren.

Er hatte ihr im Dezember eine Inhaberobligation über zweihunderttausend Dollar gegeben. »Falls mir irgendwas zustoßen sollte«, hatte er gesagt. War er, als er das sagte, schon auf der Suche nach einem Weg gewesen, wie er aus seinen beiden Existenzen aussteigen konnte? –

Und wo war Annie? fragte sich Frances voller Qual und mit einem wachsenden Gefühl drohender Vorahnung.

Edwin hatte einen Anrufbeantworter in seinem Büro. Im Lauf der Jahre galt die Übereinkunft, daß Frances, wenn sie ihn erreichen mußte, zwischen Mitternacht und fünf Uhr früh lokaler Zeit an der Ostküste anrufen würde. Er hörte eventuelle Mitteilungen immer per Fernabruf bis sechs Uhr ab und löschte sie anschließend.

Natürlich war der Anschluß inzwischen unterbrochen. Oder vielleicht doch nicht?

Es war wenige Minuten nach zehn in Arizona, nach Mitternacht an der Ostküste.

Sie nahm den Hörer und wählte. Nach zwei Klingelzeichen begann Eds Ansage zu laufen. »Sie haben die Nummer 203-555-2867 erreicht. Bitte hinterlassen Sie eine kurze Mitteilung nach dem Pfeifton.«

Frances geriet durch den Klang seiner Stimme so aus der Fassung, daß sie beinahe vergaß, warum sie eigentlich anrief. Konnte das vielleicht heißen, daß er noch lebte? fragte sie sich. Und falls Ed irgendwo am Leben ist, hört er dann je seinen Anrufbeantworter ab?

Sie hatte nichts zu verlieren. Hastig hinterließ Frances die Botschaft, die sie vereinbart hatten. »Mr. Collins, rufen Sie bitte Palomino Lederwaren zurück. Wenn Sie noch an der Aktentasche interessiert sind, wir haben sie vorrätig.«

Victor Orsini war in Edwin Collins' Büro, als das private Telefon klingelte. Er schrak zusammen. Wer zum Teufel rief zu dieser Nachtzeit in einem Büro an?

Der Anrufbeantworter schaltete sich ein. Orsini lauschte von Collins' Stuhl aus der klangvollen Stimme, wie sie die kurze Nachricht hinterließ.

Als der Anruf beendet war, saß Orsini lange da und starrte auf das Gerät. Man macht keine Geschäftsanrufe wegen einer Aktentasche zu so einer Zeit, dachte er. Das ist irgendein Code. Jemand nimmt an, daß Ed Collins diese Nachricht erhält. Es war eine weitere Bestätigung, daß irgendeine mysteriöse Person daran glaubte, daß Ed am Leben war und sich irgendwo aufhielt.

Einige Minuten später ging Victor. Er hatte nicht gefunden, wonach er gesucht hatte.

42

Am Sonntag morgen war Catherine Collins zur Zehn-Uhr-Messe in St. Paul's, doch sie stellte fest, daß es schwierig war, mit den Gedanken bei der Predigt zu bleiben. In dieser Kirche war sie getauft worden, hatte sie geheiratet, und von hier aus hatte sie ihre Eltern beerdigt. Hier hatte sie immer Trost gefunden. Wieder und wieder hatte sie während der Messe gebetet, Edwins Leiche möge gefunden werden, hatte gebetet, sie möge fähig sein, seinen Verlust hinzunehmen, und die Kraft finden, ohne ihn weiterzumachen.

Worum bat sie Gott jetzt? Nur, daß er Meg schützen möge. Sie warf einen Blick auf Meg, die neben ihr saß, absolut still und, wie es schien, auf die Kanzelrede konzentriert, doch Catherine vermutete, daß die Gedanken ihrer Tochter ebenfalls weit weg waren.

Ein Fragment aus dem *Dies irae* kam Catherine unwillkürlich in den Sinn. »Tag des Zornes, Tag der Zähren, wirst die Welt durch Brand zerstören.«

Ich bin zornig, und ich bin verletzt, und meine Welt liegt in Asche, dachte Catherine. Sie blinzelte, um plötzliche Tränen zurückzuhalten, und spürte, wie Megs Hand sich über ihrer schloß.

Als sie aus der Kirche kamen, gingen sie noch in die Bäckerei am Ort, wo sie an einem der Tische im hinteren Teil des Ladens Kaffee und süße Brötchen zu sich nahmen. »Geht's dir wieder besser?« fragte Meg.

»Ja«, sagte Catherine energisch. »Diese klebrigen Dinger helfen einfach immer. Ich geh' mit dir in Dads Büro.«

»Wir hatten uns doch geeinigt, daß ich dort ausräume. Deswegen sind wir in zwei Autos gekommen.«

»Für dich ist es nicht leichter als für mich. Es geht schneller, wenn wir zusammen sind, und das Zeug ist zum Teil schwer zu tragen.«

Der Tonfall ihrer Mutter hatte etwas typisch Endgültiges an sich, das, wie Meghan wußte, jede weitere Debatte kategorisch ausschloß.

Meghans Wagen war mit Kisten zum Einpacken beladen. Sie und ihre Mutter trugen sie ins Gebäude. Als sie die Tür zu den Räumen von Collins and Carter öffneten, stellten sie überrascht fest, daß es dort warm und beleuchtet war.

»Zehn zu eins, daß Phillip vorhin hier war, um die Heizung anzustellen«, bemerkte Catherine. Sie sah sich im Empfangsraum um. »Es ist erstaunlich, wie selten ich hier war«, sagte sie. »Dein Dad war so viel unterwegs, und selbst wenn er nicht auf Reisen war, dann hatte er doch meistens Außentermine. Und dann war ich ja ständig an den Gasthof gebunden.«

»Ich war wahrscheinlich öfter hier als du«, bestätigte Meg. »Ich bin immer mal wieder nach der Schule hier vorbeigekommen und dann mit ihm heimgefahren.«

Sie stieß die Tür zum Büro ihres Vaters auf. »Es ist noch genauso, wie er's zurückgelassen hat«, sagte sie zu ihrer Mutter. »Es war schrecklich großzügig von Phillip, daß er es so lange unberührt gelassen hat. Ich weiß, eigentlich hätte es Victor benützen sollen.«

Für einen langen Moment betrachteten sie beide den Raum: Edwins Schreibtisch, den langen Tisch dahinter mit den Bildern von ihnen, das Wandelement mit Bücherregalen und Aktenschränken in der gleichen Kirschbaumholzausführung wie der Schreibtisch. Der Raum machte einen klaren und geschmackvollen Eindruck.

»Edwin hat diesen Schreibtisch gekauft und selbst wieder hergerichtet«, sagte Catherine. »Phillip würde es bestimmt nichts ausmachen, wenn wir ihn abholen lassen.«

»Bestimmt nicht.«

Sie begannen damit, die Bilder einzusammeln und in einer Kiste zu stapeln. Meghan war bewußt, daß sie beide spürten, je schneller der Raum ein unpersönliches Aussehen annahm, um so leichter würde es sein. Dann schlug sie vor: »Mom, warum fängst du nicht mit den Büchern an. Ich geh' den Schreibtisch und die Akten durch.«

Erst als sie am Schreibtisch saß, entdeckte sie das Blinklicht des Anrufbeantworters, der auf einem niedrigen Tisch neben dem Drehstuhl stand.

»Du, schau mal her!«

Ihre Mutter kam zum Schreibtisch herüber. »Hinterläßt da noch jemand Nachrichten auf Dads Apparat?« fragte sie ungläubig, beugte sich dann tiefer, um auf den Anrufzähler zu schauen. »Ist nur eine drauf. Hören wir's uns an.«

Verblüfft lauschten sie der Mitteilung und dann der automatischen Stimme des Apparats, wie sie verkündete: »Sonntag, einunddreißigster Oktober, null Uhr und neun Minuten. Ende der letzten Nachricht.«

»Diese Nachricht ist ja erst vor ein paar Stunden reingekommen!« rief Catherine aus. »Wer ruft denn mitten in der Nacht geschäftlich an? Und wann soll Dad denn eine Aktentasche bestellt haben?«

»Es könnte ein Versehen sein«, sagte Meghan. »Wer immer das war, er hat keine Telefonnummer und keinen Namen hinterlassen.«

»Aber würden nicht die meisten Verkäufer eine Nummer angeben, wenn es darum geht, eine Bestellung zu bestätigen, besonders, wenn sie schon Monate zurückliegt? Meg, die Nachricht ergibt keinen Sinn. Und diese Frau kommt mir nicht gerade wie eine kaufmännische Angestellte vor.«

Meg nahm die Kassette aus dem Apparat und steckte sie in ihre Umhängetasche. »Es gibt keinen Sinn«, pflichtete sie bei. »Wir vertun bloß Zeit damit, wenn wir hier versuchen, das rauszukriegen. Laß uns mit dem Einpacken weitermachen und das Band zu Hause noch mal abhören.«

Sie schaute schnell die Schreibtischschubladen durch und fand den üblichen Vorrat an Briefpapier, Notizblöcken, Büroklammern, Stiften und Markern. Ihr fiel wieder ein, daß ihr Vater bei der Durchsicht des Lebenslaufs eines Kandidaten die günstigsten Gesichtspunkte mit Gelb und die ungünstigsten mit Rosa markierte. Rasch verstaute sie den gesamten Inhalt des Schreibtischs in Kisten.

Als nächstes machte sie sich an die Akten. Der erste Ordner schien Kopien der Kostenabrechnungen ihres Vaters zu enthalten. Offenbar behielt die Buchhalterin das Original und gab eine Kopie mit dem Stempel *Bezahlt* zurück. »Ich nehme diese Akten mit nach Hause«, sagte sie. »Das sind Dads persönliche Kopien von Originalunterlagen der Firma.«

»Hat es denn überhaupt einen Sinn, das mitzunehmen?«

»Ja, es könnte sich doch ein Hinweis auf diese Palomino Lederwaren finden.«

Sie füllten gerade die letzte Kiste, als sie hörten, wie die Außentür aufging. »Ich bin's«, rief Phillip.

Er kam herein, das Hemd am Kragen offen, dazu eine Weste, Cordjacke und lange Hosen. »Hoffentlich war's angenehm hier, als ihr gekommen seid«, sagte er. »Ich hab' heute früh kurz reingeschaut. Hier wird's arg kühl übers Wochenende, wenn der Thermostat runtergestellt ist.«

Er musterte die Kisten. »Ich wußte, daß ihr Hilfe braucht. Catherine, stell bitte diese Bücherkiste ab.«

»Dad hat sie doch ›mächtige Maus‹ genannt«, sagte Meg. »Das ist nett von dir, Phillip.«

Er sah das Deckblatt einer Abrechnungsakte aus einer der Kisten herausragen. »Seid ihr sicher, daß ihr all den Kram mitnehmen wollt? Das ist hieb- und stichfest, und du und ich, Meg, haben doch alles durchgesehen, als wir nach Versicherungspolicen gesucht haben, die vielleicht nicht im Safe waren.«

»Wir können's genausogut mitnehmen«, entgegnete Meg. »Du müßtest es sowieso irgendwie loswerden.«

»Phillip, der Anrufbeantworter hat geblinkt, als wir reingekommen sind.« Meghan holte das Band aus der Tasche, schob es in das Gerät ein und spielte es ab.

Sie sah seinen überraschten Gesichtsausdruck. »Offenbar kannst du auch nichts damit anfangen.«

»Nein, wirklich nicht.«

Es war ein Glück, daß sie und ihre Mutter beide ihren Wagen mitgebracht hatten. Kofferraum und Rücksitz waren jeweils gestopft voll, als die letzte Kiste hinuntergeschafft war.

Sie weigerten sich, Phillips Angebot, ihnen zu folgen und beim Ausladen zu helfen, anzunehmen. »Ich lass' das die Lehrlinge im Gasthof machen«, erklärte Catherine.

Auf der Heimfahrt war sich Meghan klar darüber, daß sie jede Stunde, in der sie nicht hinter Informationen über Helene Petrovic her war, dazu nutzen würde, die Unterlagen ihres Vaters Zeile für Zeile und Seite für Seite durchzugehen.

Wenn es da jemanden in Dads Leben gab, dachte sie, und wenn diese Frau im Leichenschauhaus die Annie ist, die Cyrus Graham vor zehn Jahren getroffen hat, dann gibt es vielleicht irgendeinen Anhaltspunkt in den Akten, der mich zu ihnen führt. Instinktiv fühlte sie, daß sich Palomino Lederwaren als dieser Anhaltspunkt erweisen könnte.

In Kyles Augen war Halloween ein voller Erfolg gewesen. Am Sonntag abend breitete er nach dem Abklappern der Nachbarschaft seine Beute auf dem Boden aus – Bonbons, Kekse, Äpfel und Pennies –, während Mac das Abendessen zubereitete.

»Iß jetzt nichts von dem Zeugs«, warnte ihn Mac.

»Ich weiß, Dad. Du hast es schon zweimal gesagt.«

»Dann kapierst du's ja wohl allmählich.« Mac probierte die Hamburger auf dem Grill.

»Warum gibt's eigentlich immer Hamburger am Sonntag, wenn wir zu Hause sind?« fragte Kyle. »Die bei McDonald's sind besser.«

»Besten Dank.« Mac kippte sie auf geröstete Brötchen. »Wir essen Hamburger am Sonntag, weil ich die besser machen kann als sonst irgendwas. Freitags gehen wir meistens aus zum Essen. Am Samstag mach' ich Nudeln, wenn wir zu Hause sind, und Mrs. Dileo kocht die übrige Woche über gute Mahlzeiten. Also iß jetzt auf, wenn du dich noch mal verkleiden und Meg erschrecken willst.«

Kyle aß ein paar Happen von seinem Hamburger. »Magst du Meg eigentlich, Dad?«

»Ja, sicher. Sehr sogar. Warum?«

»Ich wünschte, sie käme öfter hierher. Sie ist dufte.«

Ich wünschte auch, daß sie öfter herkäme, dachte Mac, aber es sieht nicht so aus, als ob etwas daraus wird. Als er ihr gestern abend angeboten hatte, beim Ausräumen des Büros ihres Vaters zu helfen, hatte sie ihn so schnell abgewürgt, daß ihm ganz anders geworden war.

Bleib weg. Komm mir nicht zu nahe. Wir sind bloß Freunde. Sie könnte genausogut ein Schild vor sich hertragen.

Sie war wirklich erwachsen geworden, seit sie als Neunzehnjährige in ihn verknallt gewesen war und ihm in einem

Brief mitgeteilt hatte, sie liebe ihn und er solle doch Ginger nicht heiraten.

Wie gern hätte er den Brief jetzt. Und wie wünschte er sich, daß sie wieder so empfinden würde. Und zweifellos bereute er, daß er ihren Rat wegen Ginger nicht beherzigt hatte.

Dann schaute Mac seinen Sohn an. Nein, ich bereue es nicht, dachte er. Ich könnte und würde es nicht rückgängig machen wollen, daß ich dieses Kind habe.

»Dad, was ist los?« fragte Kyle. »Du siehst aus, als ob etwas nicht stimmt.«

»Das hast du auch über Meg gesagt, als du sie gestern im Fernsehen gesehen hast.«

»Sie hat ja auch so ausgesehen, und du tust es auch.«

»Ich mach' mir nur Sorgen, daß ich vielleicht lernen muß, was anderes zu kochen. Iß auf, und zieh dein Kostüm an!«

Es war halb acht, als sie das Haus verließen. Kyle kam es draußen dunkel genug für Gespenster vor. »Wetten, daß da wirklich Geister unterwegs sind?« sagte er. »An Halloween kommen all die toten Leute aus ihren Gräbern heraus und laufen herum.«

»Wer hat dir das erzählt?«

»Danny.«

»Sag Danny, daß das ein Märchen ist, das die Leute immer an Halloween auftischen.«

Sie gingen um die Straßenbiegung und kamen zum Grundstück der Collins.

»So, Dad, du wartest jetzt hier bei der Hecke, wo Meg dich nicht sehen kann. Ich geh' hinten herum und schlage ans Fenster und heule ganz schlimm. Okay?«

»Okay. Erschrecke sie nicht zu sehr!«

Kyle schwang seine Totenkopflaterne und raste hinten ums Haus der Collins herum. Die Rollos im Eßzimmer waren oben, und er konnte Meg mit einem Haufen Papiere am Tisch sitzen sehen. Er hatte eine gute Idee. Er würde bis zum Waldrand gehen und von dort aus mit »Huh-Huh«-Geschrei auf das Haus zu laufen und dann ans Fenster klopfen. Dann würde Meg wirklich erschrecken.

Er trat zwischen zwei Bäume, breitete die Arme aus und begann mit ihnen zu wedeln. Als seine rechte Hand nach hinten ging, spürte er menschliches Fleisch, weiches Fleisch, dann ein Ohr. Er hörte es atmen. Mit einem Kopfruck nach hinten sah er den Umriß eines Mannes, der sich hinter ihm duckte, und den Lichtreflex von einem Kameraobjektiv. Eine Hand packte nach seinem Hals. Kyle kämpfte sich frei und begann zu schreien. Dann wurde er mit einem heftigen Stoß nach vorne geworfen. Im Fallen verlor er die Laterne und versuchte sich krampfhaft am Boden abzustützen, wobei er etwas zu fassen bekam. Noch immer brüllend, rappelte er sich auf und rannte zum Haus.

Das ist aber ein realistisches Kreischen, dachte Mac, als er Kyles gellendes Geschrei wahrnahm. Doch als das entsetzte Kreischen anhielt, begann er zum Wald zu laufen. Kyle war etwas zugestoßen. Blitzschnell jagte er über den Rasen und hinter das Haus.

Vom Eßzimmer aus hörte Meg das Schreien und lief zur Hintertür. Sie riß sie auf und griff nach Kyle, der ihr durch die Tür entgegen und in die Arme fiel, schluchzend vor Entsetzen.

So fand Mac die beiden: Meg hatte die Arme um seinen Sohn geschlungen und wiegte ihn beschwichtigend hin und her. »Kyle, ist ja gut. Ist ja gut«, sagte sie wieder und wieder.

Es dauerte einige Minuten, bis er ihnen berichten konnte, was geschehen war. »Kyle, das liegt an all den Geschichten von den wandelnden Toten, daß du dir einbildest, Sachen zu sehen«, erklärte Mac. »Da war nichts.«

Als Kyle den heißen Kakao trank, den Meg ihm gemacht hatte, hatte er sich wieder etwas beruhigt, ließ sich aber nicht beirren. »Da war so ein Mann da, und er hat eine Kamera gehabt. Ich weiß es. Ich bin hingefallen, als er mich geschubst hat, aber ich hab' etwas aufgehoben. Dann ist es mir runtergefallen, als ich Meg gesehen hab'. Schau mal nach, was es ist, Dad.«

»Ich hol' eine Taschenlampe, Mac«, sagte Meg.

Mac ging hinaus und begann, den Lichtstrahl über den Boden gleiten zu lassen. Er brauchte nicht weit zu gehen. Nur ein, zwei Meter von der Veranda entfernt, stieß er auf einen grauen Plastikbehälter, wie man ihn für Videokassetten benützt.

Er hob ihn auf und ging auf das Gehölz zu, noch immer mit der Taschenlampe vor sich her leuchtend. Er wußte, daß es zwecklos war. Kein Eindringling steht in der Gegend herum und wartet darauf, erwischt zu werden. Der Boden war zu hart, als daß man hätte Fußspuren sehen können, aber er fand Kyles Laterne genau gegenüber vom Eßzimmerfenster. Von seinem Standort aus konnte er Meg und Kyle deutlich sehen.

Jemand mit einer Kamera hatte Meg beobachtet, möglicherweise auch aufgenommen. Warum?

Mac dachte an das tote Mädchen in der Leichenhalle und beeilte sich dann, über den Rasen zurück zum Haus zu kommen.

Dieser blöde Junge! dachte Bernie, während er durch den Wald zu seinem Wagen zurückrannte. Er hatte ihn weiter außen auf dem Parkplatz des Drumdoe Inn geparkt, aber nicht so abseits, daß er auffiel. Jetzt waren etwa vierzig Autos über den Platz verstreut, so daß sein Chevy bestimmt nicht sonderlich ins Auge stach. Hastig warf er die Kamera in den Kofferraum und fuhr durch den Ort auf die Route 7 zu. Er achtete darauf, nicht mehr als ein paar Kilometer schneller als erlaubt zu fahren. Aber er wußte auch, daß es die Cops genauso alarmierte, wenn man zu langsam fuhr.

Hatte dieser Junge ihn genau zu sehen bekommen? Er nahm es nicht an. Es war dunkel gewesen, und der Junge hatte Angst gehabt. Ein paar Sekunden später, und er hätte sich zurückziehen können, ohne daß der Junge ihn überhaupt bemerkt hätte.

Bernie war außer sich. Er hatte so einen Spaß daran gehabt, Meghan durch die Kamera zu beobachten, und er hatte sie so deutlich vor Augen gehabt. Ganz bestimmt hatte er jetzt tolle Aufnahmen.

Andererseits hatte er noch nie jemanden so erschrocken gesehen, wie es dieser Junge gewesen war. Er fühlte sich kribbelig und lebendig und beinahe angespornt, wenn er nur

198

daran dachte. So eine Macht zu haben. In der Lage zu sein, Ausdruck und Bewegungen und unbewußte kleine Gesten von jemandem festzuhalten, etwa die Art, wie Meghan sich das Haar hinters Ohr klemmte, wenn sie sich auf etwas konzentrierte. Jemanden so zu erschrecken, daß er schrie und heulte und wegrannte, wie es dieser Junge gerade eben gemacht hatte.

Meghan zu beobachten, ihre Hände, ihr Haar …

43

Stephanie Petrovic hatte eine unruhige Nacht, bis sie endlich in tiefen Schlaf fiel. Als sie am Sonntag morgen um halb elf aufwachte, schlug sie gemächlich die Augen auf und lächelte. Nun würde doch noch alles gut werden.

Ihr war eingeschärft worden, nie seinen Namen laut werden zu lassen, zu vergessen, daß sie ihn je getroffen hatte, doch das war noch, bevor Helene ermordet und damit um die Chance gebracht worden war, ihr Testament zu ändern.

Er war am Telefon so freundlich zu ihr gewesen. Hatte versprochen, sich um sie zu kümmern. Er würde Vorsorge für die Adoption des Babys durch Leute treffen, die bereit waren, einhunderttausend Dollar dafür zu zahlen.

»So viel?« hatte sie voller Freude gefragt.

Er versicherte ihr, es werde keine Probleme geben.

Er beabsichtigte auch, ihr ein Einwanderungsvisum zu besorgen. »Es wird zwar eine Fälschung sein, aber keiner wird je einen Unterschied bemerken«, hatte er gesagt. »Ich schlage allerdings vor, daß Sie irgendwohin ziehen, wo Sie niemand kennt. Ich möchte nicht, daß Sie jemand wiedererkennt. Selbst in so einer großen Stadt wie New York laufen sich die Leute über den Weg, und in Ihrem Fall würden sie dann anfangen, Fragen zu stellen. Sie können's doch mit Kalifornien probieren.«

Stephanie wußte, daß ihr Kalifornien gefallen würde. Vielleicht konnte sie eine Stelle in einer Schönheitsfarm bekommen. Mit einhunderttausend Dollar konnte sie sich die Ausbildung verschaffen, die sie brauchte. Oder vielleicht bekam sie ja auch gleich einen Job. Sie war wie Helene. Eine Kosmetikerin zu sein, lag ihr im Blut. Sie liebte diese Art Arbeit.

Er würde ihr heute abend um sieben Uhr einen Wagen schicken. »Ich möchte nicht, daß die Nachbarn mitbekommen, wie Sie ausziehen«, hatte er zu ihr gesagt.

Stephanie wäre am liebsten noch im Bett liegen geblieben, aber sie war hungrig. Nur noch zehn Tage, und dann ist das Baby da und ich kann auf Diät gehen, malte sie sich aus.

Sie duschte sich, zog dann die Umstandskleidung an, die sie inzwischen nicht mehr ausstehen konnte. Dann machte sie sich ans Packen. Helene hatte Gepäckstücke mit dekorativem Webmuster gehabt. Warum sollte sie die nicht haben? überlegte Stephanie. Wer verdiente sie mehr?

Wegen der Schwangerschaft hatte sie so wenig anzuziehen, aber sobald sie wieder ihre normale Figur hatte, konnte sie wieder Helenes Sachen tragen. Helene hatte sich zurückhaltend gekleidet, aber all ihre Kleider waren teuer und geschmackvoll. Stephanie ging den Schrank und die Schubladen durch und verwarf nur, was ihr absolut nicht gefiel.

Helene hatte einen kleinen Tresor unten in ihrem Schrank. Stephanie wußte, wo die Zahlenfolge verwahrt war, und so öffnete sie ihn. Es war nicht viel Schmuck darin, aber einige Stücke waren wirklich erstklassig, und sie steckte sie in einen Kosmetikkoffer.

Es war zu schade, daß sie nicht die Möbel mitnehmen konnte. Andererseits wußte sie von Fotos, die sie gesehen hatte, daß die Leute in Kalifornien keine altmodischen Polstermöbel und dunkles Holz wie Mahagoni benützten.

Sie ging allerdings durchs Haus und suchte sich ein paar Dresdener Porzellanfiguren zum Mitnehmen aus. Dann fiel ihr das Tafelsilber ein. Der große Kasten war zu schwer zum Tragen, deshalb steckte sie das Besteck in Plastiktüten und rollte Gummibänder herum, damit es im Koffer nicht klapperte.

Der Anwalt, Mr. Potters, rief um fünf Uhr an und erkundigte sich nach ihrem Befinden. »Wie wär's, wenn Sie mit meiner Frau und mir zu Abend essen, Stephanie?«

»Ach, vielen Dank«, sagte sie, »aber ich krieg' Besuch von jemandem aus der Rumänischen Gesellschaft.«

»Nun, gut. Wir wollten nur nicht, daß Sie sich einsam fühlen. Vergessen Sie nicht, mich anzurufen, wenn Sie irgend etwas brauchen!«

»Sie sind so freundlich, Mr. Potters.«

»Nun, ich wünschte nur, ich könnte mehr für Sie tun. Bedauerlicherweise sind mir die Hände gebunden, was das Testament angeht.«

Ich brauche Ihre Hilfe nicht, dachte Stephanie, während sie einhängte.

Jetzt war es an der Zeit, den Brief zu schreiben. Sie verfaßte drei Versionen, bis sie zufrieden war. Sie wußte, daß ihre Rechtschreibung fehlerhaft war, und sie mußte einige Begriffe nachschlagen, aber schließlich schien das Schreiben in Ordnung zu sein. Es war an Mr. Potters gerichtet:

Lieber Mr. Potters,
ich freue mich, Ihnen sagen zu können, daß Jan, der Vater von meinem Baby, der ist, der mich besuchen gekommen ist. Wir werden heiraten, und er will sich um uns kümmern. Er muß gleich zu seiner Arbeit zurück, also fahre ich mit ihm weg. Er arbeitet jetzt in Dallas.
Ich liebe Jan sehr, und ich weiß, daß Sie sich bestimmt für mich freuen.
Danke.
Stephanie Petrovic

Der Wagen für sie kam pünktlich um sieben. Der Fahrer trug ihr Gepäck hinaus. Stephanie hinterließ die Nachricht und den Hausschlüssel auf dem Eßzimmertisch, machte die Lichter aus, schloß die Tür hinter sich und eilte durch die Dunkelheit den gefliesten Gehweg hinunter zum wartenden Auto.

Meghan versuchte am Montag morgen Stephanie Petrovic anzurufen. Es meldete sich niemand. Sie setzte sich an den Eßzimmertisch, wo sie begonnen hatte, die Geschäftsakten ihres Vaters durchzusehen.

Sofort fiel ihr etwas auf. Es lag eine Buchung und Abrechnung für fünf Tage im Four Seasons Hotel in Beverly Hills für ihn vor, vom 23. bis zum 28. Januar, dem Tag, als er nach Newark flog und verschwand. Nach den ersten beiden Tagen waren keine Extras auf der Rechnung aufgeführt. Selbst wenn er zumeist auswärts aß, dachte Meghan, dann bestellt man doch mal Frühstück oder macht einen Anruf oder holt sich etwas zu trinken aus der Minibar – irgend etwas.

Andererseits, falls sein Zimmer im Erdgeschoß lag, hätte es ihrem Vater ähnlich gesehen, einfach zum Frühstücksbuffet zu gehen und sich Saft, Kaffee und ein Brötchen zu holen. Er aß morgens nie viel.

Für die ersten beiden Tage jedoch waren durchaus Kosten aufgelistet, Zimmerservice zum Beispiel, eine Flasche Wein, etwas zum Knabbern am Abend, Telefongespräche. Sie notierte sich die Daten der drei Tage, an denen keine Extrabeträge angefallen waren.

Vielleicht lag da ein Muster vor, dachte sie.

Gegen zwölf versuchte sie erneut Stephanie zu erreichen, und wiederum nahm niemand den Hörer ab. Um zwei Uhr begann sie sich Sorgen zu machen und rief Charles Potters, den Anwalt, an. Er versicherte ihr, Stephanie gehe es gut. Er habe am Vorabend mit ihr gesprochen und erfahren, daß jemand von der Rumänischen Gesellschaft sie besuchen wolle.

»Da bin ich froh«, sagte Meghan. »Sie ist ein sehr verängstigtes Mädchen.«

»Ja, das stimmt«, bestätigte Potters. »Da gibt es etwas, was nicht allgemein bekannt ist: Wenn jemand sein gesamtes Vermögen einer wohltätigen oder medizinischen Einrichtung wie der Manning Clinic vermacht, dann kann die Institution, falls ein naher Verwandter bedürftig ist und vorhat, das Testament anzufechten, einen außergerichtlichen Vergleich anbieten. Nachdem Stephanie jedoch vor laufender Fernsehkamera der Klinik buchstäblich vorgeworfen hat, sie sei für den Mord an ihrer Tante verantwortlich, kam solch eine Regelung nicht mehr in Frage. Es hätte wie Schweigegeld ausgesehen.«

»Ich verstehe«, sagte Meghan. »Ich werd's weiter bei Stephanie versuchen, aber könnten Sie ihr bitte ausrichten, sie möchte mich anrufen, falls Sie von ihr hören? Ich finde nach wie vor, daß jemand den Mann ausfindig machen sollte, der sie geschwängert hat. Wenn sie ihr Kind weggibt, bereut sie es vielleicht eines Tages.«

Meghans Mutter war für den Frühstücks- und Lunchbetrieb zum Gasthof gegangen, und sie kehrte gerade zum Haus zurück, als Meg ihr Gespräch mit Potters beendete. »Komm, ich helf' dir«, sagte sie und setzte sich neben Meg an den Eßzimmertisch.

»Du kannst eigentlich für mich weitermachen«, entgegnete Meg. »Ich muß unbedingt zu meiner Wohnung fahren und etwas zum Anziehen holen und nach der Post schauen. Es ist der erste November, und all die netten Fensterkuverts werden eingetrudelt sein.«

Am Abend zuvor, nachdem ihre Mutter vom Gasthof heimgekehrt war, hatte sie ihr von dem Mann mit der Kamera erzählt, der Kyle erschreckt hatte. »Ich hab' schon jemanden vom Sender gebeten, die Sache für mich zu überprüfen; ich hab' noch nichts gehört, bin mir aber sicher, daß irgendeins von diesen billigen Programmen einen Bericht über uns und Dad und die Andersons zusammenstellt«, sagte sie. »Uns von jemand bespitzeln zu lassen ist typisch für ihre Arbeitsweise.« Sie hatte Mac nicht erlaubt, die Polizei zu benachrichtigen.

Sie zeigte ihrer Mutter, was sie mit den Unterlagen machte. »Mom, gib auf Hotelquittungen acht, auf denen drei oder vier Tage lang keine Sonderposten aufgeführt sind. Ich möchte gern sehen, ob das nur passiert ist, wenn Dad in Kalifornien war.« Sie erwähnte nicht, daß Los Angeles eine halbe Flugstunde von Scottsdale entfernt war.

»Und was diese Palomino Lederwaren angeht«, sagte Catherine, »so weiß ich zwar nicht, wieso, aber dieser Name geht mir nicht aus dem Kopf. Es kommt mir so vor, als hätte ich ihn schon mal gehört, aber vor langer Zeit.«

Meghan hatte noch nicht entschieden, ob sie auf dem Weg zu ihrer Wohnung bei PCD vorbeischauen würde. Sie hatte bequeme, alte lange Hosen und einen Lieblingspullover an. Das ist gut genug, dachte sie. Es war einer der Aspekte, die sie so an dem Job gemocht hatte, die lässige Kleidung hinter den Kulissen.

Sie bürstete sich rasch die Haare und stellte fest, daß sie zu lang wurden. Sie mochte sie etwa bis zum Kinn. Jetzt berührten sie schon die Schultern. Die Tote hatte Haare bis auf die Schultern gehabt. Mit plötzlich kühlen Händen langte Meghan nach hinten, wand ihr Haar in einen losen Knoten und steckte es fest.

Als sie aufbrach, sagte ihre Mutter: »Meg, warum gehst du nicht mit Freunden zum Essen aus? Es tut dir bestimmt gut, von allem ein bißchen wegzukommen.«

»Mir ist nicht sehr nach Gesellschaft zumute«, erwiderte Meg, »aber ich ruf' dich an und sag' dir Bescheid. Bist du dann im Gasthof?«

»Ja.«

»Also, wenn du später am Abend hier bist, vergiß nicht, die Vorhänge zuzumachen.« Sie hob die Hand mit der Fläche nach oben und außen, die Finger ausgestreckt. »Hand drauf, oder wie Kyle sagen würde, ›gib mir eine *high five*‹!«

Ihre Mutter hob ebenfalls die Hand und berührte die ihrer Tochter zur Antwort. »Da hast du sie.«

Sie schauten sich eine ganze Weile an, dann erklärte Catherine energisch: »Fahr vorsichtig!«

Es war die übliche Ermahnung, schon seit Meg mit sechzehn ihren Führerschein gemacht hatte.

Ihre Antwort war immer vom gleichen Kaliber. Heute erklärte sie: »Also eigentlich hatte ich ja vor, einen Sattelschlepper zu rammen.« Doch dann hätte sie sich am liebsten auf die Zunge gebissen. Der Unfall auf der Tappan Zee Bridge war von einem Tanklaster verursacht worden, der einen Sattelschlepper gerammt hatte.

Sie wußte, daß ihre Mutter genau das gleiche dachte, als sie sagte: »Mein Gott, Meg, es ist wirklich, als ob man durch ein Minenfeld geht, findest du nicht? Sogar diese Art Witze, die immer zu unserem Leben gehört hat, ist jetzt zweideutig und verdreht. Ob das je wieder aufhört?«

Am gleichen Montag morgen wurde Dr. George Manning abermals im Büro von Staatsanwalt John Dwyer verhört. Die Fragen wurden immer schärfer und hatten jetzt einen sarkastischen Unterton. Die zwei dem Fall zugeordneten Polizeibeamten saßen ruhig dabei, während ihr Chef die Befragung durchführte.

»Dr. Manning«, fragte Dwyer, »können Sie mir erklären, weshalb Sie uns nicht umgehend mitgeteilt haben, daß Helene Petrovic befürchtete, die Anderson-Embryos verwechselt zu haben?«

»Weil sie sich nicht sicher war.« George Mannings Schultern waren vornübergebeugt. Seine Gesichtsfarbe, normalerweise von gesundem Rosa, war aschfahl. Sogar der bewundernswerte silberweiße Haarschopf erschien jetzt mattgrau und verblichen. Seit der Geburt des jüngsten Anderson-Kindes war Manning sichtbar gealtert.

»Dr. Manning, Sie haben wiederholt gesagt, daß die Gründung und Leitung des Instituts für künstliche Fortpflanzung die Hauptleistung ihres Lebens darstellt. War Ihnen bewußt, daß Helene Petrovic die Absicht hatte, ihr recht beträchtliches Vermögen der Forschung an der Klinik zu vermachen?«

»Wir hatten darüber geredet. Sehen Sie, der bisherige Erfolg auf unserem Gebiet ist noch nicht annähernd so, wie wir es uns wünschen würden. Es ist sehr teuer für eine Frau, eine künstliche Befruchtung zu bekommen, der Preis liegt zwischen zehn- und zwanzigtausend Dollar. Wenn dann keine Schwangerschaft erfolgt, fängt die ganze Prozedur von vorne an. Obwohl manche Kliniken eine Erfolgsquote von eins zu fünf angeben, liegen die tatsächlichen Zahlen eher bei eins zu zehn.«

»Herr Doktor, Sie sind sehr darauf bedacht, daß die Rate erfolgreicher Schwangerschaften an Ihrer Klinik steigt?«

»Ja, natürlich.«

»War es nicht ein ziemlich harter Schlag für Sie letzten Montag, als Helene Petrovic nicht nur kündigte, sondern gestand, daß ihr womöglich ein wirklich schlimmer Fehler unterlaufen war?«

»Es war niederschmetternd.«

»Doch selbst nachdem man sie ermordet aufgefunden hatte, enthielten Sie uns den entscheidenden Kündigungsgrund vor, den sie Ihnen genannt hatte.« Dwyer beugte sich über seinen Schreibtisch. »Was hat Ihnen Mrs. Petrovic sonst noch bei dieser Besprechung letzten Montag erzählt, Dr. Manning?«

Manning faltete seine Hände. »Sie hat gesagt, sie hätte vor, ihr Haus in Lawrenceville zu verkaufen und wegzuziehen, und daß sie vielleicht auf Dauer nach Frankreich gehen wollte.«

»Und was haben Sie von diesem Plan gehalten?«

»Ich war bestürzt«, flüsterte er. »Ich war überzeugt, daß sie wegläuft.«

»Wovor wegläuft, Herr Doktor?«

George Manning wußte, daß alles vorbei war. Er konnte die Klinik nicht länger in Schutz nehmen. »Ich hatte das Gefühl, daß sie Angst hatte, falls das Anderson-Baby nicht Jonathans Zwillingsbruder war, könnte es zu einem Ermittlungsverfahren kommen, das vielleicht viele Fehler im Labor ans Tageslicht bringen würde.«

»Das Testament, Dr. Manning. Haben Sie auch gedacht, Helene Petrovic könnte ihr Testament ändern?«

»Sie hat mir gesagt, es täte ihr leid, aber es sei nötig. Sie wolle für lange Zeit ihren Beruf an den Nagel hängen und hätte jetzt Verwandte zu berücksichtigen.«

John Dwyer war auf die Antwort gestoßen, deren Existenz er schon vermutet hatte. »Dr. Manning, wann haben Sie zum letztenmal mit Edwin Collins gesprochen?«

»Er hat mich an dem Tag, bevor er verschwunden ist, angerufen.« Dr. George Manning mochte nicht, was er in Dwyers Augen wahrnahm. »Es war der erste Kontakt, den ich überhaupt mit ihm hatte, ob telefonisch oder schriftlich, seit er mir Helene Petrovic für die Stelle vermittelt hatte«, sagte er mit abgewandtem Blick, unfähig, sich dem Ausdruck von Unglauben und Mißtrauen auszusetzen, den er aus der Miene des Staatsanwalts herauslas.

Meg beschloß, sich den Besuch im Büro zu sparen, und kam um vier Uhr bei ihrem Apartmentgebäude an. Ihr Briefkasten quoll über. Sie zog all die Kuverts und Anzeigen und Wurfsendungen heraus und nahm dann den Aufzug zu ihrer Wohnung im dreizehnten Stock.

Sie öffnete sofort die Fenster, um den warmen abgestandenen Mief zu vertreiben, stand dann eine Weile da und blickte über das Wasser zur Freiheitsstatue hinüber. Heute kam ihr die Dame fremd und furchterregend vor, mit ihren von der späten Nachmittagssonne herrührenden Schatten.

Beim Anblick der Statue mußte sie oft an ihren Großvater Pat Kelly denken, der als Teenager mit leeren Händen in dieses Land gekommen war und so geschuftet hatte, um sein Glück zu machen.

Was würde ihr Großvater wohl denken, wenn er wüßte, daß seine Tochter Catherine womöglich alles, wofür sie gearbeitet hatte, verlieren würde, weil ihr Mann sie jahrelang hintergangen hatte?

Scottsdale, Arizona. Meg blickte auf die Gewässer des New Yorker Hafens und begriff plötzlich, was ihr ständig im Kopf herumgegangen war. Arizona war im Südwesten. Palomino klang nach Südwesten.

Sie ging zum Telefon, verlangte nach der Vermittlung und erkundigte sich nach der Vorwahl für Scottsdale, Arizona.

Anschließend rief sie die Auskunftsstelle von Arizona an.

Als sich jemand meldete, fragte sie: »Haben Sie eine Nummer für einen Edwin Collins oder einen E. R. Collins?«

Es lag kein Eintrag vor.

Meg stellte eine weitere Frage. »Haben Sie eine Nummer für Palomino Lederwaren?«

Es blieb eine Weile still, dann sagte die Stimme: »Einen Moment, hier ist die Nummer.«

TEIL III

45

Am Montag abend, als Mac von der Arbeit nach Hause kam, war Kyle so fröhlich wie sonst auch. Er berichtete seinem Vater, er habe all den Kindern in der Schule von dem Kerl im Wald erzählt.

»Die haben alle gesagt, was für eine Angst sie dann haben würden«, erklärte er mit Befriedigung. »Ich hab' ihnen gesagt, wie unheimlich schnell ich gerannt bin und ihm entkommen bin. Hast du deinen Freunden davon erzählt?«

»Nein, hab' ich nicht.«

»Kannst du aber, wenn du möchtest«, sagte Kyle großmütig.

Als Kyle sich umdrehte, hielt Mac ihn am Arm fest. »Kyle, warte einen Moment.«

»Was ist denn?«

»Laß mich mal sehen!«

Kyle trug ein Flanellhemd, das lose am Hals saß. Mac schob es zurück und legte gelbliche und lilafarbene Druckstellen am Halsansatz seines Sohnes bloß. »Hast du die gestern abend abgekriegt?«

»Ich hab' dir doch gesagt, daß der Kerl mich gepackt hat.«

»Du hast gesagt, daß er dich geschubst hat.«

»Zuerst hat er mich gepackt, aber ich bin entwischt.«

Mac fluchte leise vor sich hin. Er hatte am Abend nicht daran gedacht, Kyle zu untersuchen. Er hatte das Gespensterkostüm angehabt und darunter ein weißes Hemd mit Rollkragen. Mac war davon ausgegangen, daß der Mann mit der Kamera Kyle nur geschubst hatte. Statt dessen hatte er ihn am Hals gepackt. Starke Finger hatten diese Quetschungen verursacht.

Mac hielt einen Arm um seinen Sohn, während er die Polizei anrief. Gestern abend hatte er sich widerwillig von Meg umstimmen lassen, als sie ihn beschwor, nicht die Polizei zu benachrichtigen.

»Mac, es ist so schon schlimm genug, ohne daß die Medien wieder einen frischen Aufhänger zu der ganzen Sache bekommen«, hatte sie erklärt. »Paß nur auf, irgend jemand schreibt dann, daß Dad sich hier herumtreibt! Der Staatsanwalt ist überzeugt, daß er Kontakt mit uns aufnehmen wird.«

Ich habe lange genug zugelassen, daß Meg mich aus all dem heraushält, dachte Mac voller Ingrimm. Das wird von jetzt ab anders. Das war nicht bloß ein Kameramann, der da draußen auf der Lauer lag.

Schon nach dem ersten Klingelzeichen nahm jemand den Hörer ab. »Polizeirevier, Thorne am Apparat.«

Eine Viertelstunde später war ein Streifenwagen beim Haus. Es war unübersehbar, daß die beiden Polizisten nicht erfreut über die Tatsache waren, daß man sie nicht schon früher gerufen hatte. »Dr. MacIntyre, gestern abend war Halloween. Wir befürchten immer, daß sich irgendein Verrückter hier rumtreibt, der es auf ein Kind abgesehen hat. Der Kerl ist vielleicht noch woanders hingegangen.«

»Ich gebe zu, ich hätte anrufen sollen«, entgegnete Mac, »aber ich glaube nicht, daß dieser Mann hinter Kindern her war. Er war genau gegenüber vom Eßzimmerfenster der Collins', und Meghan Collins war deutlich zu sehen.«

Er sah, wie die beiden Beamten Blicke wechselten. »Ich denke, darüber sollte die Staatsanwaltschaft informiert werden«, sagte einer der beiden.

Auf der ganzen Rückfahrt von ihrem Apartment war ihr die bittere Wahrheit immer deutlicher zu Bewußtsein gekommen. Meghan wußte, sie hatte jetzt praktisch die Bestätigung dafür, daß ihr Vater eine zweite Familie in Arizona hatte.

Als sie das Lederwarengeschäft Palomino angerufen hatte, war die Besitzerin am Apparat. Die Frau war erstaunt, als Meg sie wegen der Nachricht auf dem Anrufbeantworter befragte. »Der Anruf stammt nicht von hier«, erklärte sie kurzum.

Sie bestätigte allerdings, daß sie eine Kundin namens Mrs. E. R. Collins habe, mit einer Tochter in den Zwanzigern.

Danach weigerte sie sich, telefonisch weitere Auskünfte zu erteilen.

Es war halb acht, als Meg in Newtown ankam. Sie bog in die Einfahrt ein und war verblüfft, Macs roten Chrysler und einen weiteren, ihr unbekannten Wagen vor dem Haus vorzufinden. Was ist denn jetzt los? dachte sie bestürzt. Sie parkte ihren Wagen hinter den anderen Fahrzeugen und eilte die Verandastufen hinauf. Es genügte offenbar schon, wenn irgend etwas Unerwartetes geschah, um ihr Herz vor Entsetzen schneller schlagen zu lassen.

Die Kriminalbeamtin Arlene Weiss war mit Catherine, Mac und Kyle im Wohnzimmer. In Macs Stimme schwang keine Rechtfertigung mit, als er Meg informierte, weshalb er die Polizei am Ort und dann die Staatsanwaltschaft über den Störenfried benachrichtigt hatte. Meg schloß vielmehr aus Macs kurz angebundener Art, daß er wütend war. Kyle war mißhandelt und in Angst und Schrecken versetzt worden; irgend so ein Psychopath hätte ihn erwürgen können, und ich habe Mac daran gehindert, die Polizei zu rufen, dachte sie. Sie warf ihm nicht vor, daß er stocksauer war.

Kyle saß zwischen Catherine und Mac auf dem Sofa. Er rutschte hinunter und kam durch den Raum auf sie zu. »Meg, schau doch nicht so traurig. Es geht mir gut.« Er legte ihr die Hände auf die Wangen. »Ehrlich, es geht mir gut.«

Sie blickte in seine ernsten Augen, umarmte ihn dann heftig. »Aber ja, Kumpel.«

Beamtin Weiss blieb nicht lange. »Miss Collins, ob Sie's glauben oder nicht, wir wollen Ihnen helfen«, sagte sie, während Meghan sie zur Tür geleitete. »Wenn Sie solche Vorfälle wie den von gestern abend nicht melden oder andere Leute melden lassen, dann behindern Sie dieses Ermittlungsverfahren. Wir hätten innerhalb von Minuten ein Polizeifahrzeug hier haben können, wenn Sie uns angerufen hätten. Laut Kyle hatte dieser Mann eine große Kamera, die ihn bei der Flucht behindert hätte. Bitte, gibt es sonst noch etwas, was wir wissen sollten?«

»Nichts«, erwiderte Meg.

»Mrs. Collins hat mir gesagt, daß Sie in Ihrer Wohnung waren. Haben Sie noch weitere Fax-Nachrichten erhalten?«

»Nein.« Sie biß sich auf die Lippen, als sie an ihren Anruf bei Palomino Lederwaren dachte.

Arlene Weiss starrte sie an. »Ah so. Also, wenn Ihnen irgend etwas einfällt, was für uns von Interesse sein könnte, dann wissen Sie ja, wo Sie uns finden.«

Als Miss Weiss ging, sagte Mac zu Kyle: »Geh in den Hobbyraum. Du kannst eine Viertelstunde fernsehen. Dann müssen wir gehen.«

»Laß nur, Dad. Es läuft nichts Gutes. Ich bleibe hier.«

»Das war kein Vorschlag.«

Kyle sprang auf. »Prima. Du brauchst dich nicht gleich aufzuregen.«

»Richtig, Dad«, stimmte Meghan zu. »Du brauchst dich nicht gleich aufzuregen.«

Kyle gab ihr eine *high five*, als er an ihrem Sessel vorbeikam.

Mac wartete, bis er die Tür zum Hobbyraum zuschnappen hörte. »Was hast du herausgefunden, als du bei dir in der Wohnung warst, Meghan?«

Meg warf einen Blick auf ihre Mutter. »Den Ort, wo das Palomino-Ledergeschäft ist, und daß sie eine Kundin haben, die Mrs. E. R. Collins heißt.«

Ihre Mutter sog scharf die Luft ein. Meghan schenkte dem keine Beachtung und erzählte den beiden von ihrem Anruf in Scottsdale.

»Ich fliege morgen dorthin«, erklärte sie. »Wir müssen wissen, ob die Mrs. Collins dort die Frau ist, die Cyrus Graham damals mit Dad sah. Wir können uns erst sicher sein, wenn ich sie treffe.«

Catherine Collins hoffte, daß der Schmerz, den sie im Gesicht ihrer Tochter sah, sich nicht in ihrer Miene widerspiegelte, während sie jetzt ruhig sagte: »Meggie, wenn du dieser toten jungen Frau so ähnlich siehst und die Frau in Scottsdale die Mutter dieses Mädchens ist, dann könnte es schrecklich für sie sein, dich zu sehen.«

»Nichts kann es für die Mutter dieses Mädchens leichter machen, wer auch immer sie sein mag.«

Sie war dankbar, daß sie nicht versuchten, sie von ihrem Plan abzubringen. Mac sagte vielmehr: »Meg, erzähl niemandem, und ich meine *niemandem*, wo du hinfährst. Wie lange wirst du dich dort aufhalten?«

»Höchstens bis übermorgen.«

»Dann bist du also, sofern irgend jemand fragt, in deiner Wohnung. Laß es dabei bewenden.«

Als er Kyle einsammelte, sagte er: »Catherine, wenn Kyle und ich morgen abend zum Gasthof kommen, kannst du dann vielleicht mit uns zusammen essen?«

Catherine brachte ein Lächeln zuwege. »Liebend gern. Was soll denn auf der Tageskarte stehen, Kyle?«

»Chicken McNuggets?« fragte er hoffnungsvoll.

»Willst du mich in den Ruin treiben? Komm mal eben mit. Ich hab' ein paar Kekse mitgebracht. Nimm dir welche mit.« Sie nahm ihn mit in die Küche.

»Catherine ist sehr taktvoll«, sagte Mac. »Ich glaube, sie hat gemerkt, daß ich eine Minute mit dir allein sein wollte. Meg, ich hab' es nicht gern, daß du alleine dorthin fährst, aber ich glaube, ich verstehe dich. Ich will jetzt die Wahrheit wissen. Gibt es irgend etwas, was du mir vorenthältst?«

»Nein.«

»Meg, ich lass' es nicht mehr zu, daß du mich ausschließt. Gewöhne dich dran! Wie kann ich helfen?«

»Ruf morgen früh Stephanie Petrovic an, und wenn sie nicht da ist, ruf ihren Anwalt an. Ich hab' ein komisches Gefühl wegen Stephanie. Ich hab' drei- oder viermal versucht sie zu erreichen, und sie war den ganzen Tag nicht da. Ich hab' sie sogar noch vor einer halben Stunde vom Auto aus angerufen. Ihr Kind soll in zehn Tagen kommen, und es geht ihr miserabel. Neulich, nach der Beerdigung ihrer Tante, war sie völlig fertig und wollte sich nur so schnell wie möglich hinlegen. Ich kann mir nicht vorstellen, wo sie so lange bleibt. Ich geb' dir eben die beiden Nummern.«

Als Mac und Kyle wenige Minuten später gingen, blieb es nicht bei Macs üblichem raschen, freundlichen Kuß auf die Wange. Statt dessen nahm er jetzt wie zuvor sein Sohn Megs Gesicht in die Hände.

»Paß auf dich auf«, ermahnte er sie, ehe sich seine Lippen fest über ihren schlossen.

46

Montag war ein schlechter Tag für Bernie gewesen. Er stand bei Morgengrauen auf, setzte sich in den angeschlagenen, mit Lederimitat bezogenen Lehnstuhl und begann wieder und wieder das Video anzuschauen, das er von seinem Versteck im Wald aus von Meghan aufgenommen hatte. Er hätte es sich lieber schon gestern abend nach seiner Heimkehr angesehen, doch seine Mutter hatte darauf bestanden, daß er ihr Gesellschaft leistete.

»Ich bin so viel allein, Bernard«, hatte sie sich beklagt. »Du bist früher am Wochenende nie so oft weggewesen. Du hast doch nicht etwa ein Mädchen, oder?«

»Natürlich nicht, Mama«, hatte er erklärt.

»Du weißt doch, was für Ärger du dir schon wegen Mädchen eingehandelt hast.«

»Das war alles nicht meine Schuld, Mama.«

»Ich hab' nicht gesagt, daß es deine Schuld war. Ich hab' gesagt, daß Mädchen Gift für dich sind. Bleib ihnen vom Leib.«

»Ja, Mama.«

Wenn Mama in eine dieser Stimmungen geriet, war es am besten für Bernie, ihr zuzuhören. Er hatte noch immer Angst vor ihr. Er zitterte noch immer, wenn er an die Zeiten zurückdachte, als ein Junge war und sie plötzlich mit dem Riemen in der Hand erschien. »Ich hab' gesehen, daß du dir diesen Schund im Fernsehen anschaust, Bernard. Ich kann diese dreckigen Gedanken in deinem Kopf lesen.«

Mama würde nie verstehen, daß seine Empfindungen für Meghan rein und wundervoll waren. Er wollte einfach nur in Meghans Nähe sein, sie sehen, das Gefühl haben, daß er sie immer dazu bringen konnte, zu ihm aufzuschauen und ihn anzulächeln. Wie gestern abend zum Beispiel. Wenn er an das

Fenster geklopft und sie ihn erkannt hätte, hätte sie sich bestimmt nicht erschrocken. Sie wäre zur Tür gelaufen, um ihn reinzulassen. Sie hätte gesagt: »Bernie, was tun Sie denn hier?« Vielleicht hätte sie ihm eine Tasse Tee gemacht.

Bernie beugte sich vor. Er kam jetzt wieder zu der schönen Stelle, wo Meghan so auf ihre Beschäftigung konzentriert aussah, während sie am Kopfende des Eßzimmertisches mit all den Unterlagen vor sich dasaß. Mit seinem Zoom war es ihm gelungen, ihr Gesicht in Großaufnahme heranzuholen. Die Art, wie sie anfing, die Lippen zu befeuchten, hatte etwas an sich, was ihn erregte. Ihre Bluse war am Hals offen. Er war sich nicht sicher, ob er dort ihren Puls schlagen sehen konnte, oder ob er sich das nur einbildete.

»Bernard! Bernard!«

Seine Mutter war am oberen Treppenabsatz und brüllte nach ihm. Wie lange sie wohl schon rief?

»Ja, Mama. Ich komme.«

»Hast lange genug gebraucht«, fuhr sie ihn an, als er die Küche betrat. »Du kommst noch zu spät zur Arbeit. Was hast du denn gemacht?«

»Bißchen aufgeräumt. Ich weiß doch, du willst, daß ich alles ordentlich zurücklasse.«

Fünfzehn Minuten später war er im Auto. Er fuhr die Straße hinunter, unschlüssig, wohin er wollte. Ihm war klar, daß er sich ein paar Fahrgäste am Flugplatz verschaffen mußte. Bei all den Geräten, die er kaufte, war es nötig, daß er etwas Geld verdiente. Er mußte sich zwingen, das Steuer herumzudrehen und den Wagen in Richtung La Guardia zu dirigieren.

Er verbrachte den Tag damit, die Strecke zum Flughafen hin und her zu fahren. Bis zum Spätnachmittag lief es ganz zufriedenstellend, als sich irgendein Kerl über den Verkehr beschwerte. »Himmelherrgott, gehen Sie doch auf die linke Spur. Sehen Sie denn nicht, daß die hier verstopft ist?«

Bernie hatte wieder angefangen, an Meghan zu denken, ob es wohl ungefährlich war, an ihrem Haus vorbeizufahren, sobald es dunkel wurde.

Eine Minute später meckerte der Passagier: »Hören Sie, ich hab' gewußt, ich hätte lieber ein Taxi nehmen sollen. Wo haben Sie eigentlich fahren gelernt? Machen Sie doch voran, verdammt noch mal!«

Bernie war an der letzten Ausfahrt des Grand Central Parkway vor der Triborough Bridge. Er machte eine scharfe Rechtskurve auf die Parallelstraße zum Parkway und brachte den Wagen am Bordstein zum Stehen.

»Was zum Teufel machen Sie da?« protestierte der Fahrgast.

Der große Koffer des Mannes stand neben Bernie auf dem Vordersitz. Er lehnte sich zur Seite, öffnete die Tür und schob den Koffer hinaus. »Hauen Sie ab«, befahl er. »Besorgen Sie sich ein Taxi.«

Er fuhr mit dem Kopf herum und schaute dem Kerl ins Gesicht. Sie starrten sich gegenseitig in die Augen.

Die Miene des Passagiers schlug in einen Ausdruck der Panik um. »Schon gut, beruhigen Sie sich! Tut mir leid, wenn ich Sie aufgeregt hab'.«

Er sprang aus dem Wagen und zog seinen Koffer mit einem Ruck gerade noch weg, als Bernie mit Wucht auf das Gaspedal trat. Bernie suchte sich seinen Weg durch Seitenstraßen. Er fuhr besser nach Hause. Sonst würde er noch umkehren und dem Kerl eins in die Fresse schlagen.

Er begann bewußt tief einzuatmen. Das hatte ihm nämlich der Gefängnispsychiater für den Fall geraten, daß er die Wut in sich hochsteigen fühlte. »Sie müssen diese Wut in den Griff bekommen, Bernie«, hatte er ihn gewarnt. »Falls Sie nicht den Rest Ihres Lebens hier verbringen wollen.«

Bernie wußte, daß er nie wieder ins Gefängnis gehen würde. Er war zu allem bereit, um das zu verhindern.

Am Dienstag morgen fing Meghans Wecker um vier Uhr zu klingeln an. Sie hatte den Flug 9 von America West gebucht, Abflug 7 Uhr 25 vom Kennedy Airport aus. Es fiel ihr nicht schwer, aufzustehen. Sie hatte schlecht geschlafen. Sie duschte sich so heiß, wie sie es aushalten konnte, und war froh zu spüren, wie sich die angespannten Muskeln am Nacken und Rücken teilweise lockerten.

Während sie Unterwäsche und Strümpfe anzog, hörte sie den Wetterbericht im Radio. In New York war es unter null

Grad kalt. In Arizona sahen die Dinge natürlich anders aus. Während es am Abend zu dieser Jahreszeit kühl war, konnte es doch tagsüber, wie sie hörte, recht warm werden.

Eine leichte beige Wolljacke und lange Hosen mit einer gemusterten Bluse schienen eine gute Wahl zu sein. Darüber würde sie ihren Burberry ohne Futter tragen. Sie packte rasch die paar Dinge zusammen, die sie zum Übernachten benötigte.

Kaffeeduft begrüßte sie, als sie die Treppe herunterkam. Ihre Mutter war in der Küche. »Du hättest doch nicht aufstehen sollen«, protestierte Meg.

»Ich hab' nicht geschlafen.« Catherine Collins spielte mit dem Gürtel ihres Frotteemorgenrocks. »Ich hab' dir zwar nicht angeboten, mitzukommen, Meg, aber jetzt bekomme ich doch Zweifel. Vielleicht sollte ich dich das nicht alleine machen lassen. Bloß, wenn es dort in Scottsdale eine andere Mrs. Collins gibt, weiß ich nicht, was ich zu ihr sagen sollte. War sie so ahnungslos wie ich hinsichtlich dessen, was da vor sich ging? Oder hat sie gewußt, daß ihr Leben eine Lüge war?«

»Ich hoffe, daß ich noch heute ein paar Antworten bekomme«, sagte Meg, »und ich weiß mit Sicherheit, daß es besser ist, wenn ich das allein durchziehe.« Sie nippte etwas an dem Grapefruitsaft und nahm ein paar Schluck Kaffee. »Ich muß los. Es ist ein ganz schönes Stück bis zum Kennedy Airport. Ich will nicht in den Berufsverkehr geraten.«

Ihre Mutter begleitete sie zur Haustür. Meg umarmte sie kurz. »Ich komme in Phoenix um elf Uhr Ortszeit an. Ich ruf' dich heute am Spätnachmittag an.«

Sie spürte, wie ihre Mutter ihr nachschaute, als sie zum Wagen ging.

Der Flug verlief ereignislos. Sie hatte einen Fenstersitz und blickte lange Zeit unverwandt auf die wattigen Wolkenkissen hinaus. Sie dachte an ihren fünften Geburtstag, als ihre Mutter und ihr Vater sie zu Disney World mitnahmen. Es war ihr erster Flug damals. Sie hatte am Fenster gesessen, daneben ihr Vater, ihre Mutter auf der anderen Seite des Gangs.

Im Lauf der Jahre hatte ihr Vater sie wegen der Frage aufgezogen, die sie damals gestellt hatte. »Daddy, wenn wir aus dem Flugzeug rausgehen würden, könnten wir dann auf den Wolken laufen?«

Er hatte ihr geantwortet, so leid es ihm täte, die Wolken würden sie nicht tragen. »Aber ich werd' dich immer tragen, Meggie Anne«, hatte er versprochen. »Ich werde immer für dich da sein.«

Und das hatte er auch getan. Sie erinnerte sich an den schrecklichen Tag, als sie bei einem Wettlauf direkt vor der Ziellinie gestrauchelt war und dadurch dem Leichtathletikteam ihrer High School die Meisterschaft von Connecticut vermasselt hatte. Ihr Vater wartete damals schon auf sie, als sie aus der Sporthalle geschlichen kam, um den tröstenden Worten ihrer Mitkämpfer und der Enttäuschung auf ihren Gesichtern zu entgehen.

Er hatte ihr Verständnis, nicht Trost angeboten. »Es gibt Ereignisse in unserem Leben, Meghan«, hatte er ihr erklärt, »die uns in der Erinnerung, egal, wie alt wir werden, immer wieder weh tun. Ich fürchte, du hast dir gerade eines dieser Ereignisse eingehandelt.«

Eine Welle der Zärtlichkeit durchfuhr Meghan und war dann wieder verebbt, als ihr die Zeiten einfielen, als ihr Vater wegen angeblich dringender Geschäfte verreist war. Manchmal sogar an Feiertagen wie Thanksgiving und Weihnachten. Hatte er sie in Scottsdale gefeiert? Mit seiner anderen Familie? An Feiertagen war immer so viel Betrieb im Gasthof. Wenn er nicht daheim war, dann aßen sie und ihre Mutter dort gemeinsam zu Abend, aber ihre Mutter stand immer wieder auf, um Gäste zu begrüßen und in der Küche nach dem Rechten zu sehen.

Ihr fiel die Zeit wieder ein, als sie vierzehn war und Jazztanz-Unterricht nahm. Ihr Vater war von einer seiner Reisen zurückgekommen, und sie führte ihm die neuesten Schritte vor, die sie nun beherrschte.

»Meggie«, hatte er geseufzt, »Jazz ist gute Musik und eine schöne Tanzform, aber der Walzer ist der Tanz der Engel.« Er hatte ihr den Wiener Walzer beigebracht.

Sie war erleichtert, als der Pilot ankündigte, daß sie zur Landung auf dem Flughafen Sky Harbor International ansetzten, wo die Temperatur am Boden 20 Grad betrug.

Meghan holte ihre Sachen aus den Ablagefächern und wartete ungeduldig, daß die Kabinentür aufging. Sie wollte diesen Tag so schnell wie möglich hinter sich bringen.

Die Mietwagenagentur lag im Barry Goldwater Terminal. Meghan schaute noch die Adresse des Palomino-Lederwaren-Geschäfts nach und fragte, als sie sich für einen Wagen einschrieb, nach dem Weg dorthin.

»Das ist im Bogota-Viertel von Scottsdale«, erklärte die Agenturangestellte. »Es ist eine wunderbare Einkaufsgegend, wo Sie sich wie in einer mittelalterlichen Stadt vorkommen werden.«

Auf einer Straßenkarte zeigte sie Meghan die Strecke. »Sie kommen in fünfundzwanzig Minuten hin«, erklärte sie.

Während der Fahrt nahm Meghan die Schönheit der Berge in der Ferne und des wolkenlosen, intensiv blauen Himmels in sich auf. Als sie die Gewerbeviertel hinter sich hatte, begannen Palmen und Orangenbäume und Kandelaber-Kakteen die Landschaft zu durchziehen.

Sie kam an dem im Adobe-Stil erbauten Hotel Safari vorbei. Mit seinen leuchtenden Oleanderbüschen und hohen Palmen sah es heiter und einladend aus. Dort hatte Cyrus Graham seinen Stiefbruder, ihren Vater, vor nunmehr fast elf Jahren gesehen.

Das Lederwarengeschäft Palomino lag anderthalb Kilometer weiter an der Scottsdale Road. Die Gebäude hier hatten burgähnliche Türme und Wände mit Brüstungen und Zinnen. Das Kopfsteinpflaster auf den Straßen ließ an eine europäische Kleinstadt denken. Die Boutiquen, die sich aneinanderreihten, waren klein und sahen allesamt teuer aus. Meghan bog nach links in den Parkplatz ein, der gleich hinter dem Lederwarengeschäft lag, und stieg aus. Sie stellte bestürzt fest, daß ihre Knie zitterten.

Der ausgeprägte Geruch von feinem Leder schlug ihr entgegen, als sie das Geschäft betrat. Handtaschen in allen Größen vom Abendtäschchen bis zum Umhängebeutel waren geschmackvoll in Regalen und auf Tischen angeordnet. Ein Schaukasten bot Brieftaschen, Schlüsselanhänger und Schmuck dar. Aktenmappen und Koffer waren in dem weiträumigen Bereich sichtbar, der vom Eingang aus gesehen einige Stufen tiefer und weiter hinten lag.

Nur eine weitere Person war in dem Laden. Sie stand hinter der Kasse, eine junge Frau mit attraktiven indianischen Gesichtszügen und vollem, schwarzem Haar, das ihr über den Rücken fiel. Sie blickte auf und lächelte. »Kann ich Ihnen helfen?« Ihr Tonfall und Verhalten deuteten nicht darauf hin, daß Meghan ihr bekannt vorkam.

Meghan dachte rasch nach. »Das hoffe ich. Ich bin nur ein paar Stunden hier, und ich möchte ein paar Verwandte aufsuchen. Ich hab' ihre Adresse nicht, und sie stehen nicht im Telefonbuch. Ich weiß, daß sie hier einkaufen, und hab' gehofft, daß ich vielleicht von Ihnen die Adresse oder Telefonnummer erfahren könnte.«

Die Verkäuferin zögerte. »Ich bin neu hier. Wie wär's, wenn Sie in ungefähr einer Stunde wiederkommen? Dann ist die Besitzerin da.«

»Bitte«, sagte Meghan. »Ich hab' so wenig Zeit.«

»Wie ist der Name? Ich kann ja nachschauen, ob die Leute hier eingetragen sind.«

»E. R. Collins.«

»Oh«, sagte die Verkäuferin, »Sie müssen gestern angerufen haben.«

»Richtig.«

»Ich war hier. Nachdem Mrs. Stoges, die Besitzerin, mit Ihnen gesprochen hatte, hat sie mir von Mr. Collins' Tod erzählt. War er ein Verwandter?«

Meghans Mund wurde trocken. »Ja. Deshalb möchte ich auch unbedingt bei der Familie vorbeischauen.«

Die Verkäuferin stellte den Computer an. »Hier ist die Adresse und Telefonnummer. Ich fürchte, ich muß aber Mrs. Collins anrufen und fragen, ob ich sie Ihnen geben darf.«

Meghan blieb nichts anderes übrig, als zu nicken. Sie beobachtete, wie die Knöpfe auf dem Telefon rasch hintereinander gedrückt wurden.

Einen Augenblick später sprach die junge Frau in den Hörer: »Mrs. Collins? Hier ist Palomino Lederwaren. Da ist eine junge Dame hier, die Sie gerne besuchen möchte, eine Verwandte. Ist es in Ordnung, wenn ich ihr Ihre Adresse gebe?«

Sie lauschte, schaute dann Meghan an. »Darf ich fragen, wie Sie heißen?«

»Meghan. Meghan Collins.«

Die Verkäuferin wiederholte den Namen, hörte wieder zu, verabschiedete sich dann und legte auf. Sie lächelte Meghan an. »Mrs. Collins möchte gern, daß Sie gleich zu ihr kommen. Sie wohnt nur zehn Minuten von hier entfernt.«

47

Frances stand da und schaute hinten am Haus zum Fenster hinaus. Eine niedrige, mit einer Eisenbrüstung versehene Stuckmauer umschloß das Schwimmbecken und die Veranda. Das Grundstück grenzte an das weitläufige Wüstengebiet an, in dem das Reservat der Pima-Indianer lag. In der Ferne glitzerte der »Kamelrücken«, der Berg Camelback, in der Mittagssonne. Ein unangemessen strahlender Tag zur Entlarvung aller Geheimnisse, dachte sie.

Annie war also doch nach Connecticut gefahren, hatte Meghan aufgesucht und sie hierhergeschickt. Warum hätte Annie auch die Wünsche ihres Vaters respektieren sollen, fragte sich Frances voller Ingrimm. Welche Loyalität schuldet sie ihm oder mir?

Während der zweieinhalb Tage, seit sie die Nachricht auf Edwins Anrufbeantworter hinterlassen hatte, wartete sie nun, von Hoffnung und Furcht gebeutelt.

Der Anruf, den sie gerade von Palomino erhalten hatte, war nicht der, auf den sie gehofft hatte. Aber Meghan Collins konnte ihr vielleicht wenigstens sagen, wann sie Annie gesehen hatte, möglicherweise auch, wo Frances sie erreichen konnte.

Das Glockenspiel läutete durchs Haus, sanft, melodiös und dennoch schneidend. Frances wandte sich um und ging zur Haustür.

Als Meghan vor der Nummer 1006 in der Doubletree Ranch Road stehenblieb, hatte sie ein einstöckiges, cremefarbenes Stuckhaus mit einem roten Ziegeldach vor sich, am Rand der Wüste gelegen. Leuchtendroter Hibiskus und Kakteen rahmten die Vorderseite des Anwesens ein, in Harmonie mit der rauhen Schönheit der Bergkette in der Ferne. Auf ihrem Weg zur Haustür kam sie am Fenster vorbei und erhaschte einen flüchtigen Blick auf die Frau im Inneren des Hauses. Sie konnte ihr Gesicht nicht sehen, stellte aber fest, daß die Frau groß und sehr schlank war, mit lose zu einem Knoten gesteckten Haaren. Sie schien eine Art Kittel zu tragen.

Meghan klingelte, dann öffnete sich die Tür.

Die Frau rang nach Luft, sichtbar um Fassung bemüht. Ihr Gesicht wurde bleich. »Mein Gott«, flüsterte sie. »Ich hab' ja gewußt, daß Sie wie Annie aussehen, aber ich hatte keine Ahnung …« Um weitere Worte im Keim zu ersticken, fuhr sie sich mit der Hand an den Mund und preßte sie gegen die Lippen.

Das ist Annies Mutter, und sie weiß nicht, daß Annie tot ist. Voller Entsetzen dachte Meghan: Für sie wird es noch schlimmer sein, daß ich hier bin. Wie würde sich Mom fühlen, wenn es Annie wäre, die in Connecticut auftauchen und ihr sagen würde, ich sei tot?

»Kommen Sie herein, Meghan.« Die Frau wich zur Seite, die Hand noch immer um den Türgriff geklammert, als hielte sie sich daran fest. »Ich bin Frances Grolier.«

Meghan war sich nicht klar, was für einen Menschen sie vorzufinden erwartet hatte, aber sicher nicht diese Frau mit ihrem frischen, schlichten Aussehen, graumelierten Haaren, kräftigen Händen und einem schmalen, von Falten durchzogenen Gesicht. Die Augen, in die sie blickte, wirkten unglücklich und verstört.

»Hat die Verkäuferin von Palomino Sie nicht Mrs. Collins genannt, als sie anrief?« fragte Meghan.

»Die Händler kennen mich als Mrs. Collins.«

Sie trug einen goldenen Ehering. Meghan betrachtete ihn unverhohlen.

»Ja«, sagte Frances Grolier. »Um den Schein zu wahren, hat mir Ihr Vater den gegeben.«

Meghan mußte daran denken, wie ihre Mutter den Ehering umklammert hatte, nachdem die Hellseherin ihn ihr zurückgeschickt hatte. Sie wandte den Blick von Frances Grolier ab, mit einemmal von einem überwältigenden Gefühl des Verlusts durchflutet. Eindrücke des Raums ringsum wurden gleichsam durch die Trübsal dieses Augenblicks gefiltert.

Das Haus war in Wohn- und Arbeitsbereiche aufgeteilt, die von vorn bis hinten reichten.

Vorne lag das Wohnzimmer. Ein Sofa vor dem offenen Kamin. Erdfarbene Fliesen auf dem Boden.

Der kastanienbraune Lehnstuhl mit dem dazu passenden Fußschemel seitlich vom Kamin: exakte Ebenbilder der Möbel im Arbeitszimmer ihres Vaters; Bücherregale in angenehmer Reichweite vom Sessel. Dad schätzte es offenbar, sich zu Hause zu fühlen, wo immer er war, dachte Meghan voller Bitterkeit.

Eingerahmte Fotos, die so auf dem Sims standen, daß sie sofort ins Auge fielen, zogen sie wie magnetisch an. Es waren Familienbilder ihres Vaters mit dieser Frau und einem jungen Mädchen, das leicht ihre Schwester hätte sein können, tatsächlich aber ihre Halbschwester war – vielmehr gewesen war.

Ein Bild fesselte sie ganz besonders. Es war eine Weihnachtsszene. Ihr Vater, mit einer Fünf- oder Sechsjährigen auf dem Schoß, von Geschenken umgeben. Eine junge Frances Grolier hinter ihm auf den Knien, die Arme um seinen Hals geschlungen. Alle in Pyjamas und Morgenröcken. Eine glückliche Familie.

War das einer jener Weihnachtstage, an denen ich ständig um ein Wunder betete, Daddy möge doch plötzlich zur Tür hereinspazieren? überlegte Meghan.

Ihr wurde übel vor plötzlich aufsteigendem Schmerz. Sie wandte sich ab und entdeckte an der gegenüberliegenden

Wand die Büste auf dem Sockel. Auf bleiernen Füßen bewegte sie sich dorthin.

Ein seltenes Talent hatte dieses bronzene Ebenbild ihres Vaters geschaffen. Liebe und Verständnis hatten den Anflug von Wehmut hinter dem Sprühen in seinen Augen erfaßt, den sensiblen Mund, die langen, ausdrucksvollen, unter dem Kinn gefalteten Finger, den noblen Haarschopf mit der Locke, die ihm immer nach vorn in die Stirn fiel.

Sie bemerkte, daß Sprünge am Hals und an der Stirn geschickt repariert worden waren.

»Meghan?«

Sie drehte sich um. Sie fürchtete sich davor, was sie dieser Frau jetzt sagen mußte.

Frances Grolier kam durch das Zimmer auf sie zu. Mit flehender Stimme sagte sie: »Ich bin auf alles vorbereitet, was Sie von mir halten mögen, aber *bitte* … ich muß über Annie Bescheid wissen. Wissen Sie, wo sie ist? Und was ist mit Ihrem Vater? Hat er sich bei Ihnen gemeldet?«

Um sein Versprechen gegenüber Meghan einzuhalten, versuchte Mac am Dienstag morgen, angefangen um 9 Uhr, zu jeder vollen Stunde, Stephanie Petrovic zu erreichen. Ohne Erfolg.

Um zwölf Uhr fünfzehn rief er Charles Potters an, Helene Petrovics Testamentsvollstrecker. Als Potters am Apparat war, stellte sich Mac vor, erklärte, warum er anrief, und erfuhr, daß Potters sich ebenfalls Sorgen machte.

»Ich hab's gestern abend bei Stephanie versucht«, sagte Potters. »Mir war klar, daß Miss Collins über ihre Abwesenheit beunruhigt war. Ich gehe jetzt zum Haus hinüber. Ich hab' einen Schlüssel.«

Er versprach, zurückzurufen.

Anderthalb Stunden später berichtete Potters mit vor Entrüstung zitternder Stimme von Stephanies Schreiben. »Dieses hinterhältige Mädchen«, rief er aus. »Sie hat sich, was sie tragen konnte, unter den Nagel gerissen! Das Silberbesteck. Ein paar wunderhübsche Porzellanfiguren. Praktisch Helenes gesamte Garderobe. Ihren Schmuck. Diese Stücke waren für über fünfzigtausend Dollar versichert. Ich melde das der Polizei. Das ist ein Fall gemeinen Diebstahls.«

»Sie sagen, daß sie mit dem Vater des Babys weggegangen ist?« fragte Mac. »Nach dem, was ich von Meghan weiß, kann ich das kaum glauben. Sie hatte das Gefühl, daß Stephanie Angst davor hatte, ihn wegen Kindesunterhalts zu verklagen.«

»Was vielleicht nur vorgespielt war«, entgegnete Potters. »Stephanie Petrovic ist eine sehr kalte junge Frau. Ich kann Ihnen versichern, daß der Hauptgrund für ihren Kummer über den Tod ihrer Tante der Umstand war, daß diese ihr Testament nicht geändert hat, wie sie es nach Stephanies Behauptung vorhatte.«

»Mr. Potters, glauben Sie, daß Helene Petrovic vorhatte, ihr Testament zu ändern?«

»Das kann ich wirklich nicht beurteilen. Ich weiß allerdings, daß Helene in den Wochen vor ihrem Tod ihr Haus zum Verkauf angeboten und ihre Wertpapiere in Inhaberobligationen umgewandelt hat. Zum Glück waren die nicht in ihrem Safe.«

Nachdem Mac den Hörer aufgelegt hatte, lehnte er sich in seinen Stuhl zurück.

Wie lange konnte irgendein Laie, gleich wie begabt, ausgebildete Experten auf dem Gebiet der Fortpflanzungsendokrinologie und künstlichen Befruchtung hinters Licht führen? grübelte er. Und doch hatte Helene Petrovic es jahrelang fertiggebracht. Ich hätte es nicht gekonnt, dachte Mac, wobei er sich seine intensive medizinische Ausbildung vor Augen hielt.

Laut Meghan hatte Petrovic sich während ihrer Arbeit im Dowling Center für künstliche Fortpflanzung häufig im Laboratorium aufgehalten. Sie hatte womöglich auch eine Beziehung zu einem Arzt vom Valley Memorial, dem Krankenhaus, dem das Center angegliedert war.

Mac faßte einen Entschluß. Er würde sich am nächsten Tag freinehmen. Es gab Dinge, die man besser persönlich anging. Morgen würde er zum Valley Memorial in Trenton fahren und den Direktor des Instituts aufsuchen. Er mußte versuchen, einige Unterlagen einzusehen.

Mac hatte Dr. George Manning auf Anhieb sympathisch gefunden, war jedoch bestürzt und bekümmert darüber, daß Manning die Andersons nicht umgehend wegen der potentiellen Embryoverwechslung gewarnt hatte. Fraglos hatte er die Hoffnung gehegt, die Angelegenheit vertuschen zu können.

Jetzt fragte sich Mac, ob irgendeine Möglichkeit bestand, daß Helene Petrovics abrupter Entschluß, die Klinik zu verlassen, ihr Testament zu ändern, ihr Haus zu verkaufen und nach Frankreich zu ziehen, womöglich noch dunklere Gründe hatte als ihre Furcht vor einem Fehler im Labor. Insbesondere, dachte er, da es sich noch herausstellen konnte, daß der Jüngste der Andersons ihr biologisches Kind, wenn auch nicht der erwartete eineiige Zwilling war.

Mac wollte herausfinden, ob Dr. George Manning möglicherweise zu irgendeinem Zeitpunkt während der Jahre, in denen Helene Petrovic in dem angeschlossenen Center gearbeitet hatte, mit dem Valley Memorial in Verbindung gestanden hatte.

Manning wäre nicht der erste Mann, der seine Karriere für eine Frau weggeworfen hätte, und würde auch nicht der letzte sein. Technisch gesehen, war Petrovic über Collins and Carter Executive Search angeheuert worden. Doch gestern erst hatte Manning zugegeben, daß er mit Edwin Collins noch einen Tag, bevor dieser verschwand, gesprochen hatte. Hatten sie beide von diesen falschen Zeugnissen gewußt? Oder hatte ihr jemand anders aus der Manning-Belegschaft geholfen? Die Manning Clinic gab es erst seit etwa zehn Jahren. Ihre Jahresberichte enthielten sicher die Namen der leitenden Mitarbeiter. Er würde sich von seiner Sekretärin eine Kopie davon machen lassen.

Mac holte einen Notizblock hervor und schrieb mit seiner sauberen Handschrift, die den Witzen seiner Kollegen zufolge so untypisch für den Ärztestand war:

1. Edwin Collins nach Brückenunglück für tot gehalten, 28. Januar; kein Beweis.

2. Frau, die Meg ähnlich sieht (Annie?), erstochen, 21. Oktober.

3. »Annie« wurde vielleicht von Kyle am Tag vor ihrem Tod gesehen.

4. Helene Petrovic erschossen, Stunden nach Kündigung ihrer Stelle an der Manning Clinic, 25. Oktober. (Edwin Collins plazierte Helene Petrovic in der Manning Clinic und verbürgte sich für die Korrektheit ihrer falschen Angaben.)

5. Stephanie Petrovic warf Manning Clinic vor, den Tod ihrer Tante geplant zu haben, um Änderung ihres Testaments zu verhindern.

6. Stephanie Petrovic verschwand irgendwann zwischen Spätnachmittag des 31. Oktober und dem 2. November; hinterließ Brief mit der Behauptung, daß sie sich wieder mit dem Vater ihres Kindes zusammentut, einem Mann, vor dem sie offensichtlich Angst hatte.

Nichts ergab einen Sinn. Von einem allerdings war er überzeugt. Alles, was geschehen war, hatte irgendeine logische Verknüpfung. Wie bei Genen, dachte er. Sobald man die Struktur begreift, paßt plötzlich alles zusammen.

Er legte den Notizblock zur Seite. Er mußte mit seiner Arbeit vorankommen, wenn er sich den nächsten Tag für seine Fahrt zum Dowling Center freinehmen wollte. Es war vier Uhr. Das hieß, es war zwei Uhr in Arizona. Er fragte sich, wie es Meg erging, welchen Verlauf der Tag, der unglaublich schwierig für sie sein mußte, wohl nahm.

Meghan starrte Frances Grolier an. »Was meinen Sie damit, ob ich etwas von meinem Vater gehört habe?«

»Meghan, als er das letztemal hier war, habe ich mitbekommen, daß er vor Schwierigkeiten nicht mehr aus noch ein wußte. Er hatte solche Angst, war so bedrückt. Er hat gesagt, er wünschte, er könnte einfach verschwinden.

Meghan, Sie müssen es mir sagen. *Haben Sie Annie gesehen?*«

Nur wenige Stunden vorher hatte sich Meg an die Warnung ihres Vaters erinnert, daß manche Ereignisse einen Schmerz hervorrufen, den man nie mehr vergißt. Mitgefühl ergriff sie, als sie das Entsetzen in den Augen von Annies Mutter herauf-dämmern sah.

Frances packte sie an den Armen. »Meghan, ist Annie krank?«

Meghan konnte nicht sprechen. Sie beantwortete den Anflug von Hoffnung in der beschwörenden Frage mit einem kaum wahrnehmbaren Kopfschütteln. »Ist sie … ist Annie tot?«

»Es tut mir so leid.«

»Nein. Das kann nicht sein.« Frances Groliers Augen unter-suchten flehentlich Meghans Gesicht. »Als ich die Tür aufge-macht hab' … obwohl ich doch wußte, daß Sie kommen … da hab' ich für diesen Bruchteil einer Sekunde gedacht, es ist Annie. Ich wußte, wie ähnlich Sie beide sich sehen. Ed hat mir Bilder gezeigt.« Ihre Knie gaben nach.

Meghan griff nach ihren Armen und half ihr, auf der Couch Platz zu nehmen. »Gibt es jemanden, den ich anrufen kann, irgendwen, den Sie jetzt gern bei sich hätten?«

»Niemanden«, flüsterte Frances. »Niemanden.« Ihre Blässe verwandelte sich in ein kränkliches Grau, während sie in den Kamin starrte, als habe sie plötzlich Meghans Anwesenheit vergessen.

Meghan sah hilflos zu, wie sich Frances Groliers Pupillen weiteten, ihr Gesichtsausdruck leer wurde. Sie erleidet einen Schock, dachte Meghan.

Dann fragte Frances mit einer Stimme, die völlig unbeteiligt klang: »Was ist mit meiner Tochter passiert?«

»Sie wurde erstochen. Ich war zufällig gerade in der Not-aufnahme, als sie eingeliefert wurde.«

»Wer …?«

Frances Grolier brachte die Frage nicht zu Ende.

»Annie war vielleicht das Opfer eines Raubüberfalls«, sagte Meghan ruhig. »Sie hatte keine Papiere bei sich außer einem Zettel mit meinem Namen und meiner Telefonnummer.«

»Das Notizpapier vom Drumdoe Inn?«

»Ja.«

»Wo ist meine Tochter jetzt?«

»Bei … der Gerichtsmedizin in Manhattan.«

»Sie meinen das Leichenschauhaus.«

»Ja.«

»Wie haben Sie mich gefunden, Meghan?«

»Durch die Nachricht, die Sie neulich nachts hinterlassen haben, er solle Palomino Lederwaren zurückrufen.«

Ein gespenstisches Lächeln zuckte über Frances Groliers Lippen. »Ich hab' die Nachricht in der Hoffnung hinterlassen, Ihren Vater zu erreichen. Annies Vater. Er hat Ihnen immer den Vorrang eingeräumt, wissen Sie. Er hatte solche Angst, daß Sie und Ihre Mutter das mit uns herauskriegen. Die ganze Zeit hatte er so eine Angst.«

Meghan konnte erkennen, daß der Schock jetzt von Zorn und tiefem Kummer abgelöst wurde. »Es tut mir so leid.« Es war alles, was ihr zu sagen einfiel. Von da aus, wo sie saß, konnte sie das Weihnachtsfoto sehen. Es tut mir um uns alle so leid, dachte sie.

»Meghan, ich muß mit Ihnen reden, aber nicht jetzt. Ich muß alleine sein. Wo übernachten Sie?«

»Ich werde versuchen, ein Zimmer im Hotel Safari zu bekommen.«

»Dann ruf' ich Sie später dort an. Bitte gehen Sie!«

Als Meghan die Tür schloß, hörte sie das anhaltende Schluchzen, tiefe rhythmische Töne, die ihr ins Herz schnitten.

Sie fuhr zum Hotel und hoffte inständig, daß es nicht voll belegt war und daß niemand sie für Annie halten würde. Doch die Anmeldung verlief ohne Verzögerung, und zehn Minuten später machte sie die Tür ihres Zimmers hinter sich zu und ließ sich aufs Bett sinken; gemischte Gefühle bestürmten sie: unendliches Mitleid, tief empfundener Schmerz und eisige Furcht.

Frances Grolier hielt es eindeutig für möglich, daß ihr Liebhaber Edwins Collins noch lebte.

48

Am Dienstag morgen zog Victor Orsini in Edwin Collins'
früheren Büroraum um. Am Tag zuvor hatten die Reini-
gungsleute die Wände und Fenster geputzt und den Teppich
gereinigt. Jetzt war der Raum antiseptisch sauber. Orsini
mochte nicht einmal daran denken, ihn neu herzurichten.
Nicht so, wie die Dinge sich entwickelten.

Er wußte, daß Meghan und ihre Mutter am Sonntag Collins' persönliche Habseligkeiten ausgeräumt hatten. Er ging
davon aus, daß sie die Nachricht auf dem Anrufbeantworter
gehört und die Kassette mitgenommen hatten. Er konnte sich
nur ausmalen, was sie wohl davon hielten.

Er hatte gehofft, sie würden sich nicht mit Collins'
Geschäftsunterlagen befassen, aber sie hatten sie alle mitgenommen. Aus emotionellen Gründen? Das bezweifelte er.
Meghan war gewitzt. Sie hielt nach etwas Ausschau. War es
dasselbe, was er so dringend suchte? War es irgendwo unter
diesen Papieren? Würde sie es entdecken?

Orsini hielt beim Auspacken seiner Bücher inne. Er hatte
die Tageszeitung auf dem Schreibtisch ausgebreitet, dem
Tisch, der Edwin Collins gehörte und den man bald zum
Drumdoe Inn befördern würde. Ein Bericht über den letzten Stand des Skandals um die Manning Clinic verkündete
auf der Titelseite, Fachleute von der staatlichen Aufsichts-
behörde seien am Montag in der Klinik gewesen und
Gerüchte nähmen bereits überhand, daß Helene Petrovic
womöglich viele gravierende Fehler gemacht habe. Unter
den Gefäßen mit kältekonservierten Embryos seien leere
Behälter gefunden worden, was vermuten lasse, daß Frau
Petrovics Mangel an medizinischem Fachwissen dazu geführt habe, daß Embryos falsch etikettiert oder gar zerstört
worden seien.

Aus unabhängiger Quelle, deren Identität nicht enthüllt
werden dürfe, wisse man, daß zum mindesten Klienten, die
für die Aufbewahrung ihrer Embryos beträchtlich zur Kasse
gebeten würden, überhöhte Rechnungen erhielten. In der
schlimmstmöglichen Variante hätten Frauen, die vielleicht

keine Eier mehr zur potentiellen Befruchtung erzeugen könnten, ihre Chance zur biologischen Mutterschaft verloren.

Eine Kopie des Briefes von Edwin Collins, in dem er »Dr.« Helene Petrovic nachdrücklich an Dr. George Manning empfahl, war direkt neben dem Bericht abgedruckt.

Der Brief war am 21. März vor nunmehr bald sieben Jahren geschrieben worden und trug einen Eingangsstempel vom 22. März.

Orsini runzelte die Stirn bei der Erinnerung an Collins' vorwurfsvolle, zornige Stimme, als er ihn an diesem letzten Abend vom Autotelefon aus anrief. Er starrte auf die Zeitung und Edwins kühne Unterschrift auf dem Empfehlungsbrief. Schweiß stand ihm plötzlich auf der Stirn. Irgendwo hier im Büro oder in den Unterlagen, die Meghan Collins mit nach Hause genommen hat, ist der belastende Beweis, der dieses Kartenhaus zum Einsturz bringen wird, dachte er. Aber wird ihn jemand finden?

Stundenlang war Bernie nicht in der Lage, die Wut in den Griff zu bekommen, in die der Fahrgast ihn mit seinen Sticheleien versetzt hatte. Sobald seine Mutter am Montag abend zu Bett ging, war er nach unten gelaufen, um die Videos von Meghan abzuspielen. Die Aufzeichnungen von den Nachrichtensendungen enthielten ihre Stimme, aber das Band, das er aus dem Waldstück hinter ihrem Haus aufgenommen hatte, war sein liebstes. Es machte ihn ganz verrückt danach, wieder in ihrer Nähe zu sein.

Er spielte die Bänder die ganze Nacht hindurch und legte sich erst schlafen, als die Morgendämmerung durch den Schlitz in dem Pappkarton flackerte, mit dem er das schmale Kellerfenster abgedeckt hatte. Mama würde merken, wenn sein Bett unberührt war.

Er legte sich völlig bekleidet ins Bett und zog sich gerade noch rechtzeitig die Decke über. Das Quietschen der Matratze im Nebenzimmer kündigte an, daß seine Mutter aufwachte. Einige Minuten später ging die Tür zu seinem Zimmer auf. Er wußte, daß seine Mutter nach ihm schaute. Er hielt die Augen geschlossen. Sie würde nicht annehmen, daß er innerhalb der nächsten Viertelstunde aufwachte.

Sobald die Tür wieder zu war, hockte er sich im Bett auf und plante seinen Tag.

Meghan mußte in Connecticut sein. Aber wo? Bei sich zu Hause? Im Gasthof? Vielleicht ging sie ja ihrer Mutter bei der Leitung des Gasthofs zur Hand. Wie stand es mit dem New Yorker Apartment? Vielleicht war sie dort.

Pünktlich um sieben stand er auf, zog sich Pullover und Hemd aus und statt dessen das Pyjamaoberteil über, falls Mama ihn zu sehen bekam, und ging ins Bad. Dort spritzte er sich Wasser über Gesicht und Hände, rasierte sich, putzte sich die Zähne und kämmte sich. Er lächelte sein Ebenbild im Spiegel des Arzneischränkchens an. Alle hatten immer gesagt, er habe ein warmes Lächeln. Das Problem war nur, daß sich die Silberschicht hinten am Glas ablöste und der Spiegel ein verzerrtes Bild wiedergab, genau wie die auf den Rummelplätzen. Jetzt sah er nicht warmherzig und freundlich aus.

Wie Mama es ihm beigebracht hatte, bückte er sich dann nach dem Reinigungsmittel, schüttelte eine großzügige Portion des sandigen Pulvers ins Waschbecken, rieb es kräftig mit einem Schwamm ab, spülte nach und trocknete das Becken mit dem Lappen, den Mama stets säuberlich gefaltet über den Rand der Badewanne legte.

Im Schlafzimmer machte er sein Bett, faltete das Pyjamaoberteil, zog ein sauberes Hemd an und brachte das schmutzige zum Wäschekorb.

Heute hatte Mama Kleieflocken in seine Schüssel getan. »Du siehst müde aus, Bernard«, sagte sie scharf. »Bekommst du auch genug Schlaf?«

»Ja, Mama.«

»Wann bist du denn ins Bett gegangen?«

»Ach, so um elf Uhr.«

»Ich bin um halb zwölf aufgewacht, weil ich auf die Toilette mußte. Da warst du nicht im Bett.«

»Vielleicht war's ja ein bißchen später, Mama.«

»Mir kam es so vor, als hätte ich deine Stimme gehört. Hast du mit jemand geredet?«

234

»Nein, Mama. Mit wem sollte ich denn reden?«

»Ich dachte, ich hätte eine Frauenstimme gehört.«

»Mama, das war der Fernseher.« Er schluckte die Bran Flakes und den Tee hinunter. »Ich muß früh zur Arbeit.«

Sie schaute ihm von der Tür aus nach. »Sei rechtzeitig zum Abendessen zurück. Ich will nicht den ganzen Abend in der Küche rumhängen.«

Er wollte ihr eigentlich sagen, daß er wahrscheinlich Überstunden machen müsse, wagte es aber nicht. Vielleicht würde er sie später anrufen.

Drei Straßen weiter hielt er bei einer Telefonzelle an. Es war kalt, aber das Frösteln, das er empfand, als er Meghans New Yorker Nummer wählte, lag mehr an seiner freudigen Erwartung als an den niedrigen Temperaturen. Das Klingelzeichen ertönte viermal. Als sich der Anrufbeantworter anstellte, legte er auf.

Danach rief er bei dem Haus in Connecticut an. Eine Frau meldete sich. Das muß Meghans Mutter sein, dachte Bernie. Er verstellte seine Stimme, sprach tiefer und schneller. Er wollte wie Tom Weicker klingen.

»Guten Morgen, Mrs. Collins. Ist Meghan da?«

»Wer spricht da bitte?«

»Tom Weicker vom PCD.«

»Oh, Mr. Weicker, das tut Meg bestimmt leid, daß sie Ihren Anruf verpaßt hat. Sie ist heute nicht hier.«

Bernie runzelte die Stirn. Er wollte wissen, wo sie war. »Kann ich sie erreichen?«

»Ich fürchte, nein. Aber am Spätnachmittag werd' ich von ihr hören. Möchten Sie, daß sie zurückruft?«

Bernie überlegte geschwind. Es würde falsch klingen, wenn er nicht ja sagte. Aber er wollte herausfinden, wann sie zurückkam. »Ja, sie soll mich zurückrufen. Erwarten Sie sie noch heute abend zurück?«

»Falls nicht heute, dann bestimmt morgen.«

»Danke.« Bernie legte auf, verärgert, daß er Meghan nicht erreichen konnte, aber froh, daß er nicht umsonst nach Connecticut gefahren war. Er stieg wieder in seinen Wagen und machte sich auf den Weg zum Kennedy Airport. Er konnte heute genausogut ein paar Fahrgäste aufsammeln, aber die erzählten ihm besser nicht, wie er fahren sollte.

Diesmal kamen die für den Mordfall Helene Petrovic zuständigen Kriminalbeamten nicht zu Phillip Carter. Sie riefen statt dessen am Dienstag vormittag an und erkundigten sich, ob er zu einem informellen Gespräch im Büro des Staatsanwalts im Gerichtsgebäude von Danbury vorbeischauen könne.

»Wann wollten Sie mich denn sehen?« fragte Carter.

»So bald wie möglich«, beschied ihn Arlene Weiss.

Phillip warf einen Blick auf seinen Kalender. Dort war nichts verzeichnet, was er nicht ändern konnte. »Ich kann gegen eins kommen«, schlug er vor.

»Das ist in Ordnung.«

Nach dem Telefonat versuchte er sich auf die Geschäftspost zu konzentrieren. Es waren einige Empfehlungen zu Kandidaten hereingekommen, die sie für zwei ihrer wichtigsten Kundenfirmen in Betracht zogen. Bisher wenigstens waren diese Kunden noch nicht abgesprungen.

Konnte Collins and Carter Executive Search dem Sturm standhalten? Er hoffte es. Eines aber würde er sehr bald tun: den Namen in Phillip Carter Associates ändern.

Er konnte hören, wie Orsini nebenan in Ed Collins' Büro einzog. Mach es dir nicht zu gemütlich, dachte Phillip. Es war noch zu früh, um Orsini loszuwerden. Vorläufig brauchte er ihn noch, aber Phillip hatte mehrere Nachfolgekandidaten im Visier.

Er hätte gern gewußt, ob die Polizei Catherine und Meghan erneut befragt hatte.

Er wählte Catherines Privatnummer. Als sie sich meldete, sagte er gutgelaunt: »Ich bin's. Wollte nur mal sehen, wie's so steht.«

»Das ist nett von dir, Phillip.« Ihre Stimme klang bedrückt.

»Stimmt was nicht, Catherine?« fragte er rasch. »Die Polizei hat dich doch nicht wieder belästigt, oder?«

»Nein, eigentlich nicht. Ich bin dabei, Edwins Unterlagen durchzuschauen, die Kopien seiner Spesenabrechnungen, solche Sachen halt. Weißt du, worauf Meg mich hingewiesen hat?« Sie wartete nicht erst eine Antwort ab. »Da gibt es Phasen, wo, obwohl Edwin eine Hotelrechnung über drei oder vier Tage bekam, nach den ersten ein, zwei Tagen absolut keine Extrakosten mehr auf seiner Rechnung aufgeführt sind. Nicht einmal für einen Drink oder eine Flasche Wein zum Tagesende. Ist dir das je aufgefallen?«

»Nein, es war ja nicht meine Sache, mir Edwins Abrechnungen anzuschauen, Catherine.«

»All die Akten, die ich habe, scheinen sieben Jahre zurückzureichen. Gibt es irgendeinen Grund dafür?«

»Das wäre richtig. So lange soll man nämlich die Unterlagen für eine mögliche Revision aufheben. Natürlich würde das Finanzamt noch viel weiter zurückgehen, falls sie bewußte Steuerhinterziehung vermuten.«

»Soweit ich sehe, tauchen diese fehlenden Sonderposten immer dann in Hotelrechnungen auf, wenn Edwin in Kalifornien war. Er scheint sehr häufig nach Kalifornien geflogen zu sein.«

»In Kalifornien hat sich am meisten getan, Catherine. Wir haben dort immer eine Menge Leute untergebracht. Das hat sich erst in den letzten paar Jahren geändert.«

»Dann hast du dich nie über seine häufigen Reisen nach Kalifornien gewundert?«

»Catherine, Edwin war mein Partner und Seniorchef der Firma. Wir sind beide immer dahin, wo wir meinten, Geschäfte machen zu können.«

»Entschuldige, Phillip. Ich will nicht unterstellen, daß du etwas hättest bemerken sollen, was ich als Edwins Frau seit dreißig Jahren nicht einmal vermutet hätte.«

»Eine andere Frau?«

»Möglicherweise.«

»Es ist so eine schreckliche Zeit für dich«, sagte Phillip heftig. »Wie geht's Meg eigentlich? Ist sie bei dir?«

»Meg geht's gut. Sie ist heute nicht da. Und ausgerechnet an dem Tag muß ihr Chef anrufen.«

»Kannst du dich heute abend zum Essen freimachen?«

»Nein, tut mir leid. Ich treffe mich mit Mac und Kyle im Gasthof.« Catherine zögerte. »Willst du dazukommen?«

»Ich glaube nicht, danke. Wie wär's mit morgen abend?«

»Das hängt davon ab, wann Meg zurückkommt. Kann ich dich anrufen?«

»Natürlich. Paß auf dich auf. Vergiß nicht, ich bin für dich da.«

Zwei Stunden später wurde Phillip im Büro des Staatsanwalts John Dwyer verhört. Die Ermittlungsbeamten Bob Marron und Arlene Weiss waren ebenfalls anwesend, doch Dwyer stellte die Fragen. Einige darunter waren identisch mit denen, die Catherine aufgeworfen hatte.

»Ist Ihnen zu keinem Zeitpunkt der Verdacht gekommen, daß Ihr Partner ein Doppelleben führt?«

»Nein.«

»Glauben Sie es jetzt?«

»Wo diese junge Frau, die im Leichenschauhaus von New York liegt, genau wie Meghan aussieht? Und wo Meghan selbst DNS-Untersuchungen angefordert hat? Natürlich glaub' ich's jetzt.«

»Haben Sie, wenn Sie sich den typischen Ablauf der Reisen ansehen, die Edwin Collins gemacht hat, eine Vermutung, an welchem Ort er eine intime Beziehung unterhalten haben könnte?«

»Nein, das habe ich nicht.«

Der Staatsanwalt schien die Geduld zu verlieren. »Mr. Carter, ich habe allmählich das Gefühl, daß alle, die Edwin Collins nahestanden, auf die eine oder andere Weise versuchen, ihn in Schutz zu nehmen. Lassen Sie's mich anders formulieren. Wir glauben, daß er noch lebt. Wenn es eine zweite Frau in seinem Leben gab, besonders wenn es sie schon lange gab, dann ist er jetzt vielleicht bei ihr. Einfach mal aufs Geratewohl – wo, glauben Sie, könnte das sein?«

»Ich weiß es einfach nicht«, wiederholte Phillip.

»Nun gut, Mr. Carter«, erklärte Dywer brüsk. »Werden Sie uns die Genehmigung erteilen, sämtliche Unterlagen von Collins and Carter durchzuforsten, wenn wir es für nötig halten, oder müssen wir uns dazu eine richterliche Verfügung besorgen?«

»Ich wünschte, Sie *würden* die Akten durchgehen!« fauchte Phillip. »Tun Sie doch, was Sie können, um diese grauenhafte Geschichte abzuschließen, damit anständige Leute wieder ein normales Leben führen können.«

Auf seiner Rückfahrt zum Büro merkte Phillip Carter, daß er kein Verlangen nach einem einsamen Abend verspürte. Von seinem Wagen aus wählte er erneut Catherines Nummer. Als sie sich meldete, sagte er: »Catherine, ich hab's mir anders überlegt. Wenn du und Mac und Kyle es mit mir aushalten könnt, würde ich sehr gern heute abend mit euch essen.«

Um drei Uhr rief Meghan von ihrem Hotelzimmer aus zu Hause an. Jetzt war es fünf Uhr in Connecticut, und sie wollte ihre Mutter noch vor dem Abendbetrieb im Gasthof erreichen.

Es war eine schmerzliche Unterredung. Ohne recht zu wissen, mit welchen Worten sie die Wirkung abmildern könnte, berichtete sie von dem an die Nieren gehenden Treffen mit Frances Grolier. »Es war ziemlich grauenhaft«, schloß sie. »Sie ist natürlich am Boden zerstört. Annie war ihr einziges Kind.«

»Wie alt war Annie, Meg?« fragte ihre Mutter leise.

»Ich weiß nicht. Ein bißchen jünger als ich, glaube ich.«

»Ah ja. Das heißt, sie waren schon jahrelang zusammen.«

»Ja, das stimmt«, pflichtete Meghan bei und dachte an die Fotos, die sie eben erst gesehen hatte. »Mom, da ist noch was. Frances scheint zu glauben, daß Dad noch lebt.«

»Sie *kann* doch nicht glauben, daß er noch lebt!«

»Tut sie aber. Mehr weiß ich nicht. Ich bleibe hier im Hotel, bis ich von ihr höre. Sie hat gesagt, sie will mit mir reden.«

»Was kann sie dir denn noch zu sagen haben, Meg?«

»Sie weiß noch kaum etwas über Annies Tod.«

Meghan erkannte, daß sie sich zu ausgelaugt fühlte, um weiterzureden. »Mom, ich hör' jetzt lieber auf. Wenn du Gelegenheit bekommst, Mac von dieser Sache zu erzählen, ohne daß Kyle es hört, dann tu's doch.«

Meghan hatte auf dem Bettrand gesessen. Nachdem sie sich von ihrer Mutter verabschiedet hatte, lehnte sie sich auf die Kissen zurück und schloß die Augen.

Sie wurde vom Läuten des Telefons geweckt. Sie setzte sich auf und merkte, daß der Raum um sie dunkel und kühl war. Die beleuchteten Ziffern des Radioweckers zeigten, daß es fünf nach acht war. Sie beugte sich zur Seite und griff nach dem Hörer. Ihre Stimme erschien ihren eigenen Ohren angespannt und heiser, als sie murmelte: »Hallo.«

»Meghan, hier ist Frances Grolier. Können Sie morgen so früh wie möglich zu mir kommen?«

»Ja.« Es schien einer Kränkung gleichzukommen, sich nach ihrem Befinden zu erkundigen. Wie konnte es schon einer Frau in ihrer Situation gehen? Statt dessen fragte Meghan: »Wäre Ihnen neun Uhr recht?«

»Ja, und danke.«

Obwohl sich der Kummer tief in ihr Gesicht eingegraben hatte, machte Frances Grolier am nächsten Morgen einen gefaßten Eindruck, als sie Meghan die Tür öffnete. »Ich hab' Kaffee gemacht«, sagte sie.

Mit der Tasse in der Hand saßen sie beide ziemlich steif auf dem Sofa, einander schräg zugewandt. Frances Grolier kam gleich zur Sache. »Sagen Sie mir, wie Annie umgekommen ist«, forderte sie. »Sagen Sie mir alles! Ich muß es wissen.«

Meghan begann: »Ich war beruflich im Roosevelt-St. Luke's Hospital in New York …« Wie in dem Gespräch mit ihrer Mutter versuchte sie nicht, die Dinge zu bemänteln. Sie erzählte von dem Fax, das sie bekommen hatte: *Versehen. Annie war ein Versehen.*

Frances beugte sich vor, die Augen höchst erregt. »Was soll das Ihrer Meinung nach bedeuten?«

»Das weiß ich nicht.« Sie fuhr fort, ohne irgend etwas auszulassen: von dem Notizzettel, der in Annies Tasche gefunden wurde, über Helene Petrovics gefälschte Unterlagen und Tod bis zu dem Haftbefehl gegen ihren Vater. »Man hat seinen Wagen gefunden. Sie wissen ja vielleicht, daß er einen Waffenschein besaß. Seine Pistole war im Auto. Das war die Waffe, mit der Helene Petrovic ermordet wurde. Ich halte es für völlig ausgeschlossen, daß er irgendwen umbringen könnte.«

240

»Ich auch.«

»Gestern haben Sie zu mir gesagt, daß Sie glauben, mein Vater lebt vielleicht noch.«

»Ich halte es für möglich«, sagte Frances Grolier. »Meghan, ich hoffe, daß wir uns nach dem heutigen Tag nie mehr sehen. Es wäre zu schwierig für mich, und, wie ich annehme, auch für Sie. Aber ich schulde Ihnen und Ihrer Mutter eine Erklärung.

Ich lernte Ihren Vater vor siebenundzwanzig Jahren im Palomino-Lederwarengeschäft kennen. Er wollte eine Brieftasche für Ihre Mutter kaufen und hatte zwei in die engere Wahl gezogen. Er fragte mich, welche mir besser gefiel, danach hat er mich zum Lunch eingeladen. So hat alles angefangen.«

»Er war damals erst drei Jahre verheiratet«, sagte Meghan ruhig. »Ich weiß, daß mein Vater und meine Mutter glücklich miteinander waren. Ich verstehe nicht, wieso er eine Beziehung mit Ihnen nötig hatte.« Sie hatte das Gefühl, vorwurfsvoll und gefühllos zu klingen, aber sie konnte es nicht ändern.

»Ich wußte, daß er verheiratet war«, erklärte Frances. »Er hat mir Ihr Bild und das von Ihrer Mutter gezeigt. Nach außen hin hatte Edwin alles zu bieten: Charme, gutes Aussehen, Witz, Intelligenz. Im Innern war er – oder ist er – ein zutiefst unsicherer Mensch. Meghan, versuchen Sie, ihn zu verstehen und ihm zu vergeben. In so vieler Hinsicht war Ihr Vater noch immer das verletzte Kind, das befürchtete, man könnte es wieder im Stich lassen. Er brauchte die Gewißheit, daß er noch einen Platz hatte, wo er hin konnte, einen Platz, wo ihn jemand aufnehmen würde.« Ihre Augen füllten sich mit Tränen. »Es war uns beiden recht so. Ich war in ihn verliebt, wollte aber nicht die Verantwortung für eine Ehe übernehmen. Ich wollte nur frei dafür sein, eine möglichst gute Bildhauerin zu werden. Für mich war die Beziehung gerade richtig, offen und ohne Ansprüche.«

»War denn ein Kind kein Anspruch, keine Verantwortung?« fragte Meghan.

»Annie war eigentlich nicht geplant. Als sie unterwegs war, haben wir das Haus hier gekauft und den Leuten erzählt, wir seien verheiratet. Danach war Ihr Vater fürchterlich hin und her gerissen, immer bemüht, euch beiden ein guter Vater zu sein, immer mit dem Gefühl, beiden Töchtern gegenüber zu versagen.«

»Hatte er nicht Angst, daß die Sache eines Tages auffliegt?« fragte Meghan. »Daß ihm hier jemand über den Weg läuft, so wie es mit seinem Stiefbruder passiert ist?«

»Die Furcht davor hat ihn ständig verfolgt. Annie hat ihn, als sie größer wurde, immer häufiger über seine Arbeit ausgefragt. Sie hat ihm die Geschichte nicht abgenommen, er hätte einen hochgeheimen Regierungsjob. Sie machte sich allmählich einen Namen als Reisejournalistin, Sie waren im Fernsehen zu sehen. Als Edwin letzten November schlimme Schmerzen in der Brust hatte, hat er sich geweigert, ins Krankenhaus zur Beobachtung zu gehen. Er wollte nach Connecticut zurück. Er hat gesagt: ›Wenn ich sterbe, kannst du Annie sagen, daß ich in einer Regierungsmission unterwegs war.‹ Als er das nächstemal kam, hat er mir eine Inhaberobligation über zweihunderttausend Dollar gegeben.«

Die beliehene Versicherung, dachte Meghan.

»Er hat gesagt, wenn ihm irgend etwas zustoßen sollte, wären Sie und Ihre Mutter gut versorgt, ich aber nicht.«

Meghan widersprach Frances Grolier nicht. Ihr war klar, daß sie nicht auf den Gedanken gekommen war, daß wegen der fehlenden Leiche kein Totenschein für ihren Vater ausgestellt worden war. Und sie war absolut überzeugt, daß ihre Mutter eher alles verlieren würde, als das Geld zurückzunehmen, das ihr Vater dieser Frau gegeben hatte.

»Wann haben Sie meinen Vater zum letztenmal gesehen?« fragte sie.

»Er ist am siebenundzwanzigsten Januar abgereist. Er wollte nach San Diego, um Annie zu besuchen, und anschließend am achtundzwanzigsten morgens nach Hause fliegen.«

»Warum glauben Sie, daß er noch lebt?« mußte Meghan noch fragen, bevor sie aufbrach. Sie wollte um alles in der Welt von dieser Frau wegkommen, die, wie ihr bewußt wurde, zugleich tiefes Mitleid und heftiges Mißfallen in ihr hervorrief.

»Weil er schrecklich aufgeregt war, als er ging. Er hatte etwas über seinen Mitarbeiter rausgekriegt, was ihn entsetzt hat.«

»Victor Orsini?«

»Ja, so heißt er.«

»Was hat er rausgekriegt?«

»Ich weiß nicht. Aber die Geschäfte waren seit mehreren Jahren nicht gut gelaufen. Dann gab es eine Story in der Lokalzeitung über eine Feier zum siebzigsten Geburtstag, die Dr. George Mannings Tochter für ihn veranstaltet hatte; sie wohnt etwa fünfzig Kilometer von hier entfernt. In dem Artikel wurde Dr. Manning mit dem Satz zitiert, daß er noch ein weiteres Jahr arbeiten und sich dann zurückziehen wollte. Ihr Vater hat mir gesagt, daß die Manning Clinic ein Kunde ist, und er rief Dr. Manning an. Er wollte sich um den Auftrag bewerben, einen Nachfolger für Dr. Manning zu suchen. Das Telefongespräch hat ihn schrecklich aufgeregt.«

»Warum?« fragte Meghan eindringlich. »Warum?«

»Ich weiß es nicht.«

»Versuchen Sie sich zu erinnern. Bitte. Es ist sehr wichtig.«

Grolier schüttelte den Kopf. »Als Edwin ging, waren seine letzten Worte: ›Es wird mir alles zuviel …‹ Alle Zeitungen haben die Sache mit dem Unglück auf der Brücke gebracht. Ich dachte, er ist tot, und hab' den Leuten erzählt, daß er beim Absturz eines kleinen Flugzeugs im Ausland umgekommen ist. Annie hat sich mit der Erklärung nicht zufriedengegeben.

Als er sie damals am letzten Tag in ihrer Wohnung besucht hat, gab Edwin Annie Geld, damit sie sich etwas zum Anziehen kaufen konnte. Sechs Hundertdollarscheine. Er hat offenbar nicht gemerkt, daß ihm der Notizzettel vom Drumdoe Inn mit Ihrem Namen und Ihrer Telefonnummer darauf aus der Brieftasche gefallen ist. Sie fand ihn, als Edwin weg war, und hat ihn aufgehoben.«

Frances Groliers Lippen zitterten. Ihre Stimme versagte, als sie fortfuhr: »Vor zwei Wochen ist Annie hierhergekommen und hat eine Art Showdown abgezogen. Sie hatte Ihre Nummer angerufen. Sie haben sich mit ›Meghan Collins‹ gemeldet, da hat sie aufgelegt. Sie wollte den Totenschein ihres Vaters sehen. Sie nannte mich eine Lügnerin und bestand darauf, zu erfahren, wo er ist. Ich hab' ihr schließlich die Wahrheit erzählt und sie angefleht, keinen Kontakt zu Ihnen oder Ihrer Mutter aufzunehmen. Sie hat die Büste, die ich von Ed gemacht hab', umgeschmissen und ist davongestürmt. Ich hab' sie seitdem nicht wiedergesehen.«

Grolier stand auf, legte ihre Hand auf den Kaminsims und lehnte sich mit der Stirn dagegen. »Ich hab' gestern abend mit meinem Anwalt gesprochen. Er begleitet mich morgen nachmittag nach New York, um Annies Leiche zu identifizieren und dafür zu sorgen, daß sie hierher überführt wird. Es tut mir leid wegen der Unannehmlichkeiten, die das für Sie und Ihre Mutter mit sich bringen wird.«

Meghan hatte nur noch eine Frage, die sie stellen mußte. »Warum haben Sie neulich nachts diese Nachricht für Dad hinterlassen?«

»Weil ich dachte, falls er noch leben sollte und der Telefonanschluß noch funktioniert, daß er ihn dann vielleicht aus Gewohnheit überprüft. Es war meine Methode, ihn in Notfällen zu erreichen. Er hat den Anrufbeantworter immer früh am Morgen abgehört.« Sie wandte sich Meghan wieder zu.

»Lassen Sie sich von niemandem weismachen, daß Edwin Collins dazu fähig ist, irgendwen zu töten, denn das stimmt nicht.« Sie schwieg eine Weile. »Aber er *ist* dazu fähig, ein neues Leben anzufangen, das Sie und Ihre Mutter nicht einschließt. Oder Annie und mich.«

Frances Grolier wandte sich wieder ab. Es blieb nichts mehr zu sagen übrig. Meghan warf einen letzten Blick auf die Bronzebüste ihres Vaters und ging, wobei sie leise die Tür hinter sich schloß.

49

Sobald Kyle am Mittwoch morgen im Schulbus war, machte sich Mac auf den Weg nach Trenton, New Jersey, zum Valley Memorial Hospital.

Beim Essen am Abend zuvor hatte Catherine, als Kyle für eine Weile vom Tisch weg war, rasch Mac und Phillip von Megs Anruf unterrichtet. »Ich weiß noch nicht viel, außer daß diese Frau eine langjährige Beziehung mit Edwin hatte; sie glaubt, daß er noch lebt, und das tote Mädchen, das wie Meghan aussieht, war ihre Tochter.«

»Du scheinst das erstaunlich gut zu verkraften«, war Phillips Kommentar gewesen, »oder willst du es nur noch nicht wahrhaben?«

»Ich weiß nicht mehr, was ich fühle«, hatte Catherine geantwortet, »und ich mache mir Sorgen um Meg. Ihr wißt ja, was sie für ihren Vater empfunden hat. Ich hab' noch nie jemanden gehört, der so verletzt klang wie sie, als sie heute anrief.« Dann war Kyle zurückgekehrt, und sie wechselten das Thema.

Während er auf der Route 684 durch Westchester nach Süden fuhr, versuchte Mac, seine Gedanken von Meg loszureißen. Sie hatte Edwin Collins abgöttisch geliebt, eine echte Vatertochter. Er wußte, daß diese letzten Monate, seit sie ihren Vater für tot hielt, die reinste Hölle für sie waren. Wie oft schon hatte Mac sie bitten wollen, sich bei ihm auszusprechen, anstatt alles in sich hineinzufressen. Vielleicht hätte er alles daransetzen sollen, sie aus der Reserve zu locken. Mein Gott, wieviel Zeit hatte er doch damit vergeudet, seine Wunden zu lecken, weil Ginger ihn verlassen hatte.

Jetzt sind wir wenigstens ehrlich, sagte er sich. Alle haben gewußt, daß es ein Fehler war, daß du dich mit Ginger zusammengetan hast. Du hast es doch an der Reaktion gespürt, als die Verlobung bekanntgegeben wurde. Meg hatte den Mumm, es geradeheraus zu sagen, und sie war erst neunzehn. In ihrem Brief hatte sie geschrieben, daß sie ihn liebte und daß er eigentlich vernünftig genug sein müßte, um zu wissen, daß sie das einzig richtige Mädchen für ihn sei. »Warte auf mich, Mac«, hatte sie am Schluß geschrieben.

Er hatte lange nicht mehr an den Brief gedacht. Jetzt stellte er fest, daß er neuerdings sehr oft daran dachte.

Sobald Frances Grolier Anspruch auf Annies Leiche erhob, würde die Öffentlichkeit unweigerlich erfahren, daß Edwin ein Doppelleben geführt hatte. Ob Catherine dann wohl beschloß, nicht mehr in der Gegend leben zu wollen, wo alle Edwin gekannt hatten, sondern lieber woanders von vorne anzufangen? Es konnte durchaus so kommen, vor allem, falls sie den Gasthof verlieren sollte. Das würde bedeuten, daß Meg dann auch nicht mehr da wäre. Die Vorstellung jagte ihm einen kalten Schauer über den Rücken.

Du kannst die Vergangenheit nicht ändern, dachte Mac, aber du kannst etwas für die Zukunft tun. Edwin Collins finden, falls er noch lebte, oder aber herausfinden, was mit ihm passiert war, falls er nicht mehr lebte. Das würde Meg und Catherine aus der quälenden Ungewißheit erlösen. Den Arzt aufzutreiben, mit dem Helene Petrovic möglicherweise liiert war, als sie im Dowling Center von Trenton arbeitete, mochte der erste Schritt zur Aufklärung ihrer Ermordung sein.

Mac fuhr normalerweise gern Auto. Es war eine gute Gelegenheit zum Nachdenken. Heute jedoch waren seine Gedanken ganz durcheinander und kreisten um ungelöste Probleme. Die Fahrt durch Westchester zur Tappan Zee Bridge schien sich länger als sonst hinzuziehen. Die Tappan Zee Bridge – dort, wo alles vor beinahe zehn Monaten seinen Anfang nahm, dachte er.

Von hier aus dauerte es noch anderthalb Stunden bis nach Trenton. Mac traf um halb elf im Valley Memorial Hospital ein und fragte nach dem Direktor. »Ich hab' gestern angerufen, und es hieß, daß ich ihn sprechen kann.«

Frederick Schuller war ein stämmiger Mann von etwa fünfundvierzig, dessen nachdenkliche Art im Widerspruch zu seinem bereitwilligen, warmen Lächeln stand. »Ich hab' schon von Ihnen gehört, Dr. MacIntyre. Ihre Arbeit auf dem Gebiet der Gentherapie in der Humanmedizin ist mittlerweile ziemlich aufregend, nehme ich an.«

»Sie ist wirklich aufregend«, bestätigte Mac. »Wir stehen haarscharf vor dem Durchbruch zu einem Verfahren, mit dem wir eine ganze Menge schrecklicher Krankheiten verhindern können. Am schwierigsten dabei ist, die Geduld für empirische Untersuchungen aufzubringen, wenn so viele Menschen auf praktikable Lösungen warten.«

»Ja, sicher. Ich habe diese Art von Geduld nicht; aus dem Grund wäre ich auch nie ein guter Forscher geworden. Mit anderen Worten, wenn Sie einen Tag opfern, um hierherzukommen, müssen Sie einen wirklich guten Grund dafür haben. Meine Sekretärin hat gesagt, daß es dringend ist.«

Mac nickte. Er war froh, zur Sache zu kommen. »Ich bin wegen des Skandals um die Manning Clinic hier.«

Schuller runzelte die Stirn. »Das ist wahrhaftig eine scheußliche Situation. Ich kann mir nicht vorstellen, daß irgendeine Frau, die hier am Dowling-Institut als Sekretärin gearbeitet hat, in der Lage war, sich als Embryologin zu verkaufen, ohne daß es jemand merkt. Da hat wirklich jemand Mist gebaut.«

»Oder jemand hat eine äußerst lernfähige Person ausgebildet, wenn auch, wie man sieht, nicht gut genug. Sie stoßen jetzt auf eine Menge Probleme in dem Labor, und wir reden hier von schwerwiegenden Problemen wie etwa der möglichen Fehletikettierung von Reagenzgläsern mit kältekonservierten Embryos oder sogar ihrer absichtlichen Vernichtung.«

»Wenn irgendein Gebiet nach neuer Gesetzgebung auf Bundesebene schreit, dann allen voran die künstliche Befruchtung. Die Möglichkeit von Fehlern ist einfach enorm. Man braucht bloß ein Ei mit dem falschen Sperma zu befruchten, und falls der Embryo erfolgreich eingepflanzt wird, kommt ein Säugling zur Welt, dessen genetische Struktur sich zu fünfzig Prozent von dem unterscheidet, was die Eltern mit Fug und Recht voraussetzen durften. Das Kind hat vielleicht medizinische Probleme geerbt, die man nicht vorhersehen kann. Ich –« Er brach unvermittelt ab. »Entschuldigen Sie, ich weiß, ich trage hier ja Eulen nach Athen. Wie kann ich Ihnen helfen?«

»Meghan Collins ist die Tochter von Edwin Collins, dem Mann, dem man die Vermittlung von Helene Petrovic an die Manning Clinic mit gefälschten Zeugnissen vorwirft. Meg ist Reporterin für PCD Channel 3 in New York. Letzte Woche hat sie mit der Chefin des Dowling-Instituts über Helene Petrovic gesprochen. Offenbar hatten einige von Frau Petrovics Kolleginnen den Eindruck, daß sie sich oft mit einem Arzt vom

Krankenhaus hier getroffen hat, aber niemand weiß, wer das ist. Ich versuche Meg dabei zu helfen, ihn zu finden.«

»Ist Mrs. Petrovic nicht schon vor sechs Jahren von Dowling weggegangen?«

»Vor beinahe sieben Jahren.«

»Ist Ihnen bewußt, wieviel medizinisches Personal wir hier haben, Dr. MacIntyre?«

»Ja, durchaus«, erwiderte Mac. »Und ich weiß, daß Sie auch Fachkräfte haben, die zwar nicht angestellt sind, aber regelmäßig von Ihnen zu Rate gezogen werden. Es ist ein Schuß ins Blaue, aber zum jetzigen Zeitpunkt, wo die Polizei überzeugt ist, daß Edwin Collins Mrs. Petrovic ermordet hat, können Sie sich vorstellen, wie verzweifelt seine Tochter herausfinden will, ob es in ihrem Leben jemanden gab, der Grund gehabt hätte, sie umzubringen.«

»Ja, das sehe ich ein.« Schuller begann sich Notizen auf einem Block zu machen. »Haben Sie eine Ahnung, wie lange sich wohl Mrs. Petrovic mit diesem Arzt getroffen hat?«

»Soweit ich informiert bin, ein oder zwei Jahre, bevor sie schließlich nach Connecticut ging. Aber das ist bloß eine Vermutung.«

»Es ist ein Anfang. Dann gehen wir also in den Unterlagen zu den drei Jahren zurück, die sie am Dowling Center gearbeitet hat. Und Sie glauben, derjenige hat ihr möglicherweise geholfen, genügend Geschick zu erwerben, um sich als Fachärztin auszugeben?«

»Auch wieder eine Vermutung.«

»Also gut. Ich sorge dafür, daß eine Liste zusammengestellt wird. Wir nehmen auch Leute mit hinein, die in der Fetalforschung oder in den DNS-Labors gearbeitet haben. Nicht alle medizinisch-technischen Fachkräfte sind Ärzte, aber sie sind Profis.« Er stand auf. »Was wollen Sie dann mit dieser Liste machen? Sie wird ganz schön lang.«

»Meg plant, Helene Petrovics Privatleben unter die Lupe zu nehmen. Sie will Namen von Mrs. Petrovics Freunden und Bekannten in der Rumänischen Gesellschaft herausbekommen. Dann vergleichen wir die Namen auf der privaten Liste mit der, die Sie uns schicken.«

Mac griff in seine Tasche. »Hier ist eine Kopie der Aufstellung, die ich von allen Leuten der medizinischen Belegschaft an der Manning Clinic aus der Zeit gemacht habe, als Helene Petrovic dort war. Ob's was nützt oder nicht, ich möchte Ihnen das gern dalassen. Ich wäre froh, wenn Sie als erstes diese Namen durch Ihren Computer laufen ließen.«

Er erhob sich zum Aufbruch. »Wir tappen so ziemlich im dunkeln, sind aber wirklich dankbar für Ihre Hilfe.«

»Es dauert vielleicht ein paar Tage, aber ich besorge Ihnen die gewünschten Informationen«, sagte Schuller. »Soll ich sie Ihnen schicken?«

»Am besten wohl direkt an Meghan. Ich lasse ihre Adresse und Telefonnummer da.«

Schuller begleitete ihn zur Tür. Mac nahm den Aufzug zur Eingangshalle hinunter. Als er auf den Flur trat, kam er an einem Jungen etwa in Kyles Alter vorbei, der im Rollstuhl saß. Spastische Lähmung, dachte Mac. Eine der Krankheiten, die sie allmählich durch Gentherapie in den Griff zu bekommen anfingen. Der Junge lächelte ihn strahlend an. »Hallo. Sind Sie ein Arzt?«

»Ja, aber so einer, der keine Patienten behandelt.«

»Wie die von mir.«

»Bobby!« protestierte seine Mutter.

»Ich hab' einen Sohn in deinem Alter, der sich bestimmt gut mit dir verstehen würde.« Mac fuhr dem Jungen durch die Haare.

Die Uhr über der Anmeldung zeigte Viertel nach elf. Mac beschloß, sich in der Cafeteria, die hinter der Eingangshalle lag, ein Sandwich und eine Cola zu holen. Dann konnte er später im Auto sein zweites Frühstück zu sich nehmen und gleich durchfahren. Auf diese Weise würde er spätestens bis um zwei Uhr zurück im Institut sein und konnte den ganzen Nachmittag lang arbeiten.

Ihm wurde klar, daß er nach einer Begegnung mit einem Kind im Rollstuhl wirklich keine Zeit mehr vergeuden wollte, wo es doch sein Job war, hinter die Geheimnisse genetischer Heilverfahren zu kommen.

Wenigstens hatte er gestern ein paar hundert Dollar verdient. Das war der einzige Trost, der Bernie einfiel, als er am Mittwoch morgen aufwachte. Er war um Mitternacht zu Bett gegangen und hatte glatt durchgeschlafen, weil er wirklich müde gewesen war, aber jetzt fühlte er sich gut. Heute würde es bestimmt ein besserer Tag werden; vielleicht bekam er sogar Meghan zu sehen.

Seine Mutter hatte jedoch leider eine schreckliche Laune. »Bernard, ich war die halbe Nacht wach vor lauter Kopfschmerzen. Ich mußte die ganze Zeit niesen. Ich will, daß du diese Treppe reparierst und das Geländer befestigst, damit ich wieder in den Keller hinunter kann. Ich bin mir sicher, daß du ihn nicht sauberhältst. Und ganz bestimmt steigt von da unten Staub auf.«

»Mama, ich bin nicht gut mit Reparaturen. Diese ganze Treppe ist morsch. Ich hab' gemerkt, daß sich wieder eine Stufe lockert. Willst du dir eigentlich echt was tun?«

»Ich kann's mir nicht leisten, mir was zu tun. Wer hält dann alles in Ordnung hier? Wer soll dann für dich kochen? Wer kümmert sich dann darum, daß du nicht in Schwierigkeiten gerätst?«

»Ich brauch' dich, Mama.«

»Am Morgen muß man was Ordentliches essen. Ich mach' dir immer ein gutes Frühstück.«

»Das weiß ich doch, Mama.«

Heute früh gab es einen lauwarmen Haferflockenbrei, der ihn an den Fraß im Knast erinnerte. Nichtsdestoweniger leerte Bernie seinen Teller bis zum letzten Löffel und trank seinen Apfelsaft aus.

Er fühlte sich entspannt, als er rückwärts aus der Einfahrt herausfuhr und seiner Mutter zum Abschied zuwinkte. Er war froh, daß er gelogen und ihr erzählt hatte, noch eine Treppenbohle hätte sich gelockert. Eines Abends vor zehn Jahren hatte sie angekündigt, sie werde am nächsten Tag den Keller inspizieren, um zu sehen, ob Bernard alles hübsch in Ordnung hielt.

Ihm war damals klar, daß er das nicht zulassen durfte. Er hatte sich gerade seinen ersten Polizeifunkempfänger gekauft.

Mama hätte gemerkt, daß es ein teures Gerät war. Sie nahm an, daß er nur einen alten Fernsehapparat da unten hatte und ihn benützte, wenn sie im Bett war, damit sie nicht gestört wurde.

Mama sah sich nie seine Kreditkartenabrechnungen an. Sie fand, er müßte es lernen, sich selbst darum zu kümmern. Sie gab ihm auch die Telefonrechnung im verschlossenen Kuvert, denn »ich rufe eh nie jemand an«, wie sie sagte. Sie hatte keine Ahnung, wieviel Geld er für Geräte ausgab.

Als er sie dann in jener Nacht gleichmäßig schnarchen hörte und wußte, daß sie fest schlief, hatte er die oberen Treppenstufen gelockert. Sie war dann ordentlich gestürzt. Ihre Hüfte war völlig zertrümmert. Monatelang mußte er sie in jeder Hinsicht bedienen, aber die Sache war es wert gewesen. Daß Mama wieder nach unten ging? Danach bestimmt nicht mehr.

Bernie entschied sich widerstrebend, wenigstens den Vormittag über zu arbeiten. Meghans Mutter hatte gesagt, sie käme heute zurück. Das konnte *irgendwann* heute bedeuten. Er konnte nicht noch einmal anrufen und sich als Tom Weicker ausgeben. Vielleicht hatte Meghan bereits im Sender angerufen und herausgefunden, daß Tom gar nicht versucht hatte, sie zu erreichen.

Der Tag war nicht günstig dafür, Fahrgäste aufzutreiben. Er stand in der Nähe der Gepäckausgabe herum, mit den anderen »Zigeunerfahrern« und diesen Chauffeuren mit ihren dicken Schlitten und den Namensschildern der Fahrgäste in der Hand, auf die sie warteten.

Er ging auf eintreffende Passagiere zu, während sie die Rolltreppe herunterkamen. »Sauberer Wagen, billiger als ein Taxi, prima Fahrer.« Seine Lippen fühlten sich wie in einem ewigen Lächeln erstarrt an.

Das Dumme war, daß so viele Schilder herumhingen, auf denen die Reisenden davor gewarnt wurden, mit Wagen zu fahren, die nicht offiziell als Taxis zugelassen waren. Mehrere Leute wollten schon mit ihm einig werden, änderten dann aber ihre Meinung.

Eine alte Frau ließ ihn ihre Koffer zum Bordstein tragen und erklärte dann, sie würde auf ihn warten, bis er sein Auto geholt hätte. Er versuchte das Gepäck mitzunehmen, aber sie plärrte ihn an, er solle es hinstellen.

Die Leute drehten sich nach ihm um.

Hätte er sie bloß allein zu fassen gekriegt! Ihm Scherereien machen zu wollen, obwohl er doch nur nett zu sein versuchte! Aber er wollte natürlich keine Aufmerksamkeit erregen, also erklärte er: »Aber ja, Ma'am. Ich hol' ganz schnell den Wagen her.«

Als er fünf Minuten später vorfuhr, war sie verschwunden.

Jetzt reichte es ihm endgültig. Heute würde er keine miesen Trottel herumfahren. Ohne ein Paar zu beachten, das nach ihm rief und fragte, was er nach Manhattan verlange, fuhr er los, zum Grand Central Parkway, und wählte, nachdem er die Maut für die Triborough Bridge bezahlt hatte, die Ausfahrt zur Bronx, dieselbe, die auch nach New England führte.

Mittags saß er mit einem Hamburger und einem Bier an der Bar im Drumdoe Inn, wo Joe, der Barkeeper, ihn wie einen alten Stammgast begrüßte.

50

Catherine ging am Mittwoch morgen zum Gasthof hinüber und arbeitete bis halb zwölf im Büro. Es gab zwanzig Reservierungen zum Mittagessen. Selbst wenn noch unangemeldete Gäste dazukamen, konnte Tony sehr gut allein mit der Küche fertig werden, das wußte sie. Sie ging lieber nach Hause, um Edwins Akten weiter durchzusehen.

Als sie durch den Empfangsbereich kam, warf sie einen Blick in die Bar. Dort saßen schon zehn oder zwölf Leute, darunter einige mit einer Speisekarte. Nicht schlecht für einen Werktag. Zweifellos fing die Wirtschaft an, sich zu erholen. Besonders am Abend war der Betrieb fast wieder so gut, wie er es vor der Rezession gewesen war. Doch das hieß noch lange nicht, daß sie den Gasthof halten konnte.

Als sie in ihr Auto einstieg, dachte sie, wie verrückt es eigentlich war, daß sie sich nicht dazu zwang, die kurze Entfernung zwischen Haus und Gasthof zu Fuß zu gehen. Ich hab's ständig eilig, dachte sie, aber leider wird das wohl bald nicht mehr nötig sein.

Der Schmuck, den sie am Montag verpfändet hatte, hatte viel weniger gebracht, als sie erwartet hatte. Ein Juwelier hatte angeboten, alles in Kommission zu nehmen, sie aber darauf aufmerksam gemacht, daß die Zeit dafür nicht günstig sei. »Das sind schöne Stücke hier«, hatte er erklärt, »und der Markt wird wieder besser werden. Falls Sie nicht das Geld unbedingt sofort brauchen, rate ich Ihnen dringend, nicht zu verkaufen.«

Sie hatte die Sachen nicht verkauft. Mit der Verpfändung des gesamten Bestands bei Provident Loan erzielte sie wenigstens genug, um die vierteljährlichen Steuern für den Gasthof bezahlen zu können. Doch in drei Monaten würden sie erneut fällig sein.

Auf ihrem Schreibtisch lag eine Notiz eines aggressiven, auf Gewerbe-Immobilien spezialisierten Maklers. »Haben Sie vielleicht Interesse, Ihren Gasthof zu verkaufen? Wir haben möglicherweise einen Käufer.«

Ein Notverkauf ist genau das, was dieser Aasgeier will, sagte sich Catherine, als sie über den Schotter zur Ausfahrt des Parkplatzes fuhr. Und ich muß vielleicht darauf eingehen. Für eine Weile hielt sie an und blickte auf den Gasthof zurück. Ihr Vater hatte ihn im Stil eines Herrenhauses aus Natursteinen in Drumdoe erbaut, das er als Junge für so edel gehalten hatte, daß es nur Leute von Stand wagen würden, dort einzutreten.

»Ich war über jeden Botendienst froh, wegen dem ich dorthin geschickt wurde«, hatte er Catherine erzählt. »Und von der Küche aus hab' ich dann reingelinst, um noch mehr mitzukriegen. Einmal war die Familie nicht da, und die Köchin hat sich meiner erbarmt. ›Willst du gern den Rest des Hauses sehen?‹ hat sie gefragt und mich an der Hand genommen. Catherine, diese gute Frau hat mir damals das ganze Haus gezeigt. Und jetzt haben wir selbst genau so eins.«

Catherine spürte, wie sich ihr die Kehle zusammenzog, als sie das anmutige Herrenhaus in seinem georgianischen Stil mit den schönen Flügelfenstern und der massiven, geschnitzten Eichentür betrachtete. Es kam ihr immer so vor, als hielte sich Pop drinnen versteckt, ein wohlwollender Hausgeist, der noch immer herumstolzierte, noch immer vor dem Kaminfeuer im Wohnzimmer seine Ruhepause einlegte.

Er würde mich wirklich als Geist heimsuchen, wenn ich es verkaufen würde, dachte sie und gab Gas.

Das Telefon klingelte, als sie die Haustür aufschloß. Sie hastete hinüber und nahm den Hörer ab. Es war Meghan.

»Mom, ich muß mich beeilen. Das Flugzeug nimmt schon Passagiere an Bord. Ich hab' heute morgen wieder Annies Mutter getroffen. Sie und ihr Anwalt fliegen heute abend nach New York, um Annies Leiche zu identifizieren. Ich erzähl' dir davon, wenn ich heimkomme. Das sollte so gegen zehn sein.«

»Ich bin dann hier. Ach, Meg, entschuldige. Dein Chef, Tom Weicker, wollte, daß du ihn anrufst. Ich hab' gestern, als wir miteinander geredet haben, einfach nicht dran gedacht, es dir zu sagen.«

»Es wär' sowieso zu spät gewesen, um ihn im Büro zu erwischen. Warum rufst du ihn nicht eben an und sagst ihm, daß ich mich morgen melde. Ich bin sicher, daß er mir keinen Auftrag erteilen will. Ich geh' jetzt lieber. Ich hab' dich lieb.«

Dieser Job ist Meg so wichtig, dachte Catherine voller Selbstvorwürfe. Wie konnte ich nur vergessen, ihr von Mr. Weickers Anruf zu erzählen? Sie blätterte ihr Adreßbuch auf der Suche nach der Nummer von Channel 3 durch.

Komisch, daß er mir nicht seine Durchwahl gegeben hat, überlegte sie, während sie darauf wartete, daß sie mit Weickers Sekretärin verbunden wurde. Dann aber fiel ihr ein, daß Meg ja die Nummer wußte.

»Er will bestimmt mit Ihnen sprechen, Mrs. Collins«, sagte die Sekretärin, nachdem sie sich gemeldet hatte.

Catherine hatte Tom Weicker etwa ein Jahr zuvor kennengelernt, als Meg sie durch den Sender führte. Sie hatte ihn gemocht, doch, wie sie danach feststellte, »ich hätte keine Lust, vor Tom Weicker erscheinen zu müssen, wenn ich irgendeinen ernsten Schnitzer gemacht hätte«.

»Wie geht's Ihnen, Mrs. Collins, und wie geht's Meg?« sagte Weicker, als sie durchgestellt wurde.

»Uns geht's gut, danke.« Sie erklärte, warum sie anrief.

»Ich hab' gestern nicht mit Ihnen geredet«, sagte er.

Du liebe Zeit, dachte Catherine, ich werde doch nicht noch verrückt neben all dem anderen, oder? »Mr. Weicker, jemand hat angerufen und Ihren Namen benützt. Haben Sie jemandem den Auftrag zu diesem Anruf gegeben?«

»Nein. Was hat dieser Mann im einzelnen zu Ihnen gesagt?«

Catherines Hände wurden feucht. »Er wollte wissen, wo Meg ist und wann sie wieder zurückkommt.« Mit dem Hörer in der Hand ließ sie sich auf einen Sessel fallen. »Mr. Weicker, neulich abend hat jemand Meg von hinter unserem Haus aus fotografiert.«

»Weiß die Polizei davon?«

»Ja.«

»Dann geben Sie ihr auch von diesem Anruf Bescheid. Und halten Sie mich bitte auf dem laufenden, falls Sie noch mehr solche Anrufe bekommen. Sagen Sie Meg, daß sie uns fehlt.«

Er meinte es ehrlich. Da war sie sich sicher, und er machte sich offenbar ernsthaft Sorgen. Catherine kam zu dem Schluß, daß ihre Tochter Weicker all das, was sie in Scottsdale über die junge Tote, die ihr so ähnlich war, in Erfahrung gebracht hatte, bestimmt als Exklusivstory überlassen hatte.

Vor den Medien kann man es sowieso nicht verbergen, dachte Catherine. Frances Grolier würde nach New York kommen, um Anspruch auf die Leiche ihrer Tochter zu erheben.

»Mrs. Collins, ist alles in Ordnung mit Ihnen?«

»Ja, und da gibt es etwas, was Sie als erster erfahren sollten. Meg ist gestern nach Scottsdale, Arizona, geflogen, weil …«

Sie berichtete ihm, was sie wußte, und beantwortete anschließend seine Fragen. Die letzte fiel ihr am schwersten.

»Als Nachrichtenmann muß ich Sie das fragen, Mrs. Collins. Was empfinden Sie jetzt Ihrem Mann gegenüber?«

»Ich weiß nicht, was ich jetzt für meinen Mann empfinde«, erwiderte Catherine. »Ich weiß allerdings, daß mir Frances

Grolier sehr, sehr leid tut. Ihre Tochter ist tot. Meine Tochter lebt und wird heute abend wieder bei mir sein.«

Als sie schließlich wieder auflegen konnte, ging Catherine ins Eßzimmer und setzte sich an den Tisch, wo die Unterlagen noch so dalagen, wie sie sie zurückgelassen hatte. Mit den Fingerspitzen rieb sie sich die Schläfen. Kopfweh machte sich bemerkbar, ein dumpfer, hartnäckiger Schmerz.

Die Türklingel läutete sanft. Gott steh mir bei, daß es nicht die Leute vom Staatsanwalt oder irgendwelche Reporter sind, dachte sie, während sie müde auf die Beine kam.

Durch das Wohnzimmerfenster konnte sie einen großgewachsenen Mann unter dem Vordach stehen sehen. Wer das wohl sein mochte? Flüchtig bekam sie sein Gesicht ins Blickfeld. Überrascht eilte sie zur Haustür, um zu öffnen.

»Hallo, Mrs. Collins«, sagte Victor Orsini. »Ich bitte um Verzeihung. Ich hätte vorher anrufen sollen, aber ich war in der Nähe und dachte, ich probier's und schaue vorbei. Ich hoffe, daß vielleicht ein paar Papiere, die ich brauche, in Edwins Akten geraten sind. Würde es Ihnen etwas ausmachen, wenn ich sie eben durchgehe?«

Meghan nahm den Flug 292 der Linie America West, Startzeit 13 Uhr 25 ab Phoenix und geplante Ankunft um 20 Uhr 05 Ortszeit in New York. Sie war dankbar, daß sie einen Fenstersitz bekommen hatte. Der mittlere Platz war nicht besetzt, die etwa vierzigjährige Frau zum Gang hin schien jedoch redselig zu sein.

Um ihr zu entgehen, verstellte Meg ihre Sitzlehne nach hinten und schloß die Augen. Sie ließ jede Einzelheit ihrer Zusammenkunft mit Frances Grolier wieder vor ihrem geistigen Auge ablaufen. Während all dies wieder an ihr vorbeizog, schienen ihre Gefühle Achterbahn zu fahren und schlingerten von einem Extrem ins andere.

Zorn auf ihren Vater. Zorn auf Frances.

Eifersucht, daß es noch eine Tochter gegeben hatte, die ihr Vater geliebt hatte.

Neugier, was Annie betraf. Sie war eine Reisejournalistin. Sie muß intelligent gewesen sein. Sie sah wie ich aus. Sie war meine Halbschwester, dachte Meghan. Sie atmete noch, als man sie in den Krankenwagen legte. Ich war bei ihr, als sie starb, und ich hätte nie erfahren, daß es sie überhaupt gab.

Mitgefühl für alle: für Frances Grolier und Annie, für ihre Mutter und für sich selbst. Und für Dad, dachte Meghan. Vielleicht vermag ich ihn eines Tages so zu sehen, wie Frances es tut. Ein verletzter kleiner Junge, der sich nur geborgen fühlen konnte, solange er sicher war, daß es einen Platz gab, wo er hin konnte, einen Platz, wo man ihn haben wollte.

Aber trotzdem, ihr Vater hatte nicht nur ein Zuhause gehabt, wo man ihn liebte, sondern zwei, dachte sie. Hatte er beide nötig, zum Ausgleich für die beiden, die er als Kind kannte, Orte, wo man ihn weder haben wollte noch liebte?

Die Stewardessen begannen Getränke zu verteilen. Meghan bestellte ein Glas Rotwein und trank ihn langsam, froh über die Wärme, die sich in ihrem Körper auszubreiten begann. Sie warf einen Blick zur Seite. Die Frau zwei Sitze weiter war zum Glück in ein Buch vertieft.

Die Lunchportionen wurden ausgeteilt. Meghan hatte keinen Hunger, nahm aber den Salat, das Brötchen und den Kaffee. Ihr Kopf wurde allmählich klarer. Sie holte sich einen Schreibblock aus ihrer Umhängetasche und begann bei einer zweiten Tasse Kaffee, sich Notizen zu machen.

Jenes Stück Papier mit ihrem Namen und ihrer Telefonnummer darauf hatte Annies Auseinandersetzung mit Frances ausgelöst, ihre Forderung, die Wahrheit zu erfahren. Frances hat gesagt, daß Annie mich anrief und einhängte, als ich mich meldete, dachte Meghan. *Wenn sie doch bloß mit mir geredet hätte.* Dann wäre sie womöglich nie nach New York gekommen. Dann würde sie vielleicht noch leben.

Kyle hatte Annie offensichtlich gesehen, als sie in Newtown herumgefahren war. Hatte sie sonst noch jemand dort gesehen?

Ich wüßte gern, ob Frances ihr gesagt hat, wo Dad gearbeitet hat, dachte Meghan und notierte sich die Frage.

Dr. Manning. Frances zufolge war Dad nach dem Telefonat mit ihm am Tag, bevor Dad dann verschwand, ganz erregt gewesen. Den Zeitungen zufolge behauptete Dr. Manning, das Gespräch sei freundlich verlaufen. Was hat Dad dann so aufgeregt?

Victor Orsini. War er der Schlüssel zu all dem? Laut Frances war Dad wegen etwas, was er über ihn herausgefunden hatte, völlig entsetzt gewesen.

Orsini. Meghan unterstrich seinen Namen dreimal. Er hatte seine Stelle um die Zeit herum angetreten, als Helene Petrovic der Manning Clinic als Kandidatin empfohlen wurde. Gab es da einen Zusammenhang?

Das letzte, was Meghan aufschrieb, waren drei Wörter. *Lebt Dad noch?*

Das Flugzeug landete pünktlich kurz nach acht Uhr. Als Meghan den Sicherheitsgurt aufschnappen ließ, schloß die Frau am Gang ihr Buch und wandte sich ihr zu. »Jetzt ist es mir wieder eingefallen«, sagte sie befriedigt. »Ich bin eine Reiseagentin, und ich weiß, daß man jemand, der keine Lust hat zu reden, auch nicht stören sollte. Aber ich wußte einfach, daß ich Sie schon mal irgendwo gesehen hab'. Es war auf einer Konferenz vom ASTA, vom Amerikanischen Reiseverband, in San Francisco letztes Jahr. Sie sind doch Annie Collins, die Reisejournalistin, stimmt's?

Bernie saß an der Bar, als Catherine beim Verlassen des Gasthofs einen Blick hineinwarf. Er sah sie im Spiegel, wandte jedoch sofort den Blick ab und griff nach der Speisekarte, als sie in seine Richtung schaute.

Er wollte nicht, daß sie ihn bemerkte. Es war nie eine gute Idee, wenn Leute einem besondere Aufmerksamkeit schenkten. Sie fingen dann vielleicht an, Fragen zu stellen. Schon von dem flüchtigen Eindruck im Spiegel konnte er sich zusammenreimen, daß Meghans Mutter wie eine smarte Dame aussah. Ihr konnte man nicht allzuviel vormachen.

Wo war Meghan? Bernie bestellte noch ein Bier, fragte sich dann, ob ihn nicht Joe, der Barkeeper, allmählich mit dieser Art Gesichtsausdruck ansah, wie ihn die Cops hatten, wenn sie ihn anhielten und sich erkundigten, was er vorhabe.

Man brauchte dann nur zu erklären: »Ich hänge bloß so herum«, und sie überschütteten einen mit ihren Fragen.

»Warum?« – »Wen kennen Sie hier in der Gegend?« – »Kommen Sie oft hierher?«

Das waren die Fragen, von denen er nicht wollte, daß die Leute hier sie auch nur zu denken anfingen.

Wirklich wichtig war es, die Leute daran zu gewöhnen, daß sie einen sahen. Wenn man daran gewöhnt ist, jemanden die ganze Zeit zu sehen, dann sieht man ihn eigentlich gar nicht. Er und der Gefängnispsychiater hatten sich darüber unterhalten.

Eine innere Stimme warnte ihn, daß es gefährlich wäre, wenn er noch einmal in den Wald hinter Meghans Haus gehen würde. So, wie der Junge geschrien hatte, lag es nahe, daß irgendwer die Polizei benachrichtigt hatte. Vielleicht überwachten sie die Stelle jetzt.

Wenn er aber Meghan nie bei der Arbeit über den Weg lief, weil sie vom Channel 3 beurlaubt war, und auch nicht in die Nähe ihres Hauses konnte, wie sollte er sie dann noch zu sehen bekommen?

Während er schluckweise sein zweites Bier trank, kam ihm plötzlich die Antwort, ganz leicht und einfach.

Das hier war nicht nur ein Restaurant, es war ein *Gasthof*. Leute übernachteten hier. Draußen gab es ein Schild, auf dem ZIMMER FREI stand. Von den nach Süden gelegenen Fenstern aus mußte man einen guten Blick auf Meghans Haus haben. Wenn er sich ein Zimmer mietete, konnte er kommen und gehen, ohne daß sich irgend jemand etwas dabei dachte. Sie würden damit rechnen, daß sein Wagen die ganze Nacht über dort stand. Er konnte behaupten, seine Mutter sei im Krankenhaus, würde aber in ein paar Tagen entlassen und brauchte dann ein ruhiges Plätzchen, wo sie sich ausruhen konnte und nicht zu kochen brauchte.

»Sind die Zimmer hier teuer?« fragte er den Barkeeper. »Ich muß einen Platz für meine Mutter finden, damit sie wieder zu Kräften kommt, wenn Sie wissen, was ich meine. Sie ist nicht mehr krank, aber noch ziemlich schwach und kann jetzt nicht alleine für sich herumhängen.«

»Die Gästezimmer sind super«, sagte Joe. »Sie sind erst vor zwei Jahren renoviert worden. Zur Zeit sind sie nicht teuer. Es ist ja keine Hauptsaison. In ungefähr drei Wochen, ums Ernte-dankfest herum, gehen die Preise rauf und bleiben die Skisai-son hindurch oben. Danach gibt's wieder einen Nachlaß bis April oder Mai.«

»Meine Mutter mag viel Sonne.«

»Ich weiß, daß die Zimmer zur Hälfte leer sind. Reden Sie mit Virginia Murphy. Sie ist Mrs. Collins' Assistentin und kümmert sich um alles.«

Das Zimmer, das sich Bernie aussuchte, war noch besser, als er erwartet hatte. An der Südseite des Gasthofs gelegen, ging es direkt aufs Haus der Collins' hinaus. Selbst bei all den elek-tronischen Geräten, die er sich in letzter Zeit gekauft hatte, blieb ihm noch reichlich Spielraum mit seiner Kreditkarte. Er konnte hier lange Zeit bleiben.

Murphy nahm sie mit einem freundlichen Lächeln entge-gen. »Wann wird Ihre Mutter eintreffen, Mr. Heffernan?« fragte sie.

»Die nächsten paar Tage kommt sie noch nicht«, erklärte Bernie. »Ich möchte das Zimmer zur Verfügung haben, bis sie aus dem Krankenhaus kommt. Es ist eine zu weite Fahrt, jeden Tag von Long Island hierher und wieder zurück.«

»Das kann man wohl sagen, und der Verkehr ist manchmal schlimm. Haben Sie Gepäck?«

»Das bringe ich später nach.«

Bernie fuhr nach Hause. Nach dem Abendessen mit Mama erzählte er ihr, sein Boß habe ihn beauftragt, den Wagen eines Kunden nach Chicago zu chauffieren. »Ich bin ungefähr drei oder vier Tage weg, Mama. Es ist ein teures neues Auto, und sie wollen nicht, daß ich zu schnell fahre. Sie schicken mich dann mit dem Bus zurück.«

»Wieviel zahlen sie dir dafür?«

Bernie griff einen Betrag aus der Luft. »Zweihundert Dollar pro Tag, Mama.«

Sie schnaufte auf. »Mir wird ganz schlecht, wenn ich dran denke, wie ich geschuftet hab', um dich zu ernähren, und so gut wie gar nichts gekriegt hab', und du kriegst zweihundert Dollar am Tag dafür, daß du einen schicken Wagen herum-fährst.«

»Er will, daß ich heute abend losfahre.« Bernie ging ins Schlafzimmer und warf ein paar Sachen zum Anziehen in den schwarzen Nylonkoffer, den Mama vor Jahren aus zweiter Hand gekauft hatte. Er sah nicht schlecht aus. Mama hatte ihn gereinigt.

Er achtete darauf, genügend Videokassetten für seine Kamera einzupacken, all seine Objektive und sein Mobiltelefon.

Er verabschiedete sich von Mama, küßte sie aber nicht. Sie gaben sich nie einen Kuß. Mama hatte etwas gegen Küsse. Wie gewöhnlich stand sie an der Tür und schaute ihm nach, als er wegfuhr. Ihre letzten Worte an ihn waren: »Mach keine Dummheiten, Bernard.«

Meghan kam kurz vor halb elf zu Hause an. Ihre Mutter hatte Käse mit Crackers und Weintrauben auf dem Couchtisch im Wohnzimmer hergerichtet und Wein in der Karaffe kühlgestellt. »Ich dachte, du kannst eine kleine Stärkung gebrauchen.«

»Ich brauche etwas. Ich bin gleich wieder unten. Ich mach's mir eben bequemer.«

Sie trug ihre Tasche nach oben, wechselte in einen Pyjama, Morgenrock und Hausschuhe, wusch sich das Gesicht, bürstete die Haare und straffte sie mit einem Band nach hinten.

»Jetzt fühl' ich mich besser«, sagte sie, als sie wieder ins Wohnzimmer kam. »Macht es dir etwas aus, wenn wir heute abend nicht alles bereden? Das Wesentliche weißt du. Dad und Annies Mutter hatten siebenundzwanzig Jahre lang ein Verhältnis. Sie hat ihn zum letztenmal gesehen, als er sich auf die Heimreise zu uns machte und nie ankam. Sie und ihr Anwalt fliegen heute abend mit der Nachtmaschine um elf Uhr fünfundzwanzig von Phoenix aus. Sie landen morgen früh gegen sechs in New York.«

»Wieso hat sie nicht bis morgen abgewartet? Wieso sollte irgendwer die ganze Nacht über fliegen wollen?«

»Ich vermute, daß sie die ganze Angelegenheit so schnell wie möglich hinter sich bringen will. Ich hab' sie gewarnt, daß die Polizei bestimmt mit ihr reden will und es wahrscheinlich einen riesigen Medienrummel gibt.«

»Meg, ich hoffe, ich hab' das richtig gemacht.« Catherine zögerte. »Ich hab' Tom Weicker von deiner Reise nach Scottsdale erzählt. PCD hat die Geschichte über Annie in den Sechs-Uhr-Nachrichten gebracht und bringt sie bestimmt noch mal um elf. Ich glaube, sie waren so rücksichtsvoll wie möglich zu dir und mir, aber es ist kein schöner Bericht. Ich sollte dir vielleicht noch sagen, daß ich das Telefon leise gestellt und den Anrufbeantworter angemacht habe. Ein paar Reporter sind an der Tür erschienen, aber ich konnte ihre Funkwagen draußen sehen und hab' nicht aufgemacht. Sie sind beim Gasthof aufgetaucht, und Virginia hat gesagt, ich sei verreist.«

»Ich bin froh, daß du Tom eingeweiht hast«, sagte Meg. »Ich hab' gern für ihn gearbeitet. Ich will, daß er die Story exklusiv hat.«

Sie versuchte ihre Mutter anzulächeln. »Du hast Mumm.«

»Was bleibt uns schon anderes übrig. Und, Meg, er hat gestern *nicht* wegen dir angerufen. Inzwischen ist mir klar, daß der Mann, der tatsächlich angerufen hat, wer immer es war, in Wirklichkeit herausfinden wollte, wo du bist. Ich hab' die Polizei informiert. Sie wollen das Haus unter Beobachtung halten und regelmäßig in dem Wäldchen nachschauen.« Catherines Selbstbeherrschung versagte. »Meg, ich habe Angst um dich.«

Meg überlegte: Wer in aller Welt hatte nur auf die Idee kommen können, Weickers Namen zu benützen?

Sie sagte: »Mom, ich weiß nicht, was da los ist. Aber die Alarmanlage ist doch an, ja?«

»Ja.«

»Dann können wir uns doch jetzt die Nachrichten ansehen. Es ist Zeit.«

Mumm aufzubringen ist eine Sache, dachte Meg, aber die Gewißheit, daß einige hunderttausend Leute sich einen Bericht anschauen, der das eigene Privatleben verhackstückt, ist ganz etwas anderes.

Sie schaute und hörte zu, wie Joel Edison, der PCD-Moderator der Elf-Uhr-Nachrichten, auf angemessen ernste Weise die Einführungsworte sprach. »Wie wir bereits exklusiv in unserer Nachrichtensendung um achtzehn Uhr berichtet haben, ist Edwin Collins, der seit dem achtundzwanzigsten Januar unauffindbar ist und als mutmaßlicher Täter in dem Mordfall der Manning Clinic gilt, der Vater der jungen Frau, die vor zwölf Tagen mitten in Manhattan erstochen wurde. Mr. Collins …

… der auch der Vater unserer Kollegin Meghan Collins ist … Haftbefehl … hatte zwei Familien … in Arizona bekannt als Ehemann der namhaften Bildhauerin Frances Grolier …«

»Die haben offenbar auch selbst recherchiert«, sagte Catherine. »Das hab' ich ihnen nicht gesagt.«

Endlich kam Werbung.

Meg drückte den »Aus«-Knopf auf der Fernbedienung, und der Bildschirm wurde dunkel. »Annies Mutter hat mir noch etwas gesagt: Als Dad zum letztenmal in Arizona war, hat ihn etwas total entsetzt, was er über Victor Orsini erfahren hatte.«

»Victor Orsini!«

Die Bestürzung im Tonfall ihrer Mutter verblüffte Meg. »Ja. Wieso? War irgendwas los mit ihm in der Zwischenzeit?«

»Er war heute hier. Er hat gefragt, ob er Edwins Unterlagen durchgehen kann. Er hat behauptet, daß ein paar Papiere dabei sind, die er braucht.«

»Hat er irgendwas mitgenommen? Hast du ihn mit den Akten allein gelassen?«

»Nein. Oder höchstens eine Minute. Er war ungefähr eine Stunde lang hier. Als er ging, kam er mir enttäuscht vor. Er hat gefragt, ob das ganz bestimmt alle Unterlagen sind, die wir mit nach Hause genommen haben. Meg, er hat mich angefleht, Phillip vorläufig nichts davon zu erzählen, daß er hier war. Ich hab's ihm versprochen, wußte aber nicht, was ich davon halten soll.«

»Was ich davon halte, ist, daß unter diesen Papieren irgend etwas steckt, von dem er nicht will, daß wir's finden.« Meg erhob sich. »Ich schlage vor, daß wir jetzt ins Bett gehen. Du kannst dich darauf verlassen, daß morgen wieder überall

Journalisten herumschwirren, aber du und ich, wir werden uns den ganzen Tag über die Akten vornehmen.«

Sie schwieg eine Weile, fügte dann hinzu: »Ich wünschte bloß, wir wüßten, wonach wir überhaupt suchen.«

Bernie war am Fenster seines Zimmers im Drumdoe Inn, als Meghan zu Hause eintraf. Er hatte seine Kamera mit dem Teleobjektiv in Bereitschaft und ließ sie abfahren, sobald Meghan das Licht in ihrem Schlafzimmer anmachte. Er seufzte vor Vergnügen, als sie ihre Jacke auszog und die Bluse aufknöpfte.

Dann kam sie herüber und verstellte die Jalousielamellen, schloß sie jedoch nicht völlig, und so bekam er Meghan zwischendurch noch halbwegs ins Visier, während sie sich beim Ausziehen hin und her bewegte. Er wartete ungeduldig, als sie ins Erdgeschoß ging. Er konnte nicht sehen, in welchem Teil des Hauses sie sich jetzt aufhielt.

Was er jedoch mitbekam, machte ihm bewußt, wie schlau er doch gewesen war. Ein Streifenwagen fuhr etwa alle zwanzig Minuten am Haus der Collins' langsam vorbei. Darüber hinaus sah er den Lichstrahl von Taschenlampen im Wald aufblitzen. Man hatte also die Cops benachrichtigt. Sie hielten Ausschau nach ihm.

Was sie wohl denken würden, wenn sie wüßten, daß er genau hier war und sie beobachtete und sich über sie amüsierte? Aber er mußte sich in acht nehmen. Er wollte die Gelegenheit haben, in Meghans Nähe zu sein, begriff aber jetzt, daß es nicht im Umkreis ihres Hauses sein konnte. Er mußte warten, bis sie allein in ihrem Auto wegfuhr. Sobald er sie zur Garage gehen sah, brauchte er bloß schnell nach unten zu laufen und in seinem eigenen Wagen zu warten, bis sie am Gasthof vorbeikam.

Er mußte einfach allein mit ihr sein, wie ein echter Freund mit ihr reden. Es verlangte ihn zu sehen, wie ihre Lippen sich beim Lächeln verzogen, wie ihr Körper sich bewegte, so wie vorhin gerade, als sie die Jacke auszog und die Bluse aufmachte.

Meghan würde es verstehen, daß er ihr niemals etwas zuleide tun würde. Er wollte einfach nur ihr Freund sein.

In dieser Nacht kam Bernie nicht viel zum Schlafen. Es war zu interessant, der Polizei zuzuschauen, wie sie hin und her fuhr.

Hin und her.

Hin und her.

51

Phillip rief als erster am Donnerstag morgen an. »Ich hab' gestern abend den Bericht in den Nachrichten gehört, und alle Zeitungen sind voll davon heute morgen. Kann ich für ein paar Minuten vorbeikommen?«

»Aber natürlich«, sagte Catherine. »Wenn du dir einen Weg durch die Presseleute bahnen kannst. Sie belagern das Haus.«

»Dann geh' ich hinten herum.«

Es war neun Uhr. Meg und Catherine frühstückten gerade. »Ob wohl schon wieder etwas Neues passiert ist?« fragte Catherine. »Phillip klang verstimmt.«

»Denk daran, daß du versprochen hast, nicht zu verraten, daß Victor Orsini gestern hier war«, rief ihr Meg ins Gedächtnis. »Ich will sowieso selbst sehen, was ich über ihn rauskriegen kann.«

Als Phillip kam, konnte man deutlich erkennen, daß ihn etwas sehr beunruhigte.

»Jetzt ist der Deich gebrochen, falls das die richtige Metapher ist«, sagte er zu ihnen. »Gestern wurde die erste Klage eingereicht. Ein Ehepaar, das für die Lagerung von zehn eingefrorenen Embryos in der Manning Clinic gezahlt hat, ist benachrichtigt worden, daß nur sieben im Labor vorhanden sind. Die Petrovic hat eindeutig im Lauf der Zeit eine Menge Fehler gemacht und die Unterlagen getürkt, um das zu vertuschen. Collins and Carter sind neben der Klinik als Beklagte aufgeführt.«

»Ich weiß nicht mehr, was ich sagen soll, außer daß es mir sehr leid tut«, sagte Catherine.

»Ich hätte es euch gar nicht erzählen sollen. Eigentlich bin ich auch nicht deswegen hier. Habt ihr das Interview mit

Frances Grolier gesehen, das sie gab, als sie heute morgen am Kennedy-Flughafen ankam?«

»Ja, wir haben's gesehen.« Diesmal war es Meg, die antwortete.

»Was haltet ihr dann von ihrer Behauptung, daß sie glaubt, daß Edwin noch lebt und vielleicht ein ganz neues Leben angefangen hat?«

»Wir glauben das keine Sekunde lang«, erwiderte Meg.

»Ich muß euch da warnen, denn John Dwyer ist dermaßen überzeugt, daß Edwin sich irgendwo versteckt hält, daß er euch bestimmt deswegen auf den Pelz rückt. Meg, als ich am Dienstag bei Dwyer war, hat er mir praktisch Behinderung der Justiz vorgeworfen. Er hat mir eine hypothetische Frage gestellt: Angenommen, Ed unterhalte irgendwo eine Beziehung, wo das denn meiner Meinung nach sein könnte? Du hast ja offenbar gewußt, wo du suchen mußtest.«

»Phillip«, fragte Meghan, »du willst doch wohl nicht damit sagen, daß mein Vater lebt und ich weiß, wo er ist, oder?«

Von Carters sonst so jovialem und selbstsicherem Auftreten war nichts zu spüren. »Meg«, sagte er, »natürlich glaube ich nicht, daß du weißt, wo man Edwin erreichen kann. Aber diese Grolier hat ihn so gut gekannt.« Er brach ab, als er sich der Wirkung seiner Worte bewußt wurde. »Verzeihung.«

Meghan war sich klar, daß Phillip Carter recht hatte: Der Staatsanwalt würde bestimmt fragen, wie sie darauf gekommen war, nach Scottsdale zu fahren.

Als er weg war, sagte Catherine: »Jetzt fängt Phillip auch an, darunter zu leiden.«

Eine Stunde später versuchte Meg, Stephanie Petrovic zu erreichen. Es meldete sich noch immer niemand am Telefon. Sie rief Mac in seinem Büro an, um zu hören, ob es er es geschafft hatte, mit ihr Verbindung aufzunehmen.

Als Mac ihr von dem Schreiben erzählte, das Stephanie hinterlassen hatte, sagte Meghan unumwunden: »Mac, diese Mitteilung ist eine Fälschung. Stephanie ist nie und nimmer freiwillig mit diesem Mann mitgegangen. Ich hab' gesehen, wie sie reagiert hat, als ich vorschlug, ihn wegen Unterhalt für das Kind zu belangen. Sie hat eine Todesangst vor ihm. Ich finde, Helene Petrovics Anwalt sollte sie als vermißt melden.«

Noch so ein geheimnisvoller Fall von Verschwinden, dachte Meghan. Es war zu spät, um heute noch nach New Jersey zu fahren. Morgen würde sie aber hinfahren und sich schon vor Tagesanbruch auf den Weg machen. Auf diese Weise konnte sie vielleicht den Reportern entgehen.

Sie wollte Charles Potters aufsuchen und ihn bitten, sie durch das Haus von Helene Petrovic zu führen. Sie wollte auch mit dem Priester sprechen, der die Gedenkmesse für die Ermordete abgehalten hatte. Er kannte zweifellos die Rumäninnen, die den Gottesdienst besucht hatten.

Es bestand die schreckliche Möglichkeit, daß Stephanie, eine junge Frau, die kurz vor der Niederkunft stand, etwas über ihre Tante gewußt hatte, das dem Mörder von Helene Petrovic gefährlich werden konnte.

52

Die Kriminalbeamten Bob Marron und Arlene Weiss holten vom Bezirksstaatsanwalt in Manhattan die Erlaubnis zum Verhör von Frances Grolier am Donnerstag vormittag ein.

Martin Fox, ihr Anwalt, ein weißhaariger pensionierter Richter von Ende Sechzig, stand ihr in einer Suite im Doral Hotel zur Seite, das gut zehn Straßen vom Gerichtsmedizinischen Institut entfernt lag. Fox zögerte nicht, Fragen abzulehnen, die er für unangemessen hielt.

Frances war im Leichenschauhaus gewesen und hatte Annies Leiche identifiziert. Diese sollte dann per Flugzeug nach Phoenix überführt und dort von einem Bestattungsunternehmer in Empfang genommen werden. Tiefer Kummer hatte sich so unerbittlich in Frances' Antlitz eingegraben, wie es bei einer ihrer Skulpturen der Fall gewesen wäre, aber sie bewahrte Haltung.

Sie beantwortete Marron und Weiss die gleichen Fragen, die sie auch den Beamten des New Yorker Morddezernats beantwortet hatte. Sie wisse von niemandem, der Annie nach New York begleitet haben könnte. Nein, Annie habe keine Feinde gehabt. Sie sei nicht bereit, etwas zu Edwin Collins zu sagen außer, ja, sie denke, es bestehe die Möglichkeit, daß er es vorgezogen habe, zu verschwinden.

»Hat er je von dem Wunsch gesprochen, auf dem Land zu leben?« fragte Arlene Weiss.

Die Frage schien Frances Groliers Teilnahmslosigkeit zu durchdringen. »Warum wollen Sie das wissen?«

»Als sein Wagen vor dem Gebäude, wo Meghan Collins wohnt, gefunden wurde, waren Erdspuren und Strohpartikel im Profil der Reifen vorhanden, obwohl er erst kürzlich gewaschen worden war. Mrs. Grolier, glauben Sie, daß Edwin Collins sich vielleicht an solch einem Ort verborgen halten könnte?«

»Es könnte sein. Er hat manchmal College-Dozenten auf dem Land interviewt. Wenn er von solchen Fahrten erzählte, hat er immer gesagt, wieviel weniger kompliziert das Leben auf dem Land zu sein schien.«

Die Ermittler Weiss und Marron fuhren von New York direkt nach New-town, um erneut mit Catherine und Meghan zu sprechen. Sie stellten ihnen die gleichen Fragen.

»Auf einer Farm könnte ich mir meinen Mann am allerwenigsten vorstellen«, erklärte Catherine.

Meghan war der gleichen Meinung. »Da ist etwas, was mir keine Ruhe läßt. Kommt es Ihnen nicht komisch vor, daß mein Vater, falls er seinen Wagen fuhr, ihn nicht nur dort hat stehenlassen, wo er bestimmt auffallen und einen Strafzettel bekommen würde, sondern auch noch eine Mordwaffe darin hat liegenlassen?«

»Wir schließen bisher keinerlei Möglichkeiten aus«, antwortete ihr Marron.

»Aber Sie konzentrieren sich auf *ihn*. Wenn Sie ihn einmal ganz aus dem Bild lassen, ergibt sich vielleicht ein völlig anderer Zusammenhang.«

»Wir wollen mal darüber reden, weshalb Sie plötzlich diese Reise nach Arizona unternommen haben, Miss Collins. Wir mußten das erst aus dem Fernsehen erfahren. Erzählen Sie's uns selbst. Wann haben Sie erfahren, daß Ihr Vater dort eine Bleibe hatte?«

Als sie eine Stunde später aufbrachen, nahmen sie die Tonkassette mit der Palomino-Nachricht mit.

»Glaubst du, daß irgend jemand dort bei der Polizei nach Erklärungen sucht, die nichts mit Dad zu tun haben?« fragte Meghan ihre Mutter.

»Nein, und sie haben es auch nicht vor«, sagte Catherine voller Bitterkeit.

Sie gingen wieder ins Eßzimmer, wo sie die Akten studiert hatten. Die Durchsicht der kalifornischen Hotelrechnungen ergab Jahr für Jahr die Zeiten, in denen sich Edwin Collins höchstwahrscheinlich in Scottsdale aufgehalten hatte.

»Aber das ist nicht die Art von Information, hinter der Victor Orsini her sein könnte«, sagte Meg. »Da muß es noch etwas anderes geben.«

Im Büro Collins and Carter unterhielten sich am Donnerstag Jackie, die Sekretärin, und Milly, die Buchhalterin, im Flüsterton über die angespannte Atmosphäre zwischen Phillip Carter und Victor Orsini. Sie waren sich einig, daß der ganze schreckliche Medienrummel wegen Mr. Collins und die neuerlich eingereichten Klagen schuld daran waren.

Seit Mr. Collins tot ist, war irgendwie der Wurm drin. »Oder wenigstens, seit wir dachten, daß er tot ist«, sagte Jackie. »Es ist kaum zu glauben, daß er bei so einer netten, hübschen Frau wie Mrs. Collins all die Jahre nebenbei eine andere gehabt haben soll.«

»Ich mach' mir solche Sorgen«, fuhr sie dann fort. »Jeden Pfennig meines Gehalts spare ich fürs College für die Jungs. Dieser Job ist so praktisch. Ich würde ihn schrecklich ungern verlieren.«

Milly war dreiundsechzig und wollte noch zwei Jahre lang arbeiten, bis sie eine bessere Altersversorgung beieinander hatte. »Wenn die Firma den Bach hinuntergeht, wer soll mich dann noch nehmen?« Es war eine rhetorische Frage, die sie neuerdings häufig stellte.

»Einer von den beiden kommt nachts hierher«, flüsterte Jackie. »Du weißt ja, man merkt's doch, wenn jemand die Akten durchgegangen ist.«

»Wieso sollte einer auf so 'ne Idee kommen? Sie können uns doch nach allem suchen lassen, was sie brauchen«, protestierte Milly. »Dafür werden wir schließlich bezahlt.«

»Das einzige, was ich mir vorstellen kann, ist, daß einer von denen die Kopie des Empfehlungsbriefs über Helene Petrovic an die Manning Clinic sucht«, sagte Jackie. »Ich hab' wie verrückt gesucht, und ich kann sie einfach nicht finden.«

»Du warst erst ein paar Wochen hier, als du damals den Brief getippt hast. Du hast dich doch erst an das Ablagesystem hier gewöhnen müssen«, erinnerte sie Milly. »Und überhaupt, was spielt das schon für eine Rolle? Die Polizei hat das Original, und darauf kommt es schließlich an.«

»Vielleicht spielt es sogar eine große Rolle«, entgegnete Jackie. »Um ehrlich zu sein, ich kann mich gar nicht daran erinnern, daß ich den Brief getippt hab', aber es ist ja auch sieben Jahre her, und ich kann mich an die Hälfte der Briefe, die hier rausgehen, nicht mehr erinnern. Und meine Initialen sind wirklich drauf.«

»Ja?«

Jackie zog ihre Schreibtischschublade auf, nahm ihre Handtasche heraus und kramte daraus einen zusammengefalteten Zeitungsausschnitt hervor. »Schon seit ich den Brief an die Manning Clinic über die Petrovic in der Zeitung abgedruckt gesehen hab', hat mich was gestört. Schau mal her.«

Sie reichte Milly den Ausschnitt. »Siehst du, wie die erste Zeile bei jedem Absatz eingerückt ist? So tippe ich die Briefe für Mr. Carter und Mr. Orsini. Mr. Collins wollte seine Briefe immer im Blocksatz getippt haben, ganz ohne Einzug.«

»Das stimmt«, pflichtete Milly ihr bei, »aber es sieht auf jeden Fall wie Mr. Collins' Unterschrift aus.«

»Die Experten sagen, daß es seine Unterschrift ist. Ich aber sage, daß es arg komisch ist, daß ein Brief, den er unterschrieben hat, so getippt rausgegangen ist.«

Um drei Uhr rief Tom Weicker an. »Meg, ich wollte Sie nur wissen lassen, daß wir den Bericht bringen, den Sie über das Franklin-Institut in Philadelphia gemacht haben und den wir eigentlich für die Sondersendung über die eineiigen Zwillinge verwenden wollten. Wir haben ihn für beide Nachrichtensendungen heute abend eingeteilt. Es ist eine gute bündige Zusammenfassung über künstliche Befruchtung und ergänzt die Ereignisse in der Manning Clinic.«

»Ich bin froh, daß Sie's bringen, Tom.«

»Ich wollte sichergehen, daß Sie's auch sehen«, sagte er mit überraschend freundlicher Stimme.

»Vielen Dank, daß Sie mir Bescheid gegeben haben«, erwiderte Meg.

Mac rief um halb sechs an. »Wie wär's, wenn du und Catherine zur Abwechslung mal hier herüber zum Abendessen kommt? Heute abend wollt Ihr doch bestimmt nicht zum Gasthof gehen.«

»Nein, das stimmt«, gab ihm Meg recht. »Und wir könnten Gesellschaft brauchen. Ist dir halb sieben recht? Ich möchte die Channel-3-Nachrichten anschauen. Sie bringen einen Bericht, den ich gemacht hab'.«

»Komm doch gleich herüber und schau's dir hier an. Kyle kann dann damit angeben, daß er gelernt hat, Sendungen aufzuzeichnen.«

»Okay.«

Es war ein guter Bericht. Eine schöne Stelle war der Moment in Dr. Williams' Sprechzimmer, als er auf die Wände mit all den Bildern kleiner Kinder deutete. »Können Sie sich vorstellen, wieviel Freude diese kleinen Kerle in das Leben mancher Menschen bringen?«

Meg hatte den Kameramann zu einem langsamen Kameraschwenk über die Fotos hin veranlaßt, während Dr. Williams weitersprach. »Diese Kinder sind alle nur dank der Methoden künstlicher Fortpflanzung, die hier praktiziert werden, auf die Welt gekommen.«

»Da hat er Reklame fürs Institut gemacht«, bemerkte Meg. »Aber es war nicht zu dick aufgetragen.«

»Es war eine gute Sendung, Meg«, sagte Mac.

»Ja, glaub' ich auch. Wie wär's, wenn wir auf die übrigen Nachrichten verzichten? Wir wissen eh alle, was kommt.«

Bernie blieb den ganzen Tag im Zimmer. Er sagte zum Zimmermädchen, er fühle sich nicht wohl. Er sagte, er bekomme jetzt vermutlich all die Nächte zu spüren, die er im Krankenhaus verbracht habe, als seine Mutter so schlecht beieinander gewesen sei.

Virginia Murphy rief wenige Minuten später an. »Wir servieren normalerweise nur ein einfaches Frühstück aufs Zimmer, aber wir schicken Ihnen gern ein Tablett hoch, wann immer Sie wünschen.«

Sie schickten ihm etwas zum Lunch, später dann bestellte sich Bernie ein Abendessen. Er hatte die Kissen so aufgebaut, daß es aussah, als habe er sich im Bett ausgeruht. Sobald der Kellner gegangen war, saß Bernie wieder am Fenster, und zwar schräg dazu, damit ihn niemand, der zufällig hinaufschaute, bemerken würde. Er beobachtete, wie Meghan und ihre Mutter kurz vor sechs das Haus verließen. Es war dunkel, aber das Licht am Eingang war an. Er überlegte, ob er ihnen folgen sollte, entschied dann aber, daß er nur seine Zeit vergeuden würde, solange die Mutter dabei war. Er war froh, daß er seinen Fensterplatz nicht aufgegeben hatte, als er das Auto nach rechts statt nach links abbiegen sah. Er schloß daraus, daß sie zu dem Haus fuhren, wo dieser Junge wohnte. Es war das einzige dort am Ende der Sackgasse.

Die Streifenwagen erschienen regelmäßig den ganzen Tag hindurch, jedoch nicht mehr alle zwanzig Minuten. Im Verlauf des Abends bemerkte er nur einmal, wie Taschenlampen in dem Wäldchen aufleuchteten. Die Cops nahmen es nicht mehr so genau. Das war gut.

Meghan und ihre Mutter kamen etwa um zehn wieder nach Hause. Eine Stunde später zog sich Meghan aus und ging zu Bett. Sie saß noch ungefähr zwanzig Minuten aufrecht da und schrieb irgendwas in ein Notizbuch.

Noch lange, nachdem sie das Licht ausgeschaltet hatte, blieb Bernie am Fenster sitzen und dachte an sie und malte sich aus, er wäre dort drüben bei ihr im Zimmer.

53

Donald Anderson hatte sich zwei Wochen von der Arbeit beurlauben lassen, um mit für das Neugeborene zu sorgen. Weder er noch Dina wollten Hilfe von außen. »Du ruhst dich aus«, erklärte er seiner Frau. »Jonathan und ich haben jetzt das Kommando.«

Der Arzt hatte am Vorabend die Entlassungspapiere unterschrieben. Er stimmte völlig mit ihnen überein, daß sie der Presse am besten aus dem Weg gingen. »Sie können sich darauf verlassen, daß zwischen neun und elf einige der Fotografen unten in der Halle auftauchen«, hatte er prophezeit. Das war die Zeit, zu der normalerweise die jungen Mütter mit ihren Säuglingen entlassen wurden.

Die ganze Woche über hatte das Telefon geläutet mit Anfragen wegen Interviews. Don hörte sie sich auf dem Anrufbeantworter an und rief in keinem der Fälle zurück. Am Donnerstag rief ihr Anwalt an. Es gebe unwiderlegbare Beweise für strafbare Handlungen in der Manning Clinic. Er bereitete sie darauf vor, daß man sie drängen werde, dem Verfahren beizutreten, das man anstrebe.

»Auf gar keinen Fall«, sagte Anderson. »Das können Sie jedem sagen, der Sie anruft.«

Dina lag mit einigen Kissen im Rücken auf dem Sofa und las Jonathan vor. Geschichten über Bibo aus der Sesamstraße waren ihm neuerdings am liebsten. Sie blickte zu ihrem Mann auf. »Warum stellen wir das Telefon nicht einfach ab?« schlug sie vor. »Schlimm genug, daß ich Nicky stundenlang nach der Geburt nicht einmal angeschaut hab'. Da fehlt es gerade noch, daß er, wenn er groß wird, herausfindet, daß ich jemanden verklagt habe, weil er statt eines anderen Babys auf der Welt ist.«

Sie hatten ihn Nicholas nach Dinas Großvater getauft, demselben, dem er, wie ihre Mutter schwor, ähnlich sah. Vom Babybettchen in der Nähe konnte sie eine Bewegung hören, ein leises Jammern, dann ein kräftiges Schreien, als ihr Säugling aufwachte.

»Er hat gehört, daß wir von ihm geredet haben«, sagte Jonathan.

»Ja, vielleicht, mein Schatz«, stimmte Dina zu, während sie Jonathan auf seinen seidigen Blondschopf küßte.

»Er hat ganz einfach wieder Hunger«, verkündete Don. Er beugte sich hinunter, nahm das zappelnde Bündel auf und reichte es Dina.

»Weißt du bestimmt, daß er nicht mein Zwillingsbruder ist?« fragte Jonathan.

»Ja, ganz bestimmt«, sagte Dina. »Aber er ist dein Bruder, und das ist ganz genauso gut.«

Sie legte sich den Kleinen an die Brust. »Du hast meine olivfarbene Haut«, sagte sie, während sie ihm zart über die Wange strich, damit er zu nuckeln anfing. »Mein kleiner Landsmann.«

Sie lächelte ihren Mann an. »Weißt du was, Don? Es ist wirklich nur fair, daß einer von unseren Jungen wie ich aussieht.«

Meghan brach am Freitag morgen so früh auf, daß sie schon um halb elf in der Pfarrei der Kirche St. Dominic's am Rand von Trenton sein konnte.

Sie hatte den jungen Priester gestern gleich nach dem Abendessen angerufen und sich mit ihm verabredet.

Die Pfarrei war ein schmales dreistöckiges Fachwerkhaus, typisch für das viktorianische Zeitalter, mit einer überdachten Veranda rundum und dem Zuschnitt eines Lebkuchenhauses. Das Wohnzimmer war heruntergekommen, aber behaglich, mit schweren, mächtig gepolsterten Sesseln, einem geschnitzten Bibliothekstisch, altmodischen Stehlampen und einem verblichenen Perserteppich. Der offene Kamin glühte mit brennenden Holzscheiten und sprühenden Funken und vertrieb die Kälte aus der winzigen Eingangshalle.

Pater Radzin hatte ihr mit der Entschuldigung die Tür geöffnet, er sei gerade am Telefon, sie dann in dieses Zimmer geführt und war die Treppe hinauf verschwunden. Während Meghan wartete, kam ihr der Gedanke, daß dies der richtige Raum für bekümmerte Menschen war, um sich frei von Furcht vor Verdammung oder Vorwürfen ihre Sorgen von der Seele zu reden.

Sie war sich nicht ganz sicher, was sie den Pater fragen würde. Von der kurzen Gedenkrede, die er bei dem Trauergottesdienst gehalten hatte, wußte sie jedoch, daß er Helene Petrovic gekannt und geschätzt hatte.

Sie hörte seine Schritte auf der Treppe. Dann war er im Zimmer und entschuldigte sich abermals, daß er sie hatte warten lassen. Er setzte sich in einen Sessel ihr gegenüber und fragte: »Wie kann ich Ihnen helfen, Meghan?«

Nicht: »Was kann ich für Sie tun?«, sondern: »Wie kann ich Ihnen helfen?« Ein feiner Unterschied, der merkwürdig tröstlich war. »Ich muß herausfinden, wer Helene wirklich war. Sie sind doch über die Situation in der Manning Clinic im Bilde?«

»Ja, selbstverständlich. Ich habe die Sache verfolgt. Außerdem sah ich heute morgen in der Zeitung ein Foto von Ihnen und dem armen Mädchen, das erstochen wurde. Die Ähnlichkeit ist tatsächlich bemerkenswert.«

»Ich hab' die Zeitung nicht gesehen, aber ich weiß, was Sie meinen. Eigentlich hat damit alles angefangen.« Meghan beugte sich vor und verschränkte ihre Finger ineinander, die Handflächen zusammengepreßt. »Der Staatsanwalt, der für den Mordfall Helene Petrovic zuständig ist, glaubt, daß mein Vater für Helenes Anstellung bei der Manning Clinic und für ihren Tod verantwortlich ist. Zu viele Dinge ergeben keinen Sinn. Warum sollte er ein Interesse daran gehabt haben, daß die Klinik jemanden einstellt, der für die Position nicht qualifiziert war? Was für einen Vorteil konnte er überhaupt daraus ziehen, sie in dem Labor zu plazieren?«

»Für jede Handlung, die ein Mensch unternimmt, gibt es immer einen Grund, Meghan, bisweilen mehrere.«

»Genau das meine ich. Ich kann keinen einzigen finden, schon gar nicht mehrere. Es gibt einfach keinen Sinn. Weshalb hätte sich mein Vater überhaupt mit Helene befassen sollen, wenn er wußte, daß sie eine Hochstaplerin war? Ich weiß, daß er sehr gewissenhaft bei seiner Arbeit war. Er war stolz darauf, seinen Kunden die richtigen Leute zu besorgen. Wir haben früher oft darüber gesprochen.

Es ist verwerflich, einer unqualifizierten Person einen Job in einer hochsensiblen medizinischen Einrichtung zu geben. Je länger sie das Labor in der Manning Clinic unter die Lupe nehmen, um so mehr Fehler finden sie. Ich kann nicht begreifen, wieso mein Vater absichtlich so eine Lawine lostreten würde. Und was ist mit Helene? Hatte sie denn gar keine Skrupel in dieser Angelegenheit? Machte sie sich keine Sorgen, daß wegen ihrer Schlamperei, Unachtsamkeit oder Ignoranz einige der winzigen Embryos Schaden nehmen oder zugrunde gehen könnten? Zumindest bei einem Teil der gelagerten Embryos bestand die Absicht zu einer späteren Einpflanzung, in der Hoffnung, daß es auch zu einer Geburt kommen würde.«

»Einpflanzung und Geburt«, wiederholte Pater Radzin. »Eine interessante ethische Frage. Helene war keine regelmäßige Kirchgängerin, doch wenn sie zur Messe kam, dann immer zum letzten Gottesdienst am Sonntag, und danach blieb sie zur Kaffeestunde. Ich hatte das Gefühl, sie hatte etwas auf dem Herzen, konnte sich aber nicht überwinden, darüber zu sprechen. Ich muß Ihnen allerdings sagen, daß, wenn ich ihre Eigenschaften beschreiben sollte, mir als allerletztes so etwas wie ›schlampig, unachtsam und ignorant‹ einfallen würde.«

»Wie steht's mit ihren Freunden? Wer stand ihr nahe?«

»Niemand, von dem ich wüßte. Einige ihrer Bekannten haben sich diese Woche bei mir gemeldet. Sie sagen alle, wie wenig sie Helene wirklich gekannt haben.«

»Ich befürchte, daß ihrer Nichte Stephanie vielleicht etwas zugestoßen ist. Sind Sie je dem jungen Mann begegnet, der der Vater ihres Kindes ist?«

»Nein. Und soweit ich weiß, hat ihn auch sonst niemand getroffen.«

»Was halten Sie von Stephanie?«

»Sie ist völlig anders als Helene. Freilich ist sie sehr jung und noch nicht einmal ein Jahr hier im Land. Sie ist jetzt allein. Es könnte doch sein, daß der Vater des Babys wieder aufgetaucht ist und sie sich entschlossen hat, es mit ihm zu probieren.«

Er runzelte die Stirn. So wie Mac, dachte Meghan. Pater Radzin sah wie Ende Dreißig aus, ein bißchen älter als Mac. Weshalb verglich sie die beiden? Das kam daher, weil beide so etwas Vernünftiges und Gutes an sich hatten, entschied sie.

Sie stand auf. »Ich hab' schon genug von Ihrer Zeit in Anspruch genommen, Pater Radzin.«

»Bleiben Sie noch ein oder zwei Minuten, Meghan. Setzen Sie sich doch, bitte. Sie haben die Frage nach der Motivation Ihres Vaters angeschnitten, was die Plazierung von Helene in der Klinik angeht. Falls Sie nichts über Helene ausfindig machen können, würde ich Ihnen raten, weiterzusuchen, bis Sie den Grund für *seine* Beteiligung an dieser Jobvermittlung finden. Glauben Sie, daß er eine intime Beziehung zu ihr hatte?«

»Das bezweifle ich sehr.« Sie zuckte die Achseln. »Er scheint sich ohnehin schon schwer genug damit getan zu haben, seine Zeit zwischen meiner Mutter und Annies Mutter aufzuteilen.«

»Geld?«

»Das ergibt ebenfalls keinen Sinn. Die Manning Clinic hat das übliche Honorar an Collins and Carter für die Vermittlung von Helene und Dr. Williams gezahlt. Meine Erfahrungen im Jurastudium und beim Studium der Natur des Menschen haben mich gelehrt, daß Liebe oder Geld die Ursachen sind, weshalb die meisten Verbrechen begangen werden. Aber hier, finde ich, paßt keins von beiden.« Sie erhob sich. »Jetzt muß ich aber wirklich gehen. Ich treffe mich mit Helenes Anwalt in ihrem Haus in Lawrenceville.«

Charles Potters wartete schon, als Meghan eintraf. Sie war ihm kurz bei dem Trauergottesdienst für Helene begegnet. Als sie jetzt die Gelegenheit hatte, ihn genauer in Augen-

schein zu nehmen, wurde ihr klar, daß er jenem Typ Familien-
anwalt glich, wie man ihn in alten Filmen findet.

Sein dunkelblauer Anzug war überaus konservativ, sein
Hemd blütenweiß, seine schmale blaue Krawatte unauffällig,
seine Gesichtsfarbe rosa, sein spärliches graues Haar ordentlich gekämmt. Eine rahmenlose Brille betonte überraschend
lebhafte haselnußbraune Augen.

Was auch immer Stephanie sich aus dem Haus angeeignet
hatte, das Zimmer hier, das erste, das sie betraten, erschien
unverändert. Es sah genauso aus, wie Meghan es vor weniger
als einer Woche gesehen hatte. Die Kraft der Beobachtung,
dachte sie. Konzentriere dich. Dann bemerkte sie, daß auf
dem Sims die schönen Meißener Porzellanfiguren, die sie
bewundert hatte, fehlten.

»Ihr Freund Dr. MacIntyre hat mich davon abgehalten, Stephanies Diebstahl von Helenes Besitztum unverzüglich der
Polizei zu melden, Miss Collins, aber ich kann jetzt, fürchte
ich, nicht länger warten. Als Testamentsvollstrecker bin ich
für den gesamten Besitz von Helene verantwortlich.«

»Das verstehe ich. Ich wünschte nur, man würde sich auch
dafür einsetzen, Stephanie zu finden und davon zu überzeu-
gen, daß sie die Sachen zurückgibt. Wenn man einen Haftbefehl gegen sie erläßt, wird sie vielleicht abgeschoben.«

»Mr. Potters«, sagte sie dann, »ich mache mir sehr viel ern-
stere Sorgen als nur um die Dinge, die Stephanie mitgehen
ließ. Haben Sie diesen Abschiedsbrief von ihr?«

»Ja. Hier ist der Zettel.«

Meghan las ihn.

»Haben Sie diesen Jan je getroffen?«

»Nein.«

»Was hielt eigentlich Helene von der Schwangerschaft ihrer
Nichte?«

»Helene war eine liebe Frau, zurückhaltend, aber lieb. Das
einzige, was sie zu mir über die Schwangerschaft gesagt hat,
war ziemlich verständnisvoll.«

»Wie lange verwalten Sie schon ihre Angelegenheiten?«

»Seit etwa drei Jahren.«

»Und Sie haben geglaubt, daß sie Ärztin ist?«

278

»Ich hatte keinen Grund, es nicht zu tun.«

»Hat sie nicht ein ganz erhebliches Vermögen angesammelt? Bei Manning hatte sie natürlich ein sehr gutes Gehalt. Sie wurde dort als Embryologin bezahlt. Aber während der drei Jahre davor als Sprechstundenhilfe kann sie bestimmt nicht sehr viel verdient haben.«

»Soweit ich weiß, war sie davor Kosmetikerin. Die Schönheitspflege kann lukrativ sein, und Helene hat ihr Geld sehr geschickt angelegt. Miss Collins, ich habe nicht viel Zeit. Sie sagten doch, Sie würden gern mit mir durchs Haus gehen? Ich möchte mich vergewissern, daß alles ordnungsgemäß gesichert ist, bevor ich gehe.«

»Ja, das würde ich gern.«

Meghan ging mit ihm in den ersten Stock. Auch hier schien ihr nichts aufzufallen. Stephanies Aufbruch war zweifellos ohne Hast verlaufen.

Das große Schlafzimmer war luxuriös. Helene Petrovic war offenbar auch ein sinnenfroher Mensch gewesen. Die aufeinander abgestimmten Tapeten, Bettdecken und Vorhänge sahen sehr teuer aus.

Eine Flügeltür aus Glas führte in ein kleines Wohnzimmer. Eine der Wände dort war von Kinderfotos bedeckt. »Das sind die gleichen wie die in der Manning Clinic«, sagte sie.

»Helene hat sie mir gezeigt«, erklärte Potters. »Sie war sehr stolz auf die erfolgreichen Geburten, die durch die Klinik zustande gekommen sind.«

Meg betrachtete die Bilder. »Ich hab' einige dieser Kinder bei dem Treffen in der Klinik vor knapp zwei Wochen gesehen.« Sie suchte das Bild von Jonathan heraus. »Das ist der kleine Anderson, von dessen Familie Sie sicher auch gehört haben. Das ist der Fall, der die offiziellen Ermittlungen im Fall des Manning-Labors ausgelöst hat.« Sie schwieg und musterte jetzt das Foto oben rechts. Es zeigte zwei Kinder, einen Jungen und ein Mädchen, die zueinander passende Pullover trugen und die Arme umeinandergelegt hatten. Was war es nur, was ihr daran bemerkenswert erschien?

»Ich muß jetzt wirklich das Haus abschließen, Miss Collins.«

Die Stimme des Rechtsanwalts hatte einen scharfen Unterton. Meg konnte ihn nicht länger aufhalten. Sie warf einen letzten gründlichen Blick auf das Bild der beiden Kinder mit den gleichen Pullovern und prägte es sich ein.

Bernies Mutter fühlte sich nicht wohl. Es lag an ihren Allergien. Sie mußte schon die ganze Zeit niesen, und ihre Augen juckten. Sie hatte auch das Gefühl, daß es im Haus zog. Sie fragte sich, ob Bernard wohl nicht aufgepaßt und unten ein Fenster offengelassen hatte.

Sie wußte, daß sie Bernard nicht nach Chicago hätte fahren lassen sollen, auch nicht für zweihundert Dollar am Tag. Wenn er zu lange allein unterwegs war, kam er manchmal auf dumme Gedanken. Er fing an, in den Tag hinein zu träumen und sich Sachen zu wünschen, durch die er womöglich in Schwierigkeiten geriet.

Dann fing er an wütend zu werden. Das waren die Anlässe, wo sie dasein mußte; sie konnte einen Zornanfall steuern, wenn sie ihn kommen sah. Sie sorgte dafür, daß er auf dem rechten Weg blieb. Daß er ordentlich und sauber blieb, genug zu essen bekam, und sie achtete darauf, daß er rechtzeitig zur Arbeit ging und dann abends bei ihr zu Hause blieb vor dem Fernseher.

Er benahm sich jetzt schon so lange gut. Doch neuerdings verhielt er sich irgendwie komisch.

Er sollte doch anrufen. Warum tat er es nicht? Er würde doch wohl nicht, sobald er in Chicago angelangt war, anfangen einem Mädchen nachzugehen und versuchen, sie anzufassen, oder? Nicht daß er ihr etwas antun wollte, aber es war zu oft vorgekommen, daß Bernard nervös wurde, wenn ein Mädchen schrie. Ein paar junge Frauen hatte er wirklich schlimm zugerichtet.

Sie hatten gesagt, wenn das noch einmal passieren würde, dann dürfte er nicht mehr nach Hause. Sie würden ihn auf Dauer einsperren. Und er wußte das.

Das einzige, was ich in all diesen Stunden wirklich herausgefunden habe, ist, wie oft mein Mann mich betrogen hat, dachte Catherine, als sie am Freitag spätnachmittags die Akten von sich wegschob. Sie hatte keine Lust mehr, sich damit zu befassen. Was hatte sie denn davon, daß sie das nun alles wußte? Es tut so furchtbar weh, dachte sie.

Sie stand auf. Draußen herrschte stürmisches Novemberwetter. In drei Wochen war Thanksgiving. An diesem Feiertag war immer viel im Gasthof los.

Virginia hatte angerufen. Die Immobilienleute ließen nicht locker. Ob der Gasthof zum Verkauf stehe? Die meinten es offenbar ernst, berichtete sie. Sie hätten sogar den Betrag genannt, den sie als Verhandlungsbasis ansähen. Sie hätten noch ein anderes Objekt im Auge, falls Drumdoe nicht verkäuflich sei. Das hätten sie jedenfalls behauptet. Aber es könnte ja zutreffen.

Catherine fragte sich, wie lange sie und Meg noch gegen den Wind kreuzen konnten.

Meg … Ob sie sich wohl wegen des Verrats ihres Vaters einkapseln würde, so wie damals, als Mac Ginger heiratete? Catherine hatte es sich nie anmerken lassen, daß sie wußte, wie sehr sich Meg die Sache mit Mac zu Herzen genommen hatte. Edwin war es immer gewesen, bei dem ihrer beider Tochter Trost gesucht hatte. Warum auch nicht? Vaters kleines Mädchen. Das lag in der Familie. Ich war auch eine typische Vatertochter, dachte Catherine.

Catherine bekam sehr wohl mit, wie Mac neuerdings Meg anschaute. Sie hoffte, daß es nicht zu spät war. Edwin hatte es seiner Mutter nie verziehen, daß sie ihn abgelehnt hatte. Meg hatte einen Schutzwall um sich herum aufgerichtet, was Mac betraf. Und so großartig sie auf ihre Weise Kyle behandelte, so übersah sie doch bewußt, wie hoffnungsvoll er immer auf sie zuging.

Catherine sah flüchtig eine Bewegung drüben in dem Waldstück. Sie erstarrte und entspannte sich dann wieder. Es war ein Polizist. Wenigstens überwachten sie die Gegend hier.

Sie hörte das Geräusch eines Schlüssels im Türschloß.

Catherine stieß einen dankbaren Stoßseufzer aus. Die Tochter, die alles übrige erträglich machte, war wohlbehalten zurück.

Vielleicht konnte sie sich jetzt für eine Weile dem suggestiven Bann der Bilder entziehen, die heute nebeneinander in den Zeitungen abgedruckt waren: das offizielle Presseporträt Megs von Channel 3 und das Profifoto, das Annie für ihre Reise-Essays benützt hatte.

Auf Catherines ausdrücklichen Wunsch hin hatte Virginia alle Ausgaben der Tageszeitungen, die zum Gasthof kamen, herübergeschickt, inklusive der Boulevardblätter. In den *Daily News* war neben den beiden Porträts auch das Fax in Kopie abgedruckt, das Meg in der Nacht nach Annies Ermordung erhalten hatte. Die Schlagzeile über dem dazugehörigen Bericht lautete: STARB DIE FALSCHE SCHWESTER?

»Hallo, Mom! Ich bin wieder da.«

Zur Beruhigung warf Catherine noch einen Blick auf den Polizisten am Waldrand und drehte sich dann um, ihre Tochter zu begrüßen.

Virginia Murphy war die halboffizielle stellvertretende Leiterin des Drumdoe Inn. Technisch gesehen die Empfangsdame des Restaurants, nach Bedarf auch für Zimmerreservierungen zuständig, vertrat sie Catherine praktisch in jeder Hinsicht, wenn sie nicht da war oder in der Küche zu tun hatte. Sie war zehn Jahre jünger als Catherine, fünfzehn Zentimeter größer und rundlich dort, wo es hübsch aussah; sie war eine gute Freundin und eine loyale Angestellte.

Da sie um die finanzielle Lage des Gasthofs wußte, bemühte sich Virginia unablässig, dort zu sparen, wo es nicht auffiel. Sie wünschte sich von ganzem Herzen, daß Catherine den Gasthof behalten konnte. Wenn sich erst einmal all diese schreckliche Publicity gelegt hatte, war das hier der beste Platz für Catherine, wieder ein normales Leben zu führen.

Es wurmte Virginia, daß sie Catherine unterstützt und bestärkt hatte, als diese verrückte Innenarchitektin mit ihren sündhaft teuren Stoffmustern und Kachelproben und Installationskatalogen daherkam. Und das nach den Kosten der dringend notwendigen Renovierung!

Der Gasthof sah wunderschön aus, gestand sich Virginia ein, und er hatte ohne Frage einer Verschönerung bedurft, aber es wäre wirklich eine Ironie des Schicksals, die Unannehmlichkeiten und finanziellen Belastungen für die Renovierung und Neugestaltung auf sich zu nehmen, nur damit dann jemand anders daherkam und sich das Drumdoe Inn zu einem Schleuderpreis unter den Nagel riß.

Am allerwenigsten wollte Virginia Catherine noch zusätzliche Sorgen machen, doch der Mann, der Zimmer 3A belegte, fing allmählich an, sie zu beunruhigen. Schon seit seiner Ankunft war er immerzu im Bett, wobei er behauptete, die ständigen Fahrten zwischen Long Island und New Haven, wo seine Mutter im Krankenhaus war, hätten ihn erschöpft.

Es war keine große Sache, ihm ein Tablett ins Zimmer hinaufzuschicken. Damit wurden sie wirklich fertig. Das Dilemma war, daß er vielleicht ernsthaft krank war. Was für einen Eindruck würde es machen, falls ihm während seines Aufenthalts hier etwas zustieße?

Virginia sagte sich: Noch werde ich Catherine nicht damit belästigen. Ich lasse es wenigstens noch einen Tag so weiterlaufen. Wenn er morgen abend noch immer das Bett hütet, gehe ich hinauf und spreche selbst mit ihm. Ich werde darauf bestehen, daß er einen Arzt kommen läßt.

Frederick Schuller vom Valley Memorial Hospital in Trenton rief Mac Freitag spätnachmittags an. »Ich hab' die Aufstellung der medizinischen Angestellten mit Eilpost an Miss Collins geschickt. Sie wird eine Menge zu lesen haben, falls sie nicht weiß, nach welchem Namen sie sucht.«

»Das war wirklich prompt«, sagte Mac aufrichtig. »Ich bin Ihnen sehr dankbar.«

»Warten wir ab, ob es weiterhilft. Da ist jedoch ein Punkt, der Sie vielleicht interessiert. Ich hab' die Liste der Manning Clinic überflogen und Dr. Henry Williams' Namen darauf gesehen. Er ist mir bekannt. Er leitet jetzt das Franklin Center in Philadelphia.«

»Ja, ich weiß«, sagte Mac.

»Es mag ja nicht von Bedeutung sein. Dr. Williams war hier nie angestellt, aber mir fiel wieder ein, daß seine Frau in unserer Station für langfristige Fälle Patientin war, und zwar während zwei der drei Jahre, die Helene Petrovic im Dowling-Institut angestellt war. Ich bin ihm damals hier bisweilen über den Weg gelaufen.«

»Halten Sie es denn für möglich, daß er der Arzt ist, mit dem sich Mrs. Petrovic häufiger getroffen hat, als sie bei Dowling war?« fragte Mac rasch.

Es blieb eine Weile still, dann sagte Schuller: »Was ich jetzt sage, grenzt an Klatsch, aber ich habe mich doch etwas in der Station dort umgesehen. Die zuständige Oberschwester ist seit zwanzig Jahren da. Sie kann sich an Dr. Williams und seine Frau sehr gut erinnern.«

Mac wartete ab. Laß das die Verbindung sein, nach der wir suchen, flehte er.

Ohne Zweifel sträubte sich Frederick Schuller dagegen, fortzufahren. Nach einem weiteren kurzen Schweigen sagte er: »Mrs. Williams hatte einen Gehirntumor. Sie war in Rumänien geboren und aufgewachsen. Als ihr Zustand sich verschlechterte, verlor sie die Fähigkeit, Englisch zu sprechen. Dr. Williams konnte bloß ein paar Brocken Rumänisch, und eine Freundin kam regelmäßig in Mrs. Williams' Zimmer, um für ihn zu dolmetschen.«

»War es Helene Petrovic?« fragte Mac.

»Der Krankenschwester wurde sie nie vorgestellt. Sie beschrieb sie als eine dunkelhaarige Frau mit braunen Augen von Anfang bis Mitte Vierzig, die ziemlich gut aussah.« Schuller sagte noch: »Wie Sie sehen, ist das sehr vage.«

Nein, das ist es nicht, dachte Mac. Er versuchte, gelassen zu klingen, als er Frederick Schuller dankte, doch als er den Hörer auflegte, sprach er im Inneren ein Dankgebet.

Das war der erste Durchbruch! Meg hatte ihm erzählt, daß Dr. Williams leugnete, die Petrovic schon vor dem Antritt ihrer Stelle an der Manning Clinic gekannt zu haben. Williams war der Experte, der Helene Petrovic die Fertigkeiten beigebracht haben konnte, die sie benötigte, um sich als Embryologin auszugeben.

54

»Kyle, solltest du nicht mit deinen Hausaufgaben anfangen?« hakte Marie Dileo, die sechzigjährige Haushälterin, sanft nach.

Kyle schaute sich gerade das Video an, das er von Megs Interview im Franklin-Institut aufgenommen hatte. Er schaute auf. »Gleich, Mrs. Dileo, ehrlich.«

»Du weißt doch, was dein Dad von zuviel Fernsehen hält.«

»Das ist eine Informationssendung. Das ist etwas anderes.«

Dileo schüttelte den Kopf. »Du hast auf alles eine Antwort.« Sie musterte ihn liebevoll. Kyle war so ein nettes Kind, blitzgescheit, lustig und mit natürlichem Charme.

Der Ausschnitt mit Meg ging zu Ende, und er stellte den Apparat ab. »Meg ist doch wirklich eine gute Reporterin, finden Sie nicht?«

»Ja, finde ich auch.«

Mit Jake im Schlepptau folgte Kyle Marie in die Küche. Sie spürte, daß etwas nicht stimmte. »Bist du nicht ein bißchen früh von Danny zurückgekommen?« erkundigte sie sich.

»Ah-hm.« Er versetzte die Obstschüssel in Kreiselbewegung.

»Laß das! Du schmeißt sie noch um. Irgendwas bei Danny passiert?«

»Seine Mutter war ein bißchen sauer auf uns.«

»Ach so?« Marie blickte von dem Hackbraten auf, den sie gerade vorbereitete. »Dafür gab es doch sicher einen Grund.«

»Sie haben sich eine neue Wäscherutsche ins Haus geholt. Wir wollten sie mal ausprobieren.«

»Kyle, ihr beide paßt doch nicht auf eine Wäscherutsche.«

»Nein, aber Penny schon.«

»Ihr habt Penny auf die Rutsche gesetzt?«

»Es war Dannys Idee. Er hat sie raufgesetzt, und ich hab' sie unten aufgefangen, und wir haben eine große Steppdecke und Kissen hingetan, falls ich danebengreife, hab' ich aber nicht, kein einziges Mal. Penny wollte gar nicht mehr aufhören, aber Dannys Mutter ist richtig sauer. Wir dürfen die ganze Woche nicht zusammen spielen.«

»Kyle, wenn ich du wäre, hätte ich meine Hausaufgaben fertig, wenn dein Vater nach Hause kommt. Er wird bestimmt nicht erfreut über diese Sache sein.«

»Ich weiß.« Mit einem schweren Seufzer ging Kyle seinen Schulranzen holen und kippte seine Bücher auf den Küchentisch. Jake rollte sich zu seinen Füßen auf dem Boden zusammen.

Dieser Schreibtisch, den er zum Geburtstag bekommen hat, war reine Geldverschwendung, dachte Marie. Sie wollte gerade den Tisch decken. Nun, das konnte auch warten. Es war erst zehn nach fünf. Es war üblich, daß sie das Abendessen zubereitete und dann ging, wenn Mac gegen sechs nach Hause kam. Er schätzte es nicht, sofort zu essen, wenn er nach Hause kam, deshalb trug er immer selbst das Essen auf, nachdem Marie gegangen war.

Das Telefon läutete. Kyle sprang auf. »Ich geh' schon.« Er meldete sich, hörte zu, reichte dann den Hörer an Marie weiter. »Es ist für Sie, Mrs. Dileo.«

Es war ihr Mann mit der Nachricht, daß ihr Vater aus dem Pflegeheim ins Krankenhaus eingeliefert worden sei.

»Ist irgendwas los?« fragte Kyle, als sie auflegte.

»Ja, mein Dad ist schon lange krank. Er ist sehr alt. Ich muß sofort ins Krankenhaus. Ich setz' dich bei Danny ab und lass' eine Notiz für deinen Vater da.«

»Nicht bei Danny«, protestierte Kyle erschreckt. »Seine Mutter hätte etwas dagegen. Lassen Sie mich bei Meg raus. Ich ruf' sie an.« Er drückte auf den automatischen Wählknopf am Telefon. Megs Nummer war direkt unter den Knöpfen für die Polizei und die Feuerwehr eingespeichert. Einen Augenblick später verkündete er strahlend: »Sie hat gesagt: Komm gleich rüber!«

Mrs. Dileo kritzelte eine Nachricht für Mac. »Nimm deine Hausaufgaben mit, Kyle.«

»Okay.« Er rannte ins Wohnzimmer und griff nach der Videokassette, die er von Megs Interview gemacht hatte. »Vielleicht will sie's ja mit mir anschauen.«

Meg hatte etwas Energisches an sich, das Catherine nicht verstand. In den zwei Stunden, seit sie aus Trenton zurückgekehrt war, hatte Meg Edwins Unterlagen durchgesehen, einige Papiere herausgefischt und mehrere Anrufe vom Arbeitszimmer aus gemacht. Danach saß sie an Eds Schreibtisch und schrieb wie wild vor sich hin. Es erinnerte Catherine an die Zeit, als Meg noch Jura studierte. Wann immer sie zum Wochenende nach Hause kam, saß sie damals fast die ganze Zeit an diesem Schreibtisch, völlig in ihre Fallbeispiele vertieft.

Um fünf Uhr schaute Catherine bei ihr herein. »Ich hab' mir überlegt, ich mache Hühnchen mit Pilzen zum Essen. Wie gefällt dir das?«

»Sehr gut. Setz dich einen Moment her, Mom.«

Catherine wählte den kleinen Lehnstuhl neben dem Schreibtisch. Ihr Blick wanderte über Edwins kastanienbraunen Ledersessel und Polsterschemel. Meg hatte ihr erzählt, daß es exakte Ebenbilder davon in Arizona gab. Früher hatte Catherine bei ihrem Anblick voller Liebe an ihren Mann gedacht, heute schienen die Originale sie zu verhöhnen.

Meg legte die Ellenbogen auf den Tisch, faltete die Hände und stützte ihr Kinn darauf. »Ich hatte heute morgen ein interessantes Gespräch mit Pater Radzin. Er hat die Gedenkmesse für Helene Petrovic abgehalten. Ich hab' ihm gesagt, daß ich keinen Grund dafür sehe, weshalb Dad die Petrovic an die Manning Clinic vermittelt haben sollte. Er sagte sinngemäß, daß es immer einen Grund für die Handlungsweise eines Menschen gibt, und wenn ich ihn nicht finden könnte, dann sollte ich vielleicht die ganzen Voraussetzungen neu überdenken.«

»Was meinst du damit?«

»Mom, ich meine, daß uns mehrere traumatische Sachen auf einmal passiert sind. Ich sah Annies Leiche, als sie ins Krankenhaus eingeliefert wurde. Wir erfuhren, daß Dad höchstwahrscheinlich nicht bei dem Unglück auf der Brücke ums Leben kam, und wir bekamen allmählich den Verdacht, daß er die ganze Zeit ein Doppelleben führte. Dann hat man Dad auch noch Helenes falsche Papiere angelastet und jetzt ihre Ermordung.«

Meg beugte sich vor. »Mom, wenn da nicht der Schock wegen seiner zweiten Existenz und Helene Petrovics Tod gewesen wären, dann hätten wir, als die Versicherungsleute die Zahlung verweigerten, viel länger darüber nachgedacht, aus welchem Grund wir annahmen, daß Dad damals abends auf der Brücke war, als der Unfall passiert ist. Denk darüber nach.«

»Was meinst du denn?« Catherine war wie vor den Kopf gestoßen. »Victor Orsini sprach doch mit Dad, als er gerade auf die Auffahrt zur Brücke rauffuhr. Jemand auf der Brücke hat gesehen, wie sein Wagen runterstürzte.«

»Dieser Jemand auf der Brücke hat sich offensichtlich getäuscht. Außerdem, Mom: Wir wissen nur durch Victor Orsini, daß Dad ihn von dieser Stelle aus angerufen hat. Nimm an, nimm bloß mal an, Dad hätte die Brücke schon überquert, als er Victor anrief. Er könnte auch gesehen haben, wie das Unglück hinter ihm passiert ist. Frances Grolier hat sich erinnert, daß Dad damals über etwas zornig war, was Victor angestellt hatte, und daß Dad nach einem Telefonat mit Dr. Manning von Scottsdale aus wirklich aufgewühlt zu sein schien. Ich war in New York. Du warst über Nacht weg. Es würde Dad wirklich ähnlich sehen, Victor Bescheid zu geben, daß er ihn sofort sehen will, nicht erst am nächsten Morgen, wie Victor behauptet hat. Dad mag in seinem Privatleben unsicher gewesen sein, aber ich glaube nicht, daß er, was seinen Beruf anging, je an sich zweifelte.«

»Willst du damit sagen, daß Victor ein Lügner ist?« Catherine sah verblüfft aus.

»Es wäre doch eine ungefährliche Lüge, oder nicht? Der Zeitpunkt des Anrufs von Dads Autotelefon aus war völlig korrekt und ist verifiziert worden. Mom, Victor war etwa seit einem Monat bei der Firma, als die Empfehlung für die Petrovic an Manning rausging. Er kann sie doch geschickt haben. Er hat direkt unter Dad gearbeitet.«

»Phillip hat ihn noch nie leiden können«, murmelte Catherine. »Aber, Meg, das läßt sich überhaupt nicht beweisen. Und du stößt dann wieder auf dieselbe Frage: Warum? Warum würde Victor, eher als Dad, die Petrovic in dieses Labor stecken? Was hätte er denn davon?«

»Das weiß ich noch nicht. Aber siehst du denn nicht, daß sie bei der Polizei, solange sie daran festhalten, daß Dad noch lebt, im Mordfall Helene Petrovic keine anderen Erklärungsmöglichkeiten ernsthaft in Erwägung ziehen werden?«

Das Telefon klingelte. »Wetten, das ist Phillip für dich«, bemerkte Meg, als sie abhob. Es war Kyle.

»Wir haben Gesellschaft beim Abendessen«, berichtete sie Catherine, als sie den Hörer auflegte. »Hoffentlich kannst du das Hühnchen und die Pilze strecken.«

»Mac und Kyle?«

»Ja.«

»Gut.« Catherine erhob sich. »Meg, ich wünschte, ich könnte mich so wie du über all diese Möglichkeiten begeistern. Du hast eine These, und es ist ein gutes Argument zur Verteidigung deines Vaters. Aber vielleicht ist es auch bloß das.«

Meg hielt ein Stück Papier hoch. »Das ist die Januarrechnung für Dads Autotelefon. Schau dir mal an, wieviel dieser letzte Anruf gekostet hat. Er und Victor waren acht Minuten miteinander verbunden. Es dauert doch nicht acht Minuten, einen Gesprächstermin zu vereinbaren, oder?«

»Meg, Dads Unterschrift war auf dem Brief an die Manning Clinic. Das haben Experten bestätigt.«

Nach dem Essen schlug Mac Kyle vor, Catherine beim Abräumen zu helfen. Als er mit Meghan im Wohnzimmer allein war, erzählte er ihr von Dr. Williams' Verbindung mit dem Dowling-Institut und möglicherweise auch mit Helene.

»Dr. Williams!« Meghan starrte ihn an. »Mac, er hat entschieden bestritten, daß er Helene Petrovic schon vor der Manning Clinic kannte. Die Frau am Empfang bei Manning hat sie zusammen im Restaurant gesehen. Als ich Dr. Williams danach fragte, hat er behauptet, daß er generell neue Kollegen als freundliche Geste zum Essen einlud.«

»Meg, ich glaube, wir haben eine heiße Spur, aber wir können noch nicht sicher sein, daß es tatsächlich Helene Petrovic war, die Williams bei seinen Besuchen am Krankenbett seiner Frau begleitet hat«, mahnte Mac sie zur Vorsicht.

»Mac, es paßt genau. Williams und Helene müssen etwas miteinander gehabt haben. Wir wissen, daß sie sich unglaublich für die Arbeit im Labor interessiert hat. Er ist genau der Richtige, der ihr bei der Fälschung ihres Lebenslaufs und dann bei ihrer Einarbeitung in der Manning Clinic geholfen haben kann.«

»Williams ist aber sechs Monate, nachdem Helene Petrovic dort angefangen hat, weggegangen. Wieso würde er das tun, wenn er ein Verhältnis mit ihr hatte?«

»Ihr Haus liegt in New Jersey, nicht weit von Philadelphia. Ihre Nichte sagte, sie wäre oft stundenlang am Samstag oder Sonntag weggewesen. Sie kann doch diese Zeit weitgehend mit ihm verbracht haben.«

»Wie läßt sich dann der Empfehlungsbrief deines Vaters damit zusammenreimen? Er hat Williams an Manning vermittelt, aber wieso sollte er der Petrovic zu der Stelle dort verhelfen?«

»Ich habe eine Theorie, was das betrifft, und sie hat mit Victor Orsini zu tun. Es ergibt allmählich im Zusammenhang einen Sinn, alles miteinander.« Sie lächelte zu ihm hoch, mit einem überzeugenden Lächeln, wie er es schon lange nicht mehr auf ihrem Gesicht gesehen hatte.

Sie standen vor dem Kamin. Mac legte seine Arme um sie. Meg erstarrte sofort und versuchte, seiner Umarmung zu entkommen, aber er ließ sie nicht los. Er drehte sie, so daß sie ihn anschauen mußte. »Jetzt hörst du zu, Meghan«, erklärte Mac. »Du hast recht gehabt vor neun Jahren. Ich wünschte nur, ich hätte es damals kapiert.« Er hielt inne. »Du bist die einzige für mich. Ich weiß es jetzt, und du weißt es auch. Wir können nicht noch länger Zeit verschwenden.«

Er küßte sie leidenschaftlich, ließ sie dann los und trat zurück: »Ich lass' es nicht mehr zu, daß du mich ständig wegschubst. Sobald dein Leben wieder normal verläuft, werden wir uns gründlich über *uns* unterhalten.«

Kyle bettelte darum, die Kassette mit Megs Interview vorführen zu dürfen. »Es dauert bloß drei Minuten, Dad. Ich will Meg zeigen, daß ich jetzt selbst Sachen aufnehmen kann.«

»Ich glaube, das ist ein Vorwand«, sagte Mac zu ihm. »Übrigens, Dannys Mutter hat mich zu Hause erwischt, als ich gerade die Notiz von Mrs. Dileo las. Du hast Stubenarrest. Zeig Meg das Video, aber dann *denke* nicht einmal ans Fernsehen, für eine Woche.«

»Was hast du angestellt?« flüsterte Meg, als Kyle sich neben sie setzte.

»Sag' ich dir gleich. Schau, da bist du.«

Die Aufzeichnung lief. »Das hast du gut gemacht«, versicherte ihm Meg.

In dieser Nacht lag Meg lange im Bett, ohne schlafen zu können. In ihrem Kopf spielte sich ein Aufruhr ab: all die neuen Entwicklungen, die Verbindung von Dr. Williams mit Helene Petrovic, ihr eigener Verdacht gegen Victor Orsini. Mac. Ich habe den Leuten von der Kripo gesagt, wenn sie bloß aufhören würden, sich auf Dad zu konzentrieren, dann kämen sie auf die richtigen Antworten, dachte sie. Aber Mac? Sie wollte jetzt nicht länger über ihn nachdenken.

Das alles – aber da war doch noch etwas anderes, wurde ihr bewußt, etwas, das sich ihr entzog, etwas schrecklich, schrecklich Wichtiges. Was war es nur? Es hatte etwas mit dem Video ihres Interviews im Franklin-Institut zu tun. Morgen bitte ich Kyle, die Kassette herüberzubringen, dachte sie. Ich muß mir das noch einmal anschauen.

Freitag war ein langer Tag für Bernie. Er hatte bis halb acht geschlafen, wirklich spät für seine Verhältnisse. Ihm kam sofort der Verdacht, daß er Meghan verpaßt hatte, daß sie schon früh weggefahren war. Ihre Rollos waren oben, und er konnte sehen, daß ihr Bett gemacht war.

Eigentlich mußte er ja Mama anrufen. Sie hatte gesagt, daß er anrufen sollte, aber er fürchtete sich davor. Wenn sie auf die Idee käme, daß er nicht in Chicago war, würde es Ärger geben. Sie würde ihn zwingen, nach Hause zu kommen.

Er saß den ganzen Tag am Fenster und beobachtete Meghans Haus, wartete auf ihre Rückkehr. Er zog das Telefon so nahe heran, wie es die Schnur zuließ, damit er das Haus nicht aus den Augen verlor, während er Frühstück und später Lunch bestellte.

Er schloß dann jedesmal die Tür auf und sprang, sobald der Kellner klopfte, ins Bett und rief: »Herein!« Die Vorstellung, daß er Meghan womöglich wieder verpaßte, während der Mann mit dem Tablett herumhantierte, machte ihn rasend.

Als das Zimmermädchen klopfte und die Tür mit dem Hauptschlüssel zu öffnen versuchte, wurde sie von der Kette am Schloß aufgehalten. Er wußte, daß ihr die Sicht versperrt war.

»Kann ich eben die Handtücher auswechseln?« fragte sie.

Es war besser, wenn er sie wenigstens das tun ließ, überlegte er. Er wollte keinen Verdacht erregen.

Doch als sie an ihm vorbeiging, merkte er, daß sie ihn merkwürdig ansah, so, wie es Leute tun, die einen zu taxieren versuchen. Bernie gab sich alle Mühe, sie anzulächeln, versuchte, überzeugend zu wirken, als er sich bei ihr bedankte.

Es war Spätnachmittag, als Meghans weißer Mustang in die Einfahrt einbog. Bernie drückte seine Nase an die Fensterscheibe, um einen Blick auf sie werfen zu können, als sie den Pfad zum Haus hinaufging. Ihr Anblick machte ihn wieder froh.

Gegen halb sechs sah er, wie der Junge bei Meghans Haus abgesetzt wurde. Gäbe es diesen Bengel nicht, dann hätte Bernie sich wieder in dem Wäldchen verstecken können. Dann könnte er Meg näher sein. Er würde sie mit der Kamera aufnehmen, damit er sie bei sich haben konnte. Dann könnte er sie beobachten und mit ihr zusammensein, wann immer er wollte. Wenn nicht dieser blöde Bengel wäre. Er haßte den Jungen.

Er dachte nicht daran, sich etwas zum Abendessen zu bestellen. Er war nicht hungrig. Endlich gegen halb elf machte sich sein Warten bezahlt. Meghan knipste das Licht in ihrem Schlafzimmer an und zog sich aus.

Sie war so schön!

Um vier Uhr am Freitag nachmittag fragte Phillip Jackie: »Wo ist Orsini?«

»Er hatte einen Außentermin, Mr. Carter. Er hat gesagt, daß er so um halb fünf zurück ist.«

Jackie stand unschlüssig in Phillip Carters Büro herum. Wenn Mr. Carter verärgert war, war er ein bißchen zum Fürchten. Mr. Collins war nie aus der Haut gefahren.

Aber Mr. Carter war jetzt der Boß, und gestern abend hatte Bob, ihr Mann, zu ihr gesagt, daß sie es ihm schuldig sei, ihm mitzuteilen, daß Victor Orsini nachts all die Akten durchging.

»Aber es kann doch auch Mr. Carter sein, der das macht«, hatte sie eingewendet.

»Wenn es Carter ist, wird er's zu schätzen wissen, daß du aufpaßt. Vergiß nicht, wenn die beiden irgendwelche Auseinandersetzungen miteinander haben, dann muß Orsini gehen, nicht Carter!«

Bob hatte recht. So erklärte Jackie jetzt entschlossen: »Mr. Carter, es geht mich ja vielleicht nichts an, aber ich bin mir ziemlich sicher, daß Mr. Orsini nachts hierherkommt und die ganzen Akten durchschaut.«

Phillip Carter war eine kleine Ewigkeit lang sehr still, dann verhärtete sich seine Miene, und er sagte: »Danke, Jackie. Geben Sie Mr. Orsini Bescheid, er soll zu mir kommen, sobald er zurück ist.«

Ich möchte nicht in Mr. Orsinis Haut stecken, dachte sie.

Zwanzig Minuten später taten sie und Milly nicht länger so, als hörten sie nicht hin, als Phillip Carters laute Stimme durch die geschlossene Tür seines Büros drang, wo er mit Victor Orsini abrechnete.

»Ich habe Sie schon lange im Verdacht, daß Sie Downes und Rosen heimlich Aufträge zuspielen«, fuhr er ihn an. »Wir haben hier große Probleme, und Sie wollen sich bei denen ins gemachte Nest setzen. Sie scheinen aber zu vergessen, daß Sie einen Vertrag haben, der Ihnen ausdrücklich verbietet, unsere Kundendateien anzuzapfen. Jetzt verschwinden Sie, und packen Sie erst gar nicht. Sie haben sich vermutlich schon reichlich bei unseren Akten bedient. Wir schicken Ihnen Ihre persönlichen Sachen nach.«

»Das war's also, was er gemacht hat«, flüsterte Jackie. »Das ist wirklich übel.« Weder sie noch Milly blickten auf, als Orsini an ihren Schreibtischen vorbei hinausging.

Anderenfalls aber hätten sie sehen können, daß sein Gesicht weiß vor Wut war.

Am Samstag morgen ging Catherine für den Frühstücksbetrieb zum Gasthof hinüber. Sie überprüfte ihre Post und Anrufe, unterhielt sich dann lange mit Virginia. Sie beschloß, nicht bis zur Lunchzeit zu bleiben, und kehrte um elf Uhr nach Hause zurück. Sie stellte fest, daß Meg die Akten jetzt Stück für Stück mit ins Arbeitszimmer ihres Vaters nahm und sie dort einzeln studierte.

»Im Eßzimmer ist so ein Durcheinander, daß ich mich nicht konzentrieren kann«, erläuterte Meg. »Victor hat nach etwas Wichtigem gesucht, und wir sehen den Wald vor lauter Bäumen nicht.«

Catherine musterte ihre Tochter. Meg trug eine karierte Seidenhemdbluse und legere lange Hosen. Ihr haselnußbraunes Haar reichte ihr jetzt fast bis zu den Schultern und war zurückgebürstet. Daran liegt es, dachte Catherine. Ihre Haare sind genau um das bißchen länger. Sie mußte an das Bild von Annie Collins in den Zeitungen von gestern denken.

»Meg, ich hab's mir genau überlegt. Ich werde dieses Angebot fürs Drumdoe annehmen.«

»Was wirst du?«

»Virginia gibt mir recht. Die Unkosten sind einfach zu hoch. Ich will nicht, daß der Gasthof zum Schluß noch versteigert wird.«

»Mom, Dad hat Collins and Carter gegründet, und selbst unter den gegebenen Umständen muß es doch einen Weg geben, wie du etwas Geld aus der Firma nehmen kannst.«

»Meg, wenn es einen Totenschein gäbe, dann wäre die Firmenversicherung fällig. Mit den anstehenden Gerichtsverfahren gibt's aber bald keine Firma mehr.«

»Was sagt Phillip dazu? Er läßt sich übrigens in letzter Zeit ziemlich oft sehen«, sagte Meg, »häufiger als in all den Jahren, die er mit Dad gearbeitet hat.«

»Er versucht, freundlich zu sein, und ich schätze das.«

»Ist es nicht mehr als nur Freundlichkeit?«

»Hoffentlich nicht. Da würde er einen Fehler machen. Ich muß mich mit viel zuviel auseinandersetzen, bevor ich in dieser Hinsicht auch nur an jemanden denke.« Leise sagte sie dann: »Aber bei dir ist das anders.«

»Was soll denn das jetzt heißen?«

»Es heißt, daß Kyle nicht gerade ein As im Abräumen ist. Er hat euch beide im Auge behalten und mit großer Befriedigung berichtet, daß Mac dich geküßt hat.«

»Ich hab' kein Interesse –«

»Hör auf damit, Meg«, warf Catherine ein. Sie ging um den Schreibtisch herum, zerrte die untere Schublade heraus, zog ein Bündel Briefe hervor und warf sie auf den Schreibtisch. »Sei nicht wie dein Vater ein Gefühlskrüppel, weil er Zurückweisung nicht verzeihen konnte.«

»Er hatte allen Grund, seiner Mutter nicht zu vergeben!«

»Als Kind, ja. Als Erwachsener mit einer Familie, die ihn von Herzen liebte, nein. Vielleicht hätte er Scottsdale nicht nötig gehabt, wenn er nach Philadelphia gegangen wäre und sich mit ihr versöhnt hätte.«

Meg hob die Augenbrauen. »Du kannst ganz schön zuschlagen, weißt du das?«

»Darauf kannst du dich verlassen. Meg, du liebst Mac. Du hast ihn schon immer geliebt. Kyle braucht dich. Also stell dich um Himmels willen nicht so an und hör auf, Angst zu haben, daß Mac so idiotisch sein könnte, Ginger wieder zu wollen, falls sie je wieder in seinem Leben auftauchen sollte.«

»Dad hat dich immer ›mächtige Maus‹ genannt.« Meg spürte, wie ihr die Tränen kamen.

»Ja, das stimmt. Wenn ich wieder zum Gasthof geh', ruf' ich die Immobilienmakler an. Eins aber versprech' ich dir. Ich werde den Preis so weit hinaufschrauben, bis sie um Gnade betteln.«

Um halb zwei, kurz bevor sie zum Gasthof zurückkehrte, steckte Catherine den Kopf ins Arbeitszimmer. »Meg, weißt du noch, wie ich gesagt hab', daß mir Palomino Lederwaren irgendwie bekannt vorkommt? Ich glaube, Annies Mutter hat dieselbe Botschaft einmal hier zu Hause für Dad hinterlassen. Es muß Mitte März vor sieben Jahren gewesen sein. Ich weiß das noch so genau, weil ich damals, als Dad dein Fest zum einundzwanzigsten Geburtstag verpaßt hat, so außer mir war, daß ich ihm erklärt hab', als er schließlich mit einer Ledertasche für dich nach Hause kam, ich würde sie ihm am liebsten an den Kopf knallen.«

Am Samstag konnte Bernies Mutter überhaupt nicht mehr aufhören zu niesen. Ihre Nebenhöhlen taten weh, und sie spürte ein Kratzen im Hals. Sie mußte etwas unternehmen.

Bernard hatte bestimmt im Keller schon lange nicht mehr Staub gewischt, das wußte sie einfach. Keine Frage, daran mußte es liegen. Jetzt zog der Staub durch das ganze Haus.

Sie wurde von Minute zu Minute wütender und aufgeregter. Um zwei Uhr schließlich hielt sie es nicht mehr aus. Sie mußte da hinuntergehen und saubermachen.

Als erstes schwang sie den Besen und die Kehrschaufel und den Mop hinunter. Dann füllte sie eine Plastiktüte mit Lappen und Putzmittel und warf sie die Stufen hinab. Sie landete auf dem Mop.

Schließlich band sich Mama die Schürze um. Sie befühlte das Geländer. Es war gar nicht so locker. Es würde ihr schon Halt geben. Sie mußte nur langsam gehen, einen Schritt nach dem anderen, und jede Stufe ausprobieren, bevor sie ihr ganzes Gewicht verlagerte. Sie wußte noch immer nicht, wie sie es vor zehn Jahren fertiggebracht hatte, so schwer zu stürzen. Kaum hatte sie sich auf die Treppe gewagt, fand sie sich damals in einem Krankenwagen wieder.

Stufe für Stufe, mit unendlicher Sorgfalt, begab sie sich abwärts. Also, ich hab's doch geschafft, dachte sie, als sie den Kellerboden betrat. Ihre Schuhspitze blieb in der Tüte mit den Lumpen hängen, und sie fiel schwer auf die Seite, während sich ihr linker Fuß unter ihr abwinkelte.

Das Geräusch, als ihr Knöchel brach, schallte durch den dumpfen Keller.

55

Nach der Rückkehr ihrer Mutter zum Gasthof rief Meghan Phillip zu Hause an. Als er am Apparat war, sagte sie: »Ich bin froh, daß ich dich erwische. Ich dachte schon, du bist heute in New York oder bei einer von deinen Versteigerungen.«

»Es war eine turbulente Woche. Ich hab' gestern nachmittag Victor rausschmeißen müssen.«

»Wieso das?« fragte Meghan, entsetzt über diesen neuerlichen Umschwung der Ereignisse. Victor mußte für sie erreichbar bleiben, während sie zu erhärten versuchte, daß er etwas mit der Petrovic-Empfehlung zu tun hatte. Was, wenn er jetzt die Stadt verließ? Bisher hatte sie keinen Beweis, konnte mit ihrem Verdacht nicht zur Polizei gehen. Das brauchte noch Zeit.

»Er ist ein falscher Hund, Meg. Hat uns Kunden geklaut. Ehrlich gesagt, dein Vater hat direkt, bevor er verschwunden ist, ein oder zwei Bemerkungen gemacht, wonach er zu ahnen schien, daß Victor irgendeine linke Sache vorhatte.«

»Das glaub' ich auch«, sagte Meg. »Deswegen ruf' ich ja an. Ich glaube, daß womöglich er den Petrovic-Brief rausgeschickt hat, als Dad weg war. Phillip, wir haben gar keinen von Dads Terminkalendern mit seinen laufenden Geschäftsterminen. Sind sie im Büro?«

»Die hätten bei den Akten sein müssen, die ihr nach Hause mitgenommen habt.«

»Das dachte ich auch, sind sie aber nicht. Phillip, ich versuche Annies Mutter zu erreichen. Idiotischerweise hab' ich mir nicht ihre Privatnummer geben lassen, als ich dort war. Das Palomino Lederwarengeschäft hat sie benachrichtigt und mir dann den Weg zu ihrem Haus erklärt. Ich vermute, daß Dad vielleicht gar nicht in der Firma war, als dieser Brief über die Petrovic an Manning rausging. Das Datum ist doch der einundzwanzigste März, oder?«

»Ich glaube ja.«

»Dann hab' ich einen Treffer gelandet. Annies Mutter kann es bestätigen. Immerhin hab' ich schon den Anwalt erreicht, der mit ihr hergeflogen ist. Er wollte mir die Nummer nicht geben, hat aber gesagt, er setzt sich mit ihr in Verbindung.«

Sie schwieg eine Weile, bevor sie fortfuhr: »Phillip, da ist noch etwas anderes. Ich glaube, daß Dr. Williams und Helene Petrovic etwas miteinander hatten, auf jeden Fall, solange sie miteinander gearbeitet haben, und vielleicht auch schon davor. Und falls das zutrifft, dann ist möglicherweise er der Mann, den ihre Nachbarin gesehen hat, wie er sie in ihrer Wohnung besuchte.«

»Meg, das ist ja unglaublich. Hast du denn Beweise?«

»Noch nicht, aber es dürfte nicht schwierig sein, die aufzutreiben.«

»Sei bloß vorsichtig«, warnte Phillip Carter. »Williams hat einen hervorragenden Ruf in Medizinerkreisen. Erwähne nicht einmal seinen Namen, solange du nicht belegen kannst, was du sagst.«

Frances Grolier rief um Viertel vor drei an. »Sie wollten mit mir sprechen, Meghan.«

»Ja. Sie haben mir neulich gesagt, daß Sie den Palomino-Code in all den Jahren nur ein paarmal benützt haben. Haben Sie je bei uns zu Hause diese Botschaft hinterlassen?«

Grolier fragte nicht, warum Meg das wissen wollte. »Ja, einmal. Das war vor fast sieben Jahren, am zehnten März. Annie war in einen Frontalzusammenstoß verwickelt, und man gab ihr keine Überlebenschancen. Ich hab's bei dem Anrufbeantworter im Büro versucht, aber wie sich dann herausstellte, war er versehentlich abgestellt. Ich wußte, daß Edwin in Connecticut war, und ich *mußte* ihn erreichen. Er flog noch an demselben Abend her und blieb zwei Wochen, bis Annie außer Gefahr war.«

Meg mußte an den achtzehnten März vor sieben Jahren denken, ihren einundzwanzigsten Geburtstag. Ein glanzvoller Ball mit Abendessen im Drumdoe. Der Anruf ihres Vaters damals am Nachmittag. Er habe einen Virusinfekt und sei zu krank, um fliegen zu können. Zweihundert Gäste. Mac mit Ginger, wie sie Fotos von Kyle herumzeigten. Sie hatte den Abend über standhaft zu lächeln versucht, um nicht zu zeigen, wie furchtbar enttäuscht sie darüber war, daß ihr Vater zu diesem besonderen Anlaß nicht bei ihr war.

»Meghan?« erkundigte sich Frances Groliers beherrschte Stimme am anderen Ende der Leitung.

»Es tut mir leid. Alles tut mir so leid. Was Sie mir gerade erzählt haben, ist fürchterlich wichtig. Es ist mit so vielem verknüpft, was passiert ist.«

Meghan legte den Hörer wieder auf, hielt ihn aber noch eine Weile fest. Dann wählte sie Phillips Nummer.

»Bestätigung.« Rasch erklärte sie ihm, was Frances Grolier ihr gerade gesagt hatte.

»Meg, du bist ein Genie«, sagte Phillip.

»Phillip, jetzt klingelt es. Das muß Kyle sein. Mac bringt ihn her. Ich hab' ihn gebeten, mir etwas herüberzubringen.«

»Ja, mach nur. Und, Meg, rede nicht über diese Sache, bis wir ein umfassendes Bild haben, das wir Dwyer präsentieren können.«

»Ich sag' nichts. Unser Staatsanwalt und seine Leute trauen mir sowieso nicht über den Weg. Ich rede erst mit dir.«

Kyle kam mit einem fröhlichen Grinsen herein.

Meghan beugte sich hinunter und gab ihm einen Kuß.

»Mach das bloß nie vor meinen Freunden«, warnte er.

»Wieso denn nicht?«

»Jimmys Mutter wartet an der Straße und küßt ihn, wenn er aus dem Schulbus steigt. Ist das nicht ekelhaft?«

»Warum hab' ich dir dann einen Kuß geben dürfen?«

»Privat ist es okay. Niemand hat uns gesehen. Du hast gestern abend Dad geküßt.«

»Er hat mich geküßt.«

»Hat's dir gefallen?«

Meg dachte nach. »Man könnte sagen, daß es nicht ekelhaft war. Willst du ein paar Kekse und Milch?«

»Ja, bitte. Ich hab' das Video dabei, damit du's dir anschauen kannst. Warum willst du's noch mal sehen?«

»Ich weiß nicht genau.«

»Okay. Dad hat gesagt, er kommt ungefähr in einer Stunde. Er mußte irgendwas aus dem Laden abholen.«

Meghan brachte den Teller Kekse und die Gläser mit Milch in den Hobbyraum. Kyle setzte sich ihr zu Füßen auf den Boden; mit Hilfe der Fernbedienung ließ er wieder einmal die Aufnahme des Interviews im Franklin Center laufen. Meg bekam auf einmal Herzklopfen. Sie fragte sich: Was war es nur, was mir dabei aufgefallen ist?

In der letzten Einstellung im Sprechzimmer von Dr. Williams, als die Kamera über die Abbildung der Kinder schwenkte, die durch künstliche Befruchtung zur Welt gekommen waren, fand sie, wonach sie gesucht hatte. Sie riß Kyle die Fernbedienung aus der Hand und hielt das Band an.

»Meg, es ist fast vorbei«, protestierte Kyle.

Meg starrte auf das Foto mit dem kleinen Jungen und Mädchen, die beide den gleichen Pullover trugen. Sie hatte dasselbe Bild an der Wand von Helene Petrovics Wohnzimmer in Lawrenceville gesehen. »Es *ist* vorbei, Kyle. Jetzt weiß ich den Grund.«

Das Telefon klingelte. »Ich bin gleich wieder da«, sagte sie zu Kyle.

»Ich spule zurück. Ich weiß, wie's geht.«

Es war Phillip Carter. »Meg, bist du allein?« fragte er hastig.

»Phillip! Ich hab' soeben den Beweis gefunden, daß Helene Petrovic Dr. Williams gekannt hat. Ich glaube, ich weiß jetzt, was sie in der Manning Clinic getrieben hat.«

Es war, als hätte er sie gar nicht gehört. »Bist du allein?« wiederholte er.

»Kyle ist im Hobbyraum.«

»Kannst du ihn nach Hause bringen?« Seine Stimme klang leise und aufgeregt.

»Mac ist nicht da. Ich kann ihn im Gasthof lassen. Mutter ist dort. Phillip, worum geht's?«

Carter klang jetzt fassungslos, ja geradezu hysterisch. »Ich hab' eben mit Edwin gesprochen! Er will uns beide sehen. Er versucht sich klar darüber zu werden, ob er sich stellen soll, Meg, er ist verzweifelt. Laß niemand etwas davon wissen, bis wir Gelegenheit haben, ihn zu treffen.«

»Dad? Hat dich angerufen?« Meg schnappte nach Luft. Wie betäubt stand sie da und hielt sich am Schreibtischrand fest.

300

Mit einer kaum hörbaren Stimme verlangte sie zu wissen: »Wo ist er? Ich muß unbedingt zu ihm.«

56

Als Bernies Mutter wieder zu Bewußtsein kam, versuchte sie um Hilfe zu rufen, aber sie wußte, daß keiner ihrer Nachbarn sie hören konnte. Sie würde es niemals schaffen, die Treppe hochzukommen. Sie mußte sich in Bernards Fernsehecke schleppen, wo ein Telefon war. Es war allein seine Schuld, weil er den Platz nicht sauberhielt. Ihr Knöchel tat schrecklich weh. Die Schmerzen schossen ihr durchs ganze Bein. Sie öffnete den Mund und japste nach Luft. Es war die reinste Qual, sich über den schmutzigen, rauhen Beton vorwärtszuschieben.

Endlich kämpfte sie sich bis zu der Nische vor, die sich ihr Sohn hergerichtet hatte. Selbst bei all den Schmerzen, die sie empfand, riß sie die Augen vor Bestürzung und Wut auf. Dieser enorme Fernseher! All diese Radioapparate! Die ganzen Geräte! Was fiel Bernard ein, soviel Geld für all diese Sachen zu vergeuden?

Das Telefon stand auf dem alten Küchentisch, den er sich hereingeholt hatte, nachdem ihn einer ihrer Nachbarn am Straßenrand abgestellt hatte. Sie kam nicht ganz heran, deshalb zog sie es an der Schnur näher. Es krachte auf den Boden.

In der Hoffnung, daß es nicht kaputt war, wählte Bernies Mutter die Notrufnummer. Bei dem willkommenen Klang der Stimme eines diensthabenden Beamten sagte sie: »Schicken Sie einen Krankenwagen!«

Sie war noch in der Lage, ihren Namen und ihre Adresse durchzugeben und zu sagen, was geschehen war, bevor sie wieder das Bewußtsein verlor.

»Kyle«, erklärte Meg rasch, »ich muß dich im Gasthof lassen. Ich hab' einen Zettel für deinen Dad an die Tür gemacht. Sag meiner Mutter einfach, daß etwas dazwischengekommen ist und daß ich sofort weg mußte. Du bleibst bei ihr. Geh nicht nach draußen, okay?«

»Warum bist du so aufgeregt, Meg?«

»Bin ich nicht. Das ist eine wichtige Geschichte. Ich muß darüber berichten.«

»Ach, das ist toll.«

Beim Gasthof wartete Meg noch ab, bis Kyle den Eingang erreicht hatte. Er winkte, und sie winkte mit einem gezwungenen Lächeln zurück. Dann gab sie Gas.

Sie war mit Phillip an einer Kreuzung in West Redding verabredet, etwa dreißig Kilometer außerhalb von Newtown. »Du kannst von dort aus hinter mir herfahren«, hatte er ihr hastig Bescheid gegeben. »Es ist dann nicht mehr weit, aber du könntest es unmöglich alleine finden.«

Meg wußte nicht, was sie denken sollte. In ihrem Kopf herrschte ein Wirrwarr konfuser Gedanken und konfuser Gefühle. Ihr Mund fühlte sich so trocken an. Ihre Kehle war wie zugeschnürt. *Dad war am Leben, und er war verzweifelt!* Warum nur? Doch bestimmt nicht, weil er Helene Petrovics Mörder war. Bitte, lieber Gott, nur das nicht.

Als Meg auf die Kreuzung der schmalen Landstraßen stieß, stand Phillips schwarzer Cadillac schon da. Es war leicht, ihn zu entdecken. Es war weit und breit kein anderes Auto zu sehen.

Er nahm sich nicht die Zeit, mit ihr zu sprechen, sondern hielt die Hand hoch und gab ihr ein Zeichen, sie solle ihm folgen. Nach knapp einem Kilometer bog er scharf in einen Feldweg ein. Fünfzig Meter weiter begann der Weg sich durch ein Waldgebiet zu winden, und Meghans Wagen war für jemanden, der eventuell auf der Straße vorbeifuhr, nicht mehr zu sehen.

Der Showdown mit Phillip Carter am Freitag nachmittag hatte Victor Orsini nicht überrascht. Es war nie eine Frage gewesen, ob es dazu kommen würde. Die Frage war schon seit Monaten gewesen: *wann?*

Wenigstens hatte er noch gefunden, was er brauchte, bevor er nicht mehr ins Büro hineinkam. Als er von Carter wegging, war er direkt zu seinem Haus am Candlewood Lake gefahren, hatte sich einen Martini gemacht und sich dorthin gesetzt, wo er einen Blick auf das Wasser hatte und sich überlegen konnte, was er nun tun sollte.

Der Beweis, den er in der Hand hatte, reichte für sich genommen und ohne weitere Bestätigung nicht aus, würde vor Gericht nicht standhalten. Und außerdem, wieviel konnte er ihnen sagen, ohne zugleich Dinge zu enthüllen, die ihm schaden konnten?

Er war fast sieben Jahre bei Collins and Carter gewesen, doch mit einemmal war nur noch jener erste Monat wichtig. Er war das entscheidende Verbindungsstück, das alles, was in letzter Zeit passiert war, miteinander in Zusammenhang brachte.

Victor hatte den ganzen Freitag abend lang das Pro und Kontra erwogen, ob er zum Staatsanwalt gehen und darlegen sollte, was seiner Ansicht nach geschehen war.

Am nächsten Morgen joggte er eine Stunde am See entlang: ein langer erfrischender Lauf, durch den er einen klaren Kopf bekam. Als er wieder zu Hause war, stand sein Entschluß fest.

Um halb drei am Samstag nachmittag wählte er die Nummer, die ihm der Kriminalbeamte Marron gegeben hatte. Er rechnete halbwegs damit, daß Marron am Samstag nicht im Revier war, doch er kam sofort an den Apparat.

Victor nannte seinen Namen. Mit der ruhigen, sachlichen Stimme, die bei Kunden und Stellungsuchenden Vertrauen erweckte, fragte er: »Würde es Ihnen passen, wenn ich in einer halben Stunde vorbeikomme? Ich glaube, ich weiß, wer Helene Petrovic ermordet hat …«

Vom Eingang des Drumdoe Inn aus blickte Kyle zurück und schaute Meghan nach, wie sie wegfuhr. Sie machte also wieder einen Bericht. Toll! Wie gern wäre er mit ihr gegangen. Er hatte erst vorgehabt, wie Dad Arzt zu werden, wenn er mal groß war, hatte dann aber beschlossen, daß es mehr Spaß machte, Reporter zu sein.

Im nächsten Moment schoß ein Auto aus dem Parkplatz heraus, ein grüner Chevy. Das ist der Typ, der Jake nicht überfahren hat, dachte Kyle. Es tat ihm leid, daß er keine Gelegenheit gehabt hatte, mit ihm zu reden und ihm zu danken. Er sah den Chevy in derselben Richtung in die Straße einbiegen, die Meg genommen hatte.

Kyle ging ins Foyer hinein und entdeckte Meghans Mutter und Mrs. Murphy an einem Schreibtisch. Sie wirkten beide auffallend ernst. Er ging zu ihnen hinüber. »Hallo.«

»Kyle, was machst du denn hier?« Das ist ja vielleicht eine Art, ein Kind zu begrüßen, dachte Catherine. Sie strich ihm durch die Haare. »Ich meine, bist du mit Meg herübergekommen, um Eis zu essen oder so was?«

»Meg hat mich abgesetzt. Ich soll bei dir bleiben. Sie muß einen Bericht machen.«

»Ach, hat ihr Chef angerufen?«

»Irgend jemand hat angerufen, und sie meinte, sie muß sofort weg.«

»Wäre das nicht großartig, wenn sie ihren Job wieder hätte?« sagte Catherine zu Virginia. »Das würde ihr solchen Auftrieb geben.«

»Ja, bestimmt«, stimmte Viriginia zu. »Also, was sollen wir jetzt deiner Meinung nach mit diesem Kerl auf 3A machen? Ganz ehrlich, Catherine, ich glaube, mit dem stimmt irgendwas nicht.«

»Das fehlt uns gerade noch.«

»Wie viele Leute würden denn fast drei Tage lang auf dem Zimmer bleiben und sich dann dermaßen schnell aus dem Staub machen und beinahe Leute umrennen? Du hast ihn gerade verpaßt, aber ich kann dir sagen, Mr. Heffernan kam mir kein bißchen krank vor. Er ist die Treppe heruntergejagt und mit einer Videokamera durch die Lobby gerannt.«

»Sehen wir uns mal das Zimmer an«, sagte Catherine. »Komm mit, Kyle.«

Die Luft in 3A war muffig. »Ist hier saubergemacht worden, seit er das Zimmer bezogen hat?« fragte Catherine.

»Nein«, erwiderte Virginia. »Betty hat gesagt, er hätte sie nur reingelassen, um die Handtücher zu wechseln, und daß er sie beinahe rausgeworfen hat, als sie saubermachen wollte.«

»Er muß zwischendurch vom Bett aufgestanden sein. Schau mal, wie der Stuhl ans Fenster geschoben ist«, bemerkte Catherine. »Einen Moment mal!« Sie durchquerte das Zimmer, setzte sich auf den Stuhl und sah hinaus. »Mein Gott«, entfuhr es ihr.

»Was ist denn?« fragte Virginia.

»Von hier aus kann man direkt in Meghans Schlafzimmerfenster reinschauen.« Catherine rannte zum Telefon, warf einen Blick auf die Notrufnummern, die auf dem Hörer aufgeführt waren, und wählte.

»Polizei. Wachtmeister Thorne am Apparat.«

»Hier ist Catherine Collins im Drumdoe Inn in Newtown«, sagte sie gehetzt. »Ich glaube, daß ein Mann, der im Gasthof übernachtet, unser Haus bespitzelt hat. Er hat sich seit Tagen in sein Zimmer eingesperrt, und gerade eben ist er in wahnsinniger Eile mit seinem Wagen weggefahren.« Ihre Hand flog an den Mund. »Kyle, als Meg dich abgesetzt hat, hast du da gesehen, ob ihr ein Auto gefolgt ist?«

Kyle spürte, das etwas wirklich Schlimmes in der Luft lag, aber das konnte doch nicht an dem netten Kerl liegen, der so ein guter Fahrer war. »Mach dir keine Sorgen. Der Typ in dem grünen Chevy ist okay. Er hat Jakes Leben gerettet, als er letzte Woche bei uns am Haus vorbeigefahren ist.«

Der Verzweiflung nahe schrie Catherine: »Herr Wachtmeister, er folgt jetzt meiner Tochter. Sie fährt einen weißen Mustang. Er ist in einem grünen Chevy. *Finden Sie sie! Sie müssen sie finden!*«

57

Der Streifenwagen fuhr in die Auffahrt zu dem schäbigen, einstöckigen Holzhaus in Jackson Heights hinein, und zwei Polizisten sprangen heraus. Das schrille Iiee-Oooah eines herankommenden Krankenwagens übertönte das Quietschen der Bremsen einer Hochbahn beim Einfahren in die Haltestelle, die nur wenige Häuser entfernt lag.

Die Polizisten rannten um das Haus herum zur Hintertür, brachen sie auf und stampften die Kellertreppe hinunter. Eine lose Stufe gab unter dem Gewicht des jüngeren nach, aber er hielt sich am Geländer fest und vermied mit knapper Not einen Sturz. Der Sergeant stolperte über den Mop am Fuß der Treppe.

»Kein Wunder, daß sie sich verletzt hat«, brummte er. »Das Haus ist das reinste Minenfeld.«

Ein leises Stöhnen von einem groben Verschlag her lenkte sie zu Bernies Reich. Die Polizeibeamten fanden die ältere Frau auf dem Boden ausgestreckt, neben ihr das Telefon. Sie lag in der Nähe eines wackligen Tischs mit einer emaillierten Metallplatte, die von Telefonbüchern überhäuft war. Ein ramponierter Kunstledersessel stand direkt vor einem Fernsehapparat mit einem Ein-Meter-Bildschirm. Ein Kurzwellenempfänger, ein Polizeifunkradio, eine Schreibmaschine und ein Faxgerät standen dichtgedrängt auf einer alten Anrichte.

Der jüngere Beamte ließ sich neben der verletzten Frau auf ein Knie hinab. »Ich bin Officer David Guzman, Mrs. Heffernan«, sagte er fürsorglich. »Man bringt gleich eine Tragbahre, um Sie ins Krankenhaus zu fahren.«

Bernies Mutter versuchte zu sprechen. »Mein Sohn meint es nicht böse.« Sie konnte kaum die Worte herausbringen. Sie schloß die Augen, unfähig, fortzufahren.

»David, schau mal her!«

Guzman sprang auf. »Was ist?«

Das Telefonbuch des Stadtteils Queens lag offen da. Auf den aufgeschlagenen Seiten waren neun oder zehn Namen eingekringelt. Der Sergeant deutete darauf. »Kommen dir die bekannt vor? In den letzten paar Wochen haben all diese Leute gemeldet, daß sie am Telefon bedroht worden sind.«

Sie hörten die Sanitäter näher kommen. Guzman lief zum unteren Treppenabsatz. »Paßt bloß auf, wenn ihr herunterkommt, oder ihr brecht euch den Hals«, warnte er sie.

In nicht einmal fünf Minuten hatte man Bernies Mutter auf eine Trage geschnallt und zum Krankenwagen gebracht.

Die Polizeibeamten blieben noch da. »Wir haben ausreichend Verdachtsgründe, um uns hier umzusehen«, stellte der

Sergeant fest. Er griff nach einem Stapel Papiere neben dem Faxgerät und fing an, darin zu blättern.

Guzman zog die grifflose Schublade des Tischs heraus und entdeckte eine hübsche Brieftasche. »Sieht ganz so aus, als hätte Bernie nebenbei auch 'n paar Raubüberfälle begangen«, sagte er.

Während Guzman das Bild von Annie Collins auf ihrem Führerschein anstarrte, fand der Sergeant das Original der Faxbotschaft. Er las sie laut vor. »›Versehen. Annie war ein Versehen.‹«

Guzman schnappte sich das Telefon auf dem Boden. »Sergeant«, erklärte er, »Sie geben wohl besser dem Boß Bescheid, daß wir auf einen Mörder gestoßen sind.«

Selbst für Bernie war es nicht einfach, genügend Abstand von Meghans Auto zu halten, damit er nicht auffiel. Aus der Distanz sah er, wie sie der dunklen Limousine zu folgen begann. Hinter der Kreuzung hätte er beide Wagen fast verloren, als sie urplötzlich verschwunden zu sein schienen. Er wußte, daß sie irgendwo abgebogen sein mußten, deshalb fuhr er ein Stück zurück. Der Weg in den Wald hinein war die einzige Möglichkeit, wo sie hingefahren sein konnten. Vorsichtig lenkte er seinen Wagen auf den Feldweg.

Jetzt kam er auf eine Lichtung zu. Meghans weißes Auto und die dunkle Limousine wippten auf und ab, als sie über den unebenen, zerfurchten Boden rollten. Bernie wartete ab, bis sie die Lichtung überquert und wieder ein Waldstück erreicht hatten, bevor er seinen Chevy über die Lichtung steuerte.

Das zweite Waldstück war längst nicht so tief wie das erste. Bernie mußte auf die Bremse latschen, um nicht entdeckt zu werden, als der schmale Pfad abrupt wieder aufs offene Feld führte. Jetzt ging der Weg direkt auf ein Haus mit einer Scheune in der Ferne zu. Dorthin fuhren die beiden Wagen.

Bernie packte seine Kamera. Mit dem Zoom war es möglich, ihnen zu folgen, bis sie hinter die Scheune fuhren.

Er saß ruhig da und überlegte, was er tun sollte. In der Nähe des Hauses stand eine Gruppe immergrüner Gewächse. Vielleicht konnte er den Chevy dort verstecken. Er mußte es versuchen.

Es war nach vier, und immer mehr Wolken türmten sich vor der blasser werdenden Sonne. Meg fuhr hinter Phillip den kurvenreichen, holprigen Weg entlang. Sie ließen das Waldstück hinter sich, überquerten ein Feld, passierten eine weitere Waldstrecke. Der Weg lief jetzt geradeaus. In der Ferne sah sie Gebäude, ein Farmhaus und eine Scheune.

Ist Dad hier auf diesem gottverlassenen Hof? fragte sich Meghan. Sie betete im stillen, daß ihr die rechten Worte einfielen, wenn sie ihm von Angesicht zu Angesicht gegenüberstand.

Ich liebe dich, Daddy, wollte das Kind in ihr rufen.

Dad, was ist aus dir geworden? Dad, warum? wollte die verletzte Erwachsene schreien.

Dad, du hast mir gefehlt. Wie kann ich dir helfen? War es das, womit sie am besten anfing?

Sie folgte Phillips Wagen um die baufälligen Gebäude herum. Er hielt an, stieg aus seiner Limousine, kam herüber und öffnete die Wagentür für Meg.

Meg blickte zu ihm hoch. »Wo ist Dad?« fragte sie. Sie fuhr sich mit der Zunge über die Lippen, die jetzt aufgesprungen und trocken wirkten.

»Er ist ganz in der Nähe.« Sein Blick heftete sich auf sie.

Die schroffe Art seiner Antwort war es, die ihr auffiel. *Er ist so nervös wie ich,* dachte sie, während sie ausstieg.

58

Victor Orsini hatte vereinbart, um drei Uhr John Dwyers Amtszimmer im Gerichtsgebäude von Danbury aufzusuchen. Die Kriminalbeamten Weiss und Marron waren anwesend, als er eintraf. Eine Stunde später konnte er aus ihren unbewegten Gesichtern noch immer nicht schließen, ob sie dem, was er ihnen mitzuteilen hatte, irgendwelche Bedeutung beimaßen.

»Also, noch mal von vorne«, sagte Dwyer.

»Ich hab's jetzt bereits x-mal wiederholt«, schnauzte Victor.

»Ich möchte es noch einmal hören«, sagte Dwyer.

»Schon gut, schon gut. Edwin Collins hat mich von seinem Autotelefon aus am achtundzwanzigsten Januar abends angerufen. Wir haben ungefähr acht Minuten miteinander geredet, bevor er das Gespräch abbrach, weil er auf der Auffahrt zur Tappan Zee Bridge war und die Fahrbahn sehr glatt war.«

»Wann sagen Sie uns endlich, worüber Sie geredet haben?« forderte Weiss. »Was hat acht Minuten gedauert, um besprochen zu werden?«

Genau diesen Teil seines Berichts hatte Victor gehofft elegant umgehen zu können, aber er begriff, daß man ihm keinen Glauben schenken würde, wenn er nicht die ganze Wahrheit erzählte. Widerwillig gestand er: »Ed hatte ein oder zwei Tage vorher herausgefunden, daß ich einem unsrer Konkurrenten einen Tip zu Positionen gegeben hatte, die demnächst bei unseren Hauptkundenfirmen zu haben waren. Er war total empört und hat verlangt, daß ich am nächsten Morgen bei ihm im Büro erscheine.«

»Und das war ihr letzter Kontakt mit ihm?«

»Am neunundzwanzigsten Januar hab' ich um acht in seinem Büro auf ihn gewartet. Ich wußte, daß Ed mich feuern würde, aber ich wollte nicht, daß er auf die Idee kam, ich hätte die Firma um Geld betrogen. Er hatte mir gesagt, falls er Beweise fände, daß ich Provisionen für mich abgezweigt hätte, würde er mich verklagen. Damals dachte ich, daß er Schmiergeld meinte. Jetzt aber glaube ich, daß er sich dabei auf Helene Petrovic bezog. Ich glaube nicht, daß er irgendwas von ihr wußte, aber dann muß er etwas herausgekriegt und gedacht haben, ich wollte ihn reinlegen.«

»Wir wissen, daß das Honorar für ihre Vermittlung an die Manning Clinic aufs Firmenkonto geflossen ist«, sagte Marron.

»Das kann er nicht gewußt haben. Ich hab' nachgeschaut und herausgefunden, daß der Betrag absichtlich unter dem Honorar für die Vermittlung von Dr. Williams versteckt worden ist. Offenbar sollte Edwin nie etwas über Mrs. Petrovic herausfinden.«

»Wer hat dann Mrs. Petrovic der Klinik empfohlen?« fragte Dwyer.

»Phillip Carter. Er muß es gewesen sein. Als vor fast sieben Jahren am einundzwanzigsten März der Brief mit der Beglaubigung ihrer Unterlagen rausging, war ich erst seit kurzer Zeit bei Collins and Carter. Ich hatte noch nie etwas von dieser Frau gehört, als sie vor knapp zwei Wochen ermordet wurde. Und ich würde mein Leben darauf wetten, daß Ed auch nichts von ihr wußte. Er war damals Ende März außer Haus, einschließlich des einundzwanzigsten März.«

Er schwieg kurz. »Wie ich Ihnen schon gesagt habe, als ich die Zeitung sah, in der der Brief mit seiner angeblichen Unterschrift abgedruckt war, da wußte ich, daß es eine Fälschung ist.«

Orsini deutete auf das Blatt Papier, das er Dwyer gegeben hatte. »Bei seiner früheren Sekretärin, die eine Perle war, hatte Ed es sich angewöhnt, ihr einen Stapel unterschriebener Firmenbriefbögen dazulassen, die sie verwenden konnte, wenn er etwas per Telefon diktieren wollte. Er hat ihr völlig vertraut. Dann ging sie in den Ruhestand, und Ed war von ihrer Nachfolgerin, Jackie, nicht sonderlich angetan. Ich weiß noch, wie er die unterschriebenen Bögen zerriß und mir erklärte, von jetzt ab wolle er alles sehen, was mit seiner Unterschrift hinausging.

Auf den Blättern mit dem Briefkopf unterschrieb er immer auf derselben Stelle, die seine langjährige Sekretärin mit Bleistift markiert hatte: fünfunddreißig Zeilen von oben und beginnend mit dem fünfzigsten Anschlag. So wie auf dem Blatt, das Sie in der Hand haben.

Ich hab' Eds Akten durchforstet, weil ich hoffte, daß da vielleicht noch ein paar unterschriebene Briefbögen sind, die er übersehen hatte. Das Blatt hier in Ihrer Hand hab' ich in Phillip Carters Schublade gefunden. Ich hab' mir vom Schlüsseldienst einen Schlüssel machen lassen. Ich kann mir vorstellen, daß Carter das aufgehoben hat, falls er noch etwas mit Edwin Collins' Unterschrift fabrizieren mußte.«

»Ob Sie mir nun glauben oder nicht«, fuhr Orsini fort, »aber wenn ich wieder an den Morgen des neunundzwanzigsten Januar denke, als ich damals in Eds Büro gewartet hab', da hatte ich das deutliche Gefühl, daß er erst vor kurzem dagewesen war. Die Lade von H bis O im Aktenschrank war herausgezogen. Ich könnte schwören, daß er in der Manning-Akte nach einem Beleg über Helene Petrovic gesucht hat.

Während ich dort auf ihn gewartet habe, rief Catherine Collins an. Sie war in Sorge, weil Ed nicht zu Hause war. Sie war am Abend zuvor zu einem Klassentreffen in Hartford gewesen und hatte das Haus leer vorgefunden, als sie heimkam. Also versuchte sie es in der Firma, um zu sehen, ob wir etwas von ihm gehört hätten. Ich erzählte ihr, daß ich am Vorabend mit ihm telefoniert hatte, als er auf der Auffahrt zur Tappan Zee Bridge war. Zu dieser Zeit wußte ich noch nichts von dem Unglück. Sie war es, die auf die Idee kam, daß Ed womöglich dem Unfall zum Opfer gefallen war.«

»Ich war mir natürlich klar darüber, daß das möglich war«, berichtete Victor weiter. »Das letzte, was Ed zu mir sagte, war, daß die Auffahrt vereist war, und wir wissen ja, daß der Unfall nicht einmal eine Minute später passiert ist. Nach meinem Gespräch mit Catherine versuchte ich Phillip anzurufen. Seine Leitung war besetzt, und da er nur zehn Minuten vom Büro weg wohnt, fuhr ich zu seinem Haus. Ich hatte mir in etwa vorgestellt, daß wir zu der Brücke fahren und nachsehen, ob sie Opfer aus dem Wasser ziehen.

Als ich ankam, war Phillip in der Garage und stieg gerade in seinen Wagen. Sein Jeep war ebenfalls da. Ich weiß noch, daß er betonte, er habe den Jeep vom Land hergebracht, um ihn zur Inspektion zu bringen. Ich wußte ja, daß er einen Jeep besaß, mit dem er gewöhnlich auf dem Land herumfuhr. Er fuhr dann mit seiner Limousine hinaus und wechselte dort die Wagen.

Damals hab' ich mir nichts Besonderes dabei gedacht. Aber letzte Woche hab' ich mir folgendes überlegt: Falls Ed nicht in den Unfall verwickelt war, sondern zum Büro gefahren ist und dort etwas gefunden hat, was ihn veranlaßte, zu Carter nach Hause zu fahren, dann muß das, was immer mit ihm passiert ist, dort passiert sein. Carter könnte Ed in seinem eigenen Wagen weggebracht und das Auto dann irgendwo versteckt haben. Ed hat immer erzählt, daß Phillip eine Menge Grundstücke auf dem Land besitzt.«

Orsini musterte die unergründlichen Mienen seiner Befrager. Ich habe das, was ich tun mußte, getan, dachte er. Wenn sie mir nicht glauben, habe ich es wenigstens versucht.

Dwyer schien völlig unbeeindruckt. »Das hilft uns vielleicht weiter. Danke, Mr. Orsini. Sie hören noch von uns.«

Nachdem Orsini gegangen war, sagte der Staatsanwalt zu Weiss und Marron: »Es paßt. Und es erklärt die Ergebnisse aus dem Labor.« Sie hatten gerade erfahren, daß man bei der Untersuchung von Edwin Collins' Wagen Blutspuren im Kofferraum gefunden hatte.

59

Es war kurz vor vier Uhr, als Mac seine letzte Besorgung erledigte und sich auf den Heimweg machte. Er war zum Friseur gegangen, hatte die Sachen von der Reinigung abgeholt und im Supermarkt eingekauft. Mrs. Dileo würde vielleicht am Montag noch nicht von ihrem Vater zurück sein, um die üblichen Einkäufe zu machen.

Mac fühlte sich gut. Kyle war richtig glücklich darüber gewesen, daß er bei Meg bleiben konnte. Für Kyle würde es bestimmt keine Belastung bedeuten, wenn es Mac gelang, die Gefühle, die Meg einst für ihn gehegt hatte, neu zu entfachen. Meggie, du hast keine Chance, schwor sich Mac. Du wirst mir nicht wieder entkommen.

Es war ein kalter, verhangener Tag, aber Mac verschwendete keinen Gedanken an das Wetter, als er in die Bayberry Road einbog. Er dachte an Megs hoffnungsvolles Gesicht, als sie über Helene Petrovics Verbindung zu Dr. Williams sprachen und über die Möglichkeit, daß Victor Orsini den Namen von Edwin auf dem Empfehlungsbrief gefälscht hatte. Ihr war bei der Gelegenheit klargeworden, daß das der Beweis dafür

312

sein könnte, daß ihr Vater mit dem Fall Petrovic und dem Skandal um die Manning Clinic nichts zu tun hatte.

Es gibt nichts daran zu deuteln, daß Ed in all den Jahren ein Doppelleben geführt hat, dachte Mac. Doch wenn sein Name nicht mehr mit Mord und Betrug in Zusammenhang gebracht wird, wird es verdammt viel leichter für Meg und Catherine sein.

Mac merkte sofort, daß etwas nicht stimmte, als er sich dem Gasthof näherte. Polizeiwagen standen in der Einfahrt, und der Parkplatz war abgeriegelt. Ein Polizeihubschrauber setzte zur Landung an. Mac konnte einen weiteren Hubschrauber mit dem Logo eines Fernsehsenders aus New Haven sehen, der bereits gelandet war.

Er stellte seinen Wagen auf dem Rasen ab und rannte zum Gasthof hinüber.

Die Eingangstür wurde aufgerissen, und Kyle kam herausgerannt. »Dad, Megs Chef hat gar nicht angerufen, daß sie einen Bericht machen soll«, schluchzte er. »Der Mann, der nicht über Jake drübergefahren ist, ist der Kerl, der Meg bespitzelt hat. Er ist mit seinem Auto hinter ihr her.«

Meg! Für den Bruchteil einer Sekunde konnte Mac nicht mehr klar sehen. Er war im Leichenschauhaus und starrte auf das tote Gesicht von Annie Collins herab, Megs Halbschwester.

Kyle packte seinen Vater am Arm. »Die Polizei ist da. Sie schicken Hubschrauber los, um nach Megs Auto und dem grünen Auto von dem Kerl zu suchen. Mrs. Collins weint.« Kyles Stimme versagte. »Dad, mach, daß Meg nichts passiert.«

Während er hinter Meghan herfuhr, die dem Cadillac immer weiter aufs Land folgte, merkte Bernie, wie sich allmählich dumpfer Zorn in ihm ausbreitete. Er wollte doch mit ihr allein sein, ohne sonst irgendwen in der Nähe. Doch dann hatte sie sich mit diesem anderen Wagen getroffen. Wenn nun der Typ, mit dem Meg zusammen war, ihm Ärger machen wollte? Bernie tastete nach seiner Hosentasche. Es war da. Er konnte sich nicht erinnern, ob er es dabei hatte oder nicht. Eigentlich durfte er es ja nicht mitnehmen, und er hatte sogar versucht, es im Keller zu lassen. Doch wenn er einer Frau begegnet war, die ihm gefiel, und ständig an sie zu denken anfing, dann wurde er nervös, und eine Menge Dinge änderten sich.

Bernie ließ den Wagen hinter dem immergrünen Gebüsch stehen und schlich sich vorsichtig an die paar Bruchbuden heran. Jetzt aus der Nähe konnte er erkennen, daß das Farmhaus kleiner war, als es ihm von weiter weg vorgekommen war. Was er für eine geschlossene Veranda gehalten hatte, war in Wirklichkeit ein Vorratsschuppen. Daneben stand die Scheune. Zwischen dem Haus und dem Schuppen blieb gerade genug Platz, daß er sich seitlich hineinschieben konnte.

Der Durchgang war dunkel und moderig, aber er bot ihm ein gutes Versteck. Von hier aus konnte er deutlich ihre Stimmen hören. Er wußte, daß dies, genau wie das Fenster im Gasthof, ein guter Ort war, um zu beobachten, ohne selbst gesehen zu werden.

Als er das Ende des Durchgangs erreichte, schob er den Kopf gerade so weit vor, daß er sehen konnte, was da passierte.

Meghan war mit einem Mann zusammen, den Bernie noch nie zuvor gesehen hatte, und sie standen anscheinend neben einem alten Brunnen, etwa sieben Meter weit weg. Sie sahen sich an und sprachen miteinander. Die Limousine war zwischen ihnen und Bernies Versteck geparkt, deshalb kauerte er sich nieder und bewegte sich geduckt vorwärts, wobei der Wagen ihm Deckung gab. Dann blieb er hocken, hob seine Kamera und begann, die beiden aufzunehmen.

60

»Phillip, bevor Dad kommt – ich glaube, ich weiß jetzt den Grund, warum Helene Petrovic in der Manning Clinic war.«

»Nämlich, Meg?«

Sie ignorierte den seltsam geistesabwesenden Ton von Phillips Stimme. »Als ich gestern in Helene Petrovics Haus war, hab' ich in ihrem Arbeitszimmer die Fotos von kleinen Kindern gesehen. Ein paar davon sind dieselben Bilder, die ich auch an der Wand von Dr. Williams' Sprechzimmer im Franklin Center in Philadelphia gesehen hatte.

Phillip, diese Kinder sind nicht mit Hilfe der Manning Clinic zur Welt gekommen, und ich weiß jetzt, was Helene damit zu tun hatte. Sie hat gar keine Embryos im Manning-Labor verschlampt. Ich glaube, daß sie diese Embryos gestohlen und Dr. Williams übergeben hat, damit er sie in seinem Spender-Programm am Franklin verwenden kann.«

Weshalb schaute Phillip sie nur so komisch an? fragte sie sich plötzlich. Glaubte er ihr nicht? »Überleg doch mal, Phillip«, drang sie in ihn. »Helene hat ein halbes Jahr unter Dr. Williams bei Manning gearbeitet. Und davor hat sie sich drei Jahre lang, als sie am Dowling als Sekretärin angestellt war, ständig im Labor herumgetrieben. Jetzt können wir sie auch dort mit Williams in Verbindung bringen.«

Phillip schien nun wieder bei der Sache zu sein. »Meg, das paßt. Und du glaubst also, daß Victor, nicht dein Vater, den Empfehlungsbrief für Mrs. Petrovic an Manning geschickt hat?«

»Ganz genau. Dad war in Scottsdale. Annie hatte einen Unfall gehabt und rang mit dem Tode. Wir können beweisen, daß Dad gar nicht in der Firma war, als der Brief rausging.«

»Ja, gewiß.«

Der Anruf von Phillip Carter hatte Dr. Henry Williams um Viertel nach drei am Samstag nachmittag erreicht. Carter hatte darauf bestanden, daß man Williams mitten aus der Untersuchung einer Patientin an den Apparat holte. Die Unterredung war kurz, aber entmutigend.

»Meghan Collins hat dich mit der Petrovic in Verbindung gebracht«, informierte ihn Carter, »obwohl sie denkt, daß Orsini den Empfehlungsbrief geschickt hat. Und ich weiß, daß Orsini etwas im Schilde führt und vielleicht sogar vermutet, was los war. Wir sind vielleicht noch immer nicht in Gefahr, aber egal, was passiert, halte bloß dicht. Weigere dich, Fragen zu beantworten.«

Irgendwie gelang es Dr. Williams, seine übrigen Termine zu bewältigen. Der letzte war um halb fünf vorbei. Um diese Zeit schloß das Franklin-Institut für künstliche Fortpflanzung gewöhnlich am Samstag.

Seine Sprechstundenhilfe steckte den Kopf zur Tür herein. »Dr. Williams, kann ich noch was für Sie tun?«

Niemand kann etwas für mich tun, dachte er. Er schaffte es, zu lächeln. »Nein, nichts mehr, danke, Eva.«

»Herr Doktor, geht's Ihnen nicht gut? Sie sehen etwas mitgenommen aus.«

»Mir geht's prima. Bin nur ein bißchen erschöpft.«

Bis Viertel vor fünf war das gesamte Personal gegangen, und er war allein. Williams griff nach dem Foto seiner verstorbenen Frau, lehnte sich in seinen Arbeitssessel zurück und betrachtete es. »Marie«, sagte er leise, »ich wußte ja nicht, in was ich da hineingerate. Ich war ehrlich davon überzeugt, daß ich etwas Gutes bewirke. Helene hat es auch geglaubt.«

Er stellte das Bild zurück und starrte vor sich hin. Er bemerkte gar nicht, daß draußen die Schatten immer länger wurden.

Carter war durchgedreht. Man mußte ihm Einhalt gebieten.

Williams dachte an seinen Sohn und seine Tochter. Henry junior war Frauenarzt in Seattle. Barbara war Spezialistin für Endokrinologie in San Francisco. Was würde dieser Skandal ihnen antun, besonders wenn es zu einem langen Verfahren kam? Die Wahrheit würde ans Licht kommen. Es war unvermeidlich. Das wußte er jetzt.

Er dachte an Meghan Collins, an die Fragen, die sie ihm gestellt hatte. Hatte sie damals vermutet, daß er sie belog?

Und an ihren Vater. Es war entsetzlich genug zu wissen, ohne erst fragen zu müssen, daß Carter Helene umgebracht hatte, um sie zum Schweigen zu bringen. Hatte er auch etwas mit Edwin Collins' Verschwinden zu tun? Und sollte Edwin Collins für etwas verantwortlich gemacht werden, was andere getan hatten? Sollte man Helene die Schuld für Fehler geben, die sie gar nicht begangen hatte?

Dr. Henry Williams nahm einen Block von seinem Schreibtisch und begann zu schreiben. Er mußte es erklären, es ganz deutlich darlegen, mußte versuchen, den Schaden, den er angerichtet hatte, wiedergutzumachen.

Als er fertig war, steckte er die Seiten, die er geschrieben hatte, in ein Kuvert. Meghan Collins hatte es verdient, dies den Behörden zu präsentieren. Er hatte ihr und ihrer Familie schweren Schaden zugefügt.

Meghan hatte ihre Visitenkarte dagelassen. Williams fand sie, adressierte den Umschlag an sie beim Channel 3 und versah ihn sorgfältig mit Briefmarken.

Er blieb lange stehen und betrachtete die Bilder der Kinder, die auf der Welt waren, weil ihre Mütter zu ihm in die Klinik gekommen waren. Für einen Augenblick fand die Düsternis in seinem Herzen Linderung bei dem Anblick dieser jungen Gesichter.

Dr. Henry Williams machte das Licht aus, als er sein Sprechzimmer zum letztenmal verließ.

Er nahm den Umschlag zu seinem Wagen mit, hielt bei einem Briefkasten in der Nähe an und warf den Brief ein. Meghan Collins würde ihn spätestens am Dienstag in Händen haben.

Doch das hatte dann keine Bedeutung mehr für ihn.

Die Sonne sank allmählich. Ein Windstoß drückte die kurzen gelben Grashalme nieder. Meghan bibberte. Sie hatte sich den Burberry noch geschnappt, als sie aus dem Haus gehetzt war, ohne daran zu denken, daß sie ja für ihre Reise nach Scottsdale das Futter herausgenommen hatte.

Phillip Carter trug Jeans und eine Winterjacke. Seine Hände steckten in seinen weiten Hosentaschen. Er lehnte sich an den offenen Brunnen aus Naturstein.

»Glaubst du, daß Victor Helene Petrovic getötet hat, weil sie beschlossen hatte zu kündigen?« fragte er.

»Victor oder Dr. Williams. Williams hat vielleicht Panik gekriegt. Helene wußte so viel. Sie hätte jeden der beiden auf Jahre hinaus ins Gefängnis bringen können, wenn sie ausgepackt hätte. Ihr Gemeindepfarrer hat mir gesagt, er habe das Gefühl gehabt, daß sie etwas auf dem Herzen hatte, was ihr schrecklich zusetzte.«

Meghan begann zu zittern. Waren es bloß die Nerven und die Kälte? »Ich setz' mich jetzt ins Auto, bis Dad kommt, Phillip. Wie weit hat er's denn bis hierher?«

»Nicht weit, Meg. Er ist sogar erstaunlich nahe.« Phillip nahm die Hände aus den Taschen. Die rechte Hand hielt eine Pistole. Er wies auf den Brunnen. »Euer Medium hatte recht, Meg. Dein Dad liegt tatsächlich unter Wasser. Und er ist schon lange tot.«

Mach, daß Meg nichts passiert! Dieses Stoßgebet flüsterte Mac, als er und Kyle den Gasthof betraten. Am Empfang dort wimmelte es vor Polizisten und Reportern. Angestellte wie Gäste schauten aus offenen Türen zu. In dem angrenzenden Aufenthaltsraum saß Catherine auf der Kante eines kleinen Sofas, Virginia Murphy neben ihr. Catherines Gesicht war leichenblaß.

Als Mac auf sie zukam, griff sie nach seinen Händen und umklammerte sie. »Mac, Victor Orsini hat mit der Polizei gesprochen. Phillip hat hinter all dem gesteckt. Wir glauben, daß er's war, der Meg angerufen und so getan hat, als wäre er Edwin. Und da ist ein Mann, der sie verfolgt, ein gefährlicher Mann, der schon ein langes Strafregister hat, weil er zwanghaft Frauen nachstellt. Er war es wahrscheinlich, der Kyle an Halloween solche Angst eingejagt hat. Die New Yorker Polizei hat John Dwyer über ihn informiert. Und jetzt ist Meghan weg, und wir wissen nicht, warum sie weg ist und wo sie ist. Ich hab' solche Angst, daß ich nicht weiß, was ich tun soll. Ich darf sie nicht verlieren, Mac. Ich könnte es nicht ertragen.«

Arlene Weiss kam ins Zimmer gelaufen. Mac erkannte sie wieder. »Mrs. Collins, die Besatzung eines Verkehrshubschraubers glaubt den grünen Wagen auf einer alten Farm in der Nähe von West Redding entdeckt zu haben. Wir haben ihnen gesagt, sie sollen sich von der Gegend fernhalten. Wir werden voraussichtlich in weniger als zehn Minuten dort sein.«

Mac umarmte Catherine und hoffte sie damit etwas zu beruhigen. »Ich finde Meg«, versprach er. »Ihr wird nichts passieren.«

Dann rannte er hinaus. Der Reporter und der Kameramann aus New Haven liefen auf ihren Hubschrauber zu. Mac hastete hinterher und kämpfte sich nach ihnen in die Maschine. »He, Sie können hier nicht rein«, brüllte der dicke Reporter über das Motorengetöse hinweg, als die Maschine für den Start auf Touren kam.

»Doch, kann ich wohl«, erklärte Mac. »Ich bin Arzt. Ich werde vielleicht gebraucht.«

»Die Tür zu«, schrie der Reporter zum Piloten hinüber. »Los, auf geht's!«

Meghan starrte ihn völlig verwirrt an. »Phillip, ich … ich verstehe nicht«, stotterte sie. »Die Leiche meines Vaters ist in dem Brunnen da?« Meg machte einen Schritt nach vorn und legte ihre Hände auf die rauhe Ummauerung. Ihre Fingerspitzen krümmten sich über den Rand und befühlten das klammfeuchte Gestein. Sie war sich der Anwesenheit von Phillip oder der Pistole, die er auf sie richtete, nicht mehr bewußt, noch der brachliegenden Felder um sie herum oder des schneidend kalten Windes.

Betäubt vor Entsetzen starrte sie in das gähnende Loch hinunter und stellte sich vor, wie der Körper ihres Vaters dort unten auf dem Grund lag.

»Du kannst ihn nicht sehen, Meg. Dort unten gibt's nicht viel Wasser, schon seit Jahren nicht, aber es reicht, um ihn zu bedecken. Er war tot, als ich ihn hineingestoßen habe, falls das ein Trost für dich ist. Ich hab' ihn an dem Abend, als das Unglück auf der Brücke passiert ist, erschossen.«

Meg wirbelte zu ihm herum. »Wie konntest du ihm das nur antun? Er war dein Freund, dein Partner. Wie konntest du das nur Helene und Annie antun?«

»Du traust mir zuviel zu. Mit Annies Tod hatte ich nichts zu tun.«

»Du wolltest mich umbringen. Du hast mir das Fax geschickt, in dem steht, daß Annies Tod ein Versehen war!« Megs Augen flogen suchend hin und her. Gab es irgendeine Möglichkeit, wie sie ihr Auto erreichen konnte? Nein, er würde sie erschießen, bevor sie auch nur einen Schritt tat.

»Meghan, *du* hast mir von dem Fax erzählt. Es war wie ein Geschenk. Ich war darauf angewiesen, daß die Leute glauben, Ed sei noch am Leben, und du hast mir die Methode geliefert, wie ich es anstellen konnte.«

»Was hast du mit meinem Vater gemacht?«

»Ed hat mich an dem Abend des Unglücks im Büro angerufen. Er hatte einen Schock. Hat erzählt, wie er um Haaresbreite in die Explosion auf der Brücke geraten wär'. Hat mir gesagt, er wüßte, daß Orsini uns hinterging. Dann, daß Manning darüber geredet hätte, wir hätten ihm eine Embryologin namens Petrovic vermittelt, von der er, Ed, aber noch nie etwas gehört hätte. Er war direkt zum Büro gegangen und hatte sich die Manning-Akte vorgenommen, konnte aber keinen Hinweis auf die Petrovic finden. Er hat Orsini die Schuld gegeben. Meghan, versuch mich zu verstehen! Es wäre alles zu Ende gewesen. Ich hab' gesagt, er soll doch zu mir nach Hause kommen, damit wir drüber reden und uns Orsini am nächsten Morgen gemeinsam vorknöpfen. Als er dann bei mir vor der Tür stand, war er soweit, mich zu beschuldigen. Er hatte alles richtig kombiniert. Dein Vater war sehr gescheit. Er ließ mir keine Wahl. Ich wußte, was ich tun mußte.«

Mir ist so kalt, dachte Meghan, so kalt.

»Für eine Weile ging alles gut«, fuhr Phillip fort. »Dann hat die Petrovic gekündigt und zu Manning gesagt, daß sie einen Fehler gemacht hat, der schlimme Folgen nach sich ziehen würde. Ich konnte doch nicht riskieren, daß sie alles verrät, oder? Damals, als du ins Büro gekommen bist und von dem Mädchen erzählt hast, das erstochen worden war und wie sehr sie dir ähnlich sah, da hast du mir von dem Fax erzählt. Ich wußte, daß dein Vater im Westen drüben irgendwas laufen hatte. Es war nicht schwer, darauf zu kommen, daß er dort vielleicht eine Tochter gehabt hatte. Das schien der perfekte Zeitpunkt, ihn wieder zum Leben zu erwecken.«

»Vielleicht hast du ja nicht das Fax geschickt, aber du hast den Anruf gemacht, durch den Mutter ins Krankenhaus mußte. Du hast diese Rosen in Auftrag gegeben und hast neben Mom gesessen, als sie überbracht wurden. Wie konntest du ihr nur so etwas antun?«

Gestern erst, dachte Meghan, hat Pater Radzin zu mir gesagt, ich sollte nach dem Motiv Ausschau halten.

»Meghan, ich hab' bei meiner Scheidung eine Menge Geld verloren. Ich mußte Höchstpreise für Grundbesitz aufwenden, an dem ich festhalten will. Ich hatte eine scheußliche Kindheit. Ich war eins von zehn Kindern in einem Vier-Zimmer-Haus. Ich werde nie wieder arm sein. Williams und ich haben eine Methode gefunden, an Geld zu kommen, ohne daß es jemandem schadet. Und die Petrovic hat auch einiges kassiert.«

»Mit gestohlenen Embryos für das Spenderprogramm vom Franklin-Institut?«

»Du bist nicht so clever, wie ich dachte, Meghan. Da steckt doch noch viel mehr dahinter. Spenderembryos sind kleine Fische.«

Er hob die Pistole. Sie merkte, daß die Mündung auf ihr Herz zielte. Sie sah, wie seine Finger den Hahn spannten, hörte ihn sagen: »Ich hab' Edwins Wagen bis letzte Woche in der Scheune aufgehoben. Jetzt stell' ich deinen statt dessen rein. Und du kannst zu Edwin.«

In einem unwillkürlichen Reflex warf sich Meghan zur Seite.

Phillips erste Kugel ging über ihren Kopf weg. Die zweite traf sie an der Schulter.

Bevor er abermals abdrücken konnte, kam eine Gestalt aus dem Nichts angeschossen. Eine schwere Gestalt mit einem starr ausgestreckten Arm. Die Finger, die das Messer hielten, und die glänzende Klinge waren eins, ein Racheschwert, das Phillip zum Ziel hatte und seine Kehle fand.

Meghan spürte einen unerträglichen Schmerz in ihrer linken Schulter. Schwärze umhüllte sie.

61

Als Meghan wieder zu sich kam, lag sie auf der Erde, den Kopf auf den Schoß von jemandem gebettet. Sie zwang sich, die Augen zu öffnen, blickte auf und sah Bernie Heffernans engelhaftes Lächeln, spürte dann seine feuchten Küsse auf ihrem Gesicht, auf ihren Lippen, auf ihrem Hals.

Von irgendwo in der Ferne vernahm sie ein knatterndes Geräusch. Ein Flugzeug? Ein Hubschrauber. Dann schwand es und war weg.

»Ich bin froh, daß ich dich gerettet hab', Meghan. Es ist doch richtig, ein Messer zu benützen, um jemanden zu retten, oder nicht?« fragte Bernie. »Ich will nie jemandem weh tun. Ich wollte auch Annie damals am Abend nichts tun. Es war ein Versehen.« Er wiederholte es leise, wie ein Kind. »Annie war ein Versehen.«

Mac lauschte dem Funkgespräch zwischen dem Polizeihubschrauber und den Streifenwagen, die zu dem Zielgebiet rasten. Sie sprachen ihre Strategie ab.

Meg ist mit zwei Killern zusammen, wurde ihm plötzlich klar – dieser Verrückte, der am Sonntag abend im Wald war, und Phillip Carter.

Phillip Carter, der seinen Partner betrog und umbrachte, sich dann Catherine und Meghan gegenüber als Beschützer aufspielte, eingeweiht in jeden Schritt von Megs Suche nach der Wahrheit.

Meghan. Meghan.

Sie waren irgendwo über offenem Land. Die Hubschrauber begannen nach unten zu gehen. Vergebens suchte Mac den Grund ab. In einer Viertelstunde würde es dunkel sein. Wie sollten sie ein Auto ausfindig machen, wenn es dunkel war?

»Wir sind in der Umgebung von West Redding«, sagte der Pilot und zeigte nach vorne. »In ein paar Minuten sind wir dort, wo sie den grünen Chevy gesehen haben.«

Der ist verrückt, dachte Meg. Das war doch Bernie, der freundliche Garagenwächter, der ihr immer von seiner Mutter

322

erzählt hatte. Wie kam der hierher? Warum war er ihr gefolgt? Und er hat gesagt, daß er Annie getötet hat. Mein Gott, er hat Annie getötet!

Sie versuchte, sich aufzusetzen.

»Willst du nicht, daß ich dich halte, Meg? Ich würde dir niemals etwas tun.«

»Natürlich nicht.« Sie wußte, daß sie sanft mit ihm umgehen mußte, zusehen, daß er ruhig blieb. »Der Boden ist bloß so kalt.«

»Entschuldigung. Das hätt' ich wissen müssen. Ich helf' dir.« Er hielt sie mit dem Arm umschlungen und an sich gepreßt, während sie sich gemeinsam ungeschickt mühten, auf die Füße zu kommen.

Der Druck seines Arms um ihre Schulter verstärkte noch die Schmerzen von der Schußwunde. Sie durfte ihn nicht verärgern. »Bernie, könntest du bitte …« Sie drohte wieder ohnmächtig zu werden. »Bernie«, sagte sie flehentlich, »meine Schulter tut so weh.«

Sie sah das Messer auf dem Boden liegen, mit dem er Phillip umgebracht hatte. War das auch das Messer, dem Annie zum Opfer gefallen war?

Phillips Hand umklammerte immer noch die Pistole.

»Oh, das tut mir leid. Wenn du willst, kann ich dich tragen.« Seine Lippen waren auf ihrem Haar. »Aber bleib doch eben kurz stehen. Ich will dich aufnehmen. Siehst du meine Kamera?«

Seine Kamera. Ja, klar. Er mußte der Kameramann in dem Wäldchen gewesen sein, der Kyle fast erwürgt hätte. Sie lehnte sich an den Brunnenrand, während er sie filmte, und sah zu, wie er um Phillip herumging und auch ihn aufnahm.

Anschließend legte Bernie die Kamera hin und kam zu ihr herüber.

»Meghan, ich bin ein Held«, brüstete er sich. Seine Augen glichen schimmernden blauen Knöpfen.

»Ja, das stimmt.«

»Ich hab' dir das Leben gerettet.«

»Ja, das stimmt.«

»Aber ich darf eigentlich keine Waffe tragen. Ein Messer ist eine Waffe. Die stecken mich wieder weg, ins Gefängniskrankenhaus. Ich hasse den Laden.«

»Ich werde mit ihnen reden.«

»Nein, Meghan. Deswegen hab' ich ja Annie töten müssen. Sie fing zu schreien an. Dabei bin ich an dem Abend bloß von hinten auf sie zugegangen und hab' gesagt: ›Hier ist's gefährlich. Ich kümmere mich um dich.‹«

»Das hast du gesagt?«

»Ich dachte, daß du's bist, Meghan. Du wärst doch froh gewesen, wenn ich mich um dich gekümmert hätte, oder?«

»Ja, natürlich.«

»Ich hatte keine Zeit, um's zu erklären. Da kam grade ein Polizeiwagen. Ich wollte ihr wirklich nichts tun. Ich wußte nicht mal, daß ich an dem Abend das Messer dabei hatte. Manchmal vergeß ich, daß ich's hab'.«

»Ich bin froh, daß du's diesmal dabei hattest.« Das Auto, dachte Meg. Meine Schlüssel sind drin. Es ist meine einzige Chance. »Aber, Bernie, ich finde, du solltest dein Messer lieber nicht hier liegenlassen, sonst findet's noch die Polizei.« Sie zeigte darauf.

Er blickte über seine Schulter nach hinten. »Ach ja, danke, Meghan.«

»Und vergiß deine Kamera nicht.«

Wenn sie nicht schnell genug war, würde er merken, daß sie zu flüchten versuchte. Und er hätte das Messer in der Hand. Doch als er sich umwandte und Anstalten machte, die fünf, sechs Schritte bis zu Phillips Leiche zu gehen, warf sich Meghan herum, wobei sie vor Schwäche und Hast stolperte, riß die Tür zu ihrem Wagen auf und schob sich hinter das Steuerrad.

»Meghan, was machst du da?« schrie Bernie.

Seine Hände erwischten den Türgriff, als sie gerade den Verschlußknopf drückte. Bernie hing an dem Griff, während sie den Gang reinwarf und auf das Gaspedal trat.

Der Wagen setzte sich mit einem Satz in Bewegung. Bernie hielt sich noch drei Meter lang am Griff fest und schrie auf sie ein, bis er losließ und zu Boden ging. Sie kurvte um die

Gebäude herum. Er tauchte gerade aus dem Durchgang zwischen Haus und Schuppen auf, als sie den Weg durch die offenen Felder einschlug.

Sie hatte noch nicht den Wald erreicht, als sie im Rückspiegel seinen Wagen die Verfolgung aufnehmen sah.

Sie flogen über ein Waldgebiet. Der Polizeihubschrauber war vor ihnen. Der Reporter und der Kameramann schauten angestrengt nach unten.

»Da seht!« rief der Pilot. »Da ist das Farmhaus.«

Mac sollte nie begreifen, wieso er in diesem Moment zurücksah. »Umdrehen!« rief er erregt. »Umdrehen!«

Megs weißer Mustang schoß aus dem Wald hervor, direkt dahinter ein grüner Wagen, der immer wieder in den Mustang krachte. Unter Macs Augen zog der Chevy neben den Mustang und begann ihn von der Seite zu rammen, ganz offensichtlich, um ihn vom Weg abzudrängen.

»Gehen Sie runter«, schrie Mac den Piloten an. »Das ist Meghan in dem weißen Auto. Sehen Sie denn nicht, daß er versucht, sie zu töten?«

Meghans Wagen war schneller, aber Bernie war ein besserer Fahrer. Für eine kurze Weile war es ihr gelungen, Abstand von ihm zu halten, doch jetzt konnte sie ihm nicht mehr entkommen. Er knallte in ihre Fahrertür hinein. Meghans Körper wurde hin und her geschleudert, als der Airbag sich aus der Mitte des Steuerrads entfaltete. Für einen Moment konnte sie nichts sehen, behielt aber den Fuß auf dem Gaspedal, und ihr Wagen fuhr in wildem Zickzack querfeldein, während Bernie ihn weiter attackierte. Die Fahrertür krachte ihr gegen die Schulter, als der Mustang ins Schaukeln geriet und schließlich auf die Seite kippte. Kurz darauf brachen Flammen aus der Motorhaube hervor.

Bernie wollte zuschauen, wie Meghans Auto brannte, aber die Polizei kam. Er hörte die Sirenen näher kommen. Über sich hörte er den Lärm eines Hubschraubers lauter werden. Er mußte sich aus dem Staub machen.

Eines Tages tun Sie noch jemandem was an, Bernie. Genau das macht uns Sorgen. Das war es, was der Psychiater zu ihm gesagt hatte. Aber wenn er zu Mama nach Hause kam, dann würde sie sich um ihn kümmern. Dann würde er sich einen anderen Job in einer Tiefgarage besorgen, wo er jeden Abend bei ihr daheim sein konnte. Von jetzt ab würde er nur noch bei Frauen anrufen. Das fand bestimmt nie einer heraus.

Meghans Gesicht schwand allmählich aus seinem Bewußtsein. Er würde sie genauso vergessen, wie er all die anderen Frauen vergessen hatte, die ihm einmal gefallen hatten. *Ich hab' doch noch nie wirklich einer etwas getan, und Annie wollte ich auch nichts tun,* sagte er vor sich hin, während er durch die schnell hereinbrechende Dunkelheit fuhr. *Vielleicht glauben sie's mir, wenn sie mich finden.*

Er fuhr durch das zweite Waldstück und erreichte die Kreuzung, wo sie auf den Feldweg eingebogen waren. Scheinwerfer erstrahlten plötzlich. Ein Megaphon verkündete: »Polizei, Bernie. Sie wissen, was zu tun ist. Steigen Sie aus dem Wagen, und halten Sie die Hände hoch!«

Bernie begann zu weinen. »Mama, Mama«, schluchzte er, öffnete die Wagentür und hob die Hände.

Der Wagen lag auf der Seite. Die Fahrertür drückte auf sie. Meghan tastete nach dem Knopf, um den Sicherheitsgurt zu lösen, konnte ihn aber nicht finden. Sie hatte die Orientierung verloren.

Sie roch Rauch. Er strömte durch die Lüftungsschlitze. *O Gott,* dachte Meghan. *Ich sitze in der Falle.* Der Wagen lag auf der Beifahrertür.

Hitze kam in Wellen über sie. Rauch drang ihr in die Lunge. Sie versuchte zu schreien, aber kein Ton kam heraus.

Mac lief allen voran wie verrückt vom Hubschrauber auf Meghans Auto zu. Die Flammen aus dem Motorraum schossen in dem Moment noch höher, als sie bei dem Wagen eintrafen. Er konnte Meg im Inneren sehen, wie sie sich freizukämpfen versuchte, ihr Körper von den Flammen beleuchtet, die über die Motorhaube züngelten. »Wir müssen sie durch die Beifahrertür rauskriegen«, brüllte er.

Wie ein Mann legten sie – er, der Pilot, der Reporter und der Kameramann – die Hände auf das glühende Dach des Mustang. Wie ein Mann schoben sie, schaukelten sie hin und her und schoben wieder.

»Jetzt«, brüllte Mac. Mit einem Aufstöhnen warfen sie ihr volles Gewicht gegen den Wagen, ließen nicht locker, während ihre schmerzenden Handflächen Blasen schlugen.

Und dann begann das Auto nachzugeben, langsam und widerstrebend, bis es endlich das Übergewicht bekam und wieder auf seinen Rädern landete.

Die Hitze wurde jetzt unerträglich. Wie im Traum sah Meghan plötzlich Macs Gesicht und schaffte es irgendwie, hinüberzugreifen und den Türknopf zu ziehen, bevor sie das Bewußtsein verlor.

62

Der Hubschrauber landete vor dem Danbury Medical Center. Benommen und vor Schmerzen wie betäubt, merkte Meghan, wie jemand sie aus Macs Armen nahm und auf eine Tragbahre legte.

Noch eine Tragbahre. Annie, wie man sie im Laufschritt zur Notaufnahme schob. Nein, dachte sie, nein. »Mac.«

»Ich bin hier, Meggie.«

Blendendes Licht. Ein Operationssaal. Eine Sauerstoffmaske über ihrem Gesicht. *Die Maske, wie man sie von Annies Gesicht im Roosevelt Hospital abnahm.* »Mac.«

Eine Hand auf ihrer. »Ich bin hier, Meggie.«

Als sie im Erholungsraum aufwachte, trug sie einen dicken Verband um ihre Schulter, und eine Krankenschwester blickte auf sie herab. »Sie sind außer Gefahr.«

Später rollte man sie in ein Zimmer. Ihre Mutter. Mac. Kyle. Alle warteten auf sie.

Das Gesicht ihrer Mutter, erstaunlich friedvoll, als ihre Blicke sich trafen. Sie schien Megs Gedanken zu lesen. »Meg, sie haben Dads Leiche geborgen.«

Mac, mit dem Arm um ihre Mutter. Seine verbundenen Hände. Mac, ihr Fels in der Brandung. Mac, ihre Liebe.

Kyles tränenverschmiertes Gesicht gleich neben ihr. »Es ist schon okay, wenn du mir hier vor den Leuten einen Kuß geben willst, Meg.«

Sonntag nacht fand man Dr. Henry Williams' Leiche in seinem Wagen am Stadtrand von Pittsburgh, Pennsylvania, dort in der ruhigen Gegend, wo er und seine Frau aufgewachsen waren und sich als Teenager kennengelernt hatten. Er hatte eine tödliche Dosis Schlaftabletten genommen. In Briefen an seinen Sohn und seine Tochter sprach er von seiner Liebe und bat sie um Vergebung.

Meghan konnte am Montag morgen das Krankenhaus verlassen. Ihr Arm war in einer Schlinge, ihre Schulter schmerzte beständig und diffus. Ansonsten aber erholte sie sich rasch.

Als sie zu Hause ankam, ging sie in ihr Zimmer hinauf, um einen bequemen Morgenrock anzulegen. Doch als sie sich auszuziehen begann, zögerte sie, ging dann zu den Fenstern hinüber und schloß die Rollos ganz dicht. Hoffentlich überwinde ich das noch, dachte sie. Sie wußte, daß sie lange brauchen würde, die Vorstellung von Bernie, wie er sie bespitzelt hatte, aus ihrem Bewußtsein zu verbannen.

Catherine legte soeben den Telefonhörer auf. »Ich hab' gerade den Verkauf des Gasthofs storniert«, sagte sie. »Der Totenschein ist ausgestellt worden, und das heißt, daß die Sperre auf dem ganzen gemeinsamen Vermögen von Dad und mir aufgehoben ist. Die Sachverständigen von der Versicherung bereiten die Auszahlung aller Privatpolicen von Dad ebenso wie die der Geschäftspolice vor. Es ist eine Menge Geld, Meg. Du weißt ja, bei den Lebensversicherungen gibt's eine doppelte Entschädigungssumme bei Tod durch Unfall.«

Meg gab ihrer Mutter einen Kuß. »Ich bin so froh wegen des Gasthofs. Ohne Drumdoe wärst du verloren.« Bei einer

Tasse Kaffee und einem Glas Saft schaute sie sich die Tageszeitungen an. Im Krankenhaus hatte sie in den Frühnachrichten den Fernsehbericht über den Selbstmord von Williams gesehen. »Sie sieben jetzt die Unterlagen vom Franklin Center durch, um herauszufinden, wer die Embryos bekommen hat, die Helene Petrovic von der Manning Clinic gestohlen hat.«

»Meg, wie schrecklich es doch für die Leute sein muß, die dort eingefrorene Embryos gelagert hatten und jetzt nicht wissen, ob ihr biologisches Kind von einer anderen Frau ausgetragen worden ist«, sagte Catherine. »Kann es denn soviel Geld auf der Welt geben, damit einer so etwas tut?«

»Offenbar schon. Phillip Carter hat zu mir gesagt, daß er Geld brauchte. Aber, Mom, als ich ihn fragte, ob es das war, was die Petrovic gemacht hat – Embryos für das Spenderprogramm zu stehlen –, da hat er behauptet, ich sei doch nicht so smart, wie er gedacht hätte. Da stecke noch mehr dahinter. Ich hoffe bloß, sie finden in den Unterlagen heraus, was.« Meghan nahm einen Schluck Kaffee. »Was kann er nur damit gemeint haben? Und was ist aus Stephanie Petrovic geworden? Hat Phillip das arme Mädchen etwa auch umgebracht?«

Als abends dann Mac kam, sagte sie: »Dad wird übermorgen beerdigt. Frances Grolier sollte benachrichtigt werden und die Umstände von Dads Tod erfahren, aber mir graut davor, sie anzurufen.«

Mac legte seine Arme um sie. All die Jahre hatte sie darauf gewartet.

»Das kann ich doch für dich erledigen, Meggie, oder?« sagte Mac.

Und dann redeten sie miteinander. »Mac, wir wissen noch nicht alles. Dr. Williams war unsere letzte Hoffnung, je zu erfahren, was Phillip meinte.«

Am Dienstag morgen um neun Uhr rief Tom Weicker an. Diesmal fragte er nicht wie am Vortag halb ernst, halb frotzelnd: »Sind Sie soweit, wieder zur Arbeit zu kommen, Meg?«

Er erkundigte sich auch nicht, wie es ihr ginge. Noch bevor er sagte: »Meg, wir haben eine Sensationsgeschichte«, spürte sie den Unterschied in seinem Tonfall.

»Was ist denn, Tom?«

»Hier ist ein Brief für Sie von Dr. Williams, auf dem ›Persönlich und vertraulich‹ steht.«

»Dr. Williams! Machen Sie auf. Lesen Sie's mir vor.«

»Sind Sie sicher?«

»Tom, machen Sie den Brief auf!«

Es gab eine Pause. Sie stellte sich vor, wie er das Kuvert aufschlitzte und herausholte, was darin war.

»Tom?«

»Meg, das ist Williams' Geständnis.«

»Lesen Sie's mir vor!«

»Nein. Sie haben doch das Faxgerät, das Sie vom Büro mitgenommen haben?«

»Ja.«

»Geben Sie mir noch mal die Nummer. Ich faxe es Ihnen hinüber. Wir lesen's gemeinsam.«

Meghan gab ihm die Nummer durch und eilte ins Erdgeschoß. Sie kam gerade rechtzeitig ins Arbeitszimmer, um den hohen Quietschton des Faxapparats zu hören. Die erste Seite der Erklärung von Dr. Henry Williams begann langsam auf dem dünnen, glatten Papier herauszukommen.

Der Text war fünf Seiten lang. Meghan las ihn mehrmals hintereinander. Schließlich begann die Reporterin in ihr spezielle Abschnitte und besondere Sätze herauszusuchen.

Das Telefon läutete. Es war wie erwartet Tom Weicker. »Was halten Sie davon, Meghan?«

»Es steht alles da. Er brauchte Geld wegen der Rechnungen für die langwierige Behandlung seiner Frau. Mrs. Petrovic war von Natur aus begabt und hätte eine Ärztin sein sollen. Sie konnte den Gedanken nicht ertragen, daß kältekonservierte Embryos vernichtet werden. Sie sah Kinder in ihnen, die dem Leben kinderloser Paare einen Sinn geben könnten. Williams sah sie als Kinder an, für die manche Leute ein Vermögen zahlen würden, um sie zu adoptieren. Er machte sich vorsichtig an Carter heran, der sich nur zu gern dazu hergab,

Helene Petrovic an Manning zu vermitteln, mit Hilfe der Unterschrift meines Vaters.«

»Die hatten wirklich alles bedacht«, sagte Weicker, »ein abgelegenes Haus, wohin sie illegale Einwanderinnen brachten, die bereit waren, für zehntausend Dollar und ein gefälschtes Einwanderungsvisum als Leihmütter zu fungieren. Nicht gerade viel, wenn man bedenkt, daß Williams und Carter die Babys für hunderttausend Dollar Minimum das Stück verkauft haben.«

»In den vergangenen sechs Jahren« fuhr Weicker fort, »haben sie über zweihundert Säuglinge untergebracht, und sie hatten schon vor, noch mehr solcher Gebärhäuser zu eröffnen.«

»Und dann hat Helene gekündigt«, sagte Meghan, »unter dem Vorwand, sie hätte einen Fehler begangen, der an die Öffentlichkeit dringen würde.

Dr. Manning hat als erstes nach Mrs. Petrovics Kündigung Dr. Williams angerufen und ihn davon in Kenntnis gesetzt. Manning vertraute Williams und mußte sich bei jemandem aussprechen. Er war entsetzt bei dem Gedanken, der Ruf seiner Klinik könnte Schaden nehmen. Er erzählte Williams, wie bestürzt Mrs. Petrovic gewesen war und daß sie dachte, sie hätte den eineiigen Zwillingsbruder des kleinen Anderson versehentlich vernichtet, als sie im Labor ausrutschte.

Dann hat Williams Carter angerufen, der sofort in Panik geriet. Carter hatte einen Schlüssel zu Helenes Wohnung in Connecticut. Sie hatten keine Affäre miteinander. Er mußte sich von Zeit zu Zeit um den Transport von Embryos kümmern, die sie unmittelbar nach ihrer Befruchtung und bevor sie eingefroren wurden aus der Klinik mitgebracht hatte. Er brachte sie dann schleunigst nach Pennsylvania, wo sie einer Leihmutter eingesetzt wurden.«

»Carter ist in Panik geraten und hat sie getötet«, bestätigte Weicker. »Meg, Dr. Williams hat Ihnen die Adresse von dem Haus gegeben, wo er und Carter die schwangeren jungen Frauen untergebracht haben. Wir sind verpflichtet, diese Information an die Behörden weiterzugeben, aber wir wollen dabeisein, wenn sie dort auftauchen. Fühlen Sie sich gut genug dazu?«

»Da fragen Sie noch? Tom, können Sie mir einen Hubschrauber herüberschicken? Und zwar einen von den großen. Sie übersehen etwas Wichtiges an dem Williams-Bericht. Er war die Person, an die sich Stephanie gewandt hat, als sie Hilfe brauchte. Er war derjenige, der ihr einen Embryo eingesetzt hatte. Sie muß jetzt gerade niederkommen. Wenn einen überhaupt etwas mit Dr. Williams versöhnen kann, dann die Tatsache, daß er Phillip nicht erzählt hat, daß er Stephanie versteckt hielt. Andernfalls wäre ihr Leben keinen roten Heller wert gewesen.«

Tom versprach, innerhalb einer Stunde einen Hubschrauber zum Drumdoe Inn zu schicken. Meghan machte zwei Anrufe. Einer galt Mac. »Kannst du dich freimachen, Mac? Ich will, daß du bei dieser Sache an meiner Seite bist.« Der zweite Anruf galt einer frischgebackenen Mutter. »Können Sie und Ihr Mann sich in einer Stunde mit mir treffen?«

Das Anwesen, das Dr. Williams in seinem Bekenntnis beschrieben hatte, lag etwa fünfundsechzig Kilometer außerhalb von Philadelphia. Tom Weicker und das Team von Channel 3 warteten schon, als der Hubschrauber mit Meghan, Mac und den Andersons auf einem Feld in der Nähe landete.

Fünf, sechs amtliche Fahrzeuge standen nicht weit davon geparkt.

»Ich hab' ausgehandelt, daß wir mit den Beamten zusammen hineingehen«, unterrichtete sie Tom.

»Warum sind wir eigentlich hier, Meghan?« fragte Dina Anderson, als sie sich in einen bereitstehenden Wagen von Channel 3 begaben.

»Wenn ich das genau wüßte, würde ich's Ihnen sagen«, erwiderte Meghan. Sie war fast sicher, daß ihre Instinkte sie nicht trogen. In seinem Geständnis hatte Williams geschrieben: »Ich hatte damals keine Ahnung, als Helene mit Stephanie zu mir kam und mich bat, ihr einen Embryo in die Gebärmutter einzusetzen, daß Helene die Absicht hatte, das Kind als ihr eigenes großzuziehen.«

Die jungen Frauen in dem alten Haus waren in unterschiedlichen Phasen der Schwangerschaft. Meghan sah die tiefe Angst in ihren Gesichtern, als sich die Beamten ihnen zuwandten. »Sie schicken mich doch nicht nach Hause, bitte?« bettelte ein Teenager. »Ich hab' nur getan, was ich versprochen habe. Wenn das Kind da ist, krieg' ich bitte das Geld?«

»Leihmütter«, flüsterte Mac zu Meghan. »Hat Williams erwähnt, ob sie irgendwo festgehalten haben, von wem die Babys stammen, die die jungen Frauen hier austragen?«

»In seinem Geständnis steht, daß die Babys alle von Frauen stammen, die in der Manning Clinic tiefgefrorene Embryos haben«, sagte Meghan. »Helene Petrovic ist regelmäßig hierhergekommen, um sicherzugehen, daß die Mädchen gut versorgt sind. Sie wollte, daß all die kältekonservierten Embryos die Chance haben, geboren zu werden.«

Stephanie Petrovic war nicht da. Eine schluchzende Hilfsschwester erklärte: »Sie ist im hiesigen Krankenhaus. Dort kriegen alle unsere Mädchen ihre Kinder. Sie hat die Wehen bekommen.«

»Warum sind wir eigentlich hier?« fragte Dina Anderson eine Stunde später erneut, als Meghan in die Empfangshalle des Krankenhauses zurückkehrte.

Meghan hatte die Erlaubnis erhalten, während der letzten Wehen bei Stephanie zu sein.

»In ein paar Minuten bekommen wir Stephanies Baby zu Gesicht«, sagte sie. »Sie hat es für Helene ausgetragen. Das war ihre Abmachung.«

Mac nahm Meghan zur Seite. »Sag mal, vermute ich da richtig?«

Sie gab keine Antwort. Zwanzig Minuten später trat der Gynäkologe, der Stephanie von dem Kind entbunden hatte, aus dem Aufzug und winkte sie zu sich. »Sie können jetzt raufkommen«, sagte er.

Dina Anderson griff nach der Hand ihres Mannes. Sprachlos vor Gefühlen, die auf sie einstürmten, fragte sie sich: Ist es denn möglich?

Tom Weicker und der Kameramann begleiteten sie und begannen mit ihren Aufnahmen, als eine lächelnde Schwester das in Decken gewickelte Baby zum Fenster der Säuglingsstation brachte und hochhielt.

»Es ist Ryan!« schrie Dina Anderson auf. »Es ist Ryan!«

Am folgenden Tag fand unter Ausschluß der Öffentlichkeit eine Messe in der Pfarrei St. Paul's statt, und die sterblichen Überreste von Edwin Richard Collins wurden der Erde übergeben. Mac stand mit Catherine und Meg am Grab.

Ich habe so viele Tränen für dich vergossen, Dad, dachte Meg. Ich glaube, ich habe keine mehr in mir. Und dann flüsterte sie so lautlos, daß es niemand mitbekam: »Ich liebe dich, Daddy.«

Catherine dachte an den Tag, als es bei ihr an der Haustür geläutet hatte und er dastand: Edwin Collins, gutaussehend, mit dem lebhaften Lächeln, das sie so liebte, ein Dutzend Rosen in der Hand. *Ich mache dir den Hof, Catherine.*

Nach einer Weile werde ich nur noch an die guten Zeiten zurückdenken, nahm sie sich vor.

Hand in Hand schritten die drei zu dem Wagen, der schon bereitstand.

DANKSAGUNG

Voraussetzung für dieses Buch waren umfangreiche Recherchen. Mit großer Dankbarkeit zolle ich all den Menschen Anerkennung, die mir so wunderbar hilfreich zur Seite gestanden haben.

B. W. Webster, M. D., Associate Director, Reproductive Resource Center of Greater Kansas City; Robert Shaler, Ph. D., Director of Forensic Biology, New York City Medical Examiner's Office; Finian I. Lennon, Mruk & Partners, Management Consultants – Executive Search; Leigh Ann Winick, Producer, Fox/5 TV News; Gina und Bob Scrobogna, Realty Executives, Scottsdale, Arizona; Jay S. Watnick, JD, ChFC, CLU, President, Namco Financial Associates, Inc.; George Taylor, Director – Special Investigation Unit, Reliance National Insurance Company; James F. Finn, Retired Partner, Howard Needles Tammen & Bergendoff, Consulting Engineers; Sergeant Ken Lowman (Ret.), Stamford, Conn., City Police.

Ewigen Dank meinem bewährten Lektor, Michael V. Korda, und seinem Kollegen, Cheflektor Chuck Adams, für ihre großartige und überaus wichtige Beratung. Sine qua non.

Wie stets waren mein Agent Eugene H. Winick und meine Pressereferentin Lisl Cade immer da, wenn ich sie brauchte.

Besonderer Dank gebührt Judith Glassman, meinem »zweiten Paar Augen«, und meiner Tochter Carol Higgins Clark für ihre Ideen und ihre Hilfe beim endgültigen Kombinieren des Puzzles.